福建師範大學文學院百年學術論叢 第五輯

神人共娛
——西方宗教文化與西方文學的宗教言說

高偉光　著

本成果受「開明慈善基金會」資助

第五輯

總序

　　光陰似箭，歲月如流。從西元二○一四年福建師範大學文學院與臺北萬卷樓圖書公司合作刊印「百年學術論叢」第一輯，至今已經走過了五個年頭，眼下論叢第五輯又將奉獻給學術界。

　　回顧已刊四輯，前兩輯的作者，大多數為德高望重的老先生；後兩輯，約有一半是中青年學者。由此，我們一方面看到老輩宿師攘袂引領的篤實風範，另一方面感受到年輕後學齊頭並進的強勁步武。再看第五輯，則幾乎全是清一色中青年英彥的論著。長江後浪推前浪，我們的學術梯隊已經明顯呈現出可持續發展的勢頭。

　　略覽本輯諸書，所沁發出的學術氣息，足以令人精神一振，耳目一新：陳穎《中國戰爭小說綜論》，宏觀與微觀交替，闡述中國戰爭小說發展史跡及文化意義，並比較評析海峽兩岸抗日小說創作；郭洪雷《小說修辭研究論稿》，綜括小說修辭研究史及中國小說修辭意識的發展現狀，力圖喚醒此中被遺忘的文學意識；黃科安《現代中國隨筆探賾》，梳理現代中國隨筆的發展歷程及其對中外隨筆傳統的傳承與創新，總結隨筆創作的經驗教訓；陳衛《聞一多詩學論》，以意象、幻象、情感、格律、技巧為核心，展開對聞一多詩學與詩歌的論述；林婷《出入之間——當代戲劇研究》，結合入乎其內、出乎其外兩種研究思路，為中國當代戲劇研究獻一家之言；黃鍵《京派文學批評研究（修訂版）》，考察中國現代文學史上「京派」的文學批評成就，發掘其對當代中國現代文藝批評的啟示性意義；李詮林《臺灣現代文學史稿》，從文本創譯用語的角度構建臺灣現代文學史，研究臺

灣現代文學進程中獨特的語言轉換現象；劉海燕《從民間到經典——關羽形象與關羽崇拜生成演變史論》，研究關羽崇拜及關羽形象塑造的宗教接受，深入闡釋關羽形象的文學生成與宗教生成；高偉光《神人共娛——西方宗教文化與西方文學的宗教言說》，以宗教派別之外的視角審視西方宗教文化內涵及其發展軌跡，用理智言說一部宗教文化；王進安《明代韻書《韻學集成》研究》，將《韻學集成》與相關韻書比較，探尋其間的傳承或改易情實，為明代早期韻書的研究添磚加瓦。凡此十種專著，無論是學術觀點之獨到，還是研究方法之新穎，均讓我們刮目相看。

　　讓我尤感欣喜的是，本論叢各輯的持續推出，不斷獲得兩岸學界、教育界的良好評價與真誠祝願。他們的讚許，是激發我們學術進步的一大鞭勵，也是兩岸學術交流互動的美瞻見證。我堅磧不移地認為：在當今自由開放的學術環境中，兩岸文化溝通日趨融暢，我們的學術途程必將越走越寬闊久遠。

汪文頂

西元二〇一九年歲在己亥春日序於福州

目次

緒論

西方宗教文化與西方文學的宗教言說

　　西方文學中的宗教問題是西方文學研究中一個熱門且非常有意義的研究課題，一直受到中外學者的熱情關注，並產生了一系列富有價值的研究成果。但是，在以往的西方文學有關宗教問題的研究成果中，學者們往往注重西方文學中的宗教問題研究或基督教文學研究，而忽視了把西方的宗教文化納入其研究範圍，這種研究雖然也不乏研究深度，但因為這種文學研究跟研究者個人的理解和體會有關，因而純粹從文學作品中研究宗教問題容易以偏概全，不能很好地把西方宗教文化的全貌理解清楚，因而也就不能體系化地把文學中的宗教問題研究清楚，而只能以零散的研究成果見諸於世。本研究課題試圖從西方宗教文化的大視野下關注西方文學發展過程中的宗教問題，把西方宗教文化發展的歷史與西方文學發展變化的歷史進行相互參照和相互闡發，這樣不僅能夠更全面地了解在西方宗教文化背景下的文學所理解的宗教內涵，而且能夠準確地把握西方文學作品中的宗教意蘊。基於上述思考，我們試圖把這個課題的研究狀況分以下幾個方面進行具體闡述。

　　第一、本課題的研究內容。本課題雖然以西方文學中的宗教問題為主要的研究內容，但由於把西方宗教文化業納入其研究範圍中，因而本課題的研究範圍要比單純的文學研究要廣泛得多，主要研究內容包括：1. 把西方文學中的宗教問題研究放置在西方宗教文化的大背景下進行研究和探討。以往有關西方文學中的宗教問題研究傾向於基督

教文學研究，即把西方文學中的宗教問題納入基督教文學的範圍內，重點探討基督教文學、西方文學與基督教的內在關係、以及西方文學中包含的基督教文化內容等。這種探討對研究西方文學中的基督教文化內涵是有一定意義的，但它忽略了西方文學與基督教文化的內在聯繫和西方文學中的宗教問題自身規律性的探討。實際上，西方文學中的宗教問題不僅僅是基督教文學問題，也不僅僅是文學問題，而是有其更為廣博深入的內容。就西方文學本身來說，古希臘文學就不僅僅是一種純粹的文學類型，而是一種具有濃厚宗教內涵的文學，它實際上是古希臘人用文學的方式表述宗教內容的創作形式，西方社會之所以能夠與猶太教融合，形成基督教文化傳統，跟古希臘文學中表達的對宗教問題的深沉思考是密不可分的；基督教文化正是在融合了古希臘文學的宗教意蘊、古希臘神秘主義和猶太教教義的基礎上形成的一種東西合璧的文化載體，因而基督教文化既具有很強的哲學因素，也同樣具有濃厚的文學性，但由於基督教在中世紀成為了精神統治的工具，其經典性大大加強而文學性大大削弱；而隨著基督教的宗教改革後在整個西方範圍的衰落，西方文學又成為一種宗教衰退後的替代性宗教（漢斯·昆：「文學是退化了的宗教」），等等。這種文學雖然作家堅持文學性的創作和表達，但無疑它所傳遞的宗教內涵是非常清晰的，它所產生的統帥人心的作用也是非常明顯的。因此，從整個西方文學發展的歷程來看，西方文學的宗教內涵不僅僅侷限在基督教誕生之後的文學之中，它還包括古希臘羅馬文學和基督教改革之後的各種文學，我們之所以把西方文學的宗教內涵擴展到西方文學的整個過程，就是想通過這種探討，重點研究西方文學在不同時期裡的宗教言說和表達方式，因而它比一般的基督教文學研究範圍要更為深廣，包含更為豐富的人性內涵，也自然蘊涵著更高的研究價值。在西方宗教文化的這樣一個大背景下，把西方文學中的豐富多彩的宗教問題和現象進行梳理，有利於我們更為全面地理解和掌握西方文學中宗教問題

的豐富性和複雜性。

　　2. 西方宗教文化是一個動態的發展過程。西方宗教文化通常被認為是以基督教為主體的文化，這種定義在較寬泛的意義上說是正確的，但實際上西方宗教文化有一個動態的生成和發展過程，它是由古希臘文化的人本主義宗教開始，其後與東方希伯萊文化中的猶太教融合，形成影響歐洲近千年的基督教文化；文藝復興時期又經過基督教保守派、基督教改革派和人文主義者的努力，使得基督教的唯靈主義開始與古希臘的人本主義相互交融，產生了影響深遠的文藝復興運動和基督教改革浪潮，產生了像達·芬奇、莎士比亞等偉大的人文主義者和馬丁·路德、加爾文等諸多基督教改革家；由於這以後西方文化在改革基督教文化過程中的矯枉過正，在十七世紀就有（1）荷蘭的阿明尼烏主義企圖修正文藝復興時期宗教改革的成果，主要是對於加爾文思想的反動；（2）德國的敬虔主義企圖修正的是馬丁·路德的宗教思想；（3）清教徒與英國神學的復興，它企圖恢復的是英王亨利八世對英國宗教的改革成果。十八世紀的歐洲啟蒙運動中，西方文化主要形成了以自然崇拜為基礎的自然神論思潮，啟蒙運動時期思想家們主要就是因自然神論的崇拜把基督教的上帝從傳統神學統治中推下神壇，確立了以理性為基本價值尺度的啟蒙精神，從而使基督教以及其文化在西方精神世界中的地位土崩瓦解，人們從此至少在理論上不再信仰唯靈主義的上帝，而是信仰以心靈的虔誠、良知為核心的情感宗教，這種宗教信仰從文學中的浪漫主義開始，形成了以法國的盧梭、德國的施萊爾瑪赫為創始人的現代自由派神學，自由派神學對啟迪西方世界對人的心靈價值的肯定發揮了很大的影響，從而激發起他們探索外在世界的奧秘，發展科學技術的巨大創造力，而科學技術所取得的偉大成就又反過來證實了人類具有與上帝相媲美的創造才能，這樣，對人類創造性才能和科學技術的崇拜就取代了對上帝的信仰。但是，當十九世紀的人們對科學技術的信仰由理性走向絕對化時，又使

得西方人文主義傳統在西方當代社會和文化中被擠向邊緣，因而西方
文化中產生出一種回歸傳統基督教文化的價值觀和傳統人文主義的精
神傾向。這種宗教傾向誕生出了維護正統基督教權威的基要主義和新
正統神學等流派；當歷史進入二十世紀以後，西方的宗教文化走向多
元化，誕生了所謂的福音派神學、羅馬天主教神學、過程神學、解放
神學、末世神學等宗教派別。從這個簡單的線索勾勒中可以看出，西
方宗教文化的發展不僅具有動態性，而且具有相當的豐富性和複雜
性，我們唯有從西方宗教文化發展的基本事實出發，才能充分地發掘
出西方宗教文化的豐富內涵。

　　3. 西方文學中的宗教問題也不是一個簡單的單向進程，而是呈現
出豐富性和複雜性。只有把西方文學中的宗教問題放到西方宗教文化
的動態發展中才能使之得到清晰的再現和闡釋。從總體上說，西方文
學中的宗教問題主要包括以下幾個方面：（1）古希臘時期的人本主義
宗教（古希臘文學最具獨特性的體現），它是用文學的形式表達宗教
內涵的最完美形式，正是這種完美形式，才成為古希臘文學具有無限
魅力的奧秘，這在世界古老文明中是絕無僅有的；（2）中世紀的唯靈
主義宗教。中世紀的基督教是由東方猶太教、古希臘神秘主義哲學和
古希臘文學共同融合而成的，它由此成為了東西方兩大文明的完美結
合體，因而基督教不僅僅是儀式化的、威嚴的、愚民的、神秘的宗
教，而是一種具有哲學追問精神和充滿想像力的有學問的宗教，基督
教教義本身就是由哲學闡釋而成的，因而具有濃厚的理性內容，但其
基本內容又是由生動活潑的神話故事和傳說組成的，因而又具有很強
的文學性和審美功能；（3）文藝復興時期的感性化宗教。文藝復興時
期人們主要宣揚的是古希臘的人文主義思想，但由於西方近代社會受
到中世紀基督教文化的深厚影響，因而使之在宣揚古希臘人本主義思
想的過程中也染上了濃厚的宗教色彩，這種宗教表現為人們對人本價
值的肯定、熱愛和崇尚，由於人文主義者主要是針對基督教禁欲主

義、來世主義和神秘主義提出的思想綱領，因而具有感性化色彩，人文主義者對人的感性特質的推崇成為這個時期文學的顯著特徵。（4）古典主義和啟蒙運動時期的理性化宗教。古典主義和啟蒙主義文學主要是在人文主義者反基督教文化所呈現的侷限性中超越出來，而以理性為最高尺度反對傳統的基督教思想。古典主義在文學上有回歸古希臘傳統，尊崇古希臘經典、遵守古希臘文學中的創作規範等特點，在宗教領域則具有以王權代教權的傾向；而啟蒙主義文學則直接把文學視角伸向基督教教會統治，用理性代替上帝，從而催生了所謂的自然神論；（5）浪漫主義時期的心靈宗教。浪漫主義的心靈宗教既是對啟蒙運動時期人們對推崇理性的反抗，又是自然神論發展到它的極端時的必然結果，自然神論、泛神論和無神論最終都是要啟發、發展人的潛在能量，而浪漫主義的心靈宗教正是從宗教角度肯定了人在整個存在物中的最高價值，它對於上帝被人類推下神壇之後的人的價值提升產生非常深刻的影響。二十世紀的西方現代主義思潮正是在浪漫主義心靈宗教的基礎上發展起來的一種新人本主義。（6）浪漫主義的心靈宗教在宗教上對人的價值肯定必然造成上帝在世界中的幻滅（如尼采說的「上帝死了」），上帝之死不僅僅是人們對基督教信仰的喪失，而是人們賴以生存的精神根基都給摧毀了，於是西方世界就進入了一個虛無主義的時代。在這樣的精神根基缺失的時代裡，西方思想就出現了十九世紀末期和二十世紀對傳統宗教價值的重新肯定，但由於基督教教會組織經過幾個世紀的破壞和其本身的侷限性，因而教會已經不能承擔起挽救上帝死亡命運的職能，因而現實主義和現代主義就以文學的形式不同程度上向基督教傳統進行回歸。其間雖然有反宗教的文學，也有回歸古希臘傳統的文學，但主要的是以文學取代宗教的文學，因而十九、二十世紀文學的主要特色就是文學取代宗教，文學家成為傳教士，文學作品成為啟示人們心靈的福音。

　　從上面的分析中可以看出，不管西方文學中的宗教問題呈現出如

何的豐富性和複雜性，但其發展軌跡與西方宗教文化的發展都有著密切的互動關係。總體說來，這種軌跡呈現出螺旋式循環的發展趨向，即西方社會是在不斷地向前發展，但西方文學及宗教文化卻顯示出一種向後回溯的運動軌跡，對於這樣一種精神現象的揭示，成為本研究課題的難點，同時也是亮點。

第二、本研究課題的主要研究思路與方法。本課題「西方宗教文化與文學」主要研究從古希臘時代一直到二十世紀的西方文化和文學，其研究範圍不僅時間跨度大，而且研究的內容也非常廣闊，把握其中的線索脈絡較困難，因此本課題主要堅持綜合研究為主，結合宗教與文學問題的歷史考察進行多層次的文本研究。在深入挖掘西方文學中的宗教內涵的基礎上，把西方宗教與文學、西方歷史與文學的關係進行綜合分析，以期對西方文學中的宗教問題有一個更為全面的認識和理解。

第三、本課題的研究意義。「西方宗教文化與文學」並非是完全陌生的研究課題，但以往的文學研究者往往只注重西方文學本身的內容去研究宗教問題，忽視了宗教文化對文學的巨大影響；而西方宗教研究者又注重宗教本身的內容，而忽視文學中的宗教對西方宗教文化所作的貢獻，因此，本課題擬把西方文學的歷史與西方宗教的歷史放在一起進行考察，企圖把西方文學中的宗教問題放在更廣闊的環境中進行認識，同時這樣的研究也充實了西方宗教文化的內涵，使文學也同樣可以成為西方宗教文化的有機組成部分，有助於人們對西方宗教文化的深入理解。

本課題還把西方神學與西方人本主義思想放在一起進行考察。以往的研究由於沒有真正打通西方宗教文化與文學之間的內在聯繫，使得西方宗教文化主要以研究神學為主，主要表達的是西方神學思想的發展脈絡，是神的言說。我們通過把西方宗教文化與文學放在一起進行研究，使我們更為清楚地知道西方宗教文化中除了有神的言說，也

還有人的言說；西方文學除了主要表現人文主義思想外，也有表現神的言說的內容，作家往往在這個時期擔當起宗教家的職能，這種神與人的相互言說、人神共歡的美好狀態，是打通神聖與世俗的主要渠道和橋樑。這對於當今世俗化浪潮洶湧的時代裡讓人們從西方宗教文化和文學中重新體會神聖感尤其具有重要的意義。

第一章
古希臘時期的文學與宗教

第一節　古希臘文學中的宗教言說

　　古希臘人生活的自然和地理條件有兩個最基本的元素：山和海。希臘國土上到處見到的是綿延起伏的山嶺、狹窄的平原、小小的山谷和河流等，這種獨特的地理環境孕育出古希臘精神的基本特質：即分立和特立獨行、崇尚自由的性格。正因為古希臘人始終保持在這種自然環境的約束之下，從而形成了他們相對獨立的文化個體，正是通過這種差異和對這種差異的克服，才產生出美麗、自由的希臘精神。

　　大海作為希臘民族生活中的第二個元素，造就了古希臘人經常處於兩棲式的生活狀態中，使希臘人不僅能與陸上的民族進行交往，而且也能與海外的民族進行交往，在友好交往的過程中，也必然會產生矛盾和戰爭。出於希臘民族安全和個人安全的需要，他們逐漸培養出一種團結一致、共同行動的精神和意志。這在荷馬史詩中就行到了最為充分的表現。

　　正是由於古希臘民族這些基本的特質，使之培育和造就了古希臘最為豐實和富於魅力的文化，這種文化一開始就擺脫了對大自然盲目迷信的拘束，他們沒有把自己的心靈寄託在一個虛幻、神秘、異己的神靈中，而是憑靠自己稍顯稚嫩的、然而卻是非常執著的智慧在努力探索著自然、社會和人生的奧秘，這種探索具有某種童年時期的天真色彩，但它所體現的精神卻是嚴肅、莊重和成熟的，因而在實際的古希臘社會生活中起到了一種叔本華稱之為「將人向上提升的偉大力量」，這種精神力量就是古希臘人區別於世界其他民族的宗教，古希

臘人的這種宗教不是由祭司、先知、聖人或任何其他距離普通現實生活很遙遠、具有特別的神性的人創造發展起來的；而是由詩人、藝術家和哲學家創造和發展起來的。他們沒有權威性的聖經寶典，沒有教規，沒有戒律，沒有教條，而是完全憑靠自由的理性、豐富的想像和天真的熱情，去為希臘人的宗教設計自己棲居的心靈家園。他們在文學作品中創造的神靈借助文學活動得到彰顯和延續，並且在古希臘的社會生活和精神生活中始終占居了中心的位置，成為古希臘人精神生活賴以生存的支柱。古希臘人是從文學的創造活動和欣賞活動中開始他們的宗教的。

正如馬克思所說：古希臘人是人類早期文明進程中發育最為健全的兒童，這表明它的文化有優於世界上其他民族的地方，它也和世界上其他民族的文化一樣，都來源於對自然事物的認識和感應，但古希臘人更善於，也更勇於認識和把握自己的命運。他們對自然事物的認識和感應變成純理性的思索的東西，他們不被純粹精神的東西所左右，而自始至終都關注於表現他們自己。在古希臘人創造的精神世界中，無論是他們創造的神，還是他們創造的優美的文學藝術作品，都不是冷冰冰的，不吃人間煙火的虛幻之神靈，而是飽含著古希臘人豐富、優美、獨特的精神個性。在古希臘人的生命旅程中，也和世界上其他民族一樣，經歷過對自然和命運的恐懼和掙扎，也曾經有過迷茫甚至失望，但古希臘的詩人和藝術家們卻憑靠他們的智慧和意志硬是把主宰人類的恐懼和失望給驅散了。他們把充滿恐懼和失望的世界變成了充滿美的精靈的世界。同時，在古希臘文學作品中，我們看到的也是充滿自由和無所畏懼的人們，因而美德世界和美的個性是希臘文化精神的核心。這就是由詩人、藝術家和哲學家創造的宗教言說與世界上其他古代民族所創造的宗教的根本區別所在，從中充分體現出古希臘人所創造的藝術宗教的永恆魅力。下面就對古希臘人的這種藝術宗教進行具體闡述。

　　一、古希臘神話與宗教。古希臘神話是希臘文明的土壤和寶庫，早在西元前十二世紀，古希臘神話就已經形成了自己比較完整的家族譜系，我們可以從赫西奧德的《神譜》中就可以清晰地看到其創世神話的原初面貌：「毫無疑問，最初出現的是開俄斯（混沌），其次才出現寬廣的該亞（大地），那永遠歸然不動的萬物的基座、不朽的神居住的俄林波斯雪峰也靠她支撐；在寬廣的大地的深處，是朦朧的塔爾塔洛斯（Tartarus，冥府）；不朽的神中可愛的厄洛斯（Eros）既酥軟了一切神和人的手腳，又儡服了他們的神智。從開俄斯（混沌）中產生了厄瑞部斯（黑域）和尼克斯（黑夜），他們相愛婚配後，尼克斯生了以太（Aether）和白晝（Day）。大地（Geia）首先產生和她同樣廣大的、點綴著繁星的烏拉諾斯（Uranus），將自身團團圍住，並作為幸福的諸神的永恆住所。以後他又不經交歡而產生高山，成為棲息於森林山谷的女神的住所，以及蓬托斯（Pontus），波濤洶湧的海洋」。[1]

　　從這裡充滿想像力的敘述中可以看出，古希臘的創世神話給我們呈現的不是神靈創世的奇蹟，而是自然界自身運動的結果。而「自然」在西方世界的意義都有兩重含義：一是指自然界本身，一是指人的本性，即自然界的發展不僅僅是自然本身的必然性使然，也是人的本性使然。因此，其神話創造的神既是自然本身，又是他們依據自己的形象創造的活生生的人。這種神人同性同體的觀念使古希臘人創造了一系列富有情感、思想和性格的神話人物，從而使希臘神話充滿了濃厚的人文氣息。

　　宙斯是希臘神話中代表了希臘正統社會觀念的形象，他在希臘神統中是一個主宰一切的統治者，他持有維護社會秩序和自然安全的重大責任和使命，因而顯得威嚴和莊重，雷錘和閃電是他權力的象徵；但他並不完全是這種社會使命的冷冰冰的掌權者和執行者，如宙斯雖

1　〔希〕赫西奧德撰，謝德風譯：《神譜》（北京市：商務印書館，1988年），頁30。

然是眾神之主，但他與人一樣有七情六欲，並常到人間來和美麗的女
子偷情。他與妻子赫拉的關係就像人間普通的夫妻一樣，有恩愛，也
有爭吵，別有一番情趣。其他神靈都受到最高統治者宙斯的控制，他
們盡心盡職掌管被分派的神界事務，聽候宙斯的調遣，但這些神靈並
非是些死板地執行上級命令的行政機器，在工作之餘也經常開玩笑，
尤其在情感和欲望方面他們沒有受到任何道德規範的限制，他們大多
表現出一種自由奔放和無拘無束的性格，在情場上尤其顯得風流倜
儻。據荷馬的《奧德修紀》上所講的神話故事，愛神阿佛洛蒂特與匠
神赫淮斯托斯是夫妻，但因丈夫相貌醜陋，她常常與風流倜儻的戰神
阿瑞斯幽會，赫淮斯托斯出於嫉妒，於是暗中布下一張大網，把這對
幽會的情人當場捉住，並召集所有神靈來做見證，而眾神卻對這件風
流韻事大笑不止。當然，大多數神靈都是能夠恪守職分，比如以嚴
肅、莊重著稱的智慧女神雅典娜，她是作為智慧的人格化身而受到古
希臘人的崇敬的。她是智慧、勇敢和技藝的女神，她善於思索，勇於
戰鬥；她既是一個活潑的少女的形象，又代表了希臘神統中的社會正
統觀念。在雅典法庭上審判俄瑞斯忒斯殺母一案時，表現出雅典娜高
超的智慧和勇氣，俄瑞斯忒斯的最終勝利，不僅使得希臘的法權觀念
得到清晰的呈現，而且使得希臘社會由母權制過渡到父權制社會有了
可靠的法律保障；但雅典娜在個性精神方面崇尚節制、謹慎。她由於
其高超的智慧和勇於戰鬥的作風贏得了古希臘人的普遍尊敬。

　　普羅米修斯雖然屬希臘奧林匹斯神統中的一員，但他卻並沒有得
到應得的職分，因而普羅米修斯是古希臘奧林匹斯神統中的異端。他
作為神界的智慧型英雄，其主要的精力不是在關注神界的事業，也很
少和其他神靈打交道，卻始終關注著人類的命運和幸福。普羅米修斯
不僅是人類的創造者，而且還是人類生存和各種技藝的導師。但是，
這位造福於人類的神祇卻因知道宙斯的秘密而對他大有不恭，觸犯了
宙斯的神意，宙斯給普羅米修斯以神界最嚴厲的懲罰，他派大力和強

力兩神把普羅米修斯綁在高加索山上，讓他日復一日地被神鷹叼啄內臟，承受無數次死亡的巨大痛苦。當諸神派使者來勸他服從宙斯的命令時，他還回答說：「宙斯無法用苦刑或詭計強迫我道破這秘密，／除非他解了這侮辱我的鐐銬。／讓他扔出燃燒的電火吧，／讓他用白羽似的雪片和地下響出的雷霆使宇宙紊亂吧；／可是這一切都不能強迫我告訴他，／誰來推翻他的王權。」[2]這表明普羅米修斯是坦然地面對酷刑，永不屈服。我們知道，凡人在自己的整個生命歷程中只能經受一次死亡，而普羅米修斯卻經歷著無數次死亡，這表明普羅米修斯對宙斯所施加的死亡懲罰予以冷漠的蔑視。普羅米修斯把世界上最大的苦難當成自己的命運來承受，從而在精神上超越了死亡對他的生命限定。更為重要的是，在他忍受的巨大痛苦中還煥發出了一種奇異的精神生命，「精神生命不是逃避死亡，迴避毀滅的生命，它忍受死亡並在死亡中忍受自己的存在。只是當他發現自己被撕得粉碎時，它才贏得自己的真諦。它之所以是偉大的力量，不是憑著他是一種逃避否定的肯定……相反，精神之所以是這種力量，完全是因為它勇於面對否定，跟著與否定居住，在否定旁邊的這種居住正是將否定轉化為存在的魔力。」[3]黑格爾說的這種魔力就是我們平常所說的悲劇力量，而普羅米修斯的悲劇性不僅表現在他勇敢地承受了宙斯給以他的懲罰，而主要的是他從這巨大的受難過程中產生了一種強大的精神生命，它激發起古希臘人對智慧本質的雙重性的深沉思索，因而宙斯對普羅米修斯的懲罰是古希臘人以文學的形式對人類智慧本身的一種警告。與此同時，普羅米修斯憑靠其天神的智慧創造人類並為人類謀幸福的舉動是沒有違反任何神意的，他遭受懲罰是由於他違反了神聖的

2　〔希〕埃斯庫羅斯撰，羅念生譯：《普羅米修斯》，《羅念生全集》（上海市：上海人民出版社，2004年），卷2，頁39。

3　〔德〕黑格爾撰，賀麟等譯：《精神現象學》（北京市：人民文學出版社，1981年），頁93。

統治秩序，由於他的智慧所表現出來的對最高神意的不尊。因此，普羅米修斯雖遭到宙斯的嚴厲懲罰，但他的受難在人類層面上卻顯示出了一種巨大的宗教力量，這種力量既喚起了普羅米修斯的價值自尊，同時也強烈地震撼了古希臘人的心靈，因而是一種實實在在的「將人向上提升的偉大力量」。

因此，古希臘神話雖然有其童稚式的率真和純淨之美的方面，也有其深思的沉重和痛苦的方面，那些膽敢冒犯神意的作為，無論是神靈、還是人類自身，都會遭到最嚴厲的懲罰。另一方面，人類正是由於其與神靈的鬥爭與反抗，使得人類在神（自然）與人的兩極對立中找到了自己的價值自尊。因而在古希臘神話中，我們看不到人在神靈面前的卑躬屈膝，而更多的是看到人與神的相互交融，以及人在神面前找到的價值自尊。

二、古希臘史詩與宗教。古希臘史詩主要指的就是荷馬史詩，荷馬史詩雖然是盲詩人荷馬整理所成，但卻是古希臘人的集體創作。由於荷馬史詩反映的是古希臘英雄時代的歷史，因而該作品主要表現出他們對古希臘英雄品質的獨特思考。在歐洲封建化以後的時代中，人們對英雄品質的衡量，大都側重於對英雄是否忠君愛國的表現上。而在古希臘時代，英雄品質是由自身素質所迸發出來的獨特個性來體現的，這種英雄個性雖有其本有的缺陷，但因為它是發自人的心靈深處，是人對自身本性的肯定與釋放，因而是快樂的、美的個性。希臘英雄阿喀琉斯就是這種英雄的典型，他勇敢，武藝高強，性格剛烈，不畏強敵，上戰場義無反顧，但他也有使性子，意氣用事，為個人私事而不顧整體利益的缺陷，但作者還是充分肯定了他的英雄性格並予以熱情的讚美。奧德修斯是荷馬史詩中智慧型英雄的典型，他在希臘聯軍中以足智多謀著稱。雖然他和其他英雄一樣具備武藝高超、勇敢頑強等英雄品格，但他更多的是以智慧取勝。從荷馬史詩來看，詩人對智慧型英雄的崇拜要更甚於對勇武型英雄的崇拜。勇武型英雄阿客

琉斯雖然有強壯的體魄、高超的武藝和勇敢精神等優美品德和個人魅力，但他也有任性、不顧集體利益等缺點，而這種缺點在特洛亞戰爭中卻給希臘人的整體利益造成了極大的傷害。而智慧型英雄奧德修斯更多的是憑靠他的智慧來取得勇武型英雄所不能取代的功績。在希臘聯軍多次處於危急時刻，是他用智慧挽救了希臘軍隊的命運，甚至在某種程度上說，正是由於奧德修斯的智慧才最終使古希臘人攻下特洛亞城，獲得特洛亞戰爭的最後勝利，這是任何憑武藝和勇敢所不能創造的英雄業績。因此，智慧在古希臘人的心中具有更為崇高和神聖的地位。

在人類要求擺脫愚昧、不斷向著自我解放的精神歷程中，古希臘人展現了人類童年時期最為輝煌的一頁，他們在與自然和社會鬥爭的過程中，產生了一種具有強烈人本意識的價值理念。古希臘哲學家普羅泰戈拉就有句名言：「人是萬物的尺度」，它既表達出古希臘人在與自然分離過程中要求擺脫自然力控制的個體意識，又表達了古希臘人在掠奪財富、發動戰爭和建立社會制度過程中所體現的自由意識。然而，古希臘人清醒地意識到，要成為自然的主宰，和社會生活中的英雄，除了要有過人的體力和勇敢精神外，最主要的品質還是要有高超的智慧。然而，古希臘民族是一個具有深度感的民族，詩人荷馬並沒有因為智慧的業績而忘卻了對它的深度思考。雖然智慧是人類擺脫愚昧和野蠻、朝向文明大道邁進的必備條件，也是人類戰勝困難，爭取生存的必要條件，但它同時又是人類虛偽、罪惡的根源。尼采說：「智慧，尤其是狄奧尼索斯智慧，是一種違反自然的罪行，並且告訴我們，任何人如果借著知識上的自負而把自然投入深淵的話，他自己也必將償到自然分裂的苦果。」[4]智慧一方面在建造文明，造就豐富多彩的物質財富，另一方面又給人類社會造成巨大的災難，智慧在受

4　〔德〕尼采撰，劉崎譯：《悲劇的誕生》（北京市：作家出版社，1986年），頁53。

到文明讚美的同時也受到詛咒。荷馬的這種對智慧本性的深刻思考已
超出了他對智慧型英雄品質的詮釋，而是從他們身上感受到了智慧所
造成的細微而又深刻的痛苦。荷馬並不總是把智慧型英雄描述成為積
極的、樂觀向上的正面英雄形象，而更多地意識到他們對人類命運的
制約，他們隨時隨地都可能給人類帶來無限的災難和痛苦，把人類引
向了一個充滿未知數的兩難困境。這種對苦難的意識啟發了荷馬內心
深處的悲傷與隱痛。使他創造出了英雄奧德修斯震撼人心的苦難與榮
譽相交織的史詩交響曲。

　　古希臘人對神意是尊崇的，他們聽從神意的召喚，順從命運的安
排，但是在具有智慧的人身上，他們卻自覺或不自覺地違反了神意，
這種人與神意的衝突，正是古希臘人陷入悲劇命運的根源。奧德修斯
作為人間的智慧型英雄，他以其高超的智慧使希臘聯軍攻下了特洛亞
城，掠奪特洛亞人的財富，使希臘聯軍得以勝利凱旋，但最高神祇宙
斯卻賦予他海上漂流十年的嚴厲懲罰，這種懲罰與其說是法律意義上
的懲罰，倒不如說是道德意義上的懲戒，因為最高神祇在特洛伊戰爭
開始時就已經決定了這場戰爭的命運，希臘人將取得這場戰爭的最後
勝利。宙斯之所以要懲罰奧德修斯，並不是因為奧德修斯違反了神
意，也不是因為他冒犯了天尊，而是對人類智慧所造成的災難的懲
罰。奧德修斯在特洛伊戰爭中用智慧取得勝利的同時也是智慧製造的
一場對特洛伊人的巨大災難，在宙斯的天平上這兩者都應該有所負
擔，所以奧德修斯理應受到身體和道德上的懲罰，這種懲罰在神意方
面來說實際上是對奧德修斯來說是一種關愛。因此，荷馬並沒有因為
智慧所造成的災難而對智慧本身產生仇視。奧德修斯雖然遭眾神之主
宙斯的懲罰而受難，但他的受難並不是一種因罪行而遭受的苦難，而
毋寧說是一種智慧型受難，是人類有高超智慧的人所必須承受的一種
苦難經歷，受難對有智慧的人來說並不是人必須逃避的命運，而是人
生必須經歷的考驗。奧德修斯在海上漂流十年雖然是宙斯給予他的懲

罰，但他把它作為一種智慧的歷練來享受，這樣，他在海上和回家途中依靠自己的智慧克服常人難以想像的困難就不是一個受懲罰的過程，而毋寧說是一個經受各種考驗而演變成智慧型英雄的過程。從阿加門農被其妻子及情人所殺的情節和悲劇結局來看，我們相信，奧德修斯通過智慧的受難回到故鄉伊塔卡所獲得的幸福要比其他凱旋回國的希臘英雄強烈得多，因為他的幸福是在受難過程中得到的，因而更顯得彌足珍貴。奧德修斯在文學上的原型意義就在於，他以其智慧的大腦和果敢無畏的行動使他的受難與榮譽在最高神祇宙斯的天平裡獲得了微妙的平衡。

　　三、古希臘悲劇與宗教。古希臘悲劇是古希臘民主制度最為繁盛時期的產物，它集中體現了古希臘人對待命運的嚴峻思考和努力探索的精神。古希臘人在對人類自身的思考中不僅有其樂觀向上，積極進取的人生態度，而且還有對待命運的嚴峻態度。古希臘人並未在自己的思想中確立起單純追求快樂的單向幸福觀，而是在努力深思自己命運的同時，敢於而且勇於承擔命運賦予自身的種種不幸，在承擔這種不幸中去努力反抗這種不幸的命運。普羅米修斯作為古希臘悲劇中的一個「在哲學的日曆上為人類的幸福而受難的殉道者」，他不僅具有高度的為人類謀福利的責任感，而且在面對暴君時體現出一種強烈的反抗意志。當暴君懲罰他時，普羅米修斯的英勇不屈令人敬佩，尤其難忘的是，人只能承受一次死亡，當受難達到死亡極限時，人的生命也就完結了。由於普羅米修斯是神，不是人，因而他承受的痛苦並非常人的痛苦，而是忍受反覆死亡的巨大痛苦。這種受難過程和體現出來的對命運的反抗精神引發出一股巨大的精神力量，激勵後來者為之振奮，為之奮鬥。

　　俄狄浦斯作為古希臘人另一種對命運思考的類型，更體現了古希臘人對命運的深思與痛苦。俄狄浦斯是古希臘社會成熟時期智慧型英雄的代表，他是忒拜國最偉大、最英明的君主，「無所不曉的人」、

「最高貴的人」，他擁有最高權力和可以與天神相媲美的智慧，然而他卻在毫無犯罪動機、毫無過錯的情況下犯下了人類社會最大的罪行，這種罪行是人的智慧所無法認定的。從他的行為來看，他只是在盡自己的責任，為忒拜人謀求幸福，但是，當俄狄浦斯勇往直前，力排眾議，一直走到這條自己闖出的道路盡頭時，他才發現，他自始至終都是被自己所玩弄，俄狄浦斯就像是被無端的厄運降臨在他身上一樣，使他無法通過自己的智慧和自由意志去戰勝或擺脫它。這位具有天神般智慧和高貴的君王在不知不覺中卻犯下了人間最不可饒恕的罪行，他在神的眼裡成了一個最為卑賤、為人類所不容的人。他由此刺瞎了自己的雙眼，為的是此後不再看見自己所造成的罪惡。直到此時，能夠解下司芬克斯人之謎的俄狄浦斯才真正認識到命運的巨大威力。當命運的這種不可逆轉的必然性呈現出來時，俄狄浦斯由智慧所開創的自由意志也走到了終點。詩人以歌隊長的獨白總結道：「忒拜本邦的居民啊，請看，這就是俄狄浦斯，他道破了那著名的謎語，成為最偉大的人；哪一位公民不曾帶著羨慕的目光注視他的好運？他現在卻落到可怕的災難的波浪中了！因此，當我們等著瞧那最末的日子的時候，不要說一個凡人是幸福的，在他還沒有跨過生命的界限，還沒有得到痛苦的解脫之前。」[5]俄狄浦斯命運的悲劇性就在於無論人具有多麼高超的智慧，他都無法與神秘莫測的命運相對抗，智慧雖然是人類賴以生存的天然秉賦，在與其他生物相比具有不可比擬的優勢，但在強大而神秘莫測的命運目前，人類的智慧又顯得那麼的軟弱渺小！

　　索福克勒斯雖然認識到這種神秘命運的存在，但他只有關於命運的朦朧意識，而缺乏對命運的明確的理性觀念，他在那個時期不可能

5　〔希〕索福克勒斯撰，《俄狄浦斯王》，《羅念生全集》（上海市：上海人民出版社，2004年），卷2，頁286-287。

認識到社會發展的必然性規律，這種規律就是父權制必然戰勝母權制。但是，詩人在對俄狄浦斯命運的玩味中，卻啟發了古希臘人內心深處的宗教情感。俄狄浦斯通過對罪行的自我認定，以懺悔的方式表達了他對不可知命運的尊敬，從而獲得了神的重新肯定。「然而，這位深刻的詩人告訴我們，一個真正高貴的人是不可能犯有罪惡的，雖然他的行為破壞了所有的法律、所有的自然秩序，也就是整個倫理規範。但是，所有這些行為，將創造意義更為豐富的結果，而這結果就是從舊世界的廢墟上建立一個新世界。」[6]從人類精神發展史的角度來說，尼采所說的新世界就是古希臘人的智慧和理性所不能企及的信仰世界，因為智慧和理性所及的範圍是有限的現象世界，在智慧所不能及的範圍之外，只能依靠信仰才能達成。俄狄浦斯的懺悔揭示了智慧型英雄受難的新形式。在這種受難形式中，英雄行動的意義在更高一個層面上被否定了，因為英雄的智慧無法確證這本體的世界的存在，也無法印證智慧的尊嚴，他只能順從這本體世界中發出的命運安排，因此，在這個層面上英雄的受難並不是肉體的或個體的受難，而是人類的精神性或普遍性的受難。通過俄狄浦斯的懺悔式受難體驗，古希臘英雄在現實行動中的罪行被最高神祇寬恕，並在神界重新獲得肯定和讚美。這是古希臘詩人對智慧型英雄受難歷程的探索而得出的最後結論，這個結論同時也預示著一個以注重信仰為主體的新世界的誕生。同時，詩人們對智慧型英雄受難問題的深沉思考，使得古希臘的人本主義思想上升到了一個前所未有的高度，這就為古希臘的人本主義與基督教的唯靈主義融合搭起了一座精神上的橋樑，為兩種異質文化在羅馬社會末期的交融提供了精神基礎。從某種程度上可以說，基督教世界能夠比較順利地與希臘、羅馬文化實現有機融合，跟古希臘詩人對智慧型英雄受難的深沉思索是分不開的，甚至與整個古希臘

6　〔德〕尼采撰，劉崎譯：《悲劇的誕生》（北京市：作家出版社，1986年），頁51。

文學的宗教言說也密切相關。

第二節　古希臘神秘主義與唯靈主義

　　古希臘人的這種彼岸意識和唯靈主義不是空穴來風，而是古希臘悲劇中的人文主義思想走向極端後的必然結果，當古希臘悲劇作家承載著對人生命運的痛苦體驗達到無法承受的程度時，他們就再也無法用文學語言來表達靈魂淨化和尋求意義的願望，轉而去追求現實生活之外的彼岸意識和唯靈主義。古希臘精神生活的這種轉變最早發生在希臘民間的伊流欣奴秘儀、奧爾弗斯神秘祭中，並在古希臘唯心主義哲學土壤中滋生壯大，通過蘇格拉底、普洛丁、柏拉圖等人的闡述，最終匯入到基督教的嚴密、完整、系統化的宗教形而上學體系中。

　　伊流欣奴秘儀是流行於希臘城邦時期的民間祭祀典禮。他們祭拜的兩位女神是得墨忒耳和珀耳塞福涅，這些盛大的宗教祭典在雅典或雅典到伊流欣奴的行程中舉行。他們為此準備好豐盛的祭物，在祭物的後面，跟著伊流欣奴祭司、雅典法官、得秘傳者和外國的觀光團體，主持大秘儀的是這個國家的執政王，而受秘傳者是那些經過嚴格考驗的人，他們被選後隨隊伍到達廣場，但只有進入祭壇深處時，他們才可以得到秘傳教義，這個過程的保密規定相當嚴格。實際上，在秘傳教義中，並沒有任何秘傳理論的東西，而是在這種莊嚴、神秘的儀式中體驗激情並在此過程中接受某些神秘精神的支配。他們在秘儀中往往感受到一種從內心焦慮過渡到精神愉悅的精神狀態，並在秘儀結束時感到自己內心發生了變化。此後，在通過與女神們更為緊密的個人關係，受秘傳者就成為具有異乎尋常命運的真福者，他們回到家裡後，還是在城邦生活，從事他們以前所做的工作，沒有任何改變，但是，他們的心靈卻因這秘祭發生改變，並由此保持著他們的內心信仰。他們感到生活是充實的，也相信在冥界會得到光明、狂舞和歡

歌。因此，伊流欣奴秘儀是一種關於靈魂和彼岸世界宗教神秘儀式。
這種神秘儀式雖然是以希臘正統神祇的異端而標榜，但它並沒有與希
臘正統神祇的法權造成對立，甚至在某種程度上是對希臘正統神祇的
補充和完善。

　　古希臘城邦時期，民間還流傳著一種與正統的奧林匹斯神統相對
立的神秘祭，這就是奧爾弗斯神秘祭，這種宗教的主要和原始的儀式
就是對酒神狄奧尼索斯的崇拜，酒神崇拜是一種既美麗又野蠻的宗教
儀式，參加這一儀式的多為婦女，她們頭戴常春藤冠，身披獸皮，手
持酒神杖，狂歡濫飲，與象徵著理性原則的奧林匹斯諸神相對立。狄
奧尼索斯代表著遭到壓抑的情感和欲念，對他的崇拜或許更具有原始
意味，但也更多地包含著超越現實的衝動，它煽動起一股回歸混沌的
忘我迷狂，使靈魂與肉體一同沉醉於焚毀消散的暈眩和輕揚中。它沖
垮了一切法規、禁忌的藩籬，使精神和情感得以絕對自由地宣洩，因
而它是精神與肉體的共同放縱，尼采對此評論道：「這些慶典之中心
觀點乃是一種純粹的性之亂婚，它蹂躪了每一種業已建立的部落宗
法，所有這些心中之野性的衝動，在這些機會裡都得到解放，一直到
他們達於一種欲望與暴戾之感情激發的頂峰。」[7]但是，狄奧尼索斯
崇拜畢竟是原始而粗野的，在後來的演變發展過程中，這種肉體的迷
狂逐漸轉化為精神沉醉。縱欲主義讓位於禁欲主義，狄奧尼索斯崇拜
被奧爾弗斯崇拜所取代。奧爾弗斯是希臘傳說中的歌手，他的琴聲能
感動花草鳥獸。據說他因為拒絕參加酒神的狂歡秘祭而激怒了狄奧尼
索斯的女性崇拜者，被狂怒的色雷斯婦女們撕成碎片。奧爾弗斯是一
個憂鬱悲觀的形象，對物質生活採取禁欲主義的態度，他過著純潔的
生活，遠離任何污穢，選擇素食，同時，他還時時沉湎於他的音樂之
中，在音樂中達到的精神歡愉得到了補償。夢幻、冥想、萬劫的寧靜

7　〔德〕尼采撰，劉崎譯《悲劇的誕生》（北京市：作家出版社，1986年），頁27-28。

和靈魂的永生，這就是奧爾弗斯嚮往的境界。

奧爾弗斯崇拜是古希臘人本主義向唯靈主義過渡的標誌，從此古希臘社會開始逐漸告別了對現世人生的追求，轉而去探尋精神世界的奧秘，體驗精神世界給人帶來的歡愉，因而奧爾弗斯崇拜已明顯具有宗教色彩。其宗教性主要在於：它提出了一種精神與肉體相對立的二元論思想，以及靈魂輪回轉世直至永生的觀念。現實世界和肉體世界只是束縛靈魂的暫時泥淖，是虛幻和罪惡的源泉。靈魂在幾經肉體的熬煉之後將徹底摒棄這有限的定在形式，達到永恆的歸宿地。此生的德行將決定來世的生活，苦行的有德者乃將轉世為人，如此循環往復，終至於神。這種靈魂與肉體的二元論使奧爾弗斯教具有了一些形而上學的成分，它是發生在古希臘社會中的一場自發的宗教改革，它構成了希臘神話從希臘哲學明朗直觀的感覺主義向深邃玄奧的唯心主義過渡的一個重要環節。

在古希臘哲學中，第一個公開宣揚哲學唯靈主義思想的人就是蘇格拉底，蘇格拉底因提倡新神而被崇奉奧林匹斯多神教的雅典人處死。蘇格拉底所表現出來的宗教殉道精神和對死亡的超然態度，使他成為西方思想史上僅次於耶穌的偉大思想聖徒。古希臘的偉大哲學家亞里斯多德曾經這樣評價過他：「有一種生活，遠非人性的尺度可以衡量；人達到這種生活境界，靠的不是人性，而是他心中的一種神聖力量。」[8]他之所以能如此勇敢無畏，就在於他信奉著「靈」，而這個「靈」與基督教所宣揚的三位一體的上帝似同出一轍，吉士丁尼也說：「鼓舞著蘇格拉底的理性，自那時以後便化為人形，托生於耶穌基督，所以基督徒是與蘇格拉底及柏拉圖崇拜同一個上帝。」[9]

8　〔美〕伊迪絲・漢密爾頓撰，葛海濱譯：《希臘精神》（北京市：華夏出版社，2008年），頁271。

9　〔美〕伊迪絲・漢密爾頓撰，葛海濱譯：《希臘精神》（北京市：華夏出版社，2008年），頁279。

　　繼蘇格拉底之後的就是古希臘唯心主義哲學家柏拉圖，柏拉圖是古希臘神秘主義和哲學唯靈主義思想的集大成者，同時也是基督教神學理論的來源。柏拉圖哲學思想的基礎是實體與現象，理念世界與感覺世界相對立的二元論哲學。柏拉圖認為，可感覺的現象世界是虛幻的世界，它只是真實世界的摹本或影子，它與真理隔了三層。按照這種理論，在任何感性的具體存在背後，都有一個更真實、更原始的一般存在，前者只是由於摹仿或分有了後者才得以存在。這種理念本體論後來轉化為眾信徒由於對基督的信仰和分有基督的神性而獲救的基督教神學理論。

　　同時，柏拉圖的這種二元論思想必然在神學上宣揚鄙夷肉體的靈魂不朽論。既然感覺世界是不真實的、不可靠的，肉體和現世的物質生活當然也就不值得留戀的。靈魂或精神可能達到理念世界，但只有在掙脫了肉體的束縛後才能實現這一目標。肉體具有雙重罪惡：它一方面用粗俗的欲望來引誘暫居於它之中的靈魂墮落，另一方面又構成了妨礙靈魂認識真理的「歪曲的媒介」。在柏拉圖看來，靈魂若是處在肉體的束縛中就不能獲得純粹的知識，真正的知識只能在死後才能獲得。因此，死亡並不是一件痛苦的事情。在靈魂不朽的問題上，他也認為，一個人死後靈魂的歸宿由他生前的德行所決定，善者的靈魂升入天國轉化為神，惡者的靈魂墮入地獄永受折磨，居中的則進入煉獄以求淨化，這種觀點則與基督教教義更為接近。

　　柏拉圖的哲學思想是通過普羅提諾的新柏拉圖主義而與基督教神學相聯繫的。普羅提諾生活於西元三世紀的羅馬帝國，這時的羅馬帝國已經呈現出衰亡的跡象，羅馬人開始沉湎於自我享樂，他們已經失去對開疆拓土的野心，轉而到物質世界中去尋求快樂。傳統的羅馬國教搖搖欲墜，基督教卻仍然受到官方壓抑，面對這種悲慘的現實，普羅提諾像一個真正的柏拉圖主義者那樣，把視野集中在現象背後那唯一真實的理念世界中，集中在惡與善的超越的永恆情感中。普羅提諾

的形而上學是建立在太一、奴斯和靈魂這三個概念的神秘統一中，三者的關係就如同基督教的三位一體的聖父、聖子、聖靈的關係一樣。太一是一個比較模糊的概念，它有時被稱為「神」，它既是存在的，又是非存在的，太一是包含著有的「無」，它既是一個絕對的肯定詞，又是絕對的否定詞，太一不是一般的數的意義上的單位，而是絕對的單位，不是一切數中最貧乏的數，而是一切數中最豐富，最完全的，是一切數的源泉。從神學的視角上說，太一是萬物終極唯一的最高原理，自身是絕對超越的，是超乎一切之外、之上的，是自我規定的，獨一無二的，太一是至善和神，但又是超乎善和神之上的，它是萬物的本質，第一原理，諸原因的原因，是萬物追求的目的。這種對太一解釋實際上表述了「上帝」這個概念的真實含義，但哲學上的太一比宗教上的上帝更純粹、更玄奧。因此對於普羅提諾的太一，「沉默無言要比無論什麼辭句都有著更多的真理。」

　　普羅提諾所說的次一等的存在即奴斯，它是對太一進行規定的結果。他認為，奴斯是太一的影子，是具有某一種定性的太一，是太一的規定性，但是，奴斯與太一的先後關係不是時間上的，而是邏輯上的，奴斯並不是太一的派生物或另一種存在，而是太一籍以認識自身的某種定在方式。奴斯是體現為一的太一，它是一種整體的精神，一般的精神，當它分化為多時就產生出諸多的世界靈魂，這些世界靈魂居住在它們所創造的物質世界中，每一種生物或微生物都有自己的靈魂，每個靈魂都通過與奴斯的聯繫而窺見太一或分有太一，眾多的靈魂與單一的奴斯相結合就達到了至高無上的不可定義的太一。普羅提諾說：「擺脫了自己的身體而升入於自我之中，這時其他一切都成了身外之物而只潛心於自我，於是我便窺見了一種神奇的美，這時候我便愈加確定與最崇高的境界合為一體，體現最崇高的生命，與神明合而為一。一旦達到那種活動之後，我便安心於其中；理智之中凡是小

於至高無上者的，無論是什麼我都凌越於其上。」[10]

因此，普羅提諾的三位一體形而上學具有濃厚的哲學思辨色彩，同時也帶有明顯的宗教神秘主義成分。在一個基督徒看來，普羅提諾的太一就是上帝，奴斯就是聖子基督，靈魂則是滲透於每一個信徒的信仰中的聖靈。太一通過自我規定而呈現為奴斯，這就是上帝的道成肉身，奴斯通過分化為靈魂而與太一重新達到合一，這就是基督復活和在信仰中實現靈魂救贖。無怪乎奧古斯丁認為，如果普羅提諾再晚生一點，只需改動幾個字句，就是一個基督徒了。

在把古希臘唯心主義哲學基督教化的過程中，除了希臘人在做這方面的工作外，還有一個被希臘思想同化了的猶太人也在做這方面的工作，這個人就是亞歷山大里亞的斐洛。斐洛生活在西元前三十至西元五十四年之間，是一個深通希臘文化的猶太人。斐洛深切感受到希臘哲學的高深精邃和猶太教的民族狹隘性，因此決心用希臘哲學來改造猶太教，使它成為一種具有形而上學理論和哲學思辨的宗教。

斐洛對於基督教的重大貢獻在於：他提出了基督教教義的基本思想——「道成肉身」的理論雛形。斐洛從「道」或「邏各斯」的概念出發，認為「道」是唯一先念的上帝與他所創造的世界及人類交往的媒介，是一種世界理性，上帝的創造性和意志都體現於其中，「道」並不是與上帝分離的某種獨立實體，而是一種上帝的存在形式或屬性。而且，「邏各斯」不僅僅是上帝的一種屬性而已。斐洛還將它人格化，稱它為「上帝的長子」、「第二個上帝」，上帝和人間的中介和橋樑，把天糧分配給好人的經手者。如摩西等聖者都是具有肉體的「邏各斯」。斐洛自己也說：「上帝的肖像和映像就是邏各斯，就是思維的理性，就是支配和統治世界的初生聖子」[11]。猶太教的上帝耶和華

---

10 轉引自〔英〕羅素撰，何兆武等譯：《西方哲學史》（北京市：商務印書館，1963年），上卷，頁366。

11 〔德〕黑格爾撰，賀麟等譯：《哲學史演講錄》（北京市：人民文學出版社，1980

和各先祖都是直觀的。斐洛通過把希臘哲學中的邏各斯概念引入其中，從而使猶太教的上帝和先知具有了形而上學的性質。《約翰福音》中說的：「太初有道，道與上帝同在，道就是上帝，道成了肉身，住在我們中間，正是父的獨生子的榮光」等觀念顯然是受了斐洛上述思想的影響。

　　斐洛還提出了其他一些對基督教教義有影響的學說。例如，他用隱喻的方式解釋《舊約》時顯然包含了「原罪」和「救贖」的思想。亞當的墮落即理性的墮落或道的墮落，只有通過道的重新純潔才能解救。在基督教中，這種原罪是通過基督的蒙難受苦而得到救贖的，「在亞當裡，眾人都死了。照樣，在基督教裡，眾人也都要復活。」（《新約》〈哥林多前書〉）斐洛還提到過童貞女受道感應的問題，他說：「邏各斯！大祭司，只能娶永不變為婦人的處女為妻子，這是令人難於相信的，可是事實相反，在她與丈夫的關係中並沒有由少女變為婦人。」[12]這種思想與東方原始宗教中關於童貞女受聖靈感應而懷孕的傳說共同構成了基督教中聖女瑪利亞受聖靈感應而生基督的原型。此外，斐洛還反對猶太教以獻祭和犧牲來換取神恩的做法，強調真正的虔誠在於內心的純潔和信仰。恩格斯稱「斐洛為基督教的真正父親，而羅馬斯多亞學派塞內卡可以說是基督教的叔父。在斐洛名下一直流傳到現在的許多著作，實際上是諷諭體的唯理論的猶太傳說和希臘哲學即斯多亞哲學的混合物」。[13]從古希臘神秘主義到哲學唯靈主義的精神發展過程中，我們可以清晰地看到古希臘人的艱難的精神歷險，他們面對現實和人性的複雜性，由神話和悲劇時代所開創的明朗、樂觀、自信的精神素質不見了，取而代之的是智慧的無奈和在命

年），卷3，頁165。

12　轉引自〔法〕沙利・安什林撰，楊永等譯：《宗教的起源》（北京市：生活・讀書・新知三聯書店，1964年），頁170。

13　《馬克思恩格斯全集》（北京市：人民出版社，1963年），卷19，頁328。

運面前的退縮，但是這種退縮並非是靈魂的終止，而是從此生轉化成一種彼岸的精神探尋，最終，他們在哲學唯心主義者柏拉圖的理念世界，普羅提諾的「太一」和斐洛的「邏各斯」中獲得了自己智慧和靈魂的棲息地。但是，古希臘人的這種哲學探討並沒有因為他走進了唯靈主義的世界而失去它的價值，相反，它恰恰構成了基督教的思想根源。基督教雖然在禮儀和聖事方面多來源於猶太教，而它的教義和神學卻更多地來源於古希臘哲學，因此，基督教的精神基本上是希臘式的，只是更少地具有審慎色彩和理性和諧，更多地具有浪漫傾向和神秘迷狂。甚至可以說，古希臘神秘主義和唯靈主義哲學構成了基督教文化的靈魂。基督教的創立本身就體現為靈魂對肉身的否定和超越，體現為希臘唯靈主義對西伯萊儀式主義的改造和革新。

　　小結：綜上所述，古希臘社會作為西方文明的源頭，它是一個主要以文學形式體驗和闡釋宗教的時代，這種獨特的體驗和闡釋宗教的方式與世界其他民族形成鮮明的對比。無論在古希臘神話中，還是在史詩和悲劇作品中，諸神世界既充滿著神聖和威嚴，也充滿著人間的七情六欲；同時，神的活動與人的活動是融為一體的，它是塵世的一部分，正如法國希臘研究專家讓・皮埃爾・韋爾南所說：「……諸神生於塵世」[14]。儘管古希臘文學在承載神聖宗教的使命中經歷了嚴峻的考驗，但他們對人性的認識和深入挖掘卻使人感受到希臘人在命運面前的抗爭和人性本身的無奈與隱痛，最終這種古希臘人感受到的人性和神性俱在的巨大壓力，使他們的精神自然地轉向了神秘主義的各種儀式和遁世選擇中。不過，古希臘後期的神秘主義宗教也被古希臘偉大的哲學所闡述並掩蓋了它的宗教內涵，它同樣把命運、苦行和靈魂的淨化繼承了下來，成為古希臘人文主義精神的有機組成部分。

---

14 〔法〕讓・皮埃爾・韋爾南撰，杜小真譯：《古希臘神話與宗教》（北京市：生活・讀書・新知三聯書店，2001年），頁2。

　　因此，古希臘時期的文學是自覺地承載了宗教本質的文學，宗教蘊含在豐富多彩的文學形態之中；古希臘時期的宗教也是文學的宗教，人的宗教，宗教與文學相互融合，互為一體，宗教以文學為體驗的載體，文學以表現宗教為主要內容，從而使得這個時期的文學充滿了宗教的神聖性，而這個時期的宗教又是通過文學來表現的，因而其宗教又充滿著生機和世俗的魅力。

第二章
中世紀的基督教與基督教文學

　　從總體上看，中世紀文學是在基督教文化的統治下孕育生成的，中世紀文學雖然有各自的形式和自身的特點，它終究還是基督教神權統治的附屬物。但是，中世紀文學與基督教並非只有簡單的對應關係，而是有其深厚的社會和文化基礎。這種深厚的基礎使得中世紀文學既帶有濃厚的宗教性，又具有強烈的世俗性，這種宗教性和世俗性的奇妙融合造就了中世紀文學既具有追求天國理想的精神超越，又飽含著對現實生活的熱情期待，創造出中世紀文學奇特的精神景觀。

第一節　基督教唯靈主義面面觀

　　我們知道，中世紀社會是從古希臘、羅馬社會中演變發展過來的，但中世紀社會不僅僅是古希臘、羅馬社會的簡單延續，它還包括「從沒落的古代世界承受下來的事物就是基督教和一些殘破不全的而且失掉了文明的城市。」（恩格斯）因而其社會文化的基本要素還是由基督教文化和封建貴族文化所組成，從而形成了基督教教會組織與世俗封建主政權共同統治的局面。此外，在精神統治方面，自基督教從猶太教脫胎過來之後，就與古希臘神秘主義和唯心主義哲學實現了融合，使基督教就其基本性質上從此擺脫了猶太教的世俗性、此岸性以及它在宗教理念上的狹隘性。這種超越國界的宗教使得基督教的使命不僅僅是為哪一個國家服務的宗教，而是成為一種具有普世性的世界宗教。基督教之所以能夠得到如此的發展和超越，根源於基督教教義中的基本信條，這些信條如「上帝」、「三位一體」、「處女受孕」、

「復活」、「原罪」等等，都是建立在純粹的信仰基礎上的，如果從理性的角度來推理，顯然是荒誕不經的，但正如德爾圖良所言：「正因為其荒謬，才是可信的。」這種荒誕性正是構成宗教信仰可信仰性的前提，而要使這種荒誕的信條獲得心靈的認可，它必定要超越現實世界的各種侷限和日常思維習慣，才能把現實世界的種種不可能性化為靈魂世界中的可能性，基督教的基本信條就是把人從現實中的荒誕帶入超現實的靈魂世界的橋樑，因此，要理解基督教文化的基本含義，就必須把這些最荒誕的而又最基本的宗教信條弄清楚，才能對基督教信仰之謎有一個較清晰的認識。

一　原罪論與神性

　　基督教就其基本特質來說是唯靈主義的宗教，但是它在啟示人性的過程中也應該遵循人性的一般規律，即從人的感性和經驗範疇中啟發人性。基督教對罪感的設定，就在於啟示人們內心深處本有之人性缺陷，使人對自身存在的惡魔產生自覺的懺悔意識，從而促使人走出我自己的狹隘天地，從個人的小我走向神聖的上帝。從這個角度上說，基督教不僅僅是唯靈主義的，它還是經驗主義的，它是經驗與超驗的統一。基督教中原罪論和神性這兩個基本信條就體現了這種統一。

（一）原罪論

　　原罪論在原始猶太教經典中並沒有得到充分的表述，雖然它在古希臘唯心主義哲學家中有過模糊的表述，但對這個問題進行經典性闡釋的是中古時期的著名神學家奧里留·奧古斯丁（Aurelius Augustinus, 345-430）。《舊約》〈創世紀〉中記載著這樣的故事，人類的始祖亞當和夏娃被上帝創造後放在伊甸園裡過著幸福的生活，但上帝告誡他們

不能吃生命樹上的果子和智慧樹上的果子。亞當的妻子夏娃因受撒旦
的誘惑，就勸誘自己的丈夫去採摘智慧樹上的果子，他們吃了以後便
產生了智慧，發現自己赤身裸體，便感到羞恥，並採摘樹葉遮身。上
帝下班後來到伊甸園休息，發現亞當夏娃違反了自己的禁約，於是就
下令把他們趕出伊甸園，讓亞當永遠承受終日勞作的苦難，而讓夏娃
承受分娩的痛苦。這個故事雖出自舊約，但並未過分渲染原罪思想，
亦未在人類祖先犯的原罪和人們所犯的本罪之間做出嚴格的區分。而
在神學家奧古斯丁的闡釋中，原罪的地位被非常明顯地凸顯出來，成
為整個基督教信仰的起點和前提。基督教把人類始祖所犯的原罪啟發
並突現出來，使原罪意識深深地植根在人的靈魂深處，從而產生一種
悔罪的迷狂和長久深沉的痛苦。後世的人們就在這樣的帶有悲劇色彩
的狂信中承擔起自己祖先犯下罪行的後果，並企求上帝的寬恕。在這
種關係轉換中，人也就超出了對罪行的自我認定的經驗範疇，而昇華
到上帝對人類子孫的寬恕和愛的超驗領域中了。

　　奧古斯丁的原罪論是針對自由意志說提出來的，他認為，亞當的
墮落固然是他濫用自由意志的結果，但是由於他的犯罪而造成的「從
惡」傾向卻從此在他的子孫的天性中扎下了根，這種世代相襲的「原
罪」是任何人，包括剛剛出生的嬰兒也不能避免的。由於「原罪」對
亞當的後代來說是一種與自由意志無關的必然性或決定論，因此源於
個人自由意志的善功和德行並不能使人從「原罪」中得救（佛教哲學
卻認為個人通過自己的善功可以改變人的命運）。要想擺脫「原罪」，
只有依靠上帝的恩典，上帝的恩典並不是通過人的善功達成的，它只
不過是人獲救的一個必要條件，上帝在創世之初已經根據凡人無法揣
度的理由把人分為被特選和不被特選兩部分，對於這種預定的特選，
理性無法追問它的根據。因此人們也就無法通過現世的行為預知自己
是否被上帝獲救。人們唯一能做的便是對救恩抱有信心。由於排除了
自由意志在拯救中的作用，善功被置於次要地位，信仰卻被突出出

來。人們唯有在純粹的信仰中懷著一種忐忑不安的心情期待著上帝的恩典。

　　基督教突出「原罪」的根本目的就在於通過對人的原罪的預先認定和背負，堅定地切斷了人的存在具有天然神聖性的紐帶，使人在生命的本源中就認定了自己有罪，認定了自己背離了生命的真實本源，這樣，人的一切現實活動都只不過是人向上帝的懺悔和企求蒙恩的過程。人無論在現世中做了多麼偉大的業績，培養和造就了多麼崇高的德行，都不能把它作為人的存在意義的證據。總之一句話，原罪論排斥了人的現世存在的一切價值和意義依附的場所，而只有把自己的整個一生放在超驗的神性世界中，也就是一生無怨無悔地信仰上帝，才能找到自己存在的唯一根基，也才是每個人的人生目的。

（二）神性

　　神性是相對於罪性提出來的一個基督教基本理念。既然人在現世生活中是沒有意義的、有罪的、有缺陷的，那麼有沒有一個完美的世界使人得到永生的幸福呢？有，這就是擺脫了一切相對性、有限性之後的唯一絕對性，是上帝存在的最終根據、最終支點和最終意義。它不是存在於經驗領域中，而是存在於超驗領域中。這種超越人們日常經驗的彼岸存在就是「神性」，所以神性是自主、自足的，它絕不依賴於非自足的人性而存在。

　　「神性」作為與「罪性」相對立的一種存在，它除了對罪性加以擯棄外，還具有倡導一種神性價值的成分，這種價值意向就是：愛、感恩、正義、自由、慷慨、仁慈、寬恕等等。人在現世生活中無論碰到哪一種生活境況，甚至在面臨死亡，價值遭到毀滅時都要能把握並堅持這一意向，堅持這一意向，就意味著人不留戀於現世給予的榮耀和享受，使人無論經歷哪種人生，都能活出自尊，活得神聖。

二　上帝存在的證明

　　基督教中的上帝是從猶太教中的上帝演變過來的。在猶太教中，由於猶太民族被滅亡後的永恆流浪和無家可歸的深重苦難，他們創立宗教的基本動機就是希冀有一個復國救主，來把他們從苦難的深淵中拯救出來。因此，這個復國救主（上帝）到底存不存在並不重要，重要的是猶太人心中有沒有這個信念，因此，猶太教中的上帝是依據信仰而不是依據理性建構起來的神祕存在，是為復國的狹隘目的而創設的。由於猶太人心中的苦難和復國的願望，他們迫切希望有這個救主降臨人間，因而對於上帝只有頂禮膜拜，只有虔誠地企望他的恩典，因此，猶太教中的上帝是猶太人盲目崇拜的上帝，也是在其極度苦難中唯一信靠和終極希望的上帝。

　　基督教剛剛創立之初，就開始把猶太教與古希臘哲學中神祕主義和唯靈主義思想相融合的，因而這時的基督教也是一種依據信仰所確立起來的宗教。上帝的觀念帶有濃厚的神祕主義色彩，但這時的基督教的上帝與猶太教的上帝也有本質的不同，其根本區別在於基督教已建立起了系統的神學理論，以教父學派為代表的神學理論家把信仰的一系列理念作了全面闡釋，所以有人稱基督教信仰是「一種有學問的無知」，而猶太教只是一種盲信，缺乏理論色彩。

　　隨著基督教神學家們對上帝觀念的深入闡釋，把上帝的存在當成一種毋庸置疑的事實的觀念越來越被人們所懷疑，其中這種觀念最主要的代表就是坎特伯雷大主教安瑟倫（Anselmus, 1033-1109）。他非常看重理性在闡釋神學教義中的作用，在他看來，僅僅滿足於神祕主義的信仰乃是人性的一種懶惰行為，上帝是不會拯救那些單靠信仰來領悟他的福音的懶蟲和傻瓜的。他堅持認為，僅有信仰是不夠的，信仰只是理解的前提，基督徒應該由信仰進展到理性的思考。安瑟倫於是用推論去證明上帝的存在，其推論過程可表述為一個三段論：上帝是

最偉大的東西（大前提），最偉大的東西必然包括存在（小前提），所以上帝存在（結論）。安瑟倫論證上帝存在的特色是：在尚未證明之前，結論已經被確信了，因此他所謂的證明只不過是徒有其表的形式而已。然而，安瑟倫上帝存在的本體論證明卻具有重要意義，它構成了以柏拉圖神秘主義信仰為特徵的早期神學（教父學）向以亞里斯多德的理性主義邏輯論證為特徵的後期神學（經院哲學）過渡的中間環節，因此，有哲學家稱他為「最後一個教父和第一個經院哲學家。」

　　系統而完整地應用亞里斯多德的理性主義邏輯論證去證明上帝存在的代表人物是中世紀偉大的神學家托馬斯‧阿奎那斯（Thomas Aquinas, 1225-1274）。在他的鉅著《神學大全》中，他提出五個論據來證明上帝的存在：1. 世界上萬物的運動都由他物推動，因而，在一切事物的背後，必有一個最終的存在者，它本身是不被推動的，但它卻推動其他事物，這個不動的推動者就是上帝；2. 世界上每一事物作為一個結果，必有一個原因，因而在一切他因事物的盡頭必有一個自因的存在者，它的原因在於它自身，同時又構成了萬物存在的第一原因，這個第一原因就是上帝；3. 世界上一切個別的存在物都是偶然的，他必須以某種絕對必然的存在者為其終極的根據，這個絕對的必然的存在者就是上帝；4. 世界上的事物都具有程度不同的完善性，這種有缺陷的完善性所構成的序列必定以某種至善至美的存在者為其終點，這個至善至美的存在者就是上帝；5. 我們發現許多無生物都在完成一個目的，這個目的必定外在於這些無生物，因為只有生物才能有內在目的，為這些無生物制定目的，並使整個世界具有一種含目的性的，必為一最高智慧，這個最高智慧就是上帝。

　　阿奎那斯的上帝存在的論證就其邏輯性來說要比安瑟倫嚴密得多，但他也和安瑟倫一樣，上帝存在的絕對性是毋庸置疑的，因此其證明就顯得多餘。阿奎那斯的論證並不在乎結果，而是想通過理性來論證結論，而結論卻被事先確定為不可動搖的，因而整個論證過程就

顯得形式化和滑稽可笑。但阿奎那斯畢竟還是感到有許多神學教義是無法用邏輯來推論的，如「三位一體」、「道成肉身」等。他並沒有把邏輯論證濫用於一切信仰的教義中。但是他所開啟的邏輯論證之風卻泛濫開來，許多從事為上帝服務的教士們用世俗性的眼光去審視基督教神學教義的每個細節，這樣必然會流於庸俗和粗鄙，於是各種荒誕不經的問題就出來了：如創世之前上帝在哪裡，天使們創造出來後待在什麼地方；上帝是否有鬍子，上帝是否有女人的形象？天堂裡的玫瑰花是否有刺？一個針尖上能站多少天使？亞當是在多大歲數時被創造的？為什麼夏娃是在男人的肋骨而不是在別的部位中取出來的？為什麼夏娃之被取出是在亞當睡著的時候而不是在他醒著的時候？亞當和夏娃有沒有肚臍眼？如果亞當和夏娃沒有犯罪，人類將以什麼方式生孩子？為什麼只是聖子而不是聖父或聖靈變成了人？死去的人將在多大歲數上復活？等等。基督教神學陷入了令人啼笑皆非的荒唐問題和無法回答的尷尬處境中。具有超越精神的基督教信仰完全被非精神性地加以處理，關於上帝的莊嚴肅穆的故事變成了一場具有諷刺意味的滑稽劇。

　　因此，基督教經院哲學的演進從客觀上變成了自己的掘墓人，但如果從歷史發展的角度上看，基督教由神秘主義向理性主義的變化至少有兩個方面的意義：第一、基督教的邏輯論證之風無意識地把基督教信仰的聖殿衝得四分五裂，使得人們對基督教信仰的本質有了更清醒的理性認識。從此以後，基督教不僅喪失了它神秘主義的魅力，而且作為一個統治人們精神世界的教會組織也喪失了它的合法性基礎。第二，用理性來論證上帝的存在雖然顯得滑稽可笑，但在這種論證過程中卻繼承和發展了亞里斯多德的理性思辨能力和邏輯思維能力。當人們把論證的視野從虛幻的神學世界轉向奧妙無窮的宇宙和豐富多彩的現實世界時，就自然產生了具有近代意義的科學理念和科學方法。因此，雖然基督教的經院哲學沒有創造出值得誇耀的研究果實，但它

卻成就了近代科學產生的必要前提和邏輯結果。科學對未知世界的探索，無不在揚棄了基督教的劣質後所形成的，近代社會出現的主要科學精神和科學理念都是基督教文化的產物。而近代科學的偉大成果如哥白尼的《天體運行論》等也是在這種科學精神的推動下產生的。愚昧與科學僅僅就只有一牆之隔。

三　「三位一體」論——上帝概念的延伸

「三位一體」論的概念最初是由基督教早期護教士德爾圖良（Tertullian, 142-220）提出的。「三位一體」首先是指聖父、聖子、聖靈既是同一的，又是三種不同的位格，正如水、冰和蒸氣只是 H_2O 處於液體、固體和氣體狀態，卻仍然保留著其化學元素的同一性。這種基本原理後來被基督教傳教士們表述為「基督的神性與聖父的本質相同」、「基督的本性與人的本質相同」、「按人性而言，基督為童貞女瑪利亞所生」等說法，後來經過尼西亞信經正式確定下來：

「我們獨信一個上帝，全能的父，創造有形無形萬物的主；我們獨信——主耶穌基督，上帝的兒子，為父所生，是獨生的，即由父的本質所生，從神出來的神，從光出來的光，從真神出來的真神，受生而非被造，與父同質。天上、地上的萬物都是借養他而受造的，他為拯救我們世人而降臨，審判活人、死人。我們也信聖靈。」[1]關於三者的關係，德爾圖良說：「通過實質的合一，全部合為一體，這個整體又一分為三，這個奧秘的劃分仍然是嚴守的秘密。這三者的順序是：父，子，聖靈。但是，所謂一分為三，並不是從實質上，而是從形式上，不是從能力上，而是從現象上，因為他們是同一實體，同一

1　〔美〕穆爾撰，郭舜平等譯：《基督教簡史》（北京市：商務印書館，1986年），頁85。

本質，同一能力。因為上帝是一位，只是以父、子、聖靈為名被認為有這些等級、形式和面貌。」²這種表述在理性看來無疑是玄奧和不可理解的，但超理解性恰恰是信仰的基本特點。有限的理性是不可能洞察上帝的奧秘的。對於無限的本質或上帝，人類唯一可依憑的途徑就是信仰。理性是人類制定的準則，信仰卻是基督制定的準則，如果基督制定的準則在理性看來是荒謬的，那只能表明理性的膚淺和侷限。

基督教的「三位一體」教義是區別於其他宗教教義的標誌，其目的在於引導人們去崇拜神的奧秘，而不是去研究神的奧秘。上帝讓自己的親生子穿上肉體的外衣，是為了不讓我們去思考他的榮耀與光輝，而是轉而去思考肉體，尤其是思考我們人性中存有的缺陷和弱點。

四　耶穌問題

耶穌在歷史上確有其人，他是猶太人的傳教士，他教導人們一種新的道德，這種新道德在一部分猶太人中產生了影響，但是，他的這種行為和言論卻激怒了其他猶太人，這些猶太人把他看成是破壞現存社會秩序的反動派，於是不問其道德教訓是否對他們有用，暗中串通當時的羅馬帝國在猶太人地區的統治者皮拉多，借他的手把耶穌治死。從這裡可以看出猶太人對知識分子的態度，也多少可以看出他們最終會落入流亡和無家可歸命運的原因。

在猶太教的教義中，我們並沒有看到耶穌的任何地位，而到了基督教裡，由於教父學學者們看到了耶穌在基督教信仰中的作用，就採用一些蠱惑人心的手段來神化耶穌，不僅把耶穌塑造成是上帝派來的救世主（彌賽亞），而且還把他看成就是上帝本身，是上帝的形象或

2　〔美〕威利斯頓・沃爾克撰，孫善玲等譯：《基督教會史》（北京市：中國社會科學
　　出版社，1991年），頁81-82。

上帝的道成肉身。在神化耶穌的過程中，教父們創造了一個未婚而孕
的感應神話，耶穌本來是猶太人一個木匠的兒子，並無神奇可言，但
在教父們的闡釋中，耶穌在他們結婚之前就已受神恩的感應，讓其母
瑪利亞懷胎受孕，從而使得瑪利亞的受孕和耶穌的出生超出了人性的
常理，成為具有神秘色彩和超現實的神話，教父們之所以要進行這種
超出常規的闡釋，目的就是要使人拋開對耶穌出身的世俗觀念，而是
把他看成是純粹的神的降生，是上帝在耶穌身上成為人。因此，基督
教中的耶穌是與上帝同一本質，是上帝的道成肉身，是永恆的、本源
的、不可改變的存在。

　　同時，教父們也神化了基督處死的過程，歷史上的耶穌是一個被
判企圖謀反的政治犯而被處於死刑的，他的死是被釘在十字架上處於
絞刑，死亡過程本來是個簡單的事實，但教父們卻對耶穌的死亡過程
賦予極其豐富的意義，從而使耶穌的整個一生都充滿了神秘感和神聖
性。這就是耶穌的受難與復活。

五　耶穌的受難與復活

　　耶穌在臨死時曾向上帝發出悲切的呼喚：「以羅伊！以羅伊！拉
馬撒巴各大尼？（我的上帝，我的上帝，你為什麼離棄我？）」這句
話後來被理解為上帝主動遺棄自己的獨生子，讓自己的兒子去受難。
而從上帝的角度來看，由於上帝是不可見，絕對的存在，如果只認識
榮耀、威嚴和神秘的上帝，那就只能認識那些崇高、美好和善良的東
西，而上帝通過耶穌的受難，把自己顯現為卑賤和恥辱，就可以通過
耶穌受難的形象啟發世人的良知、情操和羞恥心，進而真誠地把自己
交給上帝，自己則可以不被外在的榮譽、地位、金錢等等所腐蝕。上
帝猶如一位高品位的靈魂導師，他通過對自己的受難、屈辱和一切尊
嚴感的自行廢黜，並非是他實際地去解除人的苦難（猶如中國人向菩

薩祈求聖水），而是在於啟示人們的價值自尊，讓他們主動擔當苦難，並通過受難後來體會上帝的「聖愛」。所以，真正的上帝之愛並不體現為對人的現世生活的關照和愛護，亦不僅僅是要人高興、喜歡、開心等單向價值取向，而是啟示人們內心深處的潛在能量，而為了這種能量得到體現、實現，則必須要經受一定的苦難，不經過受苦而取得的地位，身分和價值都是虛假的、不可靠的，上帝讓人去受苦，不是落井下石，故意整人，而是在於要人最大限度地實現自己的最高價值。因此，上帝通過耶穌受難而啟發人們去主動受苦、赴難，實質上乃是一種真正的、崇高的愛。關於上帝與耶穌關係的含義，奧古斯丁的門徒布萊斯・帕斯卡爾作過精闢的論述，他說：「不理解人類的悲慘，關於上帝的知識會造成驕傲。沒有關於上帝的知識，只了解人類的悲慘，就會造成絕望。而關於耶穌的知識則構成中庸之道，因為在他那裡我們既看到上帝的榮耀又可以看到我們的悲慘……」[3]因此，耶穌基督是上帝和人之間的調解者，在他身上既存有神性又存有人性，是神性與人性的完美統一。

「復活」在《聖經》中的表述是這樣的，當耶穌即將行刑時，他發出誓言，他將在三日後復活。顯然這種復活和他在十字架上死去一樣，並不是指臨床意義上的蘇醒或肉身的回生，而是指耶穌進入到別一種模式的存在，他通過死而「復活」的特有方式超越了生無定向的「罪性」狀態而重新獲得了新的「神性」生命，這神性生命要比自然生命更為可貴，因為它不再受自然法則的盲目支配，因而也就從根本上戰勝了死亡。反之，假如沒有神性支撐，則人生也就不免要走向迷途，不知為何而活，怎麼活，也就雖生猶死，形同行屍走肉。所以，每個人生而有命，卻未必每個人都生而有魂，有人把生命價值定位在生理事實上，追求年長高壽，甚至長生不老，但其生命的品位和質量

3　〔法〕帕斯卡爾撰，何兆武譯：《隨想錄》（北京市：商務印書館，1995年），頁526。

卻未免平庸。而有些人卻著眼於肉體的受難和精神的修煉，主動肩負十字架，踐行神性的諾言，那麼，他實際上就真正擁有了更高的價值生命，也許有人為追求這種價值之真過早地付出生命，但即便他在彌留之際，不會感到遺憾，並會含笑而去，因為你已活出了價值、活出了聖潔、活出了意義。

六　基督的福音

　　基督的福音是指基督教以《聖經》為藍本宣揚的一系列教義和倫理道德規範，但這些教義不能簡單地理解為耶穌的各種倫理教訓，它更多地體現出耶穌在短暫的人生經歷中蘊涵的品質和對待生命的態度。我們知道，《聖經》中教義發出的聲音是上帝的言說、是上帝發出的對人類的訓誡，因此它顯得威嚴、肅穆，給人以恐懼之感。而基督的福音則是耶穌基督作為一個傳教士所發出的人類相互關愛的聲音，是人與人的相互關係的言說，因而基督的福音表現出一種平靜、單純和歡樂的精神氛圍，正像約翰福音裡所說：耶穌的教誨最終「是要叫我的喜樂存在你們心裡，並叫你們的喜樂可以滿足。」(《約翰福音》15:11)因此基督的福音表達的是人與人之間的彼此關切和彼此相愛的聲音。關於愛的含義，聖保羅第一次描述過它：「愛是恆久忍耐；愛是恩慈；愛是不嫉妒、不自誇、不張狂。不堅持己見；不輕易發怒；不喜歡不義，只喜歡真理。凡事包容、凡事相信、凡事盼望、凡事忍耐。愛是永不止息。」(《哥林多前書》13:4-8)人類為什麼需要愛不僅僅關涉到信仰，而更重要的是與人自身的生存密切相關。因為人一旦出生在這個世界上，如果得不到其他人的關愛，那他就必然面臨著恐懼、內疚和自我解脫的三重重壓，而唯一能夠轉化這三重重壓的力量就是愛，而這股愛的力量卻一直被深鎖在人的內心深處，它只能通過外在的力量去爆破它，如果沒有釋放愛，獻出愛，即使是在

襁褓中的嬰孩，也不能回以愛的微笑，只有母親主動、單方面的愛，才能引出嬰孩真正的回應，因此，愛首先不是一種需要、一種索取，而是一種主動的釋放；其次，它還是一種回應現象，只要付出了愛，就一定能得到對方的回應。

因此，基督的福音本質上是一種愛，是上帝主動付出的神愛，它通過耶穌基督的現身說法和主動獻身，使得人世間的每一個信仰基督教的信徒都能感受到這種神愛，因為耶穌既是人又是上帝的兒子，他是人，就使人類能正切地感受到上帝的愛，他又是神，就使人感受到他身上的神性。耶穌基督給人的啟示就是，愛既是一種人與人之間的相互關係，但在本質上又是與上帝之愛密切相關。

七　上帝的意義

上帝的觀念在猶太教中是至高無上的、神聖威嚴和神秘玄奧的，它成了人們崇拜的絕對對象，當這種精神崇拜以一種異己的形式呈現在人們面前時，它從根本上就成了人們的對立面，成了壓抑人性的東西。而另一方面，基督教的上帝雖然也有至高無上和威嚴的色彩，但它涉及到人性的本質，它是人性中最高的價值設定和最終歸宿，從根本上說，它就是人性本身。基督教通過對上帝這個最高人性的設定，在於不斷地驅使我們的個人自我完善朝著最高的和最完美的人性——上帝邁進，並提醒我們人在現實世界中是不完美的，但由於有一個上帝的存在，人就可以在自我完善過程中的堅定信念。人類設置這一至高無上的形象，目的是為了保護和激勵我們的珍貴信仰，因此，上帝是人類智慧的最高發明。伏爾泰說，假如人類需要上帝，即使沒有，也要造出一個上帝來。上帝如果確實對於健全人類靈魂有利，那麼，信上帝比不信上帝來得合理。

從以上七點的分析中，我們較清晰地勾勒出了基督教唯靈主義世

界的基本面貌，它的構成是一個超驗的虛幻世界，但它卻是通過經驗
得以實現的，這種經驗與超驗的奇妙組合，形成了基督教信仰的神秘
魔力。由這種神秘魔力構築起來的基督教精神大廈，在把人們從情欲
泛濫的深淵中拯救出來的同時，也牢牢的控制著人們精神世界的自
由。因此，基督教在中世紀的統治具有雙重性，它相對於羅馬世界的
道德墮落和情欲泛濫來說，基督教無疑起了拯救人的靈魂的作用，但
由此發展起來的教會組織和基督教教條卻貶低了人們的現實生活的價
值，扼殺人們內在世界的豐富性，這必然會遭到人們的反抗和唾棄。
這種精神傾向在中世紀的文學是如何表現的呢？

第二節　宗教的《聖經》與文學的《聖經》

　　中世紀是一個由基督教文化占絕對統治地位的特殊時代，這個時
代不僅世俗政權依附於神聖的教權，哲學也成為了神學的婢女；因而
這個時代出現以基督教文學為主體的文學樣式也就不足為奇了。但
是，對於在基督教文化氛圍控制下的文學存在，到底什麼是宗教的，
什麼又是文學的，就要做出仔細的辨析。一般說來，《聖經》、各種使
徒傳記、基督教讚美詩、祈禱文、聖者言行錄、宗教抒情詩和宗教戲
劇等都是典型的基督教文學，這些文學的宗教性顯然大於其文學性，
而對於像在宗教文化背景下誕生的《神曲》，雖然其外在形式具有濃
厚的宗教因素，但其內涵的人文色彩也是顯而易見的。因此，本節就
試圖從基督教文學中的文學性和世俗文學中的宗教性探討中世紀文學
在宗教文化背景下的存在樣式和演變軌跡。

　　在中世紀文學中影響最大、又是最不能迴避的作品就是《聖
經》，但是，《聖經》無論從何種角度來看，它都首先是一部宗教的經
典，然後才可能是一部文學作品。人們對《聖經》的發自內心的熱愛
和對《聖經》字句的認真研究以及對《聖經》教義的虔誠信仰，與其

說是出於文學愛好，不如說是出於聖神的宗教熱情；同樣，人們在日常生活中被《聖經》的思想和語言所浸染，也是源於宗教而不是文學。因而《聖經》的宗教價值要遠遠超過其文學價值。

一　作為宗教經典的《聖經》

《聖經》（Bible）包括《舊約》（Old Testament）和《新約》（New Testament），《舊約》是用希伯萊語寫成的，內容主要包括《創世紀》、猶太人的歷史敘述、再加上一些勸世文、預言、教條和法律，因而它是一部內容和形式都包羅萬象的著作。《舊約》主要是猶太人的經典，它是猶太民族飽經滄桑的心靈記錄，開篇《創世紀》敘述了人類始祖亞當和夏娃違背上帝教誨而被趕出伊甸園的故事，這個故事本來是一個非常優美的神話故事，其文學色彩非常濃厚，但經過神學家們的闡釋，神話中的上帝的力量和亞當、夏娃的罪行都被強化和神秘化，它以反向的敘述手法展示了人類始祖不聽上帝勸告而遭受的永恆處罰。這個神話故事成為了猶太人整個民族罪行的超驗證據。

開篇《創世紀》之後，緊接著就是敘述以色列人擺脫埃及人的奴役、走向「流著奶和蜜」的聖地迦南的傳說故事，這是以色列人遭受「巴比倫之囚」的民族滅頂之災後的一次民族大逃亡，同時也表現了以色列民族反抗壓迫、不畏艱險、堅忍不拔的精神意志。領導這次「遠征」的領袖是以色列人引以為驕傲的英雄摩西，他本是在埃及人統治下的一位平凡的奴隸，後來被一位法老收為義子，過著榮華富貴、卻庸庸碌碌的生活。流亡期間摩西仍然是個凡人，只是到了他八十歲時，上帝耶和華的靈突然降臨在他身上，上帝不僅教了他三個神跡（手杖變成蛇、水可以變成血、傳播或治愈痲瘋病），而且在帶領以色列人「遠征」途中以上帝的名義施行了很多法術，如施給埃及人的十大災禍、橫渡紅海時以杖分開海水、穿越沙漠時天突降瑪那、同

敵人作戰時舉手即勝等等，這種強化上帝神威和力量的目的就是要使
出於苦難和正在尋找希望的以色列人產生對上帝的絕對崇拜，一旦以
色列人沒有聽從上帝的話，如摩西在沒有得到上帝的指令下，在以
色列人口渴難耐時用神掌敲擊地面以獲取清泉，就受到上帝的懲罰。
在這種「罪與罰」的雙重壓力下，以色列人懼怕上帝的威嚴，對上帝
產生深深的恐懼和敬畏，因此，以色列人只有絕對服從上帝，還有他
為以色列人制定的法律條文和各種禮儀，以色列人才能得到上帝的救
贖和恩惠。這種闡釋是一種典型的宗教性闡釋，它使得這樣一次具
有民族史詩性質的英雄壯舉、民族自救的反抗鬥爭精神，闡釋成了以
色列人信仰上帝的精神歸順過程，這就使《舊約》中豐富的文學、歷
史內涵被宗教內涵所掩蓋，從而喪失了人們對《舊約》中美的事物的
欣賞。

　　《新約》包括《馬太福音》、《馬可福音》、《路加福音》、《約翰福
音》，以及《使徒行傳》、《聖保羅》及其他種種使徒書和啟示錄。內
容主要敘述的是耶穌及其門徒講經、傳道和種種事蹟的故事。耶穌在
歷史上確有其人，他只不過是猶太民族中的一個普通傳教士，後來在
傳教過程中被人出賣，並被羅馬帝國的統治者皮拉多處死。但後來在
基督教的歷史上，關於他到底是人還是神，有過激烈的爭論，最後在
西元四五一年的卡爾西頓宗教會議上做出決定，耶穌兼有神人二性，
他既是歷史上的耶穌，又是上帝派來人間的使者，是上帝的「道成肉
身」。他在歷史上傳道的事蹟被基督教神學思想家們逐漸神化，尤其
是耶穌被釘十字架後就出現了許多關於他神跡的故事和傳說。對這些
故事和傳說到底哪些是歷史事實，哪些又是臆想的虛構，我們不得而
知，但正如《約翰福音》的結語所指示的那樣：「耶穌所做的事還有
很多，若是一一都寫出來，我想所寫的書是世界也容不下了」。

　　《新約》中的保羅是耶穌生命的延續，保羅在《新約》中的重要
性僅次於耶穌。保羅是使基督教去掉狹隘的猶太民族復興意識，並把

它擴展為拯救人類脫離苦難的世界性宗教的首創者。與耶穌單調的性格和莊嚴、肅穆、甚至有點神秘的傳道不同，保羅是個具有豐富文才的傳道家，他不但了解基督教神學和他關於耶穌傳道的使命，而且更為重要的是，他還通過自己的勇氣和精力，廣博的古希臘哲學知識以及善於表現自己的高超技巧，把對上帝和耶穌基督的信仰傳播到西方世界，他那富有誘惑力的、甚至有點幽默詼諧的言辭反映了他在困境中的機敏。他不管在任何場合、任何時候都能將聽他聲音的和追隨他的人「差不多」都說服了，這是一種極富挑戰性的、有魅力的性格。正是這樣一幅富有人性的傳教士性格，才能真正把充滿神秘的上帝和單調乏味的教規滲透進人們的心中。保羅一開始的傳道對象主要是希臘人，他們對保羅富於思辨的布道風格聽得津津有味，使得許多希臘人都改信了基督教。後來，保羅在希臘西海岸的以弗所租了一間從前亞里斯多德等希臘哲學家曾用過的演講廳，先後在這裡布道有兩年之久，以弗所於是成了早期基督教世界的中心。但是，正像在《舊約》中的耶穌一樣，保羅的傳道也遭到了耶路撒冷的基督教團體的仇視，保羅雖然在希臘獲得了成功，但是在耶路撒冷卻被當成異教徒，威脅要用私刑處死他，與當年耶穌被皮拉多處死不同的是，耶路撒冷的衛隊司令呂西亞並沒有處死他，而是把它秘密地轉移到其他地方，最後他來到帝國的首都羅馬，羅馬的法律沒有為難這位飽經滄桑的傳教者，但卻在羅馬的一次大規模的反基督教運動中被殺害。保羅和後來的彼得的遇害並沒有阻止基督教在羅馬的傳播，幾個世紀之後，羅馬城被攻陷，但羅馬教會卻使之成為基督教世界的精神之都。

　　《新約》以聖約翰的《啟示錄》結尾。《啟示錄》是一篇充滿幻想、寓言和神秘色彩的詩篇，其主體則是對於新耶魯撒冷聖城的朦朧不明的幻想，以及為實現這一宗教烏托邦而制定的各項規章制度，目的在於召喚人們信仰基督教。正如十八世紀的瑞典神學家愛曼紐艾爾‧斯惠登波爾說明的那樣，這座城（新耶路撒冷）和《聖經》中的

一切美好事物一樣，都是為信仰者而準備的；而地獄則是為無信仰者而敞開的。

二　作為文學的《聖經》

《聖經》作為基督教的經典，它長期以來受到基督教教會的合法保護，人們閱讀《聖經》，卻不僅不能隨意刪改《聖經》中的原文字節，也不能隨意討論其中的意義，違者就可能受到刑罰和被指控犯褻瀆上帝罪的危險。但隨著基督教世界的普遍解體，基督教教會已經失去了對人的身體和心靈的控制，人們才有可能把《聖經》當作文學作品來讀，其被宗教理念遮蔽了的優美動人的篇章才得以呈現在人們面前。而作為文學作品的《聖經》，其實它是由詩歌、短篇故事、小說、戲劇、小品文等作品所組成的傳記體文學。其中作者眾多，手法殊異，但卻流露出非凡的想像力和濃厚的希伯來文化韻味。作為文學的《創世紀》，它不僅講述了一個富於想像的人類祖先誕生的故事，同時還把我們帶回到人類的童年時代；作者在這則神話中除了要人類聽從上帝的旨意，還講述了人類智慧的產生及其深遠影響，人類的始祖雖然是在違犯上帝的禁令的情況下獲得智慧的，同時也為自己的這個行為付出了巨大的代價，但人類祖先卻為自己和自己的後代爭取到了自由、獨立、自主的地位，因而可稱為是人類祖先的一個壯舉。人類始祖的行為讓我們喪失了伊甸園，但人類從此卻可以通過自身的智慧和力量、勇氣，在地上重建真正屬於自己的樂園。因而，作為文學的《創世紀》，我們可以作出與宗教的《創世紀》完全不同的解讀。

如果揭開宗教的神聖性外衣，《聖經》中的各種人物傳記也展示出豐富多彩的人物性格組合，《舊約》中有關摩西傳記的部分，它不僅是古代以色列民族的遷徙和民族復興的偉大史詩，而且還塑造了英雄摩西曲折複雜的人生經歷。他是一名猶太商人的兒子，因埃及人嫉

妒猶太人的經商能力，於是，法老就下令處死所有剛出生的猶太男嬰。摩西父母為了保存這位出生不久的男嬰，不得已用蒲草做成箱子，把他放在河邊的蘆荻中，不久他被法老的女兒奇婭公主救起，後來就在宮廷裡過著年輕的貴族生活。摩西並沒有忘記自己是猶太人，在經過一系列的磨難之後，他開始領悟到自己一生的使命。當摩西看到自己的民族已經忘記上帝耶和華，對民族偉大前途的信念正在喪失時，摩西決定要拯救整個猶太民族的命運。於是，他回到埃及，擔負著帶領以色列人出走埃及，去尋找土地肥沃、流奶滴蜜的迦南的艱苦遠征。其間，他領受了上帝的旨意，但摩西更顯示出一個民族領導者的風範，他既有非凡的氣度、莊嚴的神態，也有謹小慎微和細緻耐心，特別是他在與上帝會晤後回來看到猶太人放棄上帝崇拜，而是去崇拜偶像時，他爆發出來的雷霆之怒，使我們感受到一個民族領袖的性格的豐富性，而不僅僅是在宗教的《聖經》中感受到的那種只傳授上帝旨意的乾巴巴的人物性格。

　　《聖經》中的雅各和亞瑟的故事也是引人入勝，充滿傳奇色彩。特別是寫雅各離開他岳父家的逃亡過程的描寫，極富戲劇性；而亞瑟的故事也描寫了亞瑟因洩露夢象，引發自己的兄弟們合力謀害，最後被眾兄弟賣往埃及。在埃及，他也遭到風流貴婦的陷害而被投進監獄，但這次他卻因解夢不僅讓自己從監獄裡走了出來，而且還讓自己成為了埃及的統治者（宰相）。此時，亞瑟的兄弟因饑荒來到他的王宮，向他伏地跪拜，亞瑟一眼就認出了他們，但他故意裝作不認得，而是設計讓眾兄弟認錯，才與他們「相逢一笑泯恩仇」。作為記事作品，《亞瑟記》結構非常嚴密、首尾相互照應、中間穿插巧妙，且敘述進程富有戲劇性，具有感人至深的文學力量，難怪俄國大文豪列夫・托爾斯泰也感嘆：這是一部「近代人寫不出來的傑作」。

　　此外。《列王記》上所羅門王審案和《士師記》中參孫的故事，也是非常引人入勝。前者講述兩個妓女都爭搶一個男嬰，說他是自己

親生。所羅門就吩咐說，拿刀來，把孩子劈成兩半，兩個婦女各一半。孩子的親生母親心痛孩子，就說：「求我主把孩子給那婦人吧，萬不可殺他！」另一婦人說：「這孩子既不歸我，也不歸你，把他劈了吧。」所羅門認為不忍殺孩子的是他的真正母親。把孩子判給了她。後者講述的是以色列部落的士師（軍事首長）參孫，從小具有超人的力量。他的力量來自頭上七條髮綹，所向無敵。腓利士人收買了他的情人，趁他熟睡時，割去頭髮，剜去雙眼。他被鐵煉套著牽入神殿戲耍。他雙手抱柱頭，搖垮神殿，與三千敵人同歸於盡。

《聖經》〈雅歌〉中還有許多表現男女戀情的作品，主要是描寫所羅門王與一牧羊女之間的戀情故事，其中有表現戀人美麗的眼睛的：「你的眼睛在面紗的後面，／閃耀著愛情的光輝。／請你轉過眼去別看我，你的眼睛使我慌亂！／／那顧盼如晨曦的是誰？／她明豔照人，／像月亮一樣清秀！／像太陽一樣光明！／像林立的軍旗一樣耀眼！」也有表現愛情忠貞的：「因為愛情如死之堅強，／嫉妒如墳墓之殘忍。／愛情所發的火焰，／是最猛烈的火焰，／眾水不能熄滅愛情，／洪水也不能把它淹沒。／若有人想用財富來換取愛情，／他必全然被藐視。」這種愛情誓言是對愛情最精美、最深刻、最極致的讚美，只有那些心地純潔高尚的靈魂才能體會。很難想像這種愛情誓言也是出自《聖經》作者的手筆。

此外，《聖經》中一些哀歌和祝詞也是非常美麗動人的。哀歌如《詩篇》五卷第一百三十七篇：「我們坐在巴比倫河邊，／一想起錫安就禁不住哭了！／在河邊的柳樹上，／我們把豎琴掛起來。／俘虜我們的要我們歌唱；／折磨我們的要我們奏樂。／『來為我唱一曲錫安德歌吧！』／處身異國，我們怎能唱耶和華的歌？／耶路撒冷啊，如果我忘記了你，／就讓我的手枯萎，再也不能彈琴！／如果我不記得你，／不以耶路撒冷為最大的喜悅，／就讓我的舌頭僵硬，再也不能唱歌！／耶和華啊，求你記住以東人的醜態，／當耶魯撒冷陷落

時，他們喊道：／『拆毀它，拆毀它，把它夷為平地！』／巴比倫
啊，你將要崩潰、毀滅！／祝福那消滅你一如消滅我們的人！／祝福
那拿起你的嬰兒摔在石頭上的人！」這是希伯來人喪失家園後的亡國
之痛的心靈記錄，正如我國清朝詩人趙翼所言：「國家不幸詩家幸，
賦到滄桑句便工」，希伯來人處在被俘囚的困境中，民族仇恨與亡國
之音便油然而生。希伯來人以善於彈琴唱歌出名，此時他們坐在敵國
的河邊，故國的情景依然記憶猶新，往事仍歷歷在目，李後主的詞
「雕欄玉徹應有在，只是朱顏改。問君能有幾多愁，恰似一江春水向
東流。」恐怕是希伯來人心境的最好注解。但希伯來人的亡國之痛，
除了哀愁以外，還有悲憤和復仇，這在中國亡國詩詞中是不多見的。

　　最有名的祝詞是雅各對他的十二個兒子的祝福。其中對亞瑟的祝
詞是這樣的：「亞瑟像泉水旁邊的果樹；／像纍纍的果枝覆蓋在牆
上。／弓箭手狠狠地射擊他，／攻擊他，向他挑戰；／但他的弓弩絕
不示弱，／他的雙臂矯健有力。／他憑藉雅各萬能之神的手，／憑藉
以色列牧者的威名，／憑藉你父親的上帝的助力，／憑藉萬能這給你
的幫忙，／天上的福分，地裡深藏的福氣，／以及懷孕者、撫養者的
福氣。／承受你父親的祝福，／超過永恆的群山，／超過永恆的崗
巒。／願這些福分都落到亞瑟的頭上，／落在兄弟中佼佼者的榮冠之
上！」

　　從比較文學的角度來看，我們清楚地看到，《聖經》的文學性與
其宗教性相比仍然是有限的，因為《聖經》始終還是人們溝通與上帝
聯繫的橋樑，《聖經》無論在歷史上還是現在，都是作為宗教代碼存
在的，因此，當人們手捧《聖經》時，首先並不是要從中獲得文學的
審美享受，而是希望從中體驗到與上帝溝通時的神聖感和精神得到
提升時的快樂，《聖經》的文學性只是為實現這種神聖的快樂的手段
而已。

第三節　宗教《神曲》與人文《神曲》

　　但丁（Dante Alighieri, 1265-1321）是中世紀後期義大利的著名詩人。由於地理位置與人文的獨特優勢，世界資本主義首先在佛羅倫薩等義大利城市發生、發展，大批工商業階層的出現，使得義大利較早地擺脫基督教教會的精神統治，人們對世俗生活的欲望不斷滋長。但丁出身於一個有勢力的佛羅倫薩貴族世家，從小就沒有受到宗教教條的束縛，他九歲就愛上了一位同齡的女孩子，青年時代又寫詩讚美佛羅倫薩城的六十位美麗女子。此外，但丁還懷著極大的熱情投入佛羅倫薩的政治生活，在他擔任執政官期間，他堅決反對教皇干涉世俗事務，並因此被貶在外二十年之久，但即使遭受流放的痛苦，但丁仍然對現實鬥爭念念不忘。這些可以看出，但丁本質上是個讓自己的欲望燃燒的人，而不是一個禁欲主義者。對於這樣一個具有強烈世俗情欲和傾向的人來說，他是以一種什麼樣的價值信念來衡量自己的生命意義的呢？表面看來他是選擇了基督教的價值信念，但實際上，但丁選擇基督教文化價值觀，是因為當時他身處在濃重的基督教文化背景中，他不可能游離於這個文化之外來思考自己的生命意義，但完全信仰基督教，對於但丁來說也是不符合自己的人生意願的。因此，但丁在《神曲》中只是借基督教文化的上帝觀念，地獄、煉獄和天堂觀念作為《神曲》的外在結構框架，而其中表現的核心價值應該是人類如何在自己的人生旅途中運用理性和自由意志去認識罪惡、洗煉人性的種種弱點，進而實現今世生活的幸福，最終通過信仰的力量實現人生價值的完滿，因而這種價值宣示應該是人文主義的，而不是基督教的價值觀。

一　《神曲》的宗教性

　　《神曲》作為中世紀神學文化背景下產生的文學盛典，其基本觀念和結構框架都籠罩著濃厚的基督教神學色彩。它主要表現在：

　　1.在上帝觀念上，他雖然認為人類是除上帝之外唯一具有理性（心智能力）的造物，但他同時也認為人的理性也是上帝賦予的，他借古羅馬詩人維吉爾的靈魂之口說：「神力造成我們這樣的外貌，並感覺到熱和冷的苦惱，但其中秘密是識不破的。希望用我們微弱的理性去識破無窮的玄妙，真是非愚即狂。人類啊！在『為什麼』三字前駐腳吧！」[4]上帝是超越人類理智的存在，「上帝的用意，超過了一般人的眼睛」。從上述表述中可以看出，但丁對上帝是充滿崇敬的。

　　2.在《神曲》的結構框架上，仍然應用傳統的基督教神學理論體系。但丁生活在中世紀文化的濃厚宗教氛圍中，雖然他心中的人文主義思想已經萌芽，但他不能脫離這個時代的主導思想。因此，但丁《神曲》中的基本結構仍然保存著中世紀時代的形態，比如《神曲》的整體框架就是根據中世紀神學思想中的「地獄」、「煉獄」和「天堂」組成的，地獄中處罰亡魂的罪行也是與基督教經典中的原罪與本罪相一致，懲罰方式也是根據中世紀社會普遍流行的各種酷刑，有些懲罰是但丁首創的，比如對那些受精神上懲罰的靈魂，但丁用靈魂們的「嘆息聲使永恆的空氣顫動」，表明他們因沒有對基督的信仰，所以沒有得救的希望，只有永恆的絕望。這是一種怎樣的痛苦啊！煉獄是靈魂懺悔、修煉和獲得新生的地方，這個地方在傳統的民間傳說中是把它作為除天堂和地獄之間的「第二王國」來看待的，尤其在十二、十三世紀的民間傳說中流傳著有關中間地域的神奇傳說。傳說中，基督教信仰中的天堂和地獄都會在最後審判時消失，惟有煉獄才

4　〔義〕但丁撰，王維克譯《神曲》：（北京市：人民文學出版社，1982年），頁181。

能保存。但丁在《神曲》中除了繼承這一傳說中的地域性和空間性的
基本特性外，更重要的是賦予了它實體性特徵。但丁把基督教的聖地
耶路撒冷看成是世界的中心，而煉獄則被他安排在南半球的一座海岸
山上，「在時間上與耶路撒冷相差十二小時。」此外，在「煉獄」要
洗煉的也是基督教教會規定的七宗罪：驕傲、嫉妒、憤怒、怠惰、貪
財、貪食、貪色。托馬斯·阿奎納斯把這七宗罪歸結為「愛」的欠
缺。維吉爾對但丁解說煉獄中罪的分類也是沿用阿奎納斯的這一觀
點，即：「愛」的欠缺表現在：（1）「愛」的對象錯誤，愛他人之不
利，包括驕傲、嫉妒和憤怒；（2）「愛」的不足，即怠惰；（3）「愛」
塵世的物質享受太過，即貪財、貪食、貪色。《神曲》中的天堂觀念
是但丁根據中世紀天文學家托勒密的天體理論構畫的一個想像的世
界，其中也籠罩著濃厚的「上帝之愛」的觀念。當他們到達「月球
天」時，貝婭特麗齊向但丁解釋天堂的實質：「在那重神聖的、靜止
的天裡轉動著一個物體，這個物體所包含的一切事物的生命都以它的
能力為基礎，下一重有眾多的星星的天把這種能力區分為種種不同的
能力，分配於它所包含的眾多星星中。」[5]這裡所說的「它的能力」
是指上帝的能力，上帝猶如太陽般的光源，距離它越近，承受它的光
照就越充分，距離它越遠，承受它的光照就越少，而實現這種天堂運
行規律的就是「上帝之愛」，因此，在各級天府都能看見受上帝之光
照亮的「善靈」形象，而到了最高的天府「玫瑰者的花瓣」裡，被賜
予的光最充分的幸福者「為人所不見」。

　　3. 在對待人類幸福的問題上，但丁雖然強調人類在今世生活的幸
福，但他認為，人類僅僅滿足於現實生活的幸福是不夠的，而要追求
來世生活的幸福，而來世生活的幸福就是信仰。信仰雖然是人們對造
物主上帝的絕對崇拜和虔誠的信仰，但達成這種信仰必須通過世俗愛

5　〔義〕但丁撰，田德望譯：〈天堂篇〉，《神曲》（北京市：人民文學出版社，2001
　　年），頁11。

情昇華為「聖愛」來實現。在《神曲》中，貝亞特麗齊既是但丁現世生活中的愛人，又是但丁昇華為「聖愛」的媒介和力量。她不僅親臨地獄請求維吉爾的靈魂去幫助但丁擺脫險境，參觀罪人的居所和靈魂洗煉的山坡，而且還不惜惠然下降，到地上樂園接但丁到天堂遊覽幸福者的居所。正是這種信仰的力量不斷地驅使但丁完成自己的精神歷險，使自己在不同的精神界域都感受到深刻的教益；同時，貝亞特麗齊在帶領但丁一路翱翔九重天時，還用母性的溫柔和神聖的言辭責備但丁，使但丁能更直接地省悟自己在塵世中的貪婪、驕傲和淫欲。但丁在她神聖的責備面前，「像山洪一樣向外噴湧出熱淚和哀嘆」，「無限悲痛的懺悔直刺我的心，／因此在一切其他的事物中，以往／最使我動心的，顯得最可憎恨了。／數不盡的悔恨啃嚼著我的心，／我因支持不住就倒下了，當時我／變成怎樣，使我悔恨倒下的她最明白。」[6]從中可以看出，愛情的力量不但可以昇華為信仰，而且信仰本身也可以幫助但丁滌除心靈的污垢。同時，人類由於理性的侷限，「人類自己不能成為自己的尺度。人類眼光中的正義與善，好比眼看海水，在海邊是見到底，在海中便見不到。可是海終究是有底的，只是深不可測，滿過人的眼睛罷了。」（但丁〈天堂篇〉）人類這個用理性不能觸及的東西即是上帝的意志，他不僅是世界和人類的創造者，而且也是人類尺度的創造者和終極標準。這種超越理性的智慧只有通過信仰才能獲得神聖的啟示。人類既需要自身的智慧來獲得今世的幸福，也需要通過信仰來獲得來世的幸福，因此，但丁為人類設計的幸福指數並不僅僅是物質生活的滿足，而更為重要的是精神生活的滿足，只有兩者實現有機的統一，人類的幸福才能得到根本的保障。

6　〔義〕但丁撰，朱維基譯：《神曲》（上海市：上海譯文出版社，1990年），頁474。

二　《神曲》的人文性

　　恩格斯之所以把但丁評價為「中世紀的最後一位詩人，新時代的第一位詩人」，就是因為但丁能夠在中世紀濃厚的宗教文化氛圍下超脫出來，在宗教的框架下蘊藏著人文主義的精神萌芽，這是在黑暗的世界裡透露出來的一絲希望的光芒，這個光芒就是在資本主義發展最早的義大利衍生出來的人文主義思想。具體內容可以表述為：

　　1. 但丁雖然承認上帝的權威，但他並不像中世紀人們那樣，一切以上帝為中心，人只有全心身的信仰上帝，才能在來世得到寬恕。但丁在《神曲》中堅定的把人類的救贖之道從上帝引向人類自身，認為人類棄惡從善的根本出路在於人類使用自由意志。《神曲》的開篇，但丁給我們描述了因人性的弱點貪婪、野心和逸樂的控制而使自己陷入人生的十字路口，這時象徵理性的維吉爾出現，理性雖然是以維吉爾的形象出現的，但它同樣是但丁心中自由意志的體現。他把但丁從險境中解救出來，並帶他遊歷地獄，去認識罪惡的本質，然後又帶他遊歷煉獄山，在這裡主要是讓但丁認識人生修煉自己本性的途徑和方法。但丁在維吉爾的陪伴下雖然不時顯示出但丁的恐懼和畏怯，但他還是堅定地走完了這段艱難的人生旅程。此後的旅程則由象徵愛和信仰的貝婭特麗齊帶領，貝婭特麗齊在引導但丁翱翔九重天時，但丁也有時表現出動搖和信心不足，貝婭特麗齊除了善意的責備外，更多的是鼓勵和愛的力量，這種力量與理性相比，是人類更高一個層次的自由意志。但不管是理性還是信仰，它們都是人類本有的精神力量，人類通過自身的力量去認識人類的罪惡和世界的本質時，都不免有信心不足的時刻，但丁就借威尼斯學者馬克·龍抱獨之口說：「這種自由意志起初也許和星辰的相搏而感到痛苦，但我們善用之則獲得最後的勝利。」這表明人類在初始階段使用人類自身的自由意志時總有不自信和膽怯的時候，因為這是人類第一次不依靠上帝的意志而完全靠自

己的意志來決定人生的意義，這樣的人生抉擇是何等壯觀的塵世景象！就像一個剛剛學步的孩童，當母親鬆開手，孩童步履蹣跚的走向對面的爸爸，當他戰勝自己的膽怯，滿懷自信地走完這人生第一段旅程時，他該有多麼的欣喜啊！

當然其中的艱辛和痛苦是可想而知的。但丁的地獄、煉獄和天堂之旅並非一帆風順，而是充滿了危險和艱辛，這種人生的困境也是代表全人類的。梅列日科夫斯基說：「《神曲》是對人間悲劇的回答，並非因為但丁的理智在外在的僵死的信條中得到安寧，而是因為全人類的心靈跟他一起在惡與善、地獄與天堂這種內在的不斷運動的經驗中感到痛苦，不能而且不願意得到安寧。永恆的和真正的，在這裡不是地獄，而是但丁本人以及與他一道下地獄的全人類，全人類體驗了並且迫使但丁體驗他本人已經體驗的惡與善的經驗……但丁的宗教經驗雖然可怕而且前所未有，是惟一記錄下的一個人活著下地獄又從地獄裡出來的經驗，他本來是要毀滅，但他得救了，也許是為了全人類才得救的。」[7]因此，人類使用自由意志是但丁勇敢地自己肩負起認識世界、創造世界和獲得人生幸福的表現，其創造精神和勇氣是值得讚賞的，但由但丁開創的人類自己主宰世界的道路還剛剛開始。

2.《神曲》的人文性還表現在對義大利現實政治的強烈關注。但丁生活在義大利也是世界資本主義的中心，新的生活方式和生產方式的誕生必然催生出新的思想，而新的思想也必然會產生對舊思想的對立和衝突。但丁除了在知識的海洋裡吸收人文主義思想的精神養料外，還積極參與到反封建、反教會的鬥爭洪流中，他站在市民階級一邊，一心想革新腐敗的政治，實現他崇高的理想和抱負。但丁最大的政治理想就是希望義大利擺脫基督教教會政權對世俗政權的統治，建立以羅馬帝國為榜樣的中央集權的君主政體。但是，當時義大利名義

---

7 〔俄〕梅列日科夫斯基撰，刁邵華譯：《但丁傳》（瀋陽市：遼寧教育出版社，2000年），頁289。

上是歸屬於神聖羅馬帝國的統治，義大利的最高統治者也是從德意志諸侯中產生。但丁生活的時代義大利的統治者是魯道夫和阿爾伯特一世，實際上，他們並沒有來義大利行使權力，使義大利實際上處於無政府狀態，而各地封建主卻乘機大肆掠奪，致使「帝國的花園荒蕪」。但丁懷著強烈的憤慨對教會干涉內政和基督教本身的腐敗進行了猛烈的抨擊，他把教皇作為批判的主要對象，把他比作是「淫婦」，詩人怒斥教皇買賣聖職的行為，「你們的貪婪使世界陷入混亂的境地，把好人踩在腳下，把壞人提拔起來。」上行下效，各地的主教和樞機主教都貪婪成風，變成「充斥於一切牧場的穿著牧人衣服的貪婪的狼」；教士們也從「牧人變成了狼」，由於貪財好利，使得教會本來應該聖潔的地方卻變得污穢不堪。但丁還強烈譴責教皇干涉內政，認為正是因為這個原因，使義大利不能統一，他主張政教應該分離，讓教皇和世俗的皇帝都各司其職，只有這樣，社會才能穩定，人類的幸福才有可能實現。其實，但丁之所以遭到流放，也正是因為他敢於與神聖的教權直接對抗這個原因，但丁在流放時期寫作《神曲》時仍然堅持這個觀點，這說明他在這個問題上的態度和決心。流亡近二十年後，佛羅倫薩的統治者希望他能夠懺悔以獲得重返家園的權利，但丁為了維護自己的信念和主張，斷然拒絕了這個要求。由此之故，他又被缺席判處死刑。

　　3.《神曲》的人文性還表現在他對現實人生的強烈關注。但丁是一個情感強烈的詩人，他九歲時就開始戀愛，但其戀人貝亞特麗齊早死，因而他懷著對她的強烈情感寫作了〈新生〉，他還寫詩讚美過佛羅倫薩城的六十名美麗女子，詩名就叫〈六十〉。在《神曲》中，但丁也熱情地歌頌了人間美好的愛情，他不僅把愛看成是推動宇宙運動的物質力量，同時也是精神力量，但丁正是在其戀人貝亞特麗齊的關懷下，親自下到地獄，請求維吉爾救援但丁脫離險境；也正是對貝亞特麗齊的愛情使他能夠走出地獄中的崎嶇險境，爬上峻峭的煉獄山，

衝過火焰關，到達地上樂園；在翱翔九重天時，但丁被戀人的美和德所吸引，最後到達天府，瞻仰真、善、美的本體。但丁最後在天堂裡和貝亞特麗齊告別時說：「夫人啊！我的希望在你那裡得到鼓舞，／你為了使我得救，不惜惠然下降，／在地獄裡留下你神聖的痕跡；／憑了你的力量，也憑了你的美德，／在我所看到的一切事物裡，／我認出了上帝的恩惠和全能。／在你的權力範圍以內，／我走盡了一切道路，用盡了一切方法，／把我從奴役的狀態引到了自由的境界」。（但丁《神曲》〈天堂篇〉）美好的愛情能夠使人上進，實現人生的最高幸福。

　　但是，但丁對待愛情的態度是矛盾的，他一方面對高尚的愛情和低劣的情欲作了嚴格的區分，把多情者放到金星天享福，而把貪色者放在地獄裡受罰。但當他直接面對保羅和弗朗西斯卡這對痴情戀人的悲慘遭遇時，他感到極度痛苦，以致聽了他們的哭訴後昏了過去。這表明但丁對中世紀的道德標準表現出既尊崇又不滿的矛盾態度。

　　對於但丁在多大程度上更傾向於基督教文化還是人文主義文化，歷來眾說紛紜，如義大利的哈伊就認為，但丁對宗教的批判並沒有拋棄上帝信仰，而是「批判完了之後，靈魂依然存在，對聖母還是像過去那樣迷信。」[8]而國內也有學者（比如蔣承勇）認為但丁《神曲》中的宗教性大於它的人文性。對於這樣的觀點，我們認為應該回歸到但丁當時的社會環境上去，當時整個歐洲都處在基督教世界的統治下，義大利雖然在經濟和政治上走在前頭，但並沒有擺脫基督教世界的政治統治，文化上的統治地位更是難以擺脫。但丁是這個黑暗世界裡的先知先覺者，他的聲音是對舊世界的吶喊，是衝破鐵屋子的投槍匕首，因而從義大利當時整個文化趨勢來看，但丁創作《神曲》並非

8　〔義〕哈伊撰，李玉成譯：《義大利文藝復興時期的歷史背景》，（上海市：上海三聯書店，1988年），頁174。

要通過批判宗教來回歸上帝信仰，而是想要表達出處於萌芽狀態中的新世界的聲音，但在神權統治的拉丁世界裡，單純而直白地表達人文主義觀點不僅不符合當時的文化氛圍，而且是把自己直接地當成了基督教世界中的異類，也就不可能讓人們接受新世界的思想。但丁以基督教的思想為框架，一是他不可能擺脫中世紀那種神權統治的精神氛圍，二是為了更好地讓人們接受新思想，因此，從這個角度來看，但丁《神曲》的人文主義色彩要比其基督教文化色彩更濃厚一些。正是由於其人文主義的光輝成就，才使其成為照亮中世紀黑暗社會的燈塔，也正因為這種成就，《神曲》還成為照亮人們心靈黑暗的燈塔。

第三章
文藝復興時期的宗教與文學

　　文藝復興時期是歐洲近代社會的開端，它以宗教改革和文藝復興兩種偉大的形式打開了歐洲近代社會的大門。從表面上看，文藝復興時期的人文主義文化與中世紀基督教文化形成對立關係，但實際上文藝復興還是繼承了相當程度的基督教文化因素，宗教改革只不過是對基督教教會體制和某些教義進行了激烈的批判，而對基督教文化中蘊涵的人本主義的內容卻在新的宗教人本主義形式中繼承了下來；文藝復興倡導的人本主義思想也不可避免地受到宗教觀念的影響，從而使人本主義文學中也蘊涵著一定程度的宗教因素。本章主要從宗教改革中的人本主義傾向和人文主義文學中的宗教傾向兩個層面對文藝復興時期的宗教和文學進行探討。

第一節　文藝復興時期的宗教改革

　　基督教文化的改造始於十六世紀，這種改造之所以會在這個時期發生，有兩個重要原因：一是中世紀基督教專制主義和教條主義嚴重束縛了人們的思想和行為，從而造成一種全社會的僵化氛圍；二是資本主義生產力和生產關係的興起以及新興的資產階級在文化上的獨立性越來越強，隨著他們經濟地位的日益增強，他們迫切需要在政治和文化領域獲得自己相應的地位和權力。從十三世紀開始在歐洲掀起的文藝復興運動就是資產階級標榜的文化獨立性的體現。在這場持續了幾個世紀之久的文化革新運動中，資產階級繼承了古希臘文化中的人文主義思想，提倡現世生活的幸福，倡導感性和享樂主義。由於資產

階級的這種思想方式和生活方式與中世紀教會宣揚的禁欲主義主義和末世思想相對立，因而他們也迫切要求擺脫教會思想對他們的束縛。這種自身的文化改造和資本主義的獨立要求，使得基督教改革思想客觀上為資本主義發展的正當性、合法性提供了強大的價值支持，因此，改革後的基督教無疑對西方資本主義的發展起著強大的精神支撐和啟示作用。

　　十六世紀基督教改革運動的思想包括兩個大的方面：一是來自反映基督教教會內部改革要求的基督教人文主義；二是來自世俗社會改革要求的新教神學，因此我們就這方面的內容分兩個層次來論述。

一　基督教人文主義

　　基督教人文主義是天主教內部的改革思想，其改革的內在動力並非來自天主教本身，而是來自文藝復興運動中對古希臘、羅馬文化的重新重視。文藝復興運動中的人文主義者接受了古希臘、羅馬文化中重視現世生活和以人為本的核心思想，教會內部一些具有改革思想的人士逐漸接受了古希臘、羅馬文化並成為人文主義者以後，就提出了用更符合人性的溫和、開明思想來到同宗教專制主義和經院哲學的教條主義作鬥爭。這些主張雖然遭到教會傳統勢力的反對，也遭到新教的誤解，但他們對宗教改革運動的推進以及後世的寬容思想與啟蒙精神的產生都有不可磨滅的貢獻。

　　基督教人文主義思想最早誕生在荷蘭，荷蘭當時是世界資本主義的新的中心，荷蘭的資本主義模式與早期義大利資本主義最大的不同點就在於，資本主義的經濟秩序得到極大的改善，其基本模式已經基本擺脫了資本主義發展初期的那種混亂和無序狀態，資本經營已經初具規模，現代資本主義的典型經營模式——股票和證券交易所也在荷蘭正式誕生；這種經營模式的理性化和規範化使得資本家們迫切希望

在文化上建立起一種以信譽、友誼、理性等為內容的資本主義價值
觀，在追求利潤的同時也不失去高尚的人文內涵的人生理念，而這種
新的價值理念獲得了一些在基督教內部人士的認同，這些人士並非以
反基督教為宗旨，而僅僅是為了基督教在新的形勢下更好地適應新的
社會環境所進行的一種教義的改造和革新，但不可否認的是，這種改
造和革新客觀上推進了人文主義的巨大進步。

　　基督教人文主義的代表人物主要有荷蘭的愛拉斯謨和法國的蒙田。

　　愛拉斯謨（Desiderius Erasmus, 1466-1536）出生於荷蘭鹿特丹的
一個天主教徒家庭，少年時代在天主教會內一個有革新精神的共同生
活兄弟會中受教育。一四八七年成為奧古斯丁會的教士，一四九二年
被任命為神父。後來愛拉斯謨在巴黎、牛津、盧汶等地學習，並先後
在劍橋、巴賽爾和弗萊堡大學任教。愛拉斯謨自稱他的思想是把學問
與虔誠融合一體的「基督教哲學」。他宣揚宗教改革的主要作品有
《基督教士兵手冊》、《愚人頌》、《談話集》和《論自由意志》等，他
在這些著作中論述的基督教人本主義思想主要有以下幾個方面：

　　第一是基督教的本質。他認為基督教的本質主要有兩條，1. 以
《聖經》的知識為武器與生活中的罪惡作無休止的鬥爭。為了獲得聖
經的知識，必須熱情地研究上帝之道，並且還可以向異教徒學習，從
中學到對聖經知識精神實質的理解；2. 關注內心對上帝和鄰居的愛，
而不是外在的崇拜活動，他這樣寫道：「你的兄弟需要幫助，這時你
卻喃喃地向上帝禱告，裝著看不見你兄弟的需要。」這種表面上信仰
上帝而在實際行動上卻不關心他人的行為，並不是真正地信仰了上
帝，只有在實際行動中發自內心地關心他人、愛他人，才是真正地信
仰上帝。

　　第二是用基督教哲學改造基督教神學。愛拉斯謨認為，通過理智
所思索的問題並不比心靈的意向更真實，理智思索是極少數人的事
情，但一切人都能成為基督徒，一切人都能成為神學家。聰明人可以

看到人性的本質，愚人同樣可以看到世人的虛偽和愚蠢，如《皇帝的新裝》。他的目的是要教育世人放棄自作聰明、自以為高明的幻覺，把矛頭指向僧侶、神學家乃至主教、教皇，因而他主張用基督教哲學去改造神學、改造教會。其中最重要的是除去人性中虛浮矯柔的一面，恢復簡單、質樸的自然本性。他學習符合人的自然本性的基督教信仰與一切聖賢發現的真理是相通的，反對宗教狂熱和專制主義，主張通過教育，而不是通過強制手段改變人的不良生活。愛拉斯謨的思想雖然沒有否認基督教神學的傳統教義，但其內容中卻充實了許多具有人文內涵的新思想、新觀念，對促進基督教文化向近現代社會的轉換作出了貢獻。

蒙田（Michel de Montaigne, 1533-1592）是基督教人文主義的後期代表人物，他出生於法國的蒙田市，在波爾多大學學習法律，擔任過該市的議員、議長和市長。他創作了三卷本的《隨筆》，開創了「隨筆」這一新的文學形式。

蒙田的基督教人文主義思想的核心是懷疑主義思想，他說：「世界上大多數弊端來自我們內心對承認自己無知的害怕」，這裡的無知是指哲學上的懷疑、批判精神。正是從這裡開始，蒙田不相信人在自然中的優越性，相反，他認為正是這種自詡的優越性造成了人性中驕橫和自負的一面。如人的直立不如駱駝和鴕鳥更高，沒人能證明人的理性比動物的本能更有助於生活等。蒙田也指出了人類知識的缺陷，人的感性和理性都不可靠，人們在所有問題上都有正相反對的意見，只有來自神聖的啟示才能形成人類的第一原則，而他所謂的神聖啟示，就是自然的原則。蒙田說：「唯其生活得自然，所以生活得幸福。」按自然生活就是按人的正常德行生活。但是，任何按自然生活都不是來自經院的教規教條，而是來自自我內心的意識，沒有人比自己更懂得自己應當如何生活，唯一需要關注的只是自我對生活的感受，它會幫助人自然地運用理性，而符合自然的生活就是簡單的常規生活。

應該說，蒙田的懷疑主義和自然主義有玩世不恭的傾向，但這種思想對抵制宗教教條主義、宗教狂熱和迫害卻產生了深遠的影響。許多哲學家正是在蒙田懷疑主義思想的影響下抵制宗教教條、提出具有自然、世俗和時代特色的新思想。

二　新教神學

新教神學雖然在內容上與基督教人文主義思想有相通的地方，但在現實關係上卻是具有質的差別。基督教人文主義代表的是基督教保守勢力對其思想的一種革新，而新教神學則是基督教內部的改革勢力對基督教傳統的全面革新和改造。

新教神學的代表人物是德國的馬丁・路德、法國的加爾文和英國的國王亨利八世，前兩個是新教神學思想的革新者，而亨利八世則是世俗政權與教會關係的改革者，通過亨利的改革，英國的政教關係就由原來的教會控制世俗政權的局面轉變成為世俗政權控制教會的局面。

（一）馬丁・路德的宗教改革

馬丁・路德（Martin Luther, 1483-1546）出生於德國艾斯萊本的一個質樸而貧窮的農民家庭，他的父母都是虔誠的基督徒。他一生受過良好的教育，曾經因心靈的危機進過修道院當修士，一五一二年在維登堡大學獲得神學博士學位。同時，他也開始教授聖經和亞里斯多德的《倫理學》，他在教授《倫理學》時，深刻地認識到它存在的嚴重缺陷。當他與羅馬教廷決裂後，他把亞里斯多德的《倫理學》當作恩典的最壞的敵人，並且得出柏拉圖思想優於亞里斯多德思想的結論。他說：「柏拉圖朝向神聖、不朽、不可感但可知的方向努力，亞里斯多德則相反，只討論可感和單個的東西，完全是人類和自然的東

西。」[1]同時，路德在這期間也經歷了一連串心智和靈性上的磨練，他由於不滿羅馬天主教教廷採用贖罪券的行徑，他寫了《九十五條論綱》與羅馬教廷公開辯論，並很快成為一個反羅馬教廷的英雄。尤其是當教皇的代表要他放棄自己的異端見解時，他發表了他的千古名言：「我的良心聽命於神之道。因為違背良心既不安全也無益處，因此，我不會宣布父親神的道。我別無選擇，這就是我的立場，願神拯救我，阿們！」[2]羅馬教皇於是把路德逐出了教會。但由於路德的反羅馬教廷行為正好迎合了德國世俗政權，因而他受到一些王公貴族們的保護。

　　馬丁‧路德宗教改革的核心問題是人如何能夠獲救的問題。在傳統的基督教教義中，人由於其始祖的罪過犯了罪，其子孫也終身帶罪，人們獲救的唯一辦法就是摒棄生活樂趣，清心寡欲，在現世生活中專心致志地侍奉上帝，不留戀現人間幸福，人們就可獲得上帝的恩寵，獲得永生的幸福。路德在思考和認識這一問題時，首先從方法論上打破了傳統教義的思維方式。他認為人的獲救過程並非是現實過程，而是一個純粹的精神過程。他把這個精神轉變過程表述為「因信稱義」，其基本含義可歸結為：信仰最初表現在對上帝全能和公正的畏懼，以及人在上帝面前的渺小感、犯罪感和內疚心情，人必然摒棄自我，把自己看成非存在，一切都由上帝來完成，把自我交給上帝，對上帝產生信賴和熱愛，並期待上帝的恩典。人因為有了對上帝的絕對信賴和熱愛，就使自己因信仰而變成義人，這便是「因信稱義」。路德說過，信仰是生活的常青樹，上面必然長著愛和智慧的果實。但是，路德認為，人們「因信稱義」的過程不是要以苦修的禁欲主義行為來超越世俗道德，而是要人完成個人在現世裡所處地位賦予它的責

1　轉引自趙敦華：《基督教哲學1500年》（北京市：人民出版社，1994年），頁588。

2　Heiko Oberman, *Luther: Man between God and the Devil,* Trans. Eileen Walliser-Scharzbart (New York: Doubleday, 1992), p.203.

任和義務。因此，修道士的生活毫無價值，他們放棄現世義務是自私的，是逃避世俗責任的表現。路德宗教改革的重要貢獻就在於他強調了履行世俗義務是上帝應許的唯一存在方式，而不是逃避世俗責任去過禁欲主義的生活。

根據路德的見解，如果神要人對他具有如何的了解，神就必須自我啟示。因此，人關於神的一切知識，其根基只能是神借著他的話語所作的自我啟示。路德主張：任何心中有神的人，若沒有他的話語，等於是完全沒有神。但這個話語並不是通過人類的理性能力來認識的，而是通過耶穌基督自己的福音，也就是通過《聖經》來通達的。路德認為，聖經是神所選用的工具；聖靈用聖經把耶穌基督帶給我們，並教導我們福音。而神就是在福音中並透過聖經啟示他自己，人所能做的就是感受和體驗，路德通過這種個人經驗的強調，把宗教的基礎從天上搬到了人間，從教會搬到了個人的內在體驗中。這樣路德把人的靈魂得救的鑰匙由教會和神職人員轉移到每一個擁有真正需要的基督徒手中，把人從外在性的善功和聖事的枷鎖中解放出來，人從此獲得了精神上的自由和靈魂得救的自主權。

路德宗教改革的另一個重要內容，就是他提出了「職業」這一重要的概念。職業在德語中的表述是 Beruf，意為職業、天職；在英語中的表述是 calling，意為職業、神召。它的意思來自路德對《聖經》的意譯，意思是指人在現世生活中不得不接受的，必須使自己適從的、神所注定的事，即從事每個人所適合的職業就是上帝安排的一項任務。根據路德的見解，他反對傳統基督教信仰脫離現世生活來榮耀上帝的做法，而認為通過履行職業勞動迫使每個人為他人而工作正是上帝應許的唯一生存方式，是人侍奉上帝的神召（天職）。正因為如此，每一種正統的職業在上帝那裡都具有同等的價值，基督徒做任何工作都沒有分別，只要他做的是為了榮耀上帝。

同時，路德把工作看成是「上帝的面具」，即上帝是隱藏在一個

人的具體工作中的，一般人對此是不能意識到的，但他可以通過職業勞動中獲取報酬來體現，勞動者在工作中獲取金錢和其他報酬被認為是上帝恩寵的表現，也是使自己的靈魂獲救的表現。同時，路德還把基督教的禁欲主義改造成為一種世俗的行為，認為一個人專注於自己的工作，為了在工作中取得成就而忘我的勞動正是一種禁欲的舉動。路德正是把傳統基督教的苦修進行改造，使之與世俗生活聯繫在一起，把基督教的絕對神性信仰融進每個人的日常生活中，使基督教信仰真正成為一種善舉，而不是一種負擔。無疑，路德的宗教改革為現代資本主義的發展提供了可靠的價值支撐，現代資本主義之所以能夠取得如此巨大的物質成就，跟路德的宗教改革也是有密切的關係。

（二）加爾文的宗教改革

事實上，加爾文教的真正始祖並不是加爾文，而是烏利希·茨溫利（Huldreich Zwingli, 1484-1531）。茨溫利出生在瑞士革拉如斯的一個中產階級家庭，他就讀過維也納和巴塞爾大學，受過很好的人文教育，一五〇六年他在巴塞爾大學獲得神學碩士學位，並在自己的家鄉得到一個教職，一五一六年他遇到愛拉斯謨，成為他人生的轉折點，從此他接受了愛拉斯謨的影響，變成為一個偉大的人文主義改革者和基督教哲學的提倡者。一五一九年，茨溫利來到蘇黎世，在那裡他與教會領袖及市議會攜手合作，用立法形式廢除了蘇黎世及其周邊地區的所有教會舉辦的瀰散，並用新的敬拜儀式取而代之。他也否定基督的身體真正臨到主餐中，並把它改為一個紀念性的飲食。他的這一系列改革被路德派人士看成是宗教狂熱者，但他所在城市卻多方保護他，以使他免受羅馬教廷的迫害。茨溫利的宗教改革方面的著作有《論神的照管》（1531）、《真偽宗教論》（1525）、《論茨溫利的信仰》（1530）、《基督教信仰淺釋》（1531）。茨溫利的宗教改革思想主要表現在以下幾個方面：

　　第一、茨溫利非常強調聖經原則，他甚至把聖經看作是基督教信仰和生活的最高權威，超乎人類所有傳統之上，並且所有這些傳統都必須接受聖經的評判。

　　第二、茨溫利正面肯定人文主義和希臘思想的價值。茨溫利接受過柏拉圖、亞里斯多德和斯多亞主義的訓練，對人文主義和希臘哲學很沉迷，他認為，只要希臘哲學家的思想對於基督教神學有幫助，那麼就應該受到高度的敬意和重視，因為希臘哲學所道述的真理也是神的真理。在《論神的照管》一書中，他從自然神學開始，目的是要證實神的存在和本性乃是決定一切的實有，它高高在上，統管著自然和歷史，並且由此茨溫利得出「神聖照管確實存在，並且必須存在，因此，我們知道得一清二楚，他不僅知道萬事萬物，而且他也管理、整頓和處理萬事萬物。」

　　第三、茨溫利提出神恩預定說。對於茨溫利而言，神恩預定論既是聖經的教義，又是符合按照理性推論出來的神聖照管教義。按照阿奎那和中世紀天主教神學的理解，神之所以預定人進入天堂或者下地獄，是由於神預知他們的決定。茨溫利卻認為，那些最終進入地獄受到永遠詛咒的人，乃是神在永恆裡為他們安排了這個命運，「因此，揀選是歸那些預定蒙福的人，但那些受到詛咒的人則不能說蒙受揀選，雖然神的旨意也對他們做出處理，但他們拒絕、抵擋並且回絕它們。」因此，揀選只能是指向預定的得救者以及他們在天堂上的命運。

　　第四、茨溫利還反對路德的所謂聖禮，他認為人的拯救恩典不是靠恩典的物質媒介來實現，而是借著聖靈才能產生信心。《約翰福音》有「肉體是無益的」字句，但茨溫利卻把它闡釋為，物質不能傳達屬靈的福氣，基督教聖禮中的主餐餅和酒都不能擁有及傳遞基督身體的意義，而惟有信心才能最終進入聖靈，因此，主餐的聖禮和浸禮都只不過是一種象徵的儀式，通過這種儀式確立人的信心，並引導人們進入聖靈。聖禮作為一種可見的話語和儀式是必需的。它可以幫助

我們記住和傳揚基督的工作以及我們的信心。他還反對傳統的浸禮觀，浸禮的意思就是，因為人類的始祖亞當犯下了原罪，因而人類的後代就永遠承受這種罪行，當嬰孩剛剛出生時，他們就要接受所謂的浸禮，以洗滌先祖犯下的原罪。但茨溫利不相信嬰孩生下來就有亞當的罪，因為基督在十字架上的死，已經把亞當所有的後裔的亞當之罪都除掉了，遺傳的罪乃是奴役和束縛，而不是罪惡感，這種遺傳對孩子的成長是不利的。此外，茨溫利還反對路德和羅馬天主教傳統中的主餐觀，他反對聖餐是基督的身體臨到聖餐地餅和酒裡，他認為基督復活的身體是在天上，而不是無處不在。路德的錯誤就在於他相信浸禮的水和聖餐的餅可以真的傳達恩典或信心。對茨溫利來說，主餐僅僅是紀念性的飲食，基督徒在這個時候確實在吃「基督」，但不是在肉體上的吃，而只是在靈性上的吃，「在靈裡吃基督的身體，絕對無異於在靈裡和心裡相信神透過基督的憐憫和善良……」其本質是象徵性的。茨溫利的主餐觀念，後來在英國和北美的浸信會和其他新教中成為其標準的觀念。

總之，茨溫利的宗教改革具有創建者的歷史角色，他的神學思想與路德的教義基本相同，但在主餐和浸禮等問題上有自己的獨特見解，並對後來加爾文的宗教思想產生深遠影響。並且，加爾文在神學上的任何貢獻，幾乎都可以在茨溫利的著作中找到。

約翰・加爾文（Jean Calvin, 1509-1564）出生於法國北部的諾陽城。年輕的時候，加爾文在奧爾良和巴黎學習法律、哲學和神學。他學習期間與人文主義者和路德宗教徒有比較密切的交往，並逐漸成為一名宗教改革家。當巴黎爆發迫害新教徒事件時，加爾文逃到瑞士的巴塞爾，在那裡他撰寫了《基督教原理》（*Institutes of Christian Religion*），這本書成為改革宗神學的教科書。西元一五三七年，加爾文想要到歐洲的一個主要新教城市斯特拉斯堡學習，因為戰爭使道路無法通行，他只得繞道經過日內瓦，計畫在這個城市只停留一個晚

上，但有一位名叫法羅德新教領袖前來找他，請求他留下來，幫助這個城市完成宗教改革。此後，加爾文的大部分時間就在日內瓦度過。他雖然在這個城市所擔任的職務是主任牧師，但實際上他是這個城市的獨裁者、先知和市議會的實際領導人。起初，加爾文的改革遭到日內瓦人的抵制，後來日內瓦的改革派重新掌權後，又把加爾文請回主持宗教改革工作，並最終建立起一個政教合一的神權政府。由於加爾文的宗教改革是以強化宗教神權和剝奪人的自由為代價的，因而遭到很多人的反對，但他在與這些反對者們的較量中採取強硬政策，甚至把異端分子活活燒死在火刑柱上。因此之故，加爾文得到了一個「惡魔」的稱號，甚至稱他所創造的上帝也比惡狼、比撒旦還壞。

　　在神學思想上，加爾文的神學主要建立在茨溫利、路德等人基礎上。他贊成路德的「因信稱義」的觀念，但他強調的「信」不是出自人內心對上帝的信仰，而是由上帝所決定的，即他的稱義實際上是「因揀選而稱義」。加爾文說：「我們把上帝的永恆的判決稱之為預定，上帝根據這一判決，決定一個人應該變成怎樣。因為我們不是在同一狀況下被創造出來的。有些人注定得到永生，另一些人卻要永遠罰入地獄。」[3]加爾文進一步指出：「稱義」不是一個人提供內在的修養和外在的善功所能達到的目標，而是上帝的慈愛、公正和恕罪轉歸在他身上的結果。這樣，人就只能完全依靠上帝才能獲救。但是，由於人類始祖犯下的罪惡，人類在全體的意義上來說都是罪人，上帝的寬恕只不過是他的一種對罪行的寬恕和恩典。而恩典的施放必須體現公正，因此，上帝不能毫無區別地寬恕全部人類的罪惡，他只能揀選一部分獲救的人，這樣就有另一部分人仍然處於罪惡之中。而對於仍處於罪惡之中的人不能說上帝是不公正的，因為上帝是最高的法律，上帝的意志是最高的公正。正如動物不能說為什麼上帝給人類的恩典

3　轉引自張綏：《基督教會史》（上海市：上海三聯書店，1992年），頁321。

更多，而給自己的恩典更少一樣，沒有被揀選的人也不能抱怨上帝為
什麼不揀選他們。

　　加爾文神學思想的另一重要內容是使世俗生活獲得了神聖性。路
德雖然也反對脫離世俗生活的修道，強調通過世俗生活獲得修煉的重
要性，但他的神學是對人的精神的一種解放。而加爾文的理想則是通
過過世俗生活、日常工作和職業勞動來實行他的禁欲主義思想。實際
上加爾文的「天職」就是路德「天職」觀念的絕對化，是由中世紀演
變過來的世俗禁欲主義思想。這種禁欲主義雖然不像中世紀禁欲主義
那樣表現為變體的自我折磨，但它也通過勤奮工作和儉樸的生活來驗
證自己的信仰。這種禁欲主義既反對貧窮、懶惰和行乞，也反對放縱
揮霍和奢華炫耀，但它卻鼓勵通過勤勞和節儉來發家致富，這種解釋
在客觀上為現代資本主義的發展提供了道德和價值上的支持。馬克
斯・韋伯就說：「現代資本主義精神，以及全部現代文化的基本要
素，即以天職思想為基礎的合理行為，產生於基督教禁欲主義。」[4]
因此，從某種程度上說，現代資本主義的發展就是在基督教新教文化
的推動下發展起來的。但是，財富的積聚必然會滋生享樂主義，「他
們的傲慢、憤怒，肉體的欲望，眼睛的欲望和對生活的渴望也成比例
地增長。因此，儘管還保留了宗教的形式，但它的精神正在如飛地逝
去。」[5]這樣的價值導向必然使基督教文化在世俗化過程中陷入矛盾
的境地，一方面，基督教禁欲主義的職業化道路使人們可以在一項職
業勞動中把人的欲望引入對社會生活具有實際功用的領域，但另一方
面，資本主義的享樂主義傾向又企圖從職業化過程中把職業勞動的成
果與訓練結合在一起，以達成在職業勞動後進行享樂的合理性。這

4　〔德〕馬克斯・韋伯撰，于曉等譯：《新教倫理與資本主義精神》（成都市：四川人
　　民出版社，1986年），頁170。

5　〔德〕馬克斯・韋伯撰，于曉等譯：《新教倫理與資本主義精神》（上海市：上海三
　　聯書店，1987年），頁137。

樣，職業化與其禁欲主義的初衷就發生了根本的矛盾，這種矛盾在資本主義文化體系中成了困擾著人們尋求生存意義的終極矛盾。關於這個問題，美國社會學家丹尼爾・貝爾在其《資本主義的文化矛盾》中有詳細的闡述，其中「現代資產階級在白天是正人君子，而到了晚上則放浪形骸」正是這種文化矛盾的最具體和最形象描述。

（三）英國的宗教改革與英國國教

　　英國雖然在中世紀社會裡是一個地地道道的基督教控制下的國家，但由於其特殊的地理位置和島國性格，使之在政治和文化上都逐漸游離於歐洲大陸。因此，英國的宗教改革其目的不是為了弘揚信仰和純潔教會，而是為了維護英國人的民族感情和民族尊嚴，它的導火線就是英國國王亨利八世的一樁關係到王位繼承問題的離婚案。

　　亨利八世的原配是他的寡嫂、阿拉貢公主凱瑟琳，婚後的二十多年時間裡，凱瑟琳只為他養育了一個女兒瑪麗，而亨利卻非常想要一個兒子來繼承王位。一五二九年，亨利正式向羅馬教皇提出與凱瑟琳離婚的請求，但遭到教皇克萊門德的拒絕，於是，亨利就乾脆與羅馬天主教會絕交，任命劍橋大學的克萊默為坎特伯雷大主教。他上任後不久，就批准亨利離婚再娶。後來亨利又通過國會宣布著名的《至尊法案》（*Act of Supremacy*），規定國王和他的繼承者是英國國教會在塵世的唯一的最高首領，把不承認其最高主權的人，無論是天主教徒還是新教徒，都綁在火刑柱上燒死。同時，亨利還強行剝奪了修道院的土地和財產，使多達三百七十多所修道院的財產被收歸國有，英國教會勢力受到毀滅性的打擊。

　　亨利死後，由他九歲的兒子愛德華六世繼位，但他只活到十五歲就夭折了。後由亨利的第一個妻子所生的瑪麗繼承王位。她繼位後，出於對她母親被廢黜的不幸命運的同情和憤慨，她對新教勢力進行了殘酷的鎮壓，將三百多名新教徒送上了火刑架，其中就包括坎特伯雷

大主教克萊默，她由此得到了一個「血腥瑪麗」（Bloody Mary）的綽
號。在她執政的五年期間，英國的宗教生活又回復到羅馬天主教統治
的狀況中。瑪麗於西元一五五八年去世後，由她的同父異母妹妹伊麗
莎白繼位。她是一位新教徒，但她對宗教問題採取更加靈活和寬鬆的
政策，從而開創了一種兼容並蓄和寬容敦厚的時代氣氛。這種時代氣
氛最終促成了主教制的行政統治模式，一五六三年國會制定了《三十
九條宗教條款》，它成為英國國教會的憲法，同時也標誌著英國國教
會的最終形成。

　　英國國教會在宗教問題上採取的是一種熱衷主義的態度，因此並
沒有什麼鮮明的思想特色，一切宗教觀點的取捨都以對英國國家發展
有利為唯一準則。英國國教會的主要神學家是胡克，胡克被認為是英
國國教會即安立甘主義的神學設計師。他的主要神學作品是《教會行
政法規》。其內容主要有：第一、「維獨聖經」，這是英國新教改革家
克蘭默提出的主張，但胡克對此有自己的見解。胡克一方面聲稱遵守
三十九條宗教條款所表達的英國教會的正式教導，即聖經對於基督教
信仰和實踐具有絕對至高無上的權威和主權，另一方面，他又用程度
和等級觀念來看待不同等級的權威，從大到小依次為：神、聖經、國
家法律和個人良心。他並不贊同所有的事情不分青紅皂白都訴諸聖經
的做法，他會通過尋找廣泛、理性的詮釋方法，從而避免了狹隘教條
主義的極端。第二、「維獨靠著恩典因信稱義」，在《細論稱義》中，
他把義分成兩類，一類是「所稱的義」、另一類是「成聖的義」，「所
稱的義」不是靈魂固有的，它惟有借著神的恩典和憐憫，因基督的死
和我們的信心而復歸到我們的靈魂中；「成聖的義」也不是僅僅靠著
上帝的恩典來取得的，他雖然承認唯獨靠著恩典因信稱義，但他同時
也主張人類可以借著自由接受神的恩典，參與自己得救的事件。

　　從亨利八世到伊麗莎白一世，英國基本上完成了本土的宗教改
革，但這種改革並沒有使神學思想得到發展，而是使得基督教在英國

成為政治統治的工具。雖然伊麗莎白時代她對宗教的態度是寬容的，但這種政教合一的體制使她仍然對清教徒採取壓制政策。隨著清教徒的實力逐漸增強，長期被壓抑的怒火終於在查理一世統治時期爆發了出來，形成了英國歷史上的資產階級革命，亦稱清教徒革命。英國資產階級革命經過幾次反覆之後，最終形成了能排除既來自天主教威脅、又來自清教徒威脅的君主立憲政體。從此，英國國內很少發生大規模的騷亂和直接的暴力衝突，並使英國日益成為資本主義的樂園和強大的「日不落帝國」。

　　綜上所說，文藝復興時期的宗教改革雖然是在宗教教會的體制內進行的有限改革，但還是在某些宗教教義和教會體制上嚴重地動搖了基督教教會的精神統治。教會神權統治的鬆動，尤其是教會對世俗事務干涉的鬆動，使人文主義思想得以更充分地在歐洲各國傳播。因此宗教改革對歐洲各國的人文主義傳播和由此產生的對世俗生活的追求起到了解放精神枷鎖的作用。

第二節　文藝復興文學中的人文主義宗教

　　雖然文藝復興時期的宗教改革家們的大膽改革從根本上動搖了基督教教會對世俗世界的統治，但他們中的絕大多數都不是否定基督教本身，他們仍然是非常信仰基督教的虔誠信徒，信守基督教的基本教義和儀式。儘管如此，改革家們還是鬆動了基督教對西方人進行精神控制的韁繩，他們的改革熱情引領著歐洲人重新追求從羅馬帝國時代起被基督教神權統治壓抑千年的物質欲望，同樣，他們也呼喚被壓抑千年的人性復歸。與宗教改革思潮相適應的是，這個時期的文藝復興文學也表現出一種對擺脫神學思想束縛，追求物質生活的幸福和人性解放的思想熱潮。這股思想潮流後來被統稱為人文主義。但是，正如英國學者阿倫‧布洛克所說的：「文藝復興已被用來作為歐洲現代社

會的初期階段，也就是從一三五〇到一六〇〇年這麼一個廣闊而又多
樣化的歷史時期的標籤，因此無法賦予它一個單一的特徵。以前把文
藝復興時期的特徵概括為人文主義，這已不能再為大家所接受。在這
兩百五十年間，歐洲發生了許多事情，不能把它們都稱為人文主
義。」[6]我認為，這股人性解放的力量雖然稱之為人本主義思潮，但
這股思潮卻有內在神性的自然、異教的關係、人的神化和世俗化等多
方面的特點。文藝復興時期的宗教改革雖然仍然保留著濃厚的宗教神
學色彩，但其中的世俗主義傾向也非常明顯，世俗主義是這股思潮的
主導傾向，它顯示出人們對基督教所宣揚的彼岸世界的厭倦，要求擺
脫基督教思想對人進行精神控制的強烈願望。因此，對西方人文主義
理解的差異，更多的不是對其性質的界定，而是對人文主義思想內容
的理解，從這個角度上說，用人文主義這個概念來概括這段歷史時期
仍然是可行的，但要對其不同階段和不同國家的人文主義及其內容做
出仔細的劃分和理解，這樣才能對整個文藝復興時期的人文主義思想
做出更全面的分析和理解。

　　文藝復興時期人文主義思想的流行，除了跟前一節講到的宗教改
革浪潮密切相關外，還應該得益於這個時期自然科學的偉大革命及其
所取得的輝煌成就。在受到基督教神學統治的世界裡，人們對現實世
界和宇宙的認識、理解都帶有濃厚的宗教氣息和神話色彩，在基督教
統治的中世紀社會裡，人們對世界的認識和感受是多麼安寧和溫馨
啊！地球是永恆地固定和靜止在宇宙中央的，太陽順著它的軌道繞著
地球旋轉，發射它溫暖和煦的光輝。一切人類都是上帝的子孫，都沐
浴在祂的愛護之中，上帝成了他們今生今世自始至終的保護人，所有
的人都明確地知道，他應該做什麼，應該怎麼做，怎樣在這個上帝賜
予的世界中尋找生活的快樂。而基督教對來世的規劃也使得人們無需

6　〔英〕阿倫‧布洛克撰，董樂山譯：《西方人文主義傳統》（北京市：生活‧讀書‧新
　　知三聯書店，1997年），頁7。

為自己死亡的神秘感到擔憂。因此，這個世界就是基督教神學思想所構建起來的，本質上就是為了基督教的神學統治服務的。但是，這個以上帝為宇宙推動者和最高主宰、以地球為中心的靜止的世界終於被波蘭科學家哥白尼所打破。哥白尼正處於文藝復興的巔峰時期，他作為一個天文學家，其目的並不是要推翻基督教神學思想對人們的精神統治，而僅僅是在天文學範圍內試圖解決由來已久的關於行星運動的難題。在古希臘時代，人們尊崇亞里斯多德的地心說宇宙觀，在中世紀天文學的主要代表托勒密也是基本上遵循地心說，但他根據地心說所觀察到的行星位置卻越來越難於做出精確的解釋。哥白尼得出結論說，古典天文學肯定包含某些根本性的錯誤，於是他全力以赴地去考察他所收集到的許多古典文獻，他發現一些希臘哲學家、尤其是畢達哥拉斯學派和有柏拉圖學派背景的哲學家都曾經提出過地動說，只不過沒有把這個假說發展出充分的天文學和數學結論，因此亞里斯多德的地心說並不是希臘哲學家中的獨家看法。哥白尼在古希臘思想的指導下，同時也在大學經院哲學家批判亞里斯多德物理學的支持下，大膽提出日心說的宇宙假設，提出地球是一顆行星，並圍繞著太陽作圓周運動。他的這一思想最終定格在《天體運行論》這本偉大著作中。然而，這本著作起初卻遭到列為禁書的命運，當時雖然新世界的曙光已經初顯，但基督教的權威們卻不能容忍任何有違背基督教思想的言行。在這期間，義大利科學家布魯諾就因為宣揚日心說遭受嚴酷的火刑懲罰，但宗教傳統的權威最終還是擋不住科學發展的腳步。哥白尼提出的日心說和他那並不完美的數學論證，被另一位科學家開普勒所深化和完善，並由伽利略所證實，從而使日心說真正得到人們的理解和普及。因此，開普勒和伽利略可以說是哥白尼日心說的拯救者，他們一起共同完成了西方思想史上劃時代的革命。

　　天文學的革命在改變人們宇宙觀的同時，也改變了他們對自身所處的地球的觀念，激發起人們進行地理大發現的熱潮。一些冒險家們

大膽地假設，如果地球是球體，那麼，從地球上任何一個港口出發，沿同一方向行駛，就一定能夠回到原來的出發地。於是，在商業利益和冒險精神的驅動下，許多冒險家開始了他們探索未知世界的旅程，其中葡萄牙的航海家達・迦馬發現了向東航行的道路，哥侖布向西航行發現了新大陸——美洲，而麥哲倫和他的夥伴則從大西洋起航進入太平洋，然後穿越印度洋返回西班牙，從而實現了環球航行的偉大冒險。文藝復興時期的海上冒險除了有巨大的經濟利益，發現新大陸外，最根本的是帶來了人們思想意識的巨大變革，它大大的拓展了人們的精神視野，豐富了人們對新世界的各種烏托邦幻想，使人在現實世界中的地位和價值得到極大的提升。

　　正是在上述思想潮流的影響和激勵下，歐洲各國的思想家和作家們開始了他們在文學領域中的精神遨遊。以下就對歐洲各個國家文學的人文主義思想進行區別分析，以期看出它們各自的精神特色。

一　義大利的感性化人文主義

　　自然科學的偉大成就和地理大發現不僅解放了基督教的神學世界觀，同時也緩解了宗教思想對人們的精神控制。宗教神學思想控制的寬鬆，必然帶來人們對自身思想的挖掘和關注，而這個時期的文學作為表現人本身的存在和理想的人類精神形式，也開始集中關注著人在宇宙和現實社會生活中的地位，從而形成了一股強大的人文主義思想潮流。這股潮流首先是從義大利人對古希臘文化的整理和發掘中開始的。他們從古希臘、羅馬的大量手抄本和燦爛輝煌的文化遺跡中發現了巨大的文化財富，從中發現了與中古宗教神學統治所截然不同的世界景觀，這個世界是以人為中心，而不是以上帝為中心的世界。當人們把古希臘——羅馬文化中「人」的生活圖景與基督教世界裡以上帝為中心的生活圖景相比較之時，他們才開始認識到「人」的巨大價

值，古希臘-羅馬文化中的生命之魂，猶如一針強心劑，喚醒了沉睡
中的歐洲人的心靈，尤其是文藝復興運動的中心義大利人的心靈，他
們懷著對基督教世界的叛逆精神和新世界的渴望，也憑著他們的聰明
才智、狡猾善變和冒險精神，既滿足了物質的欲望，也從中發現了自
己的價值。這正如布克哈特所指出的那樣：「義大利人在十四世紀以
前並沒有表現出對於古典文化的巨大而普遍的熱情來，這需要一種市
民生活的發展，而這種發展只是在當時的義大利才開始出現，前此是
沒有的。這就需要貴族和市民表現學會在平等的條件下相處，而且表
現產生這樣一種感到需要文化並有時間和力量取得文化的社交界。」[7]
因此，古希臘──羅馬文化最終能夠與義大利相結合，正是由於義大
利高度發達的資本主義經濟和由此形成的早期資本主義文化，這種帶
有資本主義原始積累時期的經濟和文化景觀在不斷地催生著陰謀、狡
猾、背信棄義和永不滿足的物質欲望的同時，也剛好與古希臘-羅馬
精神的中的酒神精神和原欲主義情投意合，這就使得義大利人文主義
思想在充分表現人的特性和價值時，不可避免地帶有野蠻的原欲主義
和感性化特徵。

　　我們知道，義大利人文主義早在但丁的思想和作品中就已經初露
端倪，但但丁作為「中世紀的最後一位詩人和新時代的最初一位詩
人」（恩格斯語），他的人文主義帶有濃厚的宗教文化色彩。然而，儘
管如此，但丁的人文主義卻能夠衝破這層層宗教迷霧，展現出一種與
中世紀社會截然不同的人性魅力，這種魅力既表現在他對現世生活的
熱愛上，也表現在他對其戀人貝雅特麗齊的愛戀上。但丁對貝亞特麗
齊的愛也是被蒙上了一層宗教色彩，帶有一種所謂的「神愛」色彩，
但在具體表達他對貝雅特麗齊的愛情時，但丁卻不由自主地流露出一
種真情的欲望之愛，如在《神曲》〈煉獄篇〉中，但丁與維吉爾討論

7　〔義〕雅各布・布克哈特撰，何新譯：《義大利文藝復興時期的文化》（北京市：商
　　務印書館，1981年），頁170。

愛的問題,「心靈生來對愛就是敏感的,／歡樂喚醒它,／使它活動
起來,／它對一切喜悅的事起反應。……正如火由於它所具有的／本
質向上行動,／它的本性就是上升,上升到它的物質歷時最久的地
方。」(《神曲》〈煉獄篇〉) 這種愛顯然具有感性化特點的。但是,愛
需要理性和信仰的引導,愛的最終結果不是體現在肉體上,而是體現
在善的心靈中。

作為義大利人文主義的真正先驅,弗朗西斯科・彼得拉克
(Francesco Petrarch, 1304-1374) 的作品就體現出早期人文主義對感
性化生活和思想的追求,他曾經公開表達過自己的思想:「我不想成
為上帝,或者居住在永恆之中,或者把天地抱在懷裡。屬於人的那種
光榮對我就足夠了。這是我祈求的一切,我自己是凡人,我要求凡人
的幸福。」[8]「我自己是凡人,我要求凡人的幸福」這句話不僅成為
後來人文主義者的格言,也成為彼得拉克自己的人生信條。他在現實
生活中不僅出入宮廷,渴慕榮譽,曾在羅馬元老院貴族議員的簇擁下
接受「桂冠詩人」的稱號,而且在兩性關係上,也是「我同時愛她的
肉體和靈魂」,表現出他對人的自然情欲的崇尚。他的代表作《歌
集》就是描寫他與其戀人勞拉的愛情的抒情詩。彼得拉克與但丁一
樣,都有痛苦的愛情經歷,他二十三歲時在阿維尼教堂與美貌的勞拉
邂逅,便對她一見鍾情,但勞拉是有夫之婦,注定是沒有結果的,但
他卻永遠保留著對她的仰慕之情,並成為他愛情詩創作的源泉。請看
彼得拉克的〈愛神之箭射中了我的心房〉:

> 美好的年,美好的月,美好的時辰,／美好的季節,美好的瞬
> 間,美好的時光,／在這美麗的地方,在這宜人的村莊,／一
> 和好的目光相遇,我只好束手就擒。／／愛神的金箭射中了我

8　選自北京大學西語系資料組編:《從文藝復興到十九世紀資產階級文學家藝術家有
　關人道主義人性論選輯》,頁11。

的心房，／它深深地扎進了我的心裡，／我嘗到了這第一次愛情的滋味，／落進了痛苦而又甜蜜的情網。／／一個動聽的聲音從我心房，／不停地呼喚著夫人的芳名，／又是嘆息，又是眼淚，又是渴望。／／我用最美好的感情把她頌揚，／只是為了她，不為任何人，／我寫下了這美好的詩章。[9]

　　詩人非常生動地描寫了他的第一次戀愛感受，它既是痛苦的，又是甜蜜的，因而非常的「渴望」，這種真摯而又坦誠的愛情表達無疑是美好人性的自然流露，同時也體現了詩人對自然欲望和真摯感情的追求。彼得拉克對愛情的大膽表達和他那世俗化興趣的人生追求，其性質正如當代美國學者理查德·塔納斯所總結的那樣：「他（彼得拉克）渴望富有浪漫情調、給感官以快感的愛情，渴望外交圈子和宮廷圈子中的世俗活動，渴望文學上的成名和個人的榮耀，而他的虔誠個性的種種需要卻處在與這類欲望的持續不斷的、富有創造力的人之中。正是對人類生活的豐富多彩和多方面內容的這種新的、內省的察覺，以及對體現在古代偉大作家們身上的一種類似精神的承認，使彼得拉克成為文藝復興的第一人」。[10]

　　把義大利人文主義的感性化特徵推向高潮的，還是彼得拉克的後繼者薄伽丘（Giovanni Boccaccio, 1313-1375）。薄伽丘的感性化人文主義是從反基督教的禁欲主義開始的，基督教禁欲主義最根本的就是對男女性愛的壓制和仇視，把它看成是罪惡之源，甚至認為夫妻之間的性關係如果是以生兒育女為目的，則它才是合理的，如果是為了滿足性的欲望，那就是罪惡的。薄伽丘正是從基督教違反人性的教規中旗幟鮮明地提出「人欲是天然合理的」口號，性愛是作為個體的人和

9　黎華編：《世界愛情詩200首》（天津市：百花文藝出版社，1989年），頁6。

10　〔美〕理查德·塔納斯撰，吳象嬰等譯：《西方思想史》（上海市：上海社會科學出版社，2007年），頁238。

作為類存在的人，其生命得以延續的自然力量，在《十日談》第四天的故事中，他就說：「誰要是想阻擋人類的天性，那可得好好拿出點本領來，如果你非要跟它作對不可，那只怕不但枉費心機，到頭來還弄得頭破血流」。這則故事講的就是一個從來都沒有見過女人的青年男子，被他父親帶下山去趕集，被一群美麗的姑娘吸引住了，就問父親這是什麼東西，父親教訓他說：「快低下頭，眼睛看著地面，別去看她們，它們是禍水，它們的名字叫『綠鵝』。」兒子卻說：「親愛的爸爸，讓我帶一隻綠鵝回去吧！」父親本想讓兒子過禁欲主義的宗教生活，但這時他才省悟，兩性相吸是任何清規戒律都阻擋不了的。同時，《十日談》裡還有許多描寫教士、修女之間的荒唐故事，也是歌頌自然人性合理性的有力篇章，作品在揭示教會修道士們偽善的一面外，也把他們作為自己制定出來的宗教教義的犧牲品的一面暴露無遺。如第九天第二個故事和第一天第四個故事。其實，這些故事中肯定人性合理性的意義要遠遠大於嘲諷教會的荒唐腐敗的意義，作者目的是要從教會禁欲主義的荒謬中展現出人性的合理性，進而肯定和歌頌人性。《十日談》中還有許多描寫夫妻雙方相互欺騙、另求新歡的故事，這些故事雖然有庸俗、低級的成分，但作者的目的仍然是要通過相對極端的內容肯定兩性關係的普遍意義，作者實際上已經把兩性的意義擴大到感性崇拜的高度成為一種與中世紀社會文化相對立的新的精神特質。而這樣的精神傾向只有在義大利人的功利主義、感覺主義和個人主義合一的「異教」文化氛圍中創造出來，成為文藝復興人文主義思想感性形態的重要體現。

二　法國人文主義的狂歡化色彩

法國人文主義思潮是在義大利人文主義的影響下形成和發展起來的，是典型的思想後髮式形態。當時法國受到天主教教會的高壓統

治，這種統治不僅使一般的平民百姓深受宗教強權壓迫，就連法國皇室也感到不自由。於是那些人文主義研究者就在皇室成員的庇護和支持下研究古代手稿，並在政治上形成與皇室成員和大貴族一起對抗天主教教會精神統治的局面。與義大利那種具有異教色彩的人文主義所不同的是，法國人文主義認為人首先要有知識和理性，要推翻以上帝為核心的神本主義，就必須要從知識的獲得入手，在知識的獲得和運用過程中，人們就逐漸培養了理性。而人只有擁有知識和理性，才能從根本上擺脫自然和宗教的奴役，實現真正的自由。但法國人文主義者也繼承了自己國家的文化傳統，尤其是中世紀時代的騎士傳統，這就使得法國人文主義者在追求知識和理性的過程中不像德國人那樣深沉和嚴肅，而是充滿著浪漫神奇的想像和激情，呈現出一種追求世俗生活的狂歡化色彩。

　　拉伯雷（François Rabelais, 1494-1553）就是法國文藝復興時期人文主義思想的代表。作為知識和理性的追求者，拉伯雷自己就是一個具有豐富知識的文藝復興「巨人」，他在數學、法學、天文、地理、考古、音樂、哲學等方面都有傑出的成就，而且他還精通醫術，可以說他就是一個百科全書式的人物。他的作品《巨人傳》描寫的是祖孫三代巨人成長的故事。第一代巨人格朗古杰接受的是中世紀經院哲學思想的教育，結果越學越蠢，第二代巨人卡岡都亞開始也接受了經院哲學的教育，討論的問題是「山羊的毛是否是毛」等無聊問題，昏頭昏腦十六年，因不滿這種教育，自己到巴黎遊學，在巴黎聖母院當眾撒尿，結果淹死了兩百多萬人；他還把巴黎聖母院的鐘摘下來做鈴鐺，野氣十足；後來他開始接受新知識，才變得聰明起來，由此他從一位體質上的巨人變成為文化上的巨人，他還創建了「德廉美修道院」進行人文主義的教育，唯一的院規就是「你想做什麼，就可以做什麼」。第三代巨人龐大固埃受到父親求學經歷的影響，也去巴黎遊學，學習人文主義思想，但他在巴黎看到的是神學家們的各種醜惡面

目，也是他和朋友巴努日一起去外出旅行尋找神瓶，他們經歷千辛萬苦之後，終於在「鐘鳴島」找到了「神瓶」，神瓶給他們的啟示就是「喝吧」，其內在的含義就是「暢飲知識，暢飲真理，暢飲愛情」。

對於如何理解作品中的內涵，拉伯雷在「作者前言」中寫道：「你們要拿出精於搜索、勇於探求的精神，把這幾部內容豐富的作品好好地辨別一下滋味，感覺一下，評價一下；然後經過仔細閱讀和反覆思索，打開骨頭，吮吸裡面富滋養的骨髓。」從作者的提示和我們對《巨人傳》的理解中可以看出，作品雖然表現的是新時代的人們擺脫中世紀思想的束縛，追求知識和真理的精神歷程，但從整個基調和氣氛中卻呈現出一種追求世俗生活的熱情和狂歡化色彩。狂歡節本是西方民間節日，它的表現形式是廣場娛樂，民眾盛會，集體饗宴，大眾狂歡。它在表現形式上雖然是民間性的，但其內在含義卻隱藏著民間世俗化生活與官方（主要是基督教神學統治）文化的對抗，狂歡節把民間世俗生活中的吃、喝等予以誇張和變形，表現出民間文化對生活和理想的精神訴求，並在大眾狂歡中消解官方文化對民間文化的精神壓抑。

《巨人傳》首先把吃喝當作狂歡節的重要內容來來描寫。如作品中的卡岡都亞剛出生下來就喝了一萬七千九百一十三頭母牛的奶。一頓晚餐的食材有：

> 十六頭公牛、三頭母牛、三十二隻小牛犢、六十三隻哺乳期的小山羊、九十五隻綿羊、三百隻糟小豬、兩百二十隻鵪鶉、七百隻山鷸、四百隻閹雞、六千隻雛雞，同樣數量的鴿子、六百只鷓鴣、一千四百隻野兔、三百零三隻鴇子、還有一千七百隻小閹雞。……

《巨人傳》的廚房既是觀光之地。它又是歡樂的源泉，代表豐盛

的食物與筵席的享受。作品第四部第十章寫龐大固埃訪問和平島國王巴尼貢的情景：

> 正在此時，約翰修士歡天喜地地跑回來，快活地大聲嚷道：尊貴的巴尼貢萬歲！衝著天主的肚子說話，他的廚房實在豐富。我就是從那裡來的：食物堆積如山。我真巴不得把肚子盡量填滿填足才好。……天主在上！為什麼不先到主人豐盛的廚房裡去呢？為什麼不先觀光一下活動中的肉叉、爐灶的排列、肥肉燉的程度、肉湯的冷熱、準備的什麼點心、打算上什麼酒呢？

　　這裡的吃喝描寫是一種全民性的狂歡饗宴，它是勞動與鬥爭取得勝利後的享受，以及對真理的追求和對世界的征服。因此作者由衷地讚美吃喝，追求吃喝中的滋味。蘇聯文論家巴赫金是研究《巨人傳》的專家，他在總結這種全民性的狂歡饗宴後說：「這種人與世界在食物中的相逢，是令人高興和歡愉的。在這裡是人戰勝了世界，吞食著世界，而不是被世界所吞食。」[11]狂歡饗宴不僅僅是對吃喝的描寫，它直接體現的是民眾對世界的勝利。普通民眾把握世界的脈動，只有在與食物的相遇中才能感受到自己的力量，因而吞噬食物在普通民眾心裡是一種對世界的直接把握，對自身命運的直接把握，也是對自己被壓抑心態的直接宣洩。因此，人們在食物中狂歡不僅有生理的意義，而且還有政治和文化的意義。

　　同時，《巨人傳》還把戰爭當作過狂歡節。如第四部四十一章結尾寫到：「約翰修士帶著他的人仍在不住地打和叉那些香腸人。後來還是龐大固埃下令收兵，才結束了一切戰鬥。那個妖怪在雙方隊伍裡來來去去飛了好幾趟，往地上扔下二十七桶芥末，然後才向天空飛

11　〔俄〕巴赫金撰，李兆林等譯：《拉伯雷研究》（石家莊市：河北教育出版社，1998年），頁167。

去，嘴裡還不住地叫著：『狂歡節！狂歡節！狂歡節！』」這種以戲仿
形式表現的大眾狂歡，也是對官方文化嚴肅性的一種顛覆。小說所有
戰爭、打架、毆鬥，都是對舊文化的脫冕，在像收割莊稼的戰鬥中，
否定了舊的權力和舊的事物，因此，它像過狂歡節一樣需要慶賀。俄
國的拉伯雷研究專家雅洪托娃也曾經說過：「拉伯雷的小說在許多方
面都在諷刺模仿描寫戰功和奇遇的騎士文學。在拉伯雷的小說中，代
替羅蘭著名的寶劍杜朗達的是一把『請吻我身』寶劍。巴奴日不是用
凱旋柱來慶祝英雄的勝利，而是將戰利品留下來，以慶祝被吆喝一空
的酒飯。」[12]

　　拉伯雷在描寫吃喝和戰爭過程中還展示了具有狂歡化特點的笑，
他自己也說：「我實在找不到別的材料，與其寫哭，還不如寫笑的
好，因為只有人類才會笑。」[13]作品正是通過對笑的大膽展露，表現
出人們對權威的大膽蔑視，對自我價值的充分肯定。如作品中第二代
巨人卡岡都亞給父親大講擦屁股的方法，特別是在天堂裡的小天使們
用小天鵝來擦屁股的情節，令人忍俊不禁。這種笑同時具有某些粗野
和怪誕的精神特質，但作者正是通過俗文化品格的頌揚和誇張，來表
現對教會神聖事物的褻瀆。大眾狂歡化精神的最大特點是自由平等，
角色互換，反對權威壓迫，追求精神的解放。作品表現的雖然是俗文
化品格，但其主旨卻是深刻和嚴肅的。

　　拉伯雷用狂歡化方式和極其誇張的描寫表現巨人的成長經歷，其
目的在於展示出人文主義者理想中的人的形象。作者是想用笑聲來向
神聖的信仰發起挑戰，通過誇張表現理想中的人的自信、樂觀和豐富
知識帶來的完善人格。而這種理想中的人，就是在其中的理想社會
「德廉美修道院」中成就的。「德廉美修道院」培養理想中的人的最

---

12 〔俄〕瑪洪托娃撰，郭家申譯：《法國文學史》（瀋陽市：遼寧教育出版社，1986年），
　　頁785。

13 〔法〕拉伯雷撰，成鈺亭譯：《巨人傳》（上海市：上海譯文出版社，1990年），頁3。

高標準就是「你想幹什麼就可以幹什麼」。因此，在這個理想社會中
的人，「他們全都受到扎實的教育，無論男女沒有一個不能讀、寫、
唱、熟練地彈奏樂器，說五、六種語言，並應用這些語言寫詩寫文
章。從來沒有見過比『德廉美修道院』的修士更勇敢、更知禮、馬上
步下更矯健、更精神、更活潑、更善於使用武器的騎士。也從來沒有
見到過比德廉美修女更純潔、更可愛、更不使人氣惱，對一切手工針
線、全部正式女紅更能幹的婦女了。」「自由的人們，由於先天健
壯，受過良好教育，來往交談的都是些良朋益友，他們生來就有一種
本能和傾向，推動他們趨善避惡，他們把這種本性叫作品德。」[14]
《巨人傳》中的三代巨人，就是在狂歡化氛圍中不斷追求知識、真理
和正義的過程中逐步完善自身的，雖然這種表達方式與社會正統有些
誇張和變異，但卻顯示出法國人文主義者表達真理的獨特方式，其效
果無疑是顯著和巨大的。

三　西班牙人文主義文學的荒誕化色彩

　　十五、十六世紀的西班牙文學流行描寫游俠騎士的小說，騎士作
為西班牙人民反抗摩爾人統治的解放鬥爭中湧現出的特殊團體，成為
西班牙人民理想中的英雄形象，這種對騎士的狂熱崇拜反映在文學上，
就是騎士小說的盛行。當時最為流行的騎士小說有《阿馬迪斯-德-高
拉》（1508）、《埃斯普蘭迪安地英雄業績》（1510）、《帕爾梅林-德-奧利
瓦》（1511）、《騎士法西爾》（1512）等。西班牙騎士小說中的游俠騎
士一般具有較強的民族自信心，強烈的冒險精神和虔誠的宗教信念，
他們往往被寫成見義勇為、鋤強扶弱、英勇善戰、舉世無敵的英雄，
同時也有一副俠骨柔腸的情懷。故事情節不外乎是：為了取得貴婦人

---

14 〔法〕拉伯雷撰，成鈺亭譯：《巨人傳》（上海市：上海譯文出版社，1990年），頁
　　202-208。

的歡心，騎士歷盡各種驚險遭遇，最終贏得了騎士的榮譽，之後凱旋而歸，成為國君、領主或朝廷裡的顯赫人物，然後分封他的朋友和侍從，並與貴婦人或遠方公主成親。由於騎士小說在一定程度是迎合了當時讀者的需要，因而上自王公貴族，下至平民百姓，無人不讀騎士小說，可見其流傳之廣。但騎士小說行文冗長，敘事繁複，語言拖沓，人物性格和外貌雷同，主題和內容也大同小異，總體藝術價值不高。隨著騎士制度的衰落，騎士小說也逐漸銷聲匿跡。

與此同時，西班牙的人文主義思想也隨著西班牙的對外擴張和交流被滲透進來，其中主要是通過義大利文學傳播過來的。西班牙作家胡安-普斯坎第一個引進了義大利文體，並翻譯了許多義大利作家的作品，但除了塞萬提斯等少數作家較積極關注其中的人文主義思想外，對整個西班牙思想界來說影響甚微，這樣就必然造成西班牙人文主義思想的不成熟性。而這種思想的不成熟性與西班牙騎士精神的奇妙結合，就造就了塞萬提斯小說的荒誕色彩。有趣的是，塞萬提斯小說的荒誕並非是沒有意義的，而只是通過荒誕來展示他心中的理想人物的真實處境，只要透過小說的荒誕性，作家所要揭示的意義也就顯露出來了。因此，塞萬提斯小說的荒誕色彩與其他荒誕小說的不同就在於其荒誕是一種有意義的荒誕而不是毫無意義的荒誕。

當然，這種荒誕感的產生與作家米格爾-塞萬提斯-薩維德拉（Miguel Cervante Saavedra, 1547-1616）奇特的人生經歷也密切相關。塞萬提斯出生於貧苦人家，沒有接受過系統的正規教育，成年後投身行伍，曾經參加了一五七一年勒班多海戰，左臂受傷。在返回西班牙的途中又被摩爾人，於是他在阿爾及爾人中間度過了五年的俘虜生活，後被其親戚贖回。回國後又由親友介紹到政府部門工作，擔任西班牙無敵艦隊的徵糧官，因徵糧過程中得罪教會被誣陷入獄，在獄中塞萬提斯面對自己的這種奇特的人生經歷，開始了一種自嘲式的回顧，因而成就了他的著名作品《堂吉訶德》的問世。從這個角度上

說，主人公堂吉訶德正是作者心靈軌跡的表現，從這個心靈軌跡來看，作者經歷了一個從虛幻到現實，從荒誕到理性的艱難回歸過程。

　　塞萬提斯在《堂吉訶德》的前言中就說，他寫作這部作品的目的就是要「攻擊騎士小說」，「要把騎士小說那一套掃除乾淨，」但作者在《堂吉訶德》中卻故意模仿騎士小說的敘事文體，以達到華萊士-馬丁所說的「滑稽模仿」的藝術效果。華萊士-馬丁說：「滑稽模仿本質上是一種文體現象——對一位作者或文類的種種形式特點的誇張性模仿，其標誌是文字上、結構上或主題上的不符。滑稽模仿誇大種種特徵以使之顯而易見。」[15]其實，作者採用騎士小說文體只是他作品中的形式上的滑稽模仿，這種模仿可以使作品在表面上離開現實世界，從而引導讀者進入作者所構築的想像世界中去，而真正能體現作者「滑稽模仿」的藝術效果的，還在於他創造了主題上的「不符」，這種主題上的「不符」就是通過作者創造堂吉訶德這一偉大的藝術形象來實現的。

　　這種主題上的「不符」首先表現在堂吉訶德總是處於一種被後來學者稱為「救贖幻覺」的狀態中。這種「救贖幻覺」實際上就是堂吉訶德對中世紀「騎士道盛世」的「滑稽模仿」，在堂吉訶德看來，「騎士道盛世」是一個完美的社會，那裡沒有邪惡、沒有倚強淩弱，有的只是人們嚮往的公平、正義與自由。為了在現實社會中恢復這個中世紀的完美制度，堂吉訶德勇敢地肩負使命，為實現這一理想，赴湯蹈火而在所不辭，他曾經感嘆道：「世道人心一年不如一年，建立騎士道是為了扶助寡婦，救濟孤兒和窮人。」「老天爺特意叫我到這個世界上來實施我信奉的騎士道，履行我扶弱除強的誓願。」應該說，堂吉訶德的這種「救贖」理想和動機是值得肯定的，單就這一方面來看，堂吉訶德可稱得上是一個不屈不饒為理想而獻身的鬥士，一個為

---

15 〔美〕華萊士-馬丁撰，伍曉明譯：《當代敘事學》（北京市：北京大學出版社，1990年），頁226-227。

理想而奮鬥不止的英雄人物。

　　但堂吉訶德實際行動和結果卻與他的崇高理想「不符」。在作品中，我們可以看到很多這種「不符」的行動，如他雖然具有敢於與強敵鬥爭，為民除害的精神，但實際上他挑戰的對象卻是一架大風車，他把大風車當作巨人，結果被風車打翻在地；他還把羊群當成軍隊，結果讓放羊的小孩深受其害；堂吉訶德有鋤強扶弱的俠義心腸，但他卻把路遇乘車的貴婦和護送的修士當成是「蒙面大盜」劫持了公主，不分青紅皂白辯殺將過去，結果好心釀成大錯；他還把囚犯當作受害的騎士去營救，把酒店裡的裝酒皮袋當成惡棍的腦袋亂砍亂殺，等等。這些良好的願望與其行動結果的「不符」，就是由於堂吉訶德總是處於「救贖幻覺」狀態，在這種幻覺狀態中，堂吉訶德混淆了現實與理想、虛假與真實，使他越是嚴肅認真地執著於他的事業，越是顯得滑稽可笑，從而在作品的整體氣氛上造成了一種強烈的喜劇效果。

　　堂吉訶德的侍從桑丘·潘沙雖然頭腦冷靜，行動實際一些，但他的行動仍然也是與理想「不符」。桑丘·潘沙是西班牙傳統農民的典型，具有農民的美德，也沾染了農民的自私和狹隘，他本來不想跟堂吉訶德去游俠冒險，他之所以去是因為他想當「總督」，同時也是為了女兒置辦嫁妝賺幾個錢。他沒有堂吉訶德那樣崇高的理想，但他同樣有堂吉訶德那種「救贖幻覺」。當桑丘·潘沙被委任當海島總督時，他同樣被這種幻覺所左右，因此，當桑丘·潘沙越是秉公辦事，不徇私情，不貪污受賄時，他就越顯得滑稽可笑，因為他根本不是什麼海島總督，而是極端無聊的貴族們耍弄主僕兩人的遊戲，後來桑丘·潘沙實在忍受不了這些貴族的捉弄才被迫辭職，與堂吉訶德不同的是，頭腦簡單的桑丘·潘沙直到這時仍然是沒有醒悟，他成了一個實實在在的「可笑的實用主義者」。

　　然而，堂吉訶德和桑丘·潘沙的這種「救贖幻覺」終於在小說的結尾清醒了。堂吉訶德被鄰居裝扮的騎士打敗後便臥床不起，臨終前

告誡自己的侄女，如果嫁給讀過騎士小說的男人，就得不到他的遺產。我認為堂吉訶德的臨終醒悟具有特別的意義，它不僅終結了堂吉訶德的「救贖幻覺」，使他終於從幻覺回到現實世界裡來，而且更重要的是作者徹底顛覆了作品形式上的「滑稽模仿」，而當「滑稽模仿」消失時，作品所要揭示的主題也就顯露出來：這就是人文主義者的不合時宜和不成熟，在西班牙這個到處還充滿著中世紀思想和政治統治的氛圍下，新生的人文主義者在他們看來猶如古怪的小丑，除了被人嘲笑和耍弄外沒有別的命運。另外，就人文主義者本身來說，也存在著思想的不成熟和行動能力的缺乏等諸多缺陷。堂吉訶德和桑丘·潘沙就是西班牙人文主義思想的早產兒，他們都具有先天性不足之處，正是這種先天不足，造成了西班牙人文主義思想的不成熟性，也決定了其曇花一現的必然命運。

四　英國人文主義的理想化色彩

英國在十六世紀經過一系列腥風血雨的宗教改革後，宗教寬容氣氛和妥協原則在各教派間得到認可和傳播，政治局勢也逐漸穩定下來，通過英國資產階級的「光榮革命」最終使君主立憲制的政治制度在英國確立，從而防止了社會矛盾向極端方向發展。經濟上英國也迅速成為一個資本主義的「樂園」和強大的「日不落帝國」。思想的寬容，政局的穩定和經濟的發展使英國民眾產生出一種樂觀主義的氣氛，他們對自己的國家懷有較強烈的身分認同感，對國家的未來充滿信心。莎士比亞就在其《理查二世》中深情地讚美了這個繁榮發展中的帝國：「這一片莊嚴地大地，／這一個戰神的別邸，／這一個新的伊甸園——地上的天堂，／這一個造化女神為了防禦毒害和戰禍的侵入／而為她自己造下的堡壘，／這一個英雄豪傑的誕生之地，／這一個小小的世界，／這一個鑲嵌在銀色海水之中的寶石，／那海水就像

是一堵圍牆，／或是一道沿屋的壕溝，／杜絕了宵小的覬覦，／這一
個幸福的國土，／這一個英格蘭⋯⋯／這一個像救世主的聖墓一樣馳
名／孕育著這許多偉大的靈魂的國土，／這一個聲譽傳遍世界、親愛
又親愛的國土⋯⋯」[16]莎士比亞的這種讚美應該說是發自內心的，是
一個對自己的國家具有情感認同的人的應有表現。

　　國家的繁榮催生了英國民眾對世俗生活的興趣，人文主義思想在
英國的思想界得以廣泛傳播，但英國的人文主義思想與前期其他國家
的人文主義最大的區別是，英國的人文主義者的主要任務不僅僅是反
對禁欲主義，反對來世主義，肯定人的現世生活的意義，肯定人的自
然欲望的合理性，而是從大英帝國的繁榮和物質成果中展現出人文主
義更深刻的思想內涵，也就是對新生的資產階級思想作出合乎時代的
闡釋，對它未來的遠景進行合乎理性的規劃。由於新的社會制度和新
生的階級都還處於初創階段，因而英國的人文主義者對它們的設計和
思考都具有某種理想化的特色，托馬斯・莫爾（Thomas More, 1478-
1535）是英國社會近代化進程中對社會未來進行規劃和設計的創始
者，他的名著《烏托邦》除了猛烈批判英國社會現狀，尤其是「圈地
運動」給人們造成的物質和精神傷害，更重要的是他強調了社會的公
平和人與人之間社會關係的平等博愛。在他嚮往的烏托邦社會裡，人
們宗教信仰自由，沒有壓迫和剝削，人人享有自由和平等的權利，人
們和睦相處，道德水平得到全面改善。同時，他還是普遍義務教育和
短工作日的倡導者。由於莫爾的思想遠遠超出他那個時代的實際狀況，
加上他當時所處的社會地位，因而他的思想不但具有強烈的理想化色
彩，而且他還為自己的這種理想的社會規劃付出了生命的代價。弗蘭
西斯・培根（Francis Bacon, 1521-1626）是現代實驗科學的鼻祖，他
的「薩洛蒙之家」既是一個科學研究機構，也是一個現代科學技術進

16 朱生豪譯：《莎士比亞全集》（北京市：人民文學出版社，1978年），卷4，頁327-328。

步的「烏托邦」，培根在他的「烏托邦」中，極力推動人的知識在認
識自然、改造自然和社會生活中的重要作用，他的名言「知識就是力
量」就明確肯定了知識在新社會的巨大力量，並把它與權力聯繫在一
起，認為「人類知識與人類權力是歸於一體的」[17]培根對人知識的重
視實際上是對人的主體性的高揚，也是對人現實人生價值的肯定。這
些思想家對社會未來的設計規劃在一定程度上都具有理想化的色彩，
這些理想的世界圖景表現出英國人文主義者的思考已經超出了前期人
文主義者的思想境界，體現出英國人文主義者已經開始思考新生階級
的國家制度，知識水平，社會風俗，道德品質和精神風貌等重大社會
轉型問題。由於這個時期的大英帝國在總體上處於一個繁榮發展的上
升時期，因而英國思想家對社會未來的設計都體現出樂觀主義的氣氛。

　　但是，在最能代表這種完美的人文主義思想的作家維廉・莎士比
亞（William Shakespeare, 1564-1616）的作品中，反映出來的卻不僅
僅是對社會未來的盲目樂觀的態度，而是對社會制度和內在人性雙重
性的更為深刻的哲理思考。這點正如英國學者阿倫・布洛克所指出
的：「一方面是人類經驗的令人喪氣的普遍情況，另一方面卻又是人
類在自信心、承受力、高尚、愛情、智慧、同情、勇氣方面能夠達到
非凡的高度，這兩者的對比一直是人文主義傳統的核心。如果僅僅強
調一般男女能夠達到尊嚴、善良和偉大的潛在能力，而忽視我們大多
數人是有分裂人格的，很少人能夠達到本來能夠達到的程度，那麼這
樣一種人文主義是淺薄的，說不通的。」[18]儘管莎士比亞在其作品中有
樂觀主義的情緒，但他能從社會和人性的更深層次上反思自文藝復興
以來人文主義思想的得與失，把善與惡、理想與現實，道德與宗教有
機地融合在一起，表現出人性在欲望驅使下的真實狀態，同時表現出

---

17 〔英〕培根撰，許寶騤譯：《新工具》（北京市：商務印書館，1984年），頁104。

18 〔英〕阿倫・布洛克撰，董樂山譯：《西方人文主義傳統》（北京市：生活・讀書・
　　新知三聯書店，1997年），頁164。

作者希望回歸理性和基督教傳統道德的真誠呼籲。下面就分三個方面
對莎士比亞作品中體現的這種精神特質進行較為詳盡和深入的闡述。

　　第一，理想化的人文主義者。莎士比亞在其早期創作中並沒有超
出前期人文主義的思想高度，他仍然沿著前期人文主義者的思路，以
張揚感性情欲的合理性為核心，大膽表露對愛情和友誼的渴望，歌頌
生機勃勃的世俗生活，他的早期長詩〈維納斯與阿多尼斯〉和他的一
百多首愛情詩，都是以宣揚愛情和友誼的美好和情欲的天然合理性為
主題的，表現出作者對完美愛情和真摯友誼的熱情嚮往。此外，莎士
比亞早期的喜劇作品如《錯誤的喜劇》、《維洛那二紳士》、《愛的徒
勞》、《仲夏夜之夢》、《皆大歡喜》、《溫莎的風流娘兒們》、《第十二
夜》等都是表現愛情的歡樂、讚美現實生活的作品，作品除了洋溢著
一股樂觀主義氣氛外，更重要的是表現了作者對理想化的社會生活的
追求，這裡作者崇尚著未來的社會裡人們具有良好的美德和善行，注
重友誼和愛情，追求世俗生活的樂趣，渴望更加美好的物質生活。特
別需要指出的是，莎士比亞在《威尼斯商人》中構建了他嚮往中的理
想世界貝爾蒙特和他批判的醜惡世界威尼斯的世界圖景，威尼斯世界
中的夏洛克是現實的資本主義生活方式和道德水平的象徵，他表現出
來的唯利是圖、凶狠殘暴和情感冷漠的性格特徵凸顯出資本主義世界
中醜陋的一面；而他所嚮往的資本主義則是具備高尚道德情操和美德
的貝爾蒙特世界，在這個世界中的安東尼奧，巴薩尼奧和鮑西婭等人
物群像則代表了作者心中資本主義世界的理想形象，他們雖然也追逐
利潤，追求物質享受，但他們心胸坦蕩，俠肝義膽，注重友誼和愛
情，他們的精神世界純潔清明，充滿朝氣，表現出莎士比亞對新生資
產階級道德情操理想的設計和正面評價。

　　同樣，莎士比亞在其諸多歷史劇中對英國式政治制度也作了理想
化的設計。在莎士比亞的政治理念中，君主制還是他理想中的社會制
度，但是，這種社會制度必須要有賢明的君主來執掌。在歷史劇中作

者真實地再現了英國的國內戰爭和平民起義，鮮明地表達了他對封建內戰的厭惡。作者認為，導致封建內戰的根本原因在於統治集團尤其是最高統治者的爭權奪利，作品中的愛德華四世、理查三世、亨利四世都是採用狡詐和血腥手段登上統治寶座的，雖然亨利四世有多謀善斷、平定內亂、鞏固王權的功績，但他仍然缺乏統治者應有的賢明和德行。莎士比亞理想中的君主形象是亨利五世，亨利五世在繼位之前雖然有些不務正業，但他能夠改過自新、奮發進取。繼位後他利用對法國開戰的方式解決了國內矛盾，奪回了被法國占領的領地。在他身上寄託了作者一個開明君主和民族英雄的理想形象。

　　第二，理想的人與現實人性的矛盾衝突。莎士比亞在他的作品中創作了不同類型的人物形象，他們有的富有激情的衝動，有的具有溫柔的氣質，有的剛正不阿，這些人物形象中有善的，也有惡的，有正直的，也有陰險狡詐的，有吹牛家和長舌婦，也有君子和淑女，但無論是哪一種人，他們都沒有受到理性的壓迫，沒有受到宗教超驗世界的迷惑，他們的行為舉止都流露出一種自然氣息，難怪莎士比亞會情不自禁的讚美人類的偉大：「人是一件多麼了不起的傑作！多麼高貴的理性！多麼偉大的力量！多麼優美的儀表！多麼文雅的舉動！在行為上多麼像一個天使！在智慧上多麼像一個天神！宇宙的精華！萬物的靈長！」這種發自內心的頌揚表現出莎士比亞對人的價值和現實生活意義的充分肯定，同時也體現了一個人文主義作家對人的美好理想。然而，莎士比亞並非是單向性思維的作家，而是一個充滿反思性的作家，我們從他的作品中清楚地看到，他筆下的富有自然天性的人物都在不同程度地受到命運（性格）的打擊，致使他們不自覺地走向各自性格所引向的悲劇結局，泰納對此評論說：「他們的興奮的頭腦充滿著憂愁和犯罪景象，內在的命運驅使他們走向謀殺、瘋狂或死

亡。」[19]他們之所以走向悲劇的道路,是因為「他們被幻想所左右,
被情緒所支配,被放縱的情欲所操縱」(同上),這些人物形象雖然充
滿心靈的喜悅,道德的敏感,但從本質上說他們缺乏理性的約束,而
現實的社會制度和道德規範最終要求人們遵守社會秩序,服從理性的
安排,這就不可避免地導致他們這種缺乏理性的生活方式與社會政治
制度和道德規範產生激烈的衝突,他們的激情被冷冰冰的理性所毀
滅,最終導致個人悲劇的發生。由於莎士比亞的主要悲劇人物往往是
一些掌握現實權力的王公貴族,他們的個人悲劇也必然導致社會陷入
痛苦混亂的狀況之中,莎士比亞作品中的主要悲劇人物如哈姆萊特、
李爾王、奧賽羅、麥克白和克莉奧佩特拉等,都是掌握國家權力的大
人物,他們的行為和個人命運不僅僅是屬個人的,而且也關乎國家社
稷的安危,當哈姆萊特面對著為父報仇和挽救國家於危難之中時,他
卻顯得猶豫不決,優柔寡斷,最終不僅不能實現為父報仇的個人願
望,國家也由此陷入無序混亂的境地;李爾王年老昏聵,受兩個女兒
的奉承,把國家分給了她們,導致自己流落他鄉、瘋狂而死的悲慘境
地。李爾王愛自己的女兒是天經地義、無可厚非的,是天然人倫,人
之常情的合理表現,但他的錯誤在於他嚴重混淆了國家權力與個人情
感區別。於是,情感上的贈與瞬間變成了國家的分裂,父女變成了相
互仇恨的敵人。奧賽羅雖然是威尼斯大將,但面對旗官依阿古的陷
害,他不能做出正確的判斷,在他妻子不忠的偏執幻覺中殘忍地殺害
了自己的妻子,真相大白後自己拔劍自殺。奧賽羅的悲劇給人的警示
意義在於,國家棟樑不僅要有統領千軍的才能,也要善於判斷人性中
的善惡真偽;埃及豔后克莉奧佩特拉更是憑靠自己的情欲作為獲得權
力和利益的手段,她在徹底地顛覆了男人權力政治的內涵的同時,也
徹底的淆亂了社會政治的正常秩序和規範。但男權政治不會允許她製

---

19 楊周翰編選:《莎士比亞評論彙編》(北京市:中國社會科學出版社,1979年),頁
　169。

造的混亂永久延續下去，男人們一旦從女色中清醒過來，他們就會憑靠理性恢復社會秩序。克莉奧佩特拉也自然在這個政權的反覆中成就其悲劇人物的命運。這些高貴人物身居高位，卻缺乏應有的理性，在重大事件來臨時或憑欲望行事，或放任自己的偏執性格，最終導致個人的悲劇和社會的重大災難，這不能不引起人們的深思。莎士比亞正是通過這些在欲望驅使下而不是在理性指導下的國家棟樑之才的悲劇命運，表現出他對過分推崇感性人生觀和世界觀的摒棄。

　　第三，回歸基督教的道德規範，深化人文主義思想內涵。莎士比亞在悲劇作品中充分地展示了人性的豐富性和複雜性後，他在後期傳奇劇作品中則轉向宣揚寬恕與和解的主題，這是莎士比亞思想成熟時期在創作上的表現，是作家對人性的複雜性深刻思考後的創作轉向。在作品《辛白林》中，辛白林雖然有固執、狹隘、剛愎自用、抱殘守缺等性格缺陷，並由此造成了年輕人的磨難，但在經歷了一系列磨難之後，他在道德上受到感化，寬恕與和解最終戰勝了欺騙與仇恨。《冬天的故事》中西西里國王里昂提斯專橫、武斷、猜忌、殘忍，性格的過分偏執使他幾乎喪失理性，致使忠實的波力克希尼斯險遭殺身之禍，但蒙受了十六年的不白之冤。不過波力克希尼斯寬厚仁慈，不記前仇，使里昂提斯回心轉意，化解了多年的冤仇。《暴風雨》更是他後期思想成果的壓軸之作，作品最為集中地探討了人性的善惡問題和寬恕和解的道德主題。劇中主要人物米蘭公爵普羅斯彼羅被其弟安東尼奧奪去爵位，並勾結那不勒斯王將其父女流放到一座荒島上，在荒島上他孜孜不倦追求魔法，並依靠它來呼風喚雨、懲惡揚善，經過十二年的苦練之後，普羅斯彼羅呼喚暴風雨，把安東尼奧、那不勒斯王和王子所乘的船颳到荒島上，讓他們接受教育，其弟安東尼奧也表示痛改前非後，普羅斯彼羅饒恕了安東尼奧，兄弟和解，結果是自己恢復了爵位，女兒米蘭達與王子結婚，一起回到義大利，實現了大團圓的結局。作品對善的代表普羅斯彼羅大加歌頌，他雖然被弟弟篡奪

王位，流落荒島，但他依然心懷仁慈，對惡人充滿同情：「雖然他們給我這麼大的迫害，使我痛心切齒，但我寧願壓伏我的憤恨而聽從我的高尚的理性」，表現出他內心的那種寬厚仁慈的道德品質。雖然劇本中以安東尼奧、卡列班為代表的邪惡勢力非常強大，他們對人性中善良的本性懷有仇恨，總是伺機報復，人們想要從根本上消除它也是不可能的。但作者所要強調的是，只要人不喪失人智與理性，邪惡的事物最終會受到抑制並向理性「稱臣」。

　　美國學者海倫‧加德納曾說：「莎士比亞作品中所揭示的神秘，都是從基督教的觀念和表述中產生出來的，他的一些最有代表性的特點，都是與基督教的宗教情感和基督教的理解相聯繫的。」[20]國內有的學者也看到莎士比亞作品與基督教文化的內在聯繫，這都是沒有問題的，但是，莎士比亞創作的基調從根本上說並非是基督教的，而是人文主義的，人文主義的人格理想和社會理想才是他所要追求的目標。然而，現實世界並非像人們想像的那麼單純，當他滿懷希望和信念展示人性最美好的一面時，他也清醒地看到人性中最醜惡的一面也充分地暴露出來，而這種醜惡人性如果不加限制就必然給個人和社會造成重大災難。莎士比亞正是非常清醒地看到人性中的醜惡及其所造成的災難，才導致他的創作轉向基督教倫理，希望通過基督教倫理來提升人性的結構和品格。基督教倫理道德作為統治歐洲千年之久的精神文化，雖然在教義、教規和教會隊伍上有進行宗教改革的必要，但基督教在倡導仁慈、博愛、節制、忍讓等道德修養方面仍然具有人性的普遍性，體現出人性中的更加高遠的精神境界。因此，莎士比亞企圖回歸基督教所倡導的道德倫理，並非是要回到基督教世界中去，而是要從基督教倫理中吸收合理的思想成分，進而充實人文主義的思想內涵，使人文主義思想在表達人的觀念上更加完善。在這點上，學者

20　〔美〕海倫‧加德納撰，沈弘等譯：《宗教與文學》（成都市：四川人民出版社，1989年），頁74。

蔣承勇先生也表達了同樣的思想，他說：「因此，莎士比亞既溝通了
人文主義與古希臘──羅馬文化的聯繫，又延續了中世紀希伯來──
基督教文化之血脈，他的創作是世俗人本意識與宗教人本意識相互融
合的典範。而且，他對基督教文化合理成分的吸納，主要是基於對文
藝復興後期人欲橫流的社會現實的深刻認識，是基於對前期人文主義
放縱自然欲望、個性解放這種對人的極端化理解的反思與反撥。」[21]
我認為這種評價是較為中肯的。

　　從莎士比亞一生的創作中可以看出，人文主義思想始終是他創作
思想的主流，他高揚人的價值，歌頌人的智慧、友誼和愛情，肯定人
的現實生活，就是要徹底擺脫以上帝為中心的中世紀生活觀，擺脫禁
欲主義和來世主義，為人類生存創造出一片新天地。但是，莎士比亞
通過中後期著作也清楚地看到，在肯定人的世俗欲望合理性的同時，
人的卑劣情欲和邪惡本質也沉渣泛起，它幾乎是無處不在地衝擊著高
貴的人智和理性，給人類美好的理想蒙上一層陰影，莎士比亞中後期
作品給我們透露出來的強烈信息，就是對人文主義思想的不成熟表現
出一種強烈的憂慮，人文主義思想雖然美好卻缺乏理性和應有的思想
深度，在重大事件的緊要關頭人文主義者都顯得軟弱無力，「思想的
偉人，行動的矮子」是對他們恰如其分的表述，他們無力承擔起社會
主導者的重任。莎士比亞在後期作品中呼籲宗教仁愛和道德的回歸，
正是他清醒地看到人文主義思想的軟弱性後所作出的無奈選擇。但這
種選擇並非是為了引導人們回到基督教世界中去，而是企圖通過基督
教智慧來充實人文主義的思想內涵，因為從莎士比亞一生的追求來
看，他對人文主義思想的熱愛和追求始終是處於主導地位的。

　　總之，文藝復興的人文主義思想體現出一股追求現實生活幸福的
世俗化傾向，這種傾向雖然與基督教文化有著本質的不同，但它同樣

---

21 蔣承勇：《西方文學「兩希」傳統的文化闡釋》（北京市：中國社會科學出版社，2003
　　年），頁183。

體現出強烈的宗教色彩，這種宗教色彩來源於文藝復興時期的歐洲人在擺脫基督教神性統治後對世俗生活的崇尚和追求，因此它是一種感性的宗教和世俗的宗教。在這種宗教中，是人而不是上帝被放在宇宙的中心地位，人的聰明才智得到肯定，世俗生活中的友誼、愛情、甚至狂歡都被人們所頌揚，追求物質生活的幸福成為人之常理。這種宗教是在人們擺脫中世紀神學思想的統治後產生的新的價值標準，因而具有開創性意義。但是，這種感性化的宗教也顯露出它的致命弱點，這就是缺少神聖性、不成熟性和軟弱性，人文主義者追求世俗生活的價值是值得肯定的，也是這個時代的主流，但它卻常常是通過狂歡、荒誕甚至偏執等感性的情感中得到表現的，因而顯得幼稚和單純。當人文主義思想作為一種新的價值觀被提出來的時候，它的進步意義是明顯的，但當這種價值觀面臨重大事件的考驗時，其表現就顯得軟弱無力，因而在經過莎士比亞創作的高峰期後，歐洲的人文主義思想逐漸沉寂了下來，而正統的封建秩序和宗教道德又重新被人們所肯定和遵守，成為十七世紀人們所遵守的主導思想。

第四章
十七世紀西方宗教文化與文學

　　十七世紀的西方社會是一個用理性出現規範制度、倫理道德和風俗的世紀。由於宗教改革和人文主義思潮的衝擊，中世紀原有的政治原則和倫理道德規範已經失去了它在穩定人心的作用，人文主義思想又由於其思想的不成熟因而不能承擔起穩定社會和人心的責任。在這種情況下，西方思想界尋求新的思想原則已經成為他們刻不容緩的任務，於是，西方思想家們又像文藝復興時期一樣，又把精神意向伸向了古希臘文化傳統中，他們從中尋找到的符合當時社會需要的思想就是理性，但是這種理性更多地是從古希臘傳統中繼承下來的各種政治、道德原則，以及各種禮儀規範。十七世紀的思想家們只是依靠他們從古希臘繼承下來的這些理性原則，創造出了這個世紀特有的文化輝煌，從而為西方社會的世俗化繼承增添了許多高雅、華貴的精神品格。

第一節　十七世紀古典主義時期西方宗教文化

　　在十六世紀西方宗教改革期間，儘管像路德宗、加爾文宗和安立甘宗之間有神學觀點上的差異，教派之間也有相互中傷誹謗，但他們至少在信仰上和教義上還是團結統一的。但到了後宗教改革時期，這些新教家族內部產生了的重大衝突與教義爭論，首先出現的是茨溫利和加爾文的改革宗支持者在對預定論教義的細節上意見不一；在西元一六一〇年左右，荷蘭改革宗神學家阿明尼烏的跟從者，拒絕茨溫利和加爾文主義的古典教義，而倡導一種神人合作說和自由意志論的神

學理論，並從中分流出了一支新的神學流派：阿明尼烏主義；此外，德國和斯堪的納維亞地區信奉的路德宗也在十七世紀發生了重大的變化，他們以復興路德神學為基點，形成了一種以個體交流為核心、而不是以教會傳道為核心的敬虔運動（這個敬虔運動後來成為浪漫主義的精神源頭）。在英國的教會事務中，安立甘宗與清教徒之間進行了長期而痛苦的神學和政治鬥爭，許多清教徒遭到宗教迫害，許多人因此而遠走他鄉，但留下來的清教徒還是憑靠自己的信仰執著和堅定意志復興和改革了英國神學。下面的內容就對這幾個反宗教改革的神學宗派作具體的闡述。

一　荷蘭的阿明尼烏主義

（一）基本情況

　　阿明尼烏（Arminius-Jacob, 1560-1609）出生在荷蘭的一座小鎮伍迪瓦特，少年時代接受的是一位新教徒的宗教教育，十五歲的時候，他被送到德國的馬堡接受教育，期間，效忠於西班牙的天主教士兵入侵他的家鄉，其父母及其他家人全部被殺害。阿明尼烏被阿姆斯特丹的一位牧師收留，後來他繼續接受阿姆斯特丹改革宗教會的資助，先後在荷蘭的萊登和瑞士接受大學教育。一五八八年阿明尼烏回到了阿姆斯特丹的改革宗教會擔任職務，由於他傑出的工作才能，他獲得了人們普遍的尊敬，成為荷蘭最有影響力的人物之一。一六〇三年，阿明尼烏被任命為萊登大學神學教授，然而，由於他對加爾文主義的批判，並公開批評墮落前論，他受到另一位神學家哥馬如及其支持者的誹謗和無情打擊，一六〇四年這批人公開攻擊阿明尼烏為異端，並一直持續到一六〇九年他死於肺結核為止。

　　阿明尼烏去世後，四十六位荷蘭牧師和平信徒共同編寫了一個文

件《抗辯》，簡述了阿明尼烏以及他們自己對加爾文主義的反對聲音，由此，他們也被稱為「抗辯派」，但是，他們的這種聲音被敵人控告為是異端和叛國者，正當他們散發傳單時，荷蘭就有幾個城市發生爆動，這樣「抗辯派」就遭到荷蘭政府的政治領袖摩里斯親王的打擊迫害，最後有二百多位抗辯派領袖遭到罷免，丟掉了他們在教會和國家裡的職位，有八十位領袖遭到放逐或監禁。一六二五年摩里斯親王去世後，阿明尼烏主義慢慢被接受且回到荷蘭人的生活中，許多被放逐者也回到他們的家園，他們組織了抗辯弟兄會，後來這個組織演變成抗辯改革宗教會，這個教會組織事實上並沒有在荷蘭本土得到發展，反而在英國和北美地區產生了廣泛的影響，其中最主要的是循道會的約翰-衛斯理成為了歷史上最有影響力的阿明尼烏主義者，阿明尼烏主義也通過這個運動，進入了大不列顛和北美新教徒生活的主流。

（二）阿明尼烏主義的主要思想

　　涉及到阿明尼烏主要神學思想的作品有《檢視柏金斯博士的預定論》（1602）、《信仰觀點宣言》（1608）、《致希伯旅特斯書》（1608）和《需要仔細檢視與衡量的信條》（日期不詳）。這些作品比較清楚地概述了他有關神、人性、罪和救恩的基本觀念。阿明尼烏及其隨從常常受到指控的就是，他們否認新教宗教改革的基本信條，但實際上，阿明尼烏的神學觀點並沒有違背傳統的神學觀點。阿明尼烏明確承認，聖經具有最高權威，並明確否認理性與聖經具有同等權威，同樣他對於新教中因信稱義的救恩論也是持守和忠誠的。在《信仰觀點宣言》中，他寫道：「關於人在神面前的稱義除了改革宗和新教教會全體一致持守，以及他們發表過的意見完全符合的看法之外，我本人從未意識到，我自己曾經教導過，或者具有過任何不同的另類見解。」同時，他還把《信仰觀點》送給荷蘭政府，表達他對新教基本觀點的遵守。

　　那麼，阿明尼烏為什麼還是遭到其反對者的嚴厲指控呢？這是因為阿明尼烏雖然在整體上沒有否定加爾文主義的預定論的信念，但他卻堅決否定了墮落前論，認為它是違背福音的本質的。在〈需要仔細檢視與衡量的信條〉一文中，他說：「亞當並不是因為神的天命而墮落，他也不是因為預定，或因為被遺棄，而只是神的容許而墮落，這不是放在救恩或死亡的預定論之後，而是屬神的照管，在識別上，有別於預定論」；在〈檢視柏金斯博士的預定論〉一文中，阿明尼烏把這個觀點說得更清楚，他認為，神一旦創造了人類並且賜給人類自由意志，那麼他就無法防止人類墮落的發生。因此，神關於預定論的天命只跟墮落之後、淪為罪人的人類有關，完全與人類墮落本身無關，但是，神絕對沒有命定或預定墮落的發生。阿明尼烏還主張，人類一旦墮落後，神與人類的第一個天命就是，神派耶穌基督作為他們的救世主，他命定就會拯救所有信仰基督教和接受懺悔的人，而對那些拒絕救恩者則永遠留他們在永恆的罪惡懲罰中。但是，神的救恩並不是針對個人的，而是針對團體，也就是說，是針對那些信仰基督教的信徒而言的。

　　阿明尼烏同時也給個人的救恩留下了一定的空間，雖然在絕對的預知中，神知道誰會相信，誰不會相信，但人類也可以憑靠神賜給他們的自由意志自己做出決定，在〈致希伯旅特斯書〉中，他解釋說：「關於恩典與自由意志，我根據聖經與正統教義所同意的見解所作出的教導就是，若沒有恩典，自由意志就無法開始作任何真正屬靈善事，而且也無法做得盡善盡美。為使我不至於被人認為好像帕拉糾一樣，對於「恩典」這個字具有錯誤觀念，我要澄清，恩典的意思就是指基督的重生恩典；因此，我主張，在心思的光照、愛好的正確秩序以及意志的良善傾向方面，我們完全而且絕對需要恩典。就是恩典……使我們的意志傾向於現實良善的思想和意願。這個恩典……走在我們的意志之前，陪伴著它，同時也殿在它的後面，它激勵、幫

助、管理我們的意志，並與我們合作，以免我們的意志徒勞無功。」[1]
從阿明尼烏斯的描述中，我們可以看到，他所說的恩典，是一種先行
的恩典，也是神賜給所有人的恩典，它同時也是一種超自然的恩典。
正因為它是一種先行的恩典，人類既可以通過虔誠的信仰讓這種恩典
在生命中運行，也可以拒絕這種恩典，但拒絕恩典的人，他的生命就
會運行在永恆的罪惡之中。

　　總之，阿明尼烏的神學雖然是從改革加爾文主義開始的，但從其
內容上看，其結果卻是完全不同的新教神學，因而它不是改革宗神學
的內部調整與發展，而是一種替代神學。正因為他的神學思想的巨大
衝擊力，使得他才遭受反對者的無情打擊和迫害，連同他的思想阿明
尼烏主義也在荷蘭被邊緣化。不過，由於阿明尼烏主義為現代歐洲人
開闢了以信仰耶穌基督的神人合作的時代，從而修正了加爾文主義的
神學預定論，因而被十七世紀以後的英國和北美的信徒所接受，成為
這些地區最有影響力的宗教派別之一。

二　德國的敬虔主義運動

　　敬虔主義運動是十六、十七世紀發生在德國新教主義裡的一個特
定運動，其主要目的是通過個人經驗的強調來修正馬丁‧路德的宗教
改革思想；馬丁‧路德的宗教思想中曾經強調唯獨借著恩典因信稱
義，即強調救恩完全是神的工作而忽略人類在現實生活中的善行。敬
虔主義者並不反對路德的救恩論，但他們把焦點放在個人的內在信仰
和心靈經歷中，通過正確的感覺、正確的生活來確立正確的信仰。敬
虔主義運動的創始者施本爾（Philipp Jakob Spener, 1635-1705）創立
了一個名叫「法蘭克福小聚會」的「敬虔團」，它主要由一小群基督

1　Arminius, "*A Letter Addressed to Hippolytus A Collibus*," in Works of James Arminius, pp.
　700-701.

徒聚在家裡或教會裡禱告、查經以及討論講章與基督徒生活，通過基督徒之間的個體心靈交流來體會神的創造和偉大。這種在今天看來是平常之舉的小聚會，在當時卻被視為很激進的創新之舉。反對者認為這種小型聚會會削弱神職人員與平信徒之間的距離，經過爭論，這種小型聚會後來規定必須由路德宗神職人員中受過訓練者領導。而使虔敬團運動得到真正普及的還是得力於這個團體中的另一成員弗蘭克的組織天才，弗蘭克（August Hermann Franke, 1663-1727）出生於盧比克的一個深受施本爾敬虔主義影響的家庭，一六八四年他又進入具有路德宗傳統的萊比錫大學攻讀神學，並成為其中一個敬虔團「熱愛聖經小組：的領袖，很快他又成為施本爾圈子中的人物，畢業後，他成為德國一位頗具盛名的傳教士、教師和重大爭議的風暴中心，但弗蘭克對敬虔主義運動最大的貢獻還在於他組織創建了許多以他的名字命名的慈善機構，其中包括學校、孤兒院、出版社和一個宣教機構。弗蘭克的慈善和宣教大業，還得到丹麥國王的贊助，並且在丹麥國王的經濟支援下，派遣了第一個海外宣教士去海外傳教。由於他的個人魅力和傑出的組織才能，從而使得德國的敬虔主義運動得以普及和發展。

　　在敬虔主義運動的歷史中，親岑道夫（Nicholaus Ludwig von Zinzendorf, 1700-1760）可以說是在實踐上和理論上都對之作出重要貢獻的人物。他出生於德萊斯頓，從小就由他敬虔主義的祖母撫養長大，施本爾又是他的教父，因而從小就迷戀上了宗教的靈修生活，並且有很深的屬靈經驗。後來他又在弗蘭克的指導下學習，在親岑道夫十六歲時，他被轉往維滕堡大學學習，畢業後他分配到政府機構任職，並在波利爾多夫購買了他的產業。一七二七年，親岑道夫邀請一群波西米亞宗教難民到他的莊園居住，成為他們的封建領主和保護者。他們由此組成了一個叫「莫拉維亞兄弟會」的敬虔組織，親岑道夫同樣也成為他們的主教和屬靈領袖。他們發展自己的獨特習俗，比如他們為唱詩歌舉辦的音樂崇拜、為迎接新年通宵聚會的「守歲崇

拜」，在復活節舉辦的所謂「日出崇拜」，等等，他們也接受再洗禮派的洗腳儀式，這些聚會開始被認為是狂熱行為，但後來卻得到人們規範的認同，同時，他們的這種傳教行為還得到丹麥國王的支持。親岑道夫和他的莫拉維亞兄弟會在修道理論上傾向於所謂的「心靈宗教」，他特別強調基督徒的靈修經驗和虔誠的情感，他認為真正的基督教精神就是經歷強烈的情感，而這種強烈情感的體會，集中在耶穌的受難過程中，他認為，要達到真正的懺悔、歸正和個人聖潔的最佳方法，就是全身心注意耶穌的傷口之愛，默想和傳揚受難的耶穌形象。這樣的一種靈修方法，可以直接通過心靈去感悟神性，因而它是一種發自內心的宗教。親岑道夫曾經宣告過：「信仰告白永遠都出自我本人的內心，出自我本人對於這問題的認知。它的先決條件是，我作過某事、到過某地、見過或聽過某些事情，乃是別人希望從我知道的。因此，任何人想要承認一個教義，他必須本身曾經有過、見過、感受過、經歷過和享受過這個教義。」[2] 親岑道夫的敬虔運動雖然有某種情緒主義和反智論傾向，但他強調的非教義、「與耶穌親密」的經歷，為北美許多新教教會注入了新鮮血液。無論在哪裡，只要人們聚集在一起唱福音詩歌、分享個人見證、觀看宣教士幻燈片、舉辦復活節日出禮拜、新年守歲等活動，都可以看到親岑道夫遺產活生生的再現。

三　清教徒運動與英國神學的復興

　　在英國宗教改革的歷史中，有一個複雜而令人矚目的現象，就是清教徒運動。清教徒（Puritans）常常以嚴厲的道德和宗教不寬容見諸於世，但實際上清教徒反對的是自英國國王亨利八世以來的英國國教，

2　Zinzendorf, Nine Public Lectures, p.31.

他們企圖以自身的道德修養和精神情操來改革英國國教中的功利主義，他們的宗教改革開始於英國安立甘教會內部，要求純潔教會理想，主要體現為除掉教會殘留的羅馬天主教遺存和潔淨教會的牧養階級和非信徒的會友資格。對於清教徒而言，基督教教會是世界的宗教，而不是一個國家的宗教，因此他們堅決反對自亨利八世以來英國王室利用宗教來實現統治和個人目的的作法。一些激進的清教徒就遭到英國政府的迫害，為了逃避宗教迫害，他們先是定居在荷蘭，然後於一六二〇年，搭乘五月花號到了新英格蘭的馬薩諸塞灣，並建立了第一個殖民地——普利茅斯殖民地。在此後的幾十年間，有大批的清教徒離開英國的家園，定居在新英格蘭，希望建立一個基督教聯邦，而後來在北美建立起來的美利堅合眾國就是這種基督教聯邦的政治實體。

　　仍然還留在英國的清教徒也沒有停止與王室和政府的鬥爭，他們的力量充塞國會。後來他們在克倫威爾的領導下，罷免了英國國王查理一世，還砍了他的頭，並建立了一個清教徒共和國。克倫威爾去世後不僅，英國又恢復了君主制，重新建立了英國教會，但此時英國教會並沒有採取清除清教徒的策略，而是容許不從國教者和反對國教者具有宗教自由，但英國仍然爆發了反對王權的國內戰爭。在戰爭進行的過程中，占國會大多數席位的清教徒曾經在著名的倫敦威斯敏斯特大教堂（西敏寺）召開過一個全國聖徒（包括清教徒牧師和神學家）在內的宗教會議，這次會議最終為英國的改革宗國家教會的形成奠定了基礎。

　　在英國，清教徒運動變得四分五裂，英國的國家教會在神學、敬拜和組織上都仍舊屬安立甘宗，但有些不屈不饒的清教徒仍然留在英國國教裡面，另一些清教徒則在不從國教的宗派裡安頓下來，變成了公理會信徒、長老會信徒和浸信會信徒。在新英格蘭殖民地，清教徒運動起起伏伏，大約興盛了一個世紀之久，對美利堅合眾國和美國文化都產生了深遠的影響。

　　清教徒運動產生了兩個具有影響的人物，一個是被稱為清教徒王子的愛德華滋（Jonathan Edwards, 1703-1757）。愛德華滋出生於新英格蘭的康涅狄格州，外祖父是新英格蘭最有影響力的清教徒之一。他就讀於耶魯大學，畢業後成為他外祖父的副牧師，之後其聲望很快超過了他的外祖父，成為美國主要的清教徒神學家。他曾領導過他從外祖父繼承過來的北安普頓教會，但後來在大覺醒運動中被教會法庭無故罷免。於是他移居到馬薩諸塞州的拓荒區，成為印第安人的牧師和宣教士。一七五七年，他被任命為新澤西州普林斯頓學院院長，不久他就死於天花。

　　愛德華滋一生寫過六百多篇講章，其中最主要的已經收集在他的《美德論》、《自由意志論》、《偉哉原罪論辯》以及《宗教情操論》中。他在這些作品中，主要闡述的是以下三個問題，一是神的榮耀與自由。他認為神是至高無上的、決定一切的，他的創世行為都是為了榮耀他自己，他在《神創造世界之目的》中宣告：「聖經論到神的工作之目的，似乎都包括在『神的榮耀』這句話裡。這是聖經最常提到的、神工作的最終目的」。二是人類的敗壞與捆綁。人類由於亞當夏娃原始的罪惡，他總是陷入罪惡的捆綁之中，此刻他只有依靠神，神用恩典和至高無上的權柄拯救人類。而且，即使得救了，人類也只有做神規定他做的事。因此，就人類而言，他們不可能具有自由意志，神預定這一切，並使這一切發生。三是情操或感情才是人格的中心。情操是決定一個人的信念和抉擇的因素，在《宗教情操論》中，他把它解釋為心之所欲：「情操不過是比較有力和可見的心之所欲的作用，以及靈魂的意志……靈魂借著情操，不僅認知和看見萬物，而且對於他所見或考慮的事物具有某種傾向；若不是傾向於趨近它們，就是傾向於避開它們。」[3]真正的宗教復興，應該從情操開始。愛德華

3　Jonathan Edwards, *Religious Affections* in Jonathan Edwards: Representative Selections (New York: Hill and Wang,1962), p. 209.

滋用他那獨特的人類心理學對宗教情操進行了神學的闡述。並使之成為美國福音派最重要的神學家之一。

清教徒運動中另一個具有影響力的人物就是循道會的創始者約翰·衛斯理（John Wesley, 1703-1791）。衛斯理出生於英國的埃普沃思，他曾就讀於英國的牛津大學，後與懷特菲爾德等人共同創辦了一個類似虔敬團的組織「聖潔俱樂部」，他們的反對者稱他們為「循道者」，這就是「循道會」的起源。之後衛斯理漂洋過海來到北美的佐治亞州的殖民地，成為在那裡的英國僑民的宣教士。因工作沒有做好，他不得不回到英國，在一次宗教聚會中，當他聽到有人在朗讀一段宗教序文時，他突然經歷到了一種靈魂的甦醒：「我覺得，我的心裡很奇怪地溫暖起來。我認為，我確實信靠基督，唯獨信靠基督是我的救恩；並且，我又得到了一個確據，他已經取走了我的罪，甚至我自己，把我從罪惡和死亡的律中拯救出來。」（衛斯理日記）此後，他就和他的朋友和兄弟一起，開始了英國歷史上具有里程碑意義的英國大覺醒運動。這次運動主要是向那些受到國家教會排擠的大眾，傳講歸正與聖潔。有學者認為，他們的這次大覺醒運動，對防止在英國爆發像法國那樣的血腥革命，起到了非常大的作用。在這次大覺醒運動的基礎上，衛斯理創辦了循道會社團，這個社團像德國的虔敬團一樣舉辦各種心靈基督徒的小聚會，目的是為了訓練新歸正的基督徒，但實際上卻成為了英國不信國教者的重要宗派。其影響迅速擴大到美國，到美國內戰時，它已經成長為美國最有勢力的基督教宗派。

衛斯理沒有寫過系統的宗教神學思想，但在他長期的宗教活動中，形成了他獨具特色的宗教理念，一個就是「衛斯理四邊形」，即從事神學必須具有的四種重要資源和工具：聖經、理性、傳統和經驗。他認為，理性、傳統和經驗在聖經闡釋中具有正確的地位，但它們之間的作用是不同的。衛斯理強調，在這四種資源和工具中，聖經是至高無上的權威，絕不允許傳統、理性與經驗蓋過或者控制聖經，

但是，實際上，每個人在自己的一生中不僅僅是閱讀聖經，每個人的
閱讀範圍都超過聖經，並且每個人在閱讀聖經的過程中都是在闡釋聖
經。衛斯理的另一個宗教理念就是，他相信，基督徒在經過整個成聖
過程後會變得十全十美。真正的基督徒可以通過對耶穌基督的相信，
獲得神的恩典，而這種從神而來的禮物，就可以使基督徒的心靈獲得
重生，從而使其稱義與成聖。他與過去新教神學不同的是，人的成聖
並非永遠沒有進展和不會完成，而是可以趨向完美。這種完美，主要
是指人具有謙卑、溫和和忍耐的愛心、借著簡單的信心而行動超越時
間的完美時刻。衛斯理實際上已經把完美當成了實際存在的可能性，
因此他認為一個基督徒可以在自己的一生中達到「在愛裡十全十美」
的地步。

　　總之，清教徒主義和循道會運動不僅在宗教的基本教義上維護了
古典基督教教義的正統性，而且在實踐上為英、法、德等國社會的安
定和平作出了貢獻。愛德華滋和衛斯理還通過對理性的強調把新教主
義推向一個全新的方向，為十八世紀的自然神論或自然宗教奠定學理
基礎。

四　法國的宗教文化與王權神學

　　與英、荷、德等國的宗教文化所不同的是，十七世紀的法國在宗
教問題上並沒有直接進行維護宗教基本教義的活動，而是在世俗領域
進行著鞏固王權的行動。路易十四曾經嚴厲鎮壓過詹森教派的運動，
有組織地（派國王的龍騎兵進駐胡格諾教派的家中）迫使胡格諾教派
的改宗運動，同時，他還於一六八五年取消南特赦令，迫使許多新教
徒逃離法國，移居荷蘭、德意志和美洲等地，法國政治中的宗教寬容
氣氛開始消失。更有甚者，路易十四還採用強迫和懷柔的雙重政策，
把法國境內的大封建領主和貴族都聚集在華麗精緻的凡爾賽宮，讓他

們過著豪華奢侈的生活，在驕奢淫逸中讓他們變成寄生蟲，從而大大地削弱了這些封建領主的權力。王權的鞏固，不僅增強了法國封建專制國家的實力，而且為資產階級的工商業活動提供了極大的便利條件，因而得到包括市民階層在內的大多數法國人的歡迎，「許多公民歡迎專制君主制度來代替無政府狀態。中產階級尤其希望得到一個統一的政府的保護。」[4]人們對社會穩定的需求使他們不由自主地轉向選擇君主專制政體，希望通過加強王權和國家統一，打破宗教派別的紛爭和封建領主之間的割據來實現對和平安定生活的渴望。

　　在路易十四統治時期，他的許多重要謀臣如黎世留、馬薩林等都是教會的大主教，他們之所以放棄教會事務，全身心投入為王權出謀劃策，實際上並非僅僅為了國王及自身的利益，而是希望通過神權的力量來加強王權，讓人間的國王承擔起上帝使命，把國王塑造成「人間的上帝」或「肉身的上帝」，從而形成了所謂的「王權神學」。經過十六世紀的宗教改革運動後，由於人們對基督教教會的腐敗墮落有了更加清醒地認識，因而教會作為一個社會組織已經失去了人們的信任，於是，法國的一些大主教就把眼光聚焦在世俗的政權上，希望通過對世俗王權的鞏固和強化來實現對人們的政治和精神的統治。黎世留是法國王權神學的主要創造者和執行者，他首先提出了所謂絕對王權的理論，認為王權來源於上帝，是上帝安排世俗的國王擁有最高權力，而不是民眾，也不是教會或教皇給予的，黎世留的絕對王權理論雖然表面上與「君權神授」論有相似之處，但「君權神授」論是要證明神權高於王權，目的是要世俗的君主服從教會和教皇的旨意，而絕對王權理論則是借上帝的權威來提高王權的神聖性，但王權不依賴於神權。同樣，黎世留也首創「國家立場」這個歐洲政治生活中最有影響力的術語。它反映的是法國作為一個獨立的民族國家反對羅馬教會

4　〔美〕愛・伯恩斯等著，趙鉄峰等譯：《世界文明史》（北京市：中華書局，2006年），
　　卷2，頁259。

控制的歷史事實，因此，黎世留的理論一方面借上帝的力量來強化王權，另一方面又通過強化王權來擺脫羅馬教會的統治，但他的理論不僅為實現法國高度中央集權的君主政體提供了理論依據，而且在實踐上有利於法國國家力量的獨立和強大，路易十四統治時期法國就成為歐洲最強大的封建專制國家。因此，法國強化絕對王權不僅有利於國家的統一，而且對市民社會的發展和工商業市場的繁榮產生積極的作用，人們是普遍歡迎法國專制政體的，絕對王權與其說是對君主專制政體的絕對服從，倒不如說是人們在宗教教會失去信賴後產生的世俗信仰，「十七世紀的法國人與其說是服從國王，不如說是服從王權；他們服從國王不是因為他們認為國王強大，而是因為他們相信國王仁慈合法……他們對服從有一種自由的愛好。」[5]他們選擇以犧牲個體自由的代價來成就一個專制政體和絕對王權，其實並非是法國人認識不到自由的可貴，而是由於對文藝復興時期的人文主義思想的深刻反思，人文主義思想雖然在反封建、反教會，發展人的自然本性等方面起過重要的推動作用，但它卻不能承擔起穩定社會秩序的重大責任，正如羅素所言：「文藝復興的政治條件有利於個人的發展，然而（對社會）不穩定；也和古希臘一樣，不穩定和個性表露是密切相連的。有穩定的社會制度是必要的。」[6]正是出於人們對社會安定的渴望，人們寧願在一定程度上犧牲自己的個性自由，來造就出開明的專制政府和絕對王權，因而法國人把路易十四尊為「太陽王」的稱號，對他如上帝般頂禮膜拜，並不是簡單地為了恢復專制政權或政治復辟，乃是他們作出的發自內心的必然選擇。

　　君主專制體制的建立，王權的鞏固，使法國在較短時間內迅速成長為當時世界上最為強大的國家，路易十三、路易十四等專制君主，

5　G. H. Sabine, *A History of Political Theory* (New York: 1961), p. 114.

6　〔英〕羅素撰，何兆武等譯：《西方哲學史》（北京市：商務印書館，1997年），頁17。

在宗教的上帝逐漸遠離人間之際，承擔起了維護法國社會秩序、拯救法國人的精神信仰的聖神職責，十七世紀的法國不僅其專制的政治制度對歐洲產生深刻的影響，而且在這種專制的政治氣氛中孕育成長的專制文化──古典主義遠播世界。

第二節　法國古典主義文學與宗教

　　古典主義無疑是法國王權神學和專制政體孕育出來的一朵雍容華貴的文化之花。它在法國專制政體的氛圍下繼承了自義大利文藝復興運動之後對古希臘羅馬文化的再次復興，但它強調的不是古希臘人本主義的精神內涵，而是和諧、勻稱、明晰、嚴謹、莊重、雄偉等形式規範，而這種形式規範的借鑒更多的是從古羅馬文化中來的，尤其體現在古羅馬文化中的國家、集權觀念和強烈的政治意識，「法國古典主義者對古羅馬的崇拜是有其情感原因的」，「他們把古羅馬作為自己的祖先，而羅馬帝國則是民族史上最大的驕傲。這種民族自豪感使他們那些以古代英雄為題材的悲劇獲得了優美的生命。」[7]但更為本質的原因是，古羅馬文化中體現的強烈王權意識和國家觀念正好迎合了法國王權神學和專制政權的需要，因此，法國古典主義者便把目光投向古希臘羅馬的題材，以強烈的王權意識和國家觀念去選取那些崇高而富有理性精神的英雄人物，歌頌英雄人物為了國家利益而克服個人情欲，獻身國家事務的崇高品德，常常在作品的最後還不忘歌頌英明的國王，把國王和國家置於至上的地位。法國古典主義的創始人高乃依（Pierre Corneille, 1606-1684）的悲劇《熙德》便是這方面的傑出代表。作品中的男女主人公羅德里克和施曼娜真心相愛，但他們的家族之間結有世仇，羅德里克為了家庭榮譽必須去找戀人的父親復仇，

7　徐葆耕：《西方文學：心靈的歷史》（北京市：清華大學出版社，1988年），頁15。

但內心卻展開了愛情與家庭責任的情感衝突：「要成全愛情就得犧牲榮譽，／要替父親復仇就得放棄我的愛人。／一方面是高尚而嚴厲的責任，／一方面是可愛而專橫的愛情！／復仇會引起他的怨恨和憤怒，／不復仇會引起她的蔑視。／復仇會失去我最甜蜜的希望，／不復仇會使我不配愛她。」在這種情感和責任的折磨中，羅德里克克服了愛情，最終還是選擇了復仇，他殺死了情人的父親，但在關鍵時刻羅德里克打敗了入侵的摩爾人，為國立功，成為全民族的英雄，被尊為「熙德」。施曼娜面對愛人被全民族所敬仰而更為傾心於他，但他又是自己的殺父仇人，於是，施曼娜也陷入了愛情與家庭責任之間的矛盾衝突，為了家庭的榮譽，他請求國王必須處死羅德里克，「呀！對一個情人的心靈，／這是多麼殘酷！／我越知道他功勞大，／我對他的愛情更越有加，／但是，我的責任感永遠高於一切，／無論我的愛情多麼濃，／我也要請求判他死刑。」這種情感與家庭責任的矛盾衝突都同時體現在這對情人身上，但就施曼娜來說，她所付出的要比羅德里克要大得多，因為她面對的是父親的失去和愛情也可能失去的雙重情感代價，而羅德里克則在家庭責任方面他已經成功報仇，面對這種失衡的情感關係，只有讓擁有至上和絕對權威的國王來調解。英明的國王下達命令，羅德里克因為殺敵有功，可以免除處罰。兩人也在國王的調解下化解了家族矛盾，使這對情人終成眷屬。

　　古典主義在理論上崇尚理性。古典主義理論家布瓦洛在其著作《詩的藝術》中就明確宣稱理性是文學創作的基本原則，比如對於悲劇和喜劇體裁的規定和悲劇創作必須遵守「三一律」等，這種理性雖然是從古希臘羅馬文學中總結出來的，但實際上是一種與王權理論明確相關的「藝術法典」，正如柳鳴九等編的《法國文學史》中所說：「布瓦洛的理性，既有別於笛卡兒所指的作為科學推理的理性，更不是後來十八世紀啟蒙運動中作為資產階級悟性的理性，而是君主專制

政治所要求的道德規範」[8]，也就是我們所說的政治理性，布瓦洛所倡導的理性原則，表面上是為文學創作制定的規範，但實際上是把文學創作納入王權思想的統治，使文學成為維護王權在精神領域中的統治地位。

　　法國古典主義強化王權意識，一切為王權服務，其產生的後果必然是與宗教勢力相對抗。雖然經過十六世紀文藝復興和宗教改革的洗禮，十七世紀的法國宗教勢力仍然非常強大。在這種形勢下，法國政治統治者一方面想依靠宗教的力量來加強其精神統治，另一方面在王權得到普遍認同並有取代宗教的現實狀況下，又企圖削弱宗教的力量。因此，這個時期的法國統治者就產生了一種既與宗教力量合作，又與古典主義者聯手合謀來削弱宗教勢力的微妙局面。莫里哀（Moliere, 1622-1673）及其《偽君子》的上演／禁演過程就非常鮮明地體現了這種微妙關係，《偽君子》的第一次演出／禁演時間是在一六六四年五月十二日。最初的劇本只有三幕，莫里哀在凡爾賽宮演給路易十四看。受到教會的攻擊。路易十四的懺悔教師、巴黎大主教親自出面向國王提出控告。保守勢力的代表王太后也反對《偽君子》的演出。路易十四不得不下令禁止公演。有一次國王問孔德親王，人們為什麼對莫里哀的《偽君子》這樣不滿？孔德親王回答：「莫里哀戲裡演的就是他們本人，所以他們就不能忍受。」一六六七年八月五日，《偽君子》的第二次演出、禁演又開始了。《偽君子》在王宮劇場正式上演，莫里哀為了公演時減少阻力，對劇本做了一些修改，將宗教人士答爾丟夫改為半僧半俗的巴紐夫，然而遭到最高法院院長的禁止，他派出警察將觀眾趕出劇場，然後封閉大門。莫里哀當即派人去最高法院交涉，並上書國王，請求支持。他說：「如果答爾丟夫之流得逞，那我就無須再想寫喜劇了。」國王接到莫里哀的陳情表，見雙

8　柳鳴九等編著：《法國文學史》（北京市：人民文學出版社，1981年），中冊，頁180。

方態度都很強硬，不敢明確表態，把事情拖了下來。但教會並不罷休，貼出告示，凡看《偽君子》或聽這齣戲朗誦的人，一律驅逐出教。所以一時間再沒有人敢看《偽君子》，莫里哀氣得大病一場。一六六九年一月，路易十四與羅馬教皇締結「教會和平條約」，宗教迫害有所收斂。莫里哀抓住時機，第三次向國王上《陳情表》，請求撤銷禁演《偽君子》的成命。路易十四批准了這一請求。一六六九年二月五日《偽君子》正式公演，莫里哀取消了第二稿的修改，恢復了原樣，主人公又叫答爾丟夫，只是答爾丟夫的裝束由僧侶黑袍改為世俗的打扮。圍繞《偽君子》禁演與反禁演的鬥爭說明了當時天主教會勢力的強大和反動，莫里哀反封建反教會鬥爭的艱苦與堅定。同時也說明了沒有王權的支持，單靠莫里哀自身的力量是沒法取得勝利的。

　　《偽君子》之所以成為當時政治與宗教鬥爭的矛盾焦點，主要是因為這部作品鮮明地站在王權一邊，塑造了答爾丟夫這個宗教騙子形象，進而揭露了宗教普遍的虛偽性和欺騙性，觸及到了宗教存在的精神基礎和道德基礎。作品中的答爾丟夫本是一個外省的沒落貴族，花盡了家裡的產業，窮得連一雙鞋子都沒有，幾乎成了叫花子。於是，他像當時一些沒落貴族一樣，官場仕途走不通，就走侍奉上帝信仰宗教的路子，這是求取榮華富貴的終南捷徑。答爾丟夫深知通過宗教發財的奧妙，看清了上流社會多有保守、頑固、愚蠢的善男信女，掌握了他們以宗教虔誠為時髦的社會心理，把自己打扮成虔誠的信士，靠著他在貴族社會中養成的一套偽善手腕，用三分做作，七分奉承的假虔誠騙取資產者奧爾恭的信任。

　　在劇中，答爾丟夫出場的「亮相」動作是吩咐僕人：

　　　　勞朗，把我的鬃毛緊身跟鞭子都好好藏起來，求上帝永遠賜你
　　　　光明。倘使有人來找我，你就說我去給囚犯們分捐款去了。
　　　　（三幕二場）

鬃毛緊身是苦修的修士貼身穿的衣服，扎人的皮膚。苦修士穿這衣服，並經常用鞭子抽打自己，表示苦修。答爾丟夫也有這麼一套行頭，但那是準備做給人看的。他上場看見女僕桃麗娜，就叫僕人把它收起，好像他剛剛把自己抽打過似的，並囑咐說，有人找他，就說他去監獄行善去了。

此外，答爾丟夫掏手帕的動作和桃麗娜針鋒相對的譏刺都是非常精彩的描寫，它揭穿了這個所謂正人君子的假招子，讓他在舞臺上現了騙子的原形。

答爾丟夫偽善性格的本質特徵是陰險狠毒。正如劇中人克雷央特所說的那樣：

> 這些利欲薰心的人們，把侍奉上帝當作了一種職業、一種貨物……他們知道怎樣利用他們的假虔誠來配合他們的惡習，他們動輒暴怒，有仇必報，毫無信義，詭計多端；到了陷害人的時候，他們會恬不知恥地借了上帝的名義來掩蓋他們凶狠的私怨；尤其可怕的是當他們盛怒之下對付我們所用的武器卻正是人人所尊敬的武器，他們是利用了上帝的聖名作為武器來刺死我們，事後大家卻還得感激他們的美意。這種虛偽性格，我們是看得太清楚了（一幕五場）。

答爾丟夫是一個金玉其外，敗絮其中，偽裝的教會虔徒和地道的貪欲惡徒，他的主導性格是欺騙和偽裝，他的性格的本質特徵是陰險狠毒，他集一切虛偽之大成，是個作惡多端毫無人性的惡棍騙子。同時，答爾丟夫的虛偽還襯托出了宗教教會的虛偽荒淫，暴露了宗教騙子的社會危害性，顯示出作品強烈的反宗教傾向。《偽君子》之所以能夠取得巨大的成功，原因就在於作品強烈的反宗教傾向正好符合王權企圖削弱宗教勢力的意圖。

　　在法國古典主義的主流之外，還有一個重要作家和思想家卻在努力通過理性來探索宗教在人類精神生活中的作用，他就是布萊斯‧帕斯卡爾（Blaise Pascal, 1623-1662），他出生於法國奧弗涅地區的克萊蒙特，父親是傳統的天主教徒，他親自教子，並發現了其子顯露的數學天才。他不但在十六歲時就發表有關圓錐曲線的射影定理的論文，而卻幫助其父發明了人類最早的數學計數器。但在其後的生活中，帕斯卡爾卻開始被宗教深深地吸引，在經歷了幾次神秘的宗教體驗後，他於一六五四年十一月二十三日皈依了基督教。此後帕斯卡爾經常造訪詹森派修道院，並開始匿名發表宗教作品，其代表性的作品即是《思想錄》。

　　帕斯卡爾的《思想錄》原計畫取名為《為基督教辯護》，但只留下一些隨筆式的片段，因而被取名為《思想錄》。在這部作品中，作者用理性主義的思辨深刻探討了人與上帝的關係。在他看來，人沒有上帝是可悲的，雖然理性的力量使上帝隱蔽起來，但他也還在教導我們。況且人的理性是有限的，理性只能把握現象世界存在的東西，而對於現象世界背後的存在，則需要信仰，帕斯卡爾說：「感受上帝的乃是人心，而非理智，而這就是信仰；上帝是人心可感受的，而非理智可感受的。」但信仰又不應該違反理智，違反理智的信仰在帕斯卡爾看來是荒誕可笑的。因此，正是據於人類理智的範圍內所進行的信仰才是真實可靠地，他以此還提出了所謂的「帕斯卡爾賭注」：即對上帝的信仰基於下列思考：假如上帝不存在，人們不會因為信他而失去什麼，假如上帝存在，人們會因為不信他而失去一切。「帕斯卡爾賭注」的意義在於，無論在理智看來有沒有上帝存在，信仰上帝都要比不信仰上帝來得合理。

　　在對待人為什麼要信仰上帝的觀念上，帕斯卡爾說：「那麼，自然中的人是什麼呢？與無限相比他是虛無，與虛無相比他是無限，他是在有與無之間。因為他沒有理解極限的能力，事物的開始與終結對

他來說便是難以理解的秘密。他也同樣不能理解創造他的虛無，以及將他吞沒的無限。」[9]在帕斯卡爾看來，無論是宏觀世界還是微觀世界，人都不可能用理智去認識，因而人在這樣的世界中也就不可能真正把握自己的命運，因此人要對超驗的上帝產生敬虔與信仰，這樣人在自身命運的道路上就會產生希望。如果不信仰上帝，人就會產生絕望情緒，這是可悲的。但帕斯卡爾又沒有讓人放棄現實世界而依賴上帝的拯救，如果這樣的話，那同樣是可悲的。因為「世上所呈現的事物既不表示完全排斥神明，也不表示之昭彰顯著的存在，而是表示有一個隱蔽的上帝的存在，萬物都帶有這種特性。」因此人不必要拒絕世界和塵世生活，而應該融入世界和塵世生活中，隱蔽的上帝才得以彰顯。

因此，帕斯卡爾的上帝信仰，是一個建立在塵世生活和人類理智基礎上的宗教信仰，他心目中的上帝，不僅僅是創造天地萬物的上帝，充滿無上權威和力量的上帝，而且是「一個仁愛與慰藉的上帝，一個充滿了為他所領有的人們的靈魂與內心的上帝，一個使他們衷心感到自己的可悲以及他的無限仁慈的上帝」。正是通過帕斯卡爾這樣理性的宗教反思，使人們能夠勇敢地走出中世紀以來通過鄙視自身與世界的方法來信仰上帝，而是以肯定人在世俗生活的樂趣基礎上的潔身自好，道德完善和情感領悟去信仰上帝，獲得上帝的救贖。

第三節　英國古典主義文學與宗教

與法國古典主義文學維護王權相反，英國古典主義文學體現出一種對王權勢力進行堅決和勇敢鬥爭的精神素質。英國古典主義文學實際上是英國清教徒革命在思想意識形態上的反映，因而在對待宗教的

9　〔英〕麥格拉斯編，蘇欲曉等譯：《基督教經典選讀》（北京市：北京大學出版社，
　　2004年），上冊，頁537。

態度上它是以維護代表新生資產階級的新教為宗旨，極力反對代表王
權利益的天主教教派。

　　英國古典主義文學的代表人物是彌爾頓（John Milton, 1608-1674），
他是同時也是不折不扣的清教徒詩人。青年時代，他就是一位早慧的
詩人，他最早的作品是一六三二年附於莎士比亞二折劇里德頌詩，後
來他創作了《愉快的人》和《悲傷的人》以及《利西達斯》等優美的
短詩。一六四二年英國國內戰爭爆發後，他站在反叛的一方。隨後的
二十年間，他有悖於繆斯精神，放棄詩歌創作，把主要精力放在了行
政事務上，擔任了克倫威爾政府的拉丁秘書，忙碌無序的生活導致了
他的雙目失明。王朝復辟後，由於友人的大力相助和宿敵的手下留
情，他倖免於走上絞刑架。隱退後，彌爾頓開始潛心於《失樂園》、
《復樂園》和《力士參孫》的創造，思想上仍然流露出為革命鬥爭到
底的精神意志，由於他生活的時代跨越了伊麗莎白王朝後期、共和時
期和王朝復辟時期，因而其精神成為了這個時代思想史的基礎。

　　彌爾頓作為一位清教徒詩人，他對待傳統宗教採取的是理性批判
的態度，他在未出版的論文《論基督教教義》中對宗教不寬容異己的
記錄感到不安，他對待傳統的宗教教義也不盲從，尤其對基督教的三
位一體說感到懷疑。他說：「知善惡樹並非像人們所稱呼的那樣，是
一種聖物，因為聖物是應該被利用的東西，而不應該被禁止，知善惡
樹不過是順從的象徵與紀念物。」他企圖重新對宗教進行改革，而最
能體現他的宗教改革思想的就是他的著名敘事長詩《失樂園》，他的
這部古典主義文學傑作所遵循的也是理性原則。在《失樂園》中，彌
爾頓雖然承認上帝存在的必要性，但他同樣認為上帝應該是理性的象
徵，他既是自然界秩序的象徵，也是人類真理、法律和社會規範的象
徵，這一理念在他的《論基督教教義》也有闡述：「世上的一切都以
它們的秩序美和充滿著它們的一種起決定作用的、有益的目的性，證
明了某種最高原動力量的存在。」這種最高的原動力量就是上帝的理

性，它既是一種宇宙秩序，又是一種顯示公正的天道。正是由於上帝
蘊涵著自然界和人類社會中的無上理性，因此他構成了人類自由意志
的對立。但是彌爾頓的上帝已經不是傳統基督教上帝那樣冷漠和威
嚴，而是具有人性特質，比如上帝雖然禁止人類吃智慧樹上的果子，
但這僅僅是在於體現上帝的權威，而事實上上帝不僅沒有禁止人類獲
取知識，反而多次派天使到樂園去傳授知識。在《失樂園》的最後兩
卷中，上帝還因亞當的罪過而派天使麥克去安慰他，指示他的子孫如
何被救贖。這些都充分說明彌爾頓對上帝的理解蘊涵著人類的理性原
則，從而使上帝還原為具有理性和人性的存在。

　　在《失樂園》中，撒旦是人類自由意志的化身，彌爾頓對撒旦的
態度是充滿矛盾的，他一方面讚美撒旦敢於反抗上帝的最高權威，體
現出人類自由意志的可貴，另一方面他又對撒旦充滿激情和感情衝
動，排斥理性，破壞宇宙秩序的行徑進行了批判。作為人類自由意志
的象徵，撒旦熱情地讚美了人類的知識和智慧：「啊！神聖、聰明、
給以智慧的樹，知識之母啊！我覺得你的力量在我面前是清清楚楚
的，你不僅僅能認識萬物的本原，也能跟蹤聖賢至高的行動。」他對
上帝禁止人類吃知識樹上的果子時，馬上發出懷疑與質問：「知識得
禁止嗎？知識是罪惡嗎？有知識就是死罪嗎？他們就靠無知無識就能
立身嗎？無知無識就是他們的幸福生涯，他們順從和忠信的保證
嗎？」因此撒旦鼓動人類始祖亞當和夏娃去尋求知識，追求自由。同
時，他還指責上帝是暴君，不應該對大眾握有無窮的權柄，他反對上
帝的統治，號召眾天使起來反抗上帝的權威，當他被上帝打入地獄，
仍然桀驁不馴，說：「與其在天堂裡做奴隸，不如在地獄裡稱王。」
在這裡，作者以其革命家的激情讚美了撒旦的英雄行徑，事實上他被
賦予了現實世界中清教徒反抗封建君主的勇於鬥爭的精神。儘管彌爾
頓在撒旦身上寄予希望，但他對撒旦身上體現出來的驕傲自滿、作威
作福、情感衝動，具有強烈的權力欲和嫉妒心進行了批判。他之所以

反叛上帝，就是因為他自己覬覦上帝的王位和權力，而他反對上帝的
理由就是上帝乃天上的暴君，並欽定自己的兒子為天國的首領。撒旦
引誘人類偷吃禁果的目的也是為了和人類一起反叛上帝。為了達到這
個目的，他不擇手段，用謊言欺騙人類。以他為首的反叛天使們也個
個縱情恣肆、驕奢淫逸、自負狂妄，他們放任自己的感情，到處尋歡
作樂。實際上就是惡的代表。撒旦還明確宣布：「行善絕不是我們的
任務，作惡才是我們唯一的樂事。」他們蔑視理性和法律，成為宇宙
秩序的破壞者。

　　在《失樂園》中，人類始祖亞當和夏娃的形象體現了作者對理性
和自由意志的深刻思考。亞當和夏娃是上帝的創造物，被安置在上帝
的後花園伊甸園裡，此時的人類始祖沒有任何的自由意志可言，完全
憑靠本能過著自然單純的生活，如果不是撒旦的引誘，人類可能就會
滿足於上帝為他們安排的生活秩序。因此，從這個角度上說，亞當和
夏娃完全是自由意志的被動接受者，但是，當自由意志在他們身上體
現時，他們就開始了探索世界和自身的渴望，這種渴望使他們敢於違
反上帝的禁令，冒著生命危險去獲取知識，並對上帝的禁令發出疑
問：「為什麼單禁止知識？禁止我們善，禁止我們聰明，這樣的禁令
不能束縛人，如果是用最後的羈絆束縛我們，那麼我們內心的自由又
有什麼用呢？」正是出於人類始祖的自由意志的衝動，他們勇敢地走
出了上帝的保護，因而也被上帝敢出了伊甸園，從而失去了人類原有
的恩寵和幸福，但亞當和夏娃的行為卻體現了人類自由意志的勝利，
正是有了亞當和夏娃心靈的欲望和衝動，才能為後世種下「生命與美
的果實」，使人類能夠以獨立自主的身分屹立在塵世的土地上，成為
完整的、有自主性和創造力的人類。

　　不可否認的是，彌爾頓雖然讚美了人類始祖自由意志的偉大力
量，但是他也明確指出了人類在欲望誘惑下的情感軟弱，他們的墮落
無疑是因為他們無視理性的存在：夏娃雖然是上帝的創造物，但她是

從亞當身上的肋骨中造成的，像上帝的地方比較少，夏娃雖然外表美麗可愛，但內心卻欠完善，往往容易受情感的左右，變成激情的奴隸。作品中的夏娃輕信、經不起吹捧，也抵擋不住誘惑。亞當雖然像上帝的地方較多，但他畢竟還是人，當他受到夏娃的誘惑後，他身上的理性被情感所迷惑，最終不能遵從上帝的禁令。上帝把人類趕出伊甸園，既可以看成是上帝對人類墮落的懲罰，也可以看成是上帝的理性對人類未來生活的一種愛護，它表明人類儘管有自由意志存在，並且要尊重這種與生俱來的自由，但這種自由意志最終還是要服從理性的安排。因此，彌爾頓在《失樂園》中最終要告訴人們的，就是既不是要表達上帝與撒旦的對立，也不是體現上帝對人類的懲罰與權威，而是既尊重上帝的理性，又尊重人類的自由意志，但同時要克服人類自身的各種弱點，在上帝的理性與人類的人性中找到和諧共生的平衡點，從而「向世人昭示天道的公正」。

　　英國古典主義另一個代表人物是約翰・班揚（John Bunyan, 1628-1688），他父親是一個補鍋匠，由於家境貧寒他沒有受過正規的學校教育，很早就繼承了父業。他於一六四四至一六四六年參加了議會的軍隊，在此期間他與清教徒和社會各階層人物有接觸，這短生活對他以後的宗教信仰和文學創作產生了影響。一六四八年他和一個清教徒的女兒結婚，他的妻子帶來的嫁妝就是兩本宗教書籍。於是他加入浸禮會，並成為了一名傳教士。復辟以後，政府禁止人們自由傳教，班揚對此不予理睬，遂於一六六〇年被捕，一六七二年獲釋。一六七六年再次入獄，不久後出獄，擔任浸禮會牧師，外出傳教，並繼續以補鍋為業。班揚就在這樣的艱苦環境中堅持創作。他的第一部作品是自傳《罪人受恩記》，主要敘述他信教的過程。他的代表作《天路歷程》同樣體現了濃厚的宗教意蘊。作者以基督教的原罪—信主—贖罪—得救—沐恩的思想體系為內核，以夢幻文學和寓言文學為形式，敘述他在夢中看見一個背著沉重包袱的基督徒，在路上徘徊，傳福音

者告訴他必須離開故鄉「罪惡的城市」，去「天國的城市」。基督徒就按照他的指點開始了他的天路歷程。作者形象地描繪了信徒們在充滿敵意的世界裡，從最初的罪惡信念，經過各種考驗和誘惑，最後走上信仰基督、獲得上帝恩典的道路。《天路歷程》可以看成是作者不滿當時宗教和社會政治混亂的寫照，同時也是作者把基督徒的生活比作朝聖者的精神之旅，對後世文學產生了深刻的影響。

第五章
啟蒙運動時期的宗教文化與文學

　　繼文藝復興，宗教改革之後，理性主義在歐洲的思想文化的一切領域，包括宗教領域內繼續發展，他們不僅強調理性的權威，而且渴望建立合乎理性的普世宗教，以此來克服十七世紀以來瀰漫歐洲的宗派之爭和宗教戰爭，目的是要把基督教帶入一個和平、啟蒙和寬容的新時代，至十八世紀歐洲歷史就進入了一個新階段，這就是啟蒙運動。啟蒙運動在其較狹隘的意義上是「一場反宗教的運動」，[1]啟蒙學家們高舉著理性的大旗，對專制制度和教會權威進行了猛然的攻擊，其鋒芒直指歐洲思想專制和封建制度的根基。他們公開打出戰鬥的無神論的大旗。把一切宗教看作迷信，公開否定上帝的權威，嘲笑耶穌的作用，從而無情地摧毀了思想領域中天國世界的存在。但是，即使是對基督教批判最為激烈的法國思想家們，他們也沒有完全否定基督教文化的價值和它在歐洲人精神生活中的價值。他們的作品中雖然有激烈的反宗教言論，但即使是在最猛烈抨擊宗教的作家中也流露出對宗教信仰的虔敬，這種在最猛烈的反宗教氛圍下的宗教表白是啟蒙運動時期文化與文學的顯著特色。

第一節　啟蒙運動時期的宗教文化

　　正如「啟蒙」一詞所昭示的那樣，啟蒙運動不僅僅是破壞和否定一切的思想運動，它更重要的是倡導一種新的信念和理想。其主旨就

1　〔德〕E・卡西爾撰，顧偉銘等譯：《啟蒙哲學》（濟南市：山東人民出版社，1988年），頁165。

在於使所有的人接受人性教育，用「自然之光」照亮人們心智的黑暗，用理性去驅除迷信和愚昧，用康德的話說，就是「啟蒙運動就是人類脫離自己所加之於自己的不成熟狀態。不成熟狀態就是不經別人的引導，就對運用自己的理智無能為力。究其原因不在於缺乏理智，而在於不經別人的引導就缺乏勇氣與決心去加以運用時，那麼這種不成熟狀態就是自己所加之於自己的了，sapere aude！要有勇氣運用你的理智！這就是啟蒙運動」。[2]從這個意義上說，啟蒙運動並不是對宗教的全盤否定，而是對它的一種積極揚棄。他們所針對的是迷信而不是信仰，是教會而不是宗教本身。因而，啟蒙運動更為本質的含義在於它攻擊宗教愚昧和迷信的同時，宣布了一種充滿激情的認識世界和改造世界的新信仰，從而在思想文化領域中開創了現代世界的基本樣式。

　　儘管就總體來說，歐洲各國的啟蒙運動所體現出的思想文化特質有一種兄弟般的相似性，但同時也呈現出各自的文化品格。正是由於這種文化品格的獨特性，才更為豐富和完整地充實了整個啟蒙運動的精神，使整個歐洲啟蒙運動呈現出既有豐富性又有獨特性的生機勃勃的新局面。

一　英國啟蒙運動與基督教文化

　　英國是歐洲近代資本主義經濟發展最快的國家。一五八八年，英國擊敗了西班牙「無敵航隊」，壟斷了海上霸權，奪取了許多新的世界市場，促進了國內工業的發展。一六四〇年，英國爆發了資產階級革命，經過幾十年的反覆。終於在一六八八年發動「光榮革命」，推翻了復辟王朝，建立了土地貴族和大資產階級聯盟的君主立憲政權。

2　〔德〕康德撰，何兆武譯：《歷史理性批判文集》（北京市：商務印書館，1990年），頁22。

　　儘管英國的資產階級革命表現出某種程度的不徹底性，但它實際上成為歐洲近代第一個資產階級掌握政權的國家，經濟上也成為當時歐洲最為先進的國家，這些都為歐洲啟蒙運動準備了充分的物質條件。

　　英國是歐洲啟蒙運動的發祥地，但由於英國啟蒙運動不以準備革命為目的，而主要在於思想文化上進行革新與改造，因而與其他國家相比，英國的啟蒙運動顯得較為平緩而溫和。在對待宗教的態度上英國啟蒙運動的最大特點是提倡宗教寬容和信仰自由。在他們看來，啟蒙運動的最大敵人不是宗教，而是教條主義和不寬容。在宗教戰爭後的英國社會生活中提倡宗教寬容、信仰自由的思想風氣，就能夠讓假宗教經受理性和經驗的嚴格檢驗。宗教真理才能在謬誤和偏見中脫穎而出，去爭取一個民族的頭腦和心靈。在英國，宗教真理與謬誤之間的思想衝突最終於一六八九年頒布「寬容法案」而告終。在這種全社會形成的寬容氣氛下，人們反而產生一種強烈的願望想去尋求某種共同的宗教基礎。因此，與其說英國啟蒙運動是反宗教的，倒不如說它是在新的歷史條件下為宗教尋找一個新的根基。

　　這個新的根基就是理性，理性成為英國啟蒙思想家檢驗宗教問題的基本尺度。在傳統的基督教觀念中，信仰的基礎是啟示，隨著科學技術的發展，人們對自然及人類自身認識程度的深入，單純由啟示促成的宗教信仰在新世界面前越來越顯得荒謬。因而對基督教信仰給予理性的改造就成為當時理論界急待解決的問題。洛克就是這方面的傑出代表。洛克在《論宗教寬容》中，首先表達了英國啟蒙思想在對待宗教信仰上的基本態度，這就是宗教寬容和信仰自由。洛克這一主張的意義不在於他容忍各種假宗教和各種宗教教條偏見的存在，而在於他力圖把宗教信仰奠基在人類認識能力即理性的堅實基礎上。在《人類理解論》中，洛克就致力於探究人類認識之「原初的確度與範圍，以及信念的意見和贊同之根據與程度……」通過對知識的基本構成、來源和限度的考察，洛克認為，真正的宗教知識，是可以憑人類理性

發現的。洛克所說的理性能力，不僅僅侷限於理性自身，他在「高於理性、違反理性和合乎理性」三者之間作了重要區分，認為那些高於理性但並不違反理性的命題，也是人類理性認識的範圍，也就是說，啟示也可以給人以一種真正的認識，尤其是在人類理性所不能發現的內容，如死者復活而再生，而它一旦被啟示，則啟示的東西也就成為人們信仰的內容。但是，洛克對於那些「違反理性」的啟示卻堅決予以拒絕。而洛克所說的「合乎理性」、「高於理性」、「違反理性」對應於這樣三個命題「上帝存在是合乎理性的」、「不是一個上帝存在是違反理性的」、「死者復活是高於理性的。」這三個命題的實質在於它既確立了理性在宗教信仰中的地位，又使高於理性但不違反理性的啟示獲得自己原有的價值。在《基督教的合理性》中，洛克直接把《人類理解論》中的一般原則應用於基督教信仰，結果得出兩個結論：一是相信耶穌是上帝為救贖我們而派來的米賽亞；二是相信懺悔是必要的，懺悔後接著過一種正義的生活，將帶來懺悔的果實；三是那些從未有過接受或拒絕基督啟示的人，他可以得到自然理性的啟發，而「理性之光」正是上帝賜予每個人的贈禮。

在洛克的理念中，他一方面堅持人類理性的核心地位，另一方面他也希望保留啟示在宗教信仰中的用處，保留神性在信仰中的作用，但洛克的信徒約翰‧托蘭德卻更進一步，否定啟示的必要，排除一切神秘。托蘭德的《基督教並不神秘》顯示了洛克思想的影響，但托蘭德卻從洛克的思想出發，推論出宗教信仰中沒有什麼違反理性的東西，也沒有什麼超乎理性的東西。任何通過啟示而呈現的神秘、奇蹟都須通過理性的檢驗和解釋，他說：「一個東西一旦被啟示出來，我們對它便必須像世上任何別的東西一樣好好地理解，因為只有當其主題的證據說服我們時，啟示為我們通報信息才會有用。」[3]啟示只有

3　轉引自〔美〕利文斯頓撰，何光滬譯：《現代基督教思想》（成都市：四川人民出版社，1988年），頁40。

通過理性的理解，才是真正合乎上帝的啟示，而這樣的啟示也就必然成為人的認識能力的一部分了。

由於英國啟蒙主義者對人類理性的理解總是與科學知識聯繫在一起，因而導致了他們對理性的狹隘認識，他們認為理性能力只有在科學知識中才能得到最好的體現，而科學的知識則意味著理性具有客觀性和必然性，並以此來建立理性的絕對權威。然而，英國啟蒙主義者對理性的絕對信賴受到休謨懷疑論的巨大衝擊，他們試圖在理性的基礎上建立宗教的努力也遭到休謨學說的有力懷疑。在休謨看來，啟蒙思想家們所推崇的既有客觀內容又具有普遍必然性的知識是不可能有的。因為人類的全部知識內容和材料都是從知覺中來的，知覺以外的一切無論是物質實體還是精神實體，都是不可知的。知識不超出知覺的範圍，休謨通過對「觀念關係」的知識和事實知識的區分和分析，從根本上否定了近代理性主義的知識論基礎，從而動搖了人們對理性權威的絕對信賴。

休謨試圖在批判啟蒙主義者對人性的狹隘的理性主義理解的基礎上，重新說明人性，並重新解釋宗教的基礎，休謨在宗教問題上的基本立場，一方面是否定超理性的神跡，另一方面也反對理性作為宗教的根基。休謨認為宗教的真正根基既不是建立在「神跡」的基礎上，也不是建立在理性的基礎上，而是建立在人性中的「希望」和「恐懼」這兩種深層情感中。經驗告訴我們，並不存在著一種處處相同的人性，人性的內部是一堆遲鈍混亂的本能，人們對人性認識的越深入，描述得越精確，它的合理性和有序性就越是蕩然無存，人在最根本點上是不受理性支配的，而是屈服於本能和欲望的威力，使人們接受信仰和保持信仰的是希望和恐懼這兩種情感，是它們而不是理性才是宗教信仰的真正基礎。

休謨對啟蒙主義者的批判與其說是對他們思想的反動，倒不如說是對他們思想的補充和深化。休謨在總體立場上仍然是站在啟蒙主義

者一邊的，但他卻更為清醒地看到理性的侷限，也更為清楚地洞察了宗教的本質。當宗教受到理性的猛烈攻擊並企圖把宗教的根基納入理性的根基時，休謨卻以他對宗教的獨特理解把它移至人性中的情感領域。在他思想的影響下，宗教不但不以毀滅人的欲望為旨歸，相反，它強化了這種情感，並使之成為靈魂的真正力量的所在。

二　法國啟蒙運動與基督教文化

英國雖然是歐洲啟蒙運動的發祥地，但真正使啟蒙思想得以傳播和普及的卻是法國。十八世紀的法國仍然是一個封建專制國家，封建統治者為了維護自己的專制統治，不僅極力強化國家機器，加強對下層人民的剝削和壓迫，而且在思想文化上加強對人民的精神控制。在黎世留和馬薩林兩位紅衣主教先後擔任法國首相期間，曾經對割據的胡格諾派貴族進行了有力清剿，致使大批胡格諾派教徒流亡國外。這就使天主教在法國取得了絕對統治地位，並且與政治上的專制制度相互扶持、狼狽為奸，成為法國資本主義經濟成長和自由思想發展的主要障礙。

在這種情況下，法國啟蒙學家們面臨著與天主教教會和封建政權的尖銳對立。在英國，社會上存在著宗教寬容、信仰自由的良好氣氛，啟蒙學家甚至可以和正統國教會之間展開對話，而在法國，天主教會毫不妥協的反對自由思想家。而且還與國家政權一道壓制宗教異端。因此，十八世紀的法國啟蒙運動所表現出的是一種激越的批判精神。啟蒙思想家並不是一群專業哲學家，他們大部分是文學家，他們以好鬥的肆意謾罵的筆調，不僅融及到天主教會的虛偽、陰險、殘暴和教士們的腐敗墮落，而且還深入到宗教愚昧的思想根源和宗教專制的政治基礎。他們以健全的理性和歷史事實為武器，揭露了籠罩在基督教信仰之上的神聖光環。將《聖經》和《福音書》中所記載的一切

神蹟都說成是滑稽可笑，衰敗透頂的騙局。伏爾泰一生堅持把基督稱為「壞蛋」，他認為所謂基督只不過是一個凡人，基督的畫像只不過是難看的裸體男人而已；神學家梅葉在他生前不敢發表的《遺書》中承認自己一直是懷著極大的厭惡心情來敷衍他所承受的宗教職責，而實際上他卻把宗教看成是荒謬和虛偽的產物。梅葉還指出教會與專制政府「情投意合，像兩個小偷一樣，互相庇護支持」，其最終目的不外是欺騙、愚弄、坑害下層人民；霍爾巴赫更是打出無神論的大旗，進一步揭露了基督教愚弄人民的思想根源，他認為一切宗教都是迷信，而迷信的根源則在於對自然力量的無知和恐懼，正是通過這些啟蒙學家的無情批判和深刻揭露，使法國的知識精英和上流社會掀起了一股無神論的軒然大波，極大地挫敗了法國天主教會和封建專制的囂張氣焰，從而為一七八九年的法國大革命作了充分的思想和輿論準備。

　　然而，如果把法國啟蒙運動僅僅理解為一種「鏟除運動」。一種只滿足於破壞舊的專制的思想秩序，那是片面的。他們的最終目的是試圖在理性的基礎上確立保障人人自由、平等的新的社會秩序。在法國啟蒙思想家看來，他們借助科學知識的力量（即理性的力量）就可以擺脫受壓制、不自由的狀態。他們把自然設想為人的自由的本質，自然的本質就是合乎理性的東西。人們追求自由、個性的解放，就是回歸「自然」。回到自己的本性狀態中去，科學知識作為對「自然」的真理性的描示，必然能使人從違反人的本性的狀態中解放出來，從而進展到合乎人的本性的自然狀態。在這些啟蒙思想家看來，理性與自由是完全一致的，自由就蘊含在理性之中，只要人們充分地應用理性就能迎接一個自由社會的到來。因此，法國啟蒙學家們要比其他啟蒙學者更為熱切地關注現實的社會政治問題。他們不僅把使用人的理性，絕對地信賴科學知識看成是思想解放的原則，而且是實現人類現實的自由的力量和途徑。

　　法國啟蒙思想家企圖把人的自由和新社會的秩序建立在理性的根

基上，但是他們又同時用理性反對封建專制和教會的精神控制。把理性作為一種普遍必然性予以強調，並且認為人和社會都必須服從這種必然性，這就必然會導致否定人的自由。使人成為一種服從外在必然性的奴隸。盧梭是第一個意識到啟蒙運動中理性與自由內在矛盾的思想家。在其《論人類不平等的起源和基礎》、《論科學與藝術》等一系列的著作中，盧梭把文明狀態和自然狀態對立起來。認為人的自然狀態是平等、自由的，正是文明的進步導致了人類社會的不平等、不自由。在盧梭看來，科學和理性不可能給人類帶來自由，因為正是科學和理性敗壞了人類的道德、良知和本性。由於盧梭對意志、良心、情感等非理性因素的強調，使盧梭從法國啟蒙運動的陣營中分裂了出來，他不僅拓寬了人們對理性的理解，而且更為重要的是，他為被啟蒙思想家們批判得體無完膚的上帝尋找到了一個新的棲息地。上帝從外在的必然性的主宰的地位被摧毀，但盧梭卻為他在人性的根基處——人的道德本性和情感領域中找到了立足之地，並成為每個人的道德良心的終極目標和情感生活的最後依據。

　　盧梭的宗教觀集中體現在《愛彌兒》第四卷「信仰自白」中。盧梭以一個薩瓦省的牧師的身分系統地論述了他的宗教感的產生、宗教的基本觀念及其對傳統宗教的看法。盧梭認為人的宗教感不是從知識中來的，知識不能把人引向宗教。它只能在膚淺的層次上把握外在世界的局部真理。但是他相信感覺，唯有自己的感覺才是真實可靠的。「因此，我之所以採取多憑感覺而少憑理智這個準則，正是理智本身告訴我這個準則是正確的。」[4]由於人有感覺，它不僅能感知人的存在，而且能夠發現人與外在世界的聯繫。這種聯繫使人能從對自身的感覺擴大到整個世界。憑靠感覺的能力，就能夠發現一個自發的、自

4　〔法〕盧梭撰，李平漚譯：《愛彌兒》（北京市：商務印書館，1990年），下冊，頁386。

由的、永恆運動著的宇宙，它有意志、有能力、有智慧，它不僅存在
於每一具體的現象中，而且存在於大自然的整體中。它的秩序、它的
和諧、它的整一，都表明世界有一個最高的意志統治著。盧梭說：
「這個有思想和能力的存在、這個能自行活動的存在、這個推動宇宙
和安排萬物的存在、不管他是誰，我都稱他為上帝」。[5]因此，上帝是
存在的，它的存在不需要論證，也不需要各種外在的宗教儀式來啟
示，上帝的存在就實實在在存在於人的感覺中，存在於人的心中。

　　人之所以需要上帝並不是基於理智的要求，而是基於人的內在情
感。即所謂「良心」。良心作為人內心的一種審判意識，實際上它就
是人性的一種向善的意志和力量。盧梭說，良心是靈魂的聲音，它從
來沒有欺騙我們，它是人類的真正嚮導。按良心去做就等於服從自
然，在人世間的道德紛擾中，良心都做出公正無誤的審判。雖然壞人
得勢，好人受苦的現象是存在的，但良心都不會長久地讓這種不合靈
魂規則的事情存在下去。人類的向上之心終究會營造一個合乎正義和
道德的世界。

　　良心的力量使人不需要任何人為的宗教，一切都可憑個人的內在
情感來行動，憑自己去尋找真理。盧梭把尋找真理的場所帶向了無限
豐富的自然，認為自然是上帝給你的最好書本，它以人人都懂的語言
為人們呈現著真理，它不需要廣博的知識，而是憑著每個人的純真靈
魂就可以明白知曉。因此，它不屈從於人的權威，也不受人類制度的
影響，不屈從於國家的偏見，它在純粹的自然狀態中，就可以體驗到
細微而真摯的宗教情感。這種情感由於有良心在內心作證，因而無須
人的見證。如果屈從於上述壓力，那勢必導致人為的精神干預，促使
人們給罪惡蒙上美德的外衣。因而，真正的敬拜存在於人的心中，只

5　〔法〕盧梭撰，李平漚譯：《愛彌兒》（北京市：商務印書館，1990年），下冊，頁
　　394-395。

要人的內心對上帝充滿敬拜，則無論宗教的形式怎樣，上帝都不會拒絕。

　　盧梭的宗教觀念與傳統宗教具有本質的差異，他不但排斥了傳統宗教中的一切人為教義、教規、儀式等外在形式，而且從根源上改造了上帝觀念本身。盧梭實際上是在倡導一種自然宗教，這種以自然人性為崇拜對象的宗教深深地植根於人的道德良知和自由情感之上。盧梭此舉成為基督教世界中上帝由外而內、由神向人轉化的重要轉折點，但真正在理論上系統地完成這一任務的，乃是德國啟蒙運動的重要人物──康德。

三　德國啟蒙運動與基督教文化

　　十八世紀以前的德國，是一個政治、經濟、文化都相當落後的國家，國家四分五裂，小公國林立，各自割據一方，作為統一的德國民族文化也沒有出現，日爾曼民族處於歐洲文化的邊緣。但德意志很早就接受了基督教的洗禮，在文化品格上一直保留著神秘主義和唯靈論的特質。馬丁‧路德的宗教改革客觀上促成相對統一的近代德國民族文化的形成。馬丁‧路德在繼承中世紀日爾曼神秘主義的救贖理論的基礎上，提出了以「因信稱義」說為核心的宗教改革學說，他強調人因信仰得救而非，因善功得救，指責天主教會遠離基督教原則的內在性，把拯救靈魂的工作變成了一種純屬外在的設施。路德認為每個人都充滿了「神聖的精神」，每個人必須在自己本身裡面去完成同上帝調和的工作，天主教會本身的那種外在性最終必定導致罪惡和腐敗，唯一的出路是回到人的內心、回到信仰的精神性和內在性中去，使信仰的對象變成為精神自身。馬丁‧路德的宗教改革對近代德國思想文化產生了持續的影響。德國啟蒙運動正是在他的基礎上，進一步發展和深化了路德派所確立的精神內在性原則。

　　德國啟蒙運動吸收了英法啟蒙學家的思想成果，但其基本性質仍然是德國式的。德國啟蒙運動根源於理性主義的萊布尼茨-沃爾夫傳統，堅持思想的內在性原則，深信世界具有精神性，精神內在於世界，反對思想與對象，精神與世界的分立，追求和諧、自由和內在的統一。為了抵制與日益成為另一種壓制精神自由的新的迷信、教條的路德新教，法蘭克福市的主任牧師斯彭內爾和萊比錫大學的青年教師弗蘭克以深化個人的靈性生活為目標，組織了一小批志同道合者研讀《聖經》，這種反正統教會的宗教團體被稱為「虔敬團」，虔敬主義最初是作為德國啟蒙運動的先導，後來逐漸成為德國啟蒙運動的一支重要力量。虔敬主義的基本特徵就是反對信仰的外在化，強調宗教情感，試圖將宗教從外在的教條、制度、儀式導向個人的內心信念，虔誠和道德修養的改善，把基督教復活為一種活生生的宗教，使宗教不只是訓練有素的神學家的事，而是每個普通人都可以直接採用的精神遺產，鼓勵個人在精神的內在世界中直接發現上帝。虔敬主義衝破了在信仰問題上的正統教會的控制，倡導了一種新的個人主義和自由主義。虔敬主義在德國產生了巨大而積極的影響。

　　萊辛是德國啟蒙運動最有代表性和最有影響的人物。他的思想對現代神學一直有著很大的影響，他以理性主義的姿態對《聖經》作了獨特的審視，認為《聖經》的教條並非宗教，在《聖經》產生之前，就已經有了宗教，「這種宗教並不是因為福音書的作者和教徒的傳授而成的真實的，恰恰相反，正是因為它是真實的，它們才傳授它。」[6]萊辛堅持宗教真理的內在性，強調信仰完全依據於個人自主信念。這種內在的普遍的宗教真理並不是不能被認識的，相反它存在於宗教的歷史過程中。真正的宗教乃是在自身中包含了宗教全部歷史表現的宗教。在《人類的教育》中，萊辛對歷史啟示表示了讚賞。因為啟示意

6　轉引自〔美〕利文斯頓撰，何光滬譯：《現代基督教思想》（成都市：四川人民出版社，1988年），頁63。

味著對人類的漸進的教育，因而必然保持著某種先後次序，不同時期的啟示是人類接受宗教的普遍內在真理這一歷史過程中的不同階段。這樣宗教的內在性就被賦予了歷史性內涵。正如卡西爾所說：「在《人類教育》中，萊辛創立了歷史與真理的新綜合。歷史不再與理性相對立，毋寧說，歷史是實現理性的實在的道路，甚至是唯一可能的場所。萊布尼茨的分析頭腦以無與倫比的精確和清晰分離開來的這兩個因素，如今趨於調和了。因為在萊辛看來，宗教既不屬於必然和永恆的範圍，也不屬於純偶然和暫時的範圍。它是合二為一的，是無限中的有限，是流變的時間過程中的永恆和合理性的表現。萊辛在《人類教育》中闡發的這一思想，使他達到了啟蒙哲學的真正轉折點。」[7] 正如英法啟蒙運動所表現出的對理性的狹隘理解一樣，萊辛的具有歷史主義傾向的理性主義也必然有其歷史侷限性。正是在這個意義上，康德總結了英法啟蒙運動的成果，對德國啟蒙運動進行了更為全面而深刻的綜合，從而使他既是德國啟蒙運動的集大成者，又是德國啟蒙運動的超越者。

　　從寬泛的意義上說，寫《純粹理性限度內的宗教》的康德始終是個啟蒙思想家，無論他在哪一個學術時期，他都堅信理性的力量，但是由於康德受到休謨及盧梭的深刻影響，加上各國啟蒙運動對理性自身的狹隘理解，使康德不得不對理性進行批判性的考察。在《純粹理性批判》中，康德一方面高揚主體的認識能力，另一方面又對理性能力進行了限定，認為人的知識只能認識現象而對物自體則無能為力。但是康德對人的理性的限定，並不是動搖理性本身的信念，而是既限定對理性的濫用，同時又肯定理性的自由本性。其目的就是為了給信仰留出地盤。在《實踐理性批判》中，康德則通過對實踐理性的探討來確立他的道德神學。康德認為，人的道德行為從根本上說是出於一

<hr>

7　〔德〕E・卡西爾撰，顧偉銘等譯：《啟蒙哲學》（濟南市：山東人民出版社，1988年），頁189-190。

種責任感的行為，而責任感則具體表現為與某種普遍的道德法則相符合。我們之所以遵從它，是因為它來源於我們自身。同時，對道德的遵從與人的善良意願必然會導致一個至上的善的存在。但是作為一個理性的存在物，能夠在理智的生命歷程中達到這種善是不可能的，因而在實踐上假定一個上帝的存在，在道德上是必然的，人們信仰上帝是道德的基本要求。在基督教傳統上道德是以神學為基礎的，但康德卻顛倒了這個秩序，他力圖證明，宗教的基本信念需要我們的道德理性來支持，只有這樣，宗教信仰的對象（上帝）才具有實在性，這就是康德在神學上的「哥白尼式的革命」！康德正是通過這種對上帝存在的道德論證，把認識上帝的途徑從純粹的信仰引向了道德良知，從而提出了一種特殊的「道德神學」。通過道德神學，康德擴大了理性的範圍，使宗教信仰規範於實踐理性的道德要求之下，實踐理性成為信仰的內在依據。另一方面，康德並不認為可以以純粹狀態的道德取消宗教信仰，而是道德必然導致宗教，宗教不能完全還原為道德，純粹的道德是不存在的。宗教完全有使道德在現實中啟示出來的力量，是歷史的、非純粹狀態的道德。這樣，康德通過對理性能力的限制和他在神學上「哥白尼式的革命」。他既否定了上帝的最高權威，堅持理性在人類精神生活中的至高無上性，又能夠在實踐理性的範圍內說明宗教存在的必然性。這說明康德不只是立足於一種純粹理想的理性主義立場，而是一種包容了理性主義的獨特的人本主義立場，從而在對理性的理解上（甚至對整個人性的理解上）都超越了啟蒙運動。

第二節　啟蒙運動時期的文學與宗教

　　歐洲啟蒙運動時期，啟蒙思想家們高舉理性的大旗，對包括宗教在內的思想傳統進行了大膽徹底的批判，並倡導以理性為最高標準衡量世界的一切事物，企圖建立以理性為核心理念的精神和塵世王國。

正因為理性的價值得到人們的普遍認同，因此當理性在批判基督教價值觀的腐敗墮落的同時，對其中蘊涵的豐富人性內涵也開始為啟蒙思想家們所發現，當基督教神聖和神秘的外衣被揭穿剝除後，人們發現宗教就蘊藏在每一個人的心靈中，心靈世界中那最神聖的存在體驗就是宗教的最真實和最豐富的表現。因此，從這個角度上說，啟蒙運動徹底地批判的僅僅是基督教教會和它把持的精神統治的腐朽墮落，但它卻開啟了人們重新認識和體驗以自己的心靈為中心而不是以上帝為中心的新信仰體系，而這樣的一種精神意向最早在啟蒙主義文學中得到了充分的體現。

　　啟蒙主義文學面臨的是基督教的上帝被推下神壇，而人的主體性價值被高度張揚的時代，這個時期人們的世俗生活價值進一步得到肯定，但在追求塵世價值的過程中卻往往出現情欲泛濫的局面，這樣就自然使人們產生疑問，追求感官享受是否具有神聖性？人在失去上帝的保護後是否能夠實現自己的自我救贖？人的存在的終極價值何在？諸如此類的問題困擾著啟蒙思想家和作家的心靈，因此，他們作為精神世界的領路人必須思考人在追求世俗生活後的精神皈依問題，也必須思考人存在的終極價值問題，但由於各國的文化傳統和面臨的現實都存在著較大的差異，因而他們所思考的方式和最終立腳點也存在者一定的變化，但是正是這種變化才導致了啟蒙文學的豐富多樣。

一　歌德

　　歌德（Wolfgang von Goethe, 1749-1832）是德國啟蒙運動時期的重要思想家和文學家，青年時期歌德曾參加過狂飆突進運動，並與當時德國的重要思想家和理論家赫爾德爾結下友誼，在思想上受到他的深刻影響。後來歌德還一度參與魏瑪公國的政治事務，但因不肯與世俗政權妥協而逃離魏瑪。離開魏瑪公國後，歌德來到義大利，在那裡

他全面系統地接受了古典美的教育和薰陶，使他在創作上產生了一種追求寧靜和完美的藝術理想，創作了許多以希臘為題材，表現希臘精神的文學作品。一七八八年歌德又重返魏瑪，在那裡他與德國又一著名思想家席勒相識並把這種友誼一直保持到席勒去世。在席勒的影響和鼓勵下，歌德開始了他的《浮士德》的創作，而這部作品正是融合了他自己豐富多彩的人生經歷、美學追求和蘊涵著豐富的宗教意蘊的偉大作品，在這部經歷了幾十年艱難創作和深刻思索的偉大作品中，作者所要表達的就是人在塵世生活的追求中如何克服人身上本有的欲望，朝著至善的方向不斷努力進取，實現自己的人生價值的過程。在《浮士德》中，作者主要以上帝與魔鬼的賭賽和魔鬼與浮士德的賭賽兩條線索進行構思和創作的，因而蘊涵著極其豐富的宗教意蘊。

在《浮士德》的「天上序幕」中，魔鬼靡非斯特認為人會滿足於純粹而有限的世俗享樂，從而背離自己的本性；而上帝則認為「人在努力追求時總是難免迷誤」，但他一定會「意識到坦坦正途」，最終回歸到自己聖神的本原和目標。上帝與魔鬼的賭賽，實質上是超驗領域中的至善與至惡的辯證關係，因而對人的本性的認識終歸是抽象的，這種抽象的關係必須通過第二個層面的賭賽，即浮士德與魔鬼的賭賽來驗證人類的本性。浮士德作為人類的象徵，他是一個充滿自然欲望和情感衝動的活生生的人，同時他也具備堅強的理性和高超的智慧。他敢於主動跟魔鬼提出挑戰，不會屈從與自己的感官享受，認為只要他在人生經歷中體驗到「你真美啊，請停留一下」時，他就自願把靈魂交給魔鬼所有，他堅信魔鬼永遠不能在理智上使自己滿足於暫時的快樂，魔鬼的任何魔法都不能改變人的本源和目標。與魔鬼訂約後，浮士德從中世紀的書齋裡走出來，他雖然熟讀中世紀的各種學問，但他覺得這些僵死的學問都無助於改變社會生活，於是他來到充滿自然生命和欲望的大千世界，在情感生活、政治生活、審美生活和創造事業等人生階段體驗世俗生活和實現自我，但在每一個階段，浮士德雖

然沉湎於感官享受中，但他並沒有盲目地受制於本能的推動，而是在受到本能欲望的推動的同時又受到理智的制約，正是浮士德身上這種理性意識，使浮士德在每一次滿足享樂之後又沉湎於痛苦的自責中，在經過激烈的靈與肉的鬥爭後，他能夠勇敢走出自己的精神困境，進入更為高遠的境界。浮士德自己也清醒地意識到自己心靈深處的這種雙重自我：「我的胸中，唉！藏著兩個靈魂，／一個要與另一個各奔東西；／一個要沉溺於粗鄙的愛欲裡，／用吸盤把塵世緊緊地抱住；／另一個卻拼命地想掙脫凡塵，／飛升到崇高的淨土。／哦，要是在天地之間的空中，／有精靈在進行統治和操縱；／那就請從金色暮雲裡降落，／帶我去開始絢麗的新生活。」[8]浮士德一方面敢於「把塵世緊緊抓住」，另一方面又渴望「掙脫凡塵」，這正是由於人類理性中就有一種努力從善的自由意志，它和人的本能欲望融合在一起，但在這兩種神性和魔性的爭奪中卻能夠從中超越出來，始終朝向上帝的至善方向「奔向新生活」。浮士德的這種努力，是人類依靠自身理性和智慧努力所實現的結果，他的人生方向雖然是朝向上帝的至善，但當浮士德在創造事業的階段，看到自己招募的工人在進行著圍海造田的事業時，仍然情不自禁地喊出「你真美呀，請停留一下」，但當他對自己的人生感到滿足時，浮士德旋即倒地死亡。而其靈魂按照他與魔鬼靡非斯特的賭賽約定，當他在某一刻對人生感到滿足時，其靈魂就歸魔鬼所有。這表明人類通過自身理性和智慧的努力只能獲得現世生活的享樂，而不能獲得神性價值的肯定，人類的自由意志和理性精神也只能使人趨向上帝的至善，而始終不能達到至善。人的神性價值實際上是超越人類本身的自由意志和理性精神，它必須上升到從神性價值中的上帝層面和宗教道德領域中的至善與至惡的層面，才能使人類得到上帝的救贖，使人類最終獲得真正的人生意義。歌德曾在其《談

8　〔德〕歌德撰，楊武能譯：《浮士德》（合肥市：安徽文藝出版社，1998年），頁56。

話錄》中談到「不斷努力進取者，吾人均能拯救之」這句話時就明確
說到：「浮士德得救的秘訣就在這幾行詩裡。浮士德身上有一種活
力，使他日益高尚化和純潔化，到臨死，他就獲得了上界永恆之愛的
拯救。這完全符合我們的宗教觀念，我們單靠自己的努力還不能沐浴
神恩，還要加上神的恩寵才行。」[9]歌德企圖在宗教層面來使人獲得
神性價值，是《浮士德》的核心價值所在，也只有上升到宗教層面來
理解浮士德一生的努力，才能完整地闡釋浮士德一生的意義。

　　因此，浮士德作為人類的象徵，他既有自然的欲望，又有向善的
自由意志，有向上的衝動，也有向下的衝動，向上的衝動即是向善，
向著上帝的至善靠近的衝動；向下的衝動即是向著魔鬼即至惡的衝
動，前者主要是滿足人的神性價值的肯定，後者主要是滿足人的感官
享受。歌德通過《浮士德》主要揭示的就是人在現實生活的追求過程
中如何獲得神性價值的過程。上帝之所以願意在浮士德的靈魂即將被
魔鬼奪去的時刻，派天使把他的靈魂接到天上，乃是由於歌德對上帝
和人類的認識達到一個新境界的結果。在歌德的思想觀念中，上帝代
表的是神性價值中的至善，它雖然是人類所能達到的終極價值，但作
為人類卻只能趨向至善，而不能達到至善。在歌德看來，人類是一個
自然欲望、理性精神和自由意志並存的活生生的人，他的自由意志有
使其趨向至善的推動力，但人類沒有必要成為上帝，人就是一個由血
肉之軀組成的、有自由思想和欲望的人，他有弱點，但只要他不被自
己的弱點所操控並進而去犯罪作惡，他就是一個能夠得到上帝救贖的
人。歌德通過《浮士德》的創作，為自歐洲宗教改革以來的西方資產
階級追求的人生價值作出了新的評價，從而使他們不必到來世去尋求
上帝的寬恕，在現世生活的人生追求中他們也能夠得到上帝神性價值
的肯定。

9　〔德〕愛克曼撰，朱光潛譯：《歌德談話錄》（北京市：人民文學出版社，1978年），
　　頁244。

二　盧梭作品中的心靈宗教

　　盧梭（Jean-Jacques Rousseau, 1712-1778）是法國啟蒙思想家中的年輕一代思想家，但是，不管是他的思想還是他的文學創作，都與其前輩思想家不同，也與同時代的啟蒙思想家有差異。盧梭是第一個從啟蒙陣營中脫胎出來的，他清醒地看到啟蒙思想中理性的侷限，轉而把精神意向轉向人類內心的情感世界，他高舉起人類情感的旗幟，把宗教信仰由外在世界轉向到人的內心，為人類的宗教信仰尋找到一個新的精神根基。

　　盧梭在《論人類不平等的起源和基礎》、《論科學與藝術》、《愛彌爾》等著作中，鮮明地提出了「返回自然」的口號。他在《愛彌爾》中開篇就說：「出自造物主之手的東西都是好的，而一到人的手裡就變壞了。」在盧梭看來，人類文明的每一次進步，都是以損害人類的天性和道德為代價而取得的，現代文明和現有的社會制度是與人的自然天性背道而馳的。盧梭在激烈地批判現有社會制度的基礎上提出了建立合乎「自然人」成長的社會文明前景。在《愛彌爾》中，他提出「自然教育」的理念來培養他理想中的「自然人」，而所謂「自然人」，就是人的成長教育必須遵循自然規律要求，順應人的自然本性。他說：「大自然希望兒童在成人之前就要像兒童的樣子。如果我們打亂這個次序，我們就會造就一些早熟的果實，他們長得既不豐滿也不甜美，而且很快就會腐爛。」[10]因此，盧梭反對壓制兒童的自然天性，束縛兒童自由，反對兒童盲目服從封建專制和教會權威，反對強制灌輸傳統偏見和僵化的宗教教條，反對嚴酷的體罰和紀律。他要求保護兒童的天性，尊重兒童的自由，讓他們在大自然中、在各種生活中和從各種活動中進行學習，通過觀察取得直接經驗，獲得有用知

10　〔法〕盧梭撰，李平漚譯：《愛彌兒》（北京市：商務印書館，1999年），頁84。

識。盧梭認為，大自然是人類最好的老師，那裡不僅蘊涵著無窮無盡的知識，而且它是人類合乎自然人性最好的參照物，是人類的良師益友。作品中的主人公愛彌爾就是在這種自然狀態下成長的，在兒童時期，他就被送到鄉村大自然的純樸環境中接受自然本身的教育，培養他的感官，豐富他的感覺經驗，因此，盧梭不主張在這個階段讀書。在愛彌爾的少年時期，盧梭認為是「到了工作、教育和學習的時期」，愛彌爾學習天文、地理、物理、博物和幾何等有用知識，學習方法是讓愛彌爾實地觀察，自己發現和解決問題；同時，教師要注意學習方法的指導，盧梭說：「問題不在於告訴他一個真理，而在於教他怎樣去發現真理」。盧梭還特別注意愛彌爾的勞動教育，把勞動看成是每個人的社會義務，況且勞動可以使人獨立生活，只有靠自己勞動生活的人，才是真正的自由人。在愛彌爾的青年時期，盧梭認為是「暴風雨和熱情的時期」，這個時期愛彌爾對外界的欲望達到「暴風雨」般的程度，需要用道德準則的約束力量來加以調節，以便指導他處理人與社會、人與人之間的關係，因此這個時期的主要教育是道德教育，而且必須回到都市進行這種教育。由於愛彌爾在鄉村的自然環境裡充分地接受了「自然教育」，因而不怕他被都市所腐化。德育教育主要是培養愛彌爾善良的情感、正確的判斷力和良好的意志，從而為愛彌爾進入社會做好充分的準備。

　　盧梭還在其《新愛路易斯》中以「自然人」原則塑造了他理想中的「新人」形象，作品中的聖普樂和朱莉是一對遵循自然道德相愛的戀人，但受到以朱莉父親為代表的社會等級制度的壓制，致使兩人不能再一起。朱莉和沃爾瑪結婚後，她和聖普樂仍然保持純潔的愛情，雖然兩人朝夕相處不無情欲的衝動，但兩人都能夠自我克制，朱莉一方面深愛著聖普樂，另一方面又忠誠於自己的丈夫，她曾向上帝祈禱說：「我需要你所喜歡的，而且只有你才能創造的善；我要愛你賜給我的丈夫，我要做一個忠實的人，因為這是在聯繫家庭和整個社會方

面我應盡的第一美德。凡是有利於你所建立的自然秩序的事，以及符
合你賜予我的理性法則的事，我都盡力去做。」[11]朱莉為了家庭和社
會的倫理秩序，以美德去克制情欲，讓愛情服從美德，這樣就使得朱
莉與聖普樂之間的愛情變得崇高和聖潔。同樣，作品中的聖普樂也具
有這種美德，當聖普樂來到朱莉家當家庭教師後，他與朱莉朝夕相
處，自然會萌生情感衝動，但是，他面對朱莉和諧美滿的家庭，他抑
制住自己的激情，「美德和人的靈性戰勝了火熱的愛情。啊！要想越
過這個不可逾越的衛隊，對她起非分之心，那怎麼可能呢？我要懷著
多大的憤慨的心情，才能壓住著罪惡的和難以控制的情欲的衝動啊！
對於這幅如此令人欣羨的天真的圖畫，稍有褻瀆之意，我都會慚愧得
無地自容的！」[12]由於他們兩人都信守著愛情和美德，致使他們的愛
情限於精神和心靈的範疇，始終保持著純潔和美好，因此，盧梭堅持
「自然原則」塑造的「新人」形象，不僅尊重人的自然欲望，同時也
尊重社會秩序和人類的美德。

　　盧梭不僅在自己的作品中塑造具有自然天性的人物形象，而且在
《懺悔錄》中也大膽地把自己的內心情感和各種隱秘公諸於眾，以表
現自己內心世界中的真實「自然人」的形象。他在《懺悔錄》第一段
就說：「我要把一個人的真實面目赤裸裸地揭露在世人面前。這個人就
是我。」[13]他在作品中不僅真實地再現了自己生活歷程中的各種真善
美，而且還大膽地袒露了自己心靈中的醜惡的一面，「既沒有隱瞞絲
毫壞事，也沒有增添任何好事……當時我是卑鄙齷齪的，就寫我的卑

11　〔法〕盧梭撰，李平漚等譯：《新愛路易斯》（上海市：譯林出版社，1998年），卷
　　3，書信18。

12　〔法〕盧梭撰，李平漚等譯：《新愛路易斯》（上海市：譯林出版社，1998年），卷
　　4，書信11。

13　〔法〕盧梭撰，黎星譯：《懺悔錄》（北京市：人民文學出版社，1982年），第一部，
　　頁1。

鄙齷齪；當時我是善良忠厚、道德高尚的，就寫我的善良高尚。」[14]
正是據於上述誠實的態度，盧梭不僅大膽描述了自己成長過程中沾染
的一些不良習慣，比如偷精美小物件、變態性心理等，而且還真實地
再現了自己和華倫夫人長達十四年的複雜情感關係。但是這種關係並
非出於肉體的享樂，而是出於一個年輕男子對異性的天然愛慕之情，
雖然他們之間存在著年齡、地位等差異，但盧梭對華倫夫人的情感是
純潔、熱烈而持久的。盧梭之所以如此大膽地公布自己的心靈隱私，
除了他用這種方法來回敬那些指責他的道貌岸然的偽君子外，更重要
的是為了表現一顆儘管在世俗的污染下有缺陷和污點，但卻仍然保持
著自然純樸的天性和善良的道德情操。這是盧梭對自身人性的一種自
信，來源於他對人性中善良、仁慈和積極向上等本質的真誠信仰。

　　盧梭的自然觀和人性觀實際上受到西方宗教觀念的深刻影響，上
帝仍然是他人性之思的最後歸屬。在盧梭的心靈世界中，雖然他有隨
意改宗的經歷，但他心目中的上帝觀念始終是存在的。因而，正如康
德所說，盧梭對自然的情感只是他宗教情感引發的契機，而絕非其來
源，宗教情感是盧梭精神世界中根深蒂固的東西，然而在啟蒙運動時
代，上帝觀念的神聖性被褻瀆了，上帝和耶穌被當成愚弄人們的精神
怪物來看待，盧梭目睹人們對精神世界的破壞，他感到及其憤怒，曾
幾次與狄德羅等啟蒙哲學家進行公開的辯論，並發生正面衝突，以此
來表明他對上帝的忠誠。誠然，西方歷史上宗教被濫用而腐化墮落的
現象是存在的，啟蒙思想家對西方宗教文化的批判在某種程度上也是
正確的，但宗教本身的神聖性和真理性並不因基督教教會的腐敗墮落
而喪失，它始終作為人性中最崇高的、最真實的部分存在於世界中。
盧梭正是出於對宗教的虔誠，他不是從書本上，而是從聖潔的大自然
中重新發現了上帝的存在：「這個有思想和能力的存在，這個能自行

---

14 〔法〕盧梭撰，黎星譯：《懺悔錄》（北京市：人民文學出版社，1982年），第一部，
　　頁2。

活動的存在、這個推動萬物和宇宙的存在，不管它是誰，我都稱他為
『上帝』」[15]上帝無所不在，而且世界萬物都是他所創造，人作為上帝
最優越的創造者理應成為地球的主宰。盧梭對於人高居於自然之上是
非常自豪的，「我對上帝給我安排的位置非常滿意；除了上帝之外，
我認為再也沒有比人類更高級的了。」[16]因此，實際上盧梭沒有能夠
把人類與自然萬物放在同一的天平上，不僅如此，他還把上帝給人類
的恩惠自我優越化，把自己從人類整體中超脫出來，用俯視一切的眼
光重新審視人類和自然，從中他雖然看到了自然的和諧秩序和勻稱，
但對於人類他看到的只是混亂、無序和罪惡，此時盧梭已不再是作為
人類的一員自居，而是作為人類的救世主了。因此，盧梭雖然對上帝
是崇敬的，但在實際的理論和話語運作中，他卻悄悄地把自己的人格
移置到上帝身上，他雖然處處標榜自己的無知、無能，但在實際的話
語中他卻無所不能，無所不知，他的這樣一種精神移置使他從一個自
然的崇拜者，演變為一個站在自然和人類之上的精神主宰者。

　　因此，盧梭的思想是在自然和宗教的雙重理念下孕育出來的，他
的自然理念使他的思想具有中國道家精神的某種特質，而他的宗教理
念又使他從中擺脫出來，始終希望自己成為自然的主宰。在自然理念
的支配下，盧梭深深地熱愛大自然，追求符合自然本性的簡樸、自足
的生活方式，他說：「善良的人應該為別人樹立的榜樣之一就是過居
家的田園生活，因為這是人類最樸實的生活，是良心沒有敗壞的人的
最安寧、最自然和最有樂趣的生活。」[17]盧梭是這樣說的，也是這樣
做的，他的大部分生活過的都是隱居或半隱居的生活，然而，即使盧

15　〔法〕盧梭撰，李平漚譯：《愛彌兒》（北京市：商務印書館，1999年），下冊，頁
　　394-395。

16　〔法〕盧梭撰，李平漚譯：《愛彌兒》（北京市：商務印書館，1999年），下冊，頁
　　396。

17　〔法〕盧梭撰，李平漚譯：《愛彌兒》（北京市：商務印書館，1999年），下冊，頁
　　730。

梭在隱居鄉間最崇拜自然的日子裡，他的思想的超越激情始終沒有停止，他總是把自己放在人類的制高點上，以上帝的代言人自居，以良心和道德來衡量現實世界中的每一個人，包括他自己，沉湎於現實生活的善惡鬥爭而不能自拔。由於盧梭在自己生活中有一些污點，但他卻無法逃避生活中道德對他的拷問和追逐，從而使他越是為自己辯護，他就因此越陷得深，最終盧梭還是在民眾的道德譴責聲中貧困潦倒地死去。

　　盧梭作為一個自封的道德審判者，最後又陷入被道德審判的處境中，其根本原因是由於西方思想史中對人的自然本性本身就存在者兩種截然不同的觀念，一方面，自然本性是好的、善良的，按自然本性生活，就是按人的自然本性或天性生活，因而人與自然地關係是同一的、和諧的。另一方面，人的自然本性恰恰就是要被超越的對象，比如德國著名哲學家黑格爾就說：「人只是一個有生命的東西，這東西誠然具有成為現實的精神的可能性，但這精神並不是屬於自然的，因此，人的自然本性並不是神的精神生活和居住的地方，人並不是由於自然本性就是他應有的那樣，動物由於自然本性就是它應有的那樣，而這正是它的不幸，它不能向前走。因此，人從屬於自然本性就是惡的，他不應該是自然的。人所做的一切惡事都是出於他的自然衝動，精神首先就是對直接性的否定……」。[18]對於這一點，一生最崇拜又深刻了解盧梭的康德也對處處以愛己通達愛人為生活原則的盧梭，宣布為惡人作了明確的論述，他說：「當把愛己原則作為我們全部準則的原則時，它事實上就是所有邪惡的來源。」[19]盧梭對於西方思想史中對待人的本性的矛盾觀念應該是了解的，正因為如此，他一方面堅持

---

18 〔德〕黑格爾撰，賀麟等譯：《哲學史演講錄》（北京市：商務印書館，1981年），卷3，頁263-264。

19 〔德〕康德撰，劉克蘇等譯：《論性本惡》，選自《康德文集》（北京市：改革出版社，1997年），頁411。

人的自然本性、人類情感和欲望在人類社會生活中的正當性，另一方面又企圖在宗教領域中偉這種存在尋找合適的依據，這樣，盧梭在宗教道德領域就陷入了兩難的困境，因為西方宗教道德中對人的批判標準就是他是否在人類社會生活中超越了自己的本性，成為向上帝的至善不斷前進的精神的人，而不是依持自己的本性停步不前的人。盧梭之所以遭到西方宗教人士的譴責和普通人對他的敵視，其原因也就在這裡。但是，盧梭在思考人的本性和道德良心的過程中所發掘出來的人類情感世界的無限豐富性，卻由此開創了西方人精神生活的新領域，在後來出現的浪漫主義運動中，對情感的崇尚不僅得到普遍的認可，而且成為西方世界世俗生活中充滿活力的時尚追求。

三　笛福《魯賓遜漂流記》中的宗教內涵

　　笛福（Daniel Defoe, 1660-1731）是啟蒙運動時期英國著名的小說家，他出生於倫敦，本想成為一名長老會教士，為此他還到「新教徒研究院」接受專業訓練，受到宗教觀念的深刻影響。後來笛福迷戀金錢和商業利益，於是他把想當教士的想法擱置了起來，轉而去經營製造業和充滿冒險的海外商業貿易，但他的經商活動很快破產，債臺高築。在經濟處於極度拮据的情況下，他在老議長羅伯特・哈萊處謀得一份職業，在此期間，他寫下了大約五百卷書，但留給人們印象最深的還是他在六十歲寫的《魯賓遜漂流記》。該作品描寫主人公魯賓遜追逐商業利益，外出航海時沉船失事，流落荒島的故事，人們常常把這部作品看成是資產者個人奮鬥的作品，但實際上這部作品還飽含著濃厚的宗教色彩。

　　作品中的魯賓遜早年生活在父母的庇蔭下，接受過良好的教育，後投身於商業貿易，歷盡各種磨難，但結果卻是魯賓遜不僅沒有從中獲得經驗教訓，反而染上了種種惡習，形成反叛的精神特點，變得思

想邪惡，褻瀆神靈，對上帝毫無敬仰之心，對自己的行為毫無悔罪之意；同時魯賓遜也背逆自己的父親，他不管父親的勸告，不顧一切地要去非洲海岸，結果遭到當地土人的攻擊，險些喪命；後來他在海上被葡萄牙船長救起，受到他的重用，給予了體面、仁厚的待遇，但他對於這一切都沒有一點感恩之意。直至這次魯賓遜的船再度遇難，同伴都被淹死，自己孤身一人流落荒島，面對著生存和疾病的嚴重威脅時，他才意識到自己犯下了嚴重的心靈罪孽，「我明顯地觸怒了公正的上帝，上帝才對我設施懲罰，進行沉重的打擊」。從此，魯賓遜開始了對自己生活的深刻懺悔，他開始了生平第一次的飯前禱告，拿起《聖經》開始閱讀，對自己健康的逐漸恢復，他不歸功於自己的「菸草泡朗姆酒」，而是完全歸功於上帝的恩惠，是魯賓遜的真誠懺悔和祈禱才贏得了上帝對他的拯救，使他的生命恢復到具有神性庇護的精神狀態。上帝說：「你若呼求我，我必拯救你」，魯賓遜正是從自己生命苦難的親身經歷中領悟到了上帝的真實存在，並在真實、虔誠的懺悔過程中獲得了肉體和精神的再生。

魯賓遜從一個背叛宗教、瘋狂追求金錢和商業利益的人轉向宗教的回歸，使得該作品的主旨產生了一種無法迴避的價值悖論，那就是他一生奮鬥所追求的商品和金錢與他後來所信仰的宗教理念之間發生了嚴重的價值衝突。當魯賓遜還沉湎於金錢的魅力，沒有醒悟過來時，商品和金錢是他信仰的宗教，因此他可以撕毀所有的人類道德規範去掠奪、去攫取，然而金錢並沒有給魯賓遜帶來幸福，反而使他在追求金錢的道路上越走越遠而不能自拔，直至他遭遇海難，患上疾病，孤苦無告之時，他才醒悟過來，從此他開始虔誠的祈禱，懺悔自己之前犯下的罪惡，並祈求獲得上帝的救贖。這樣的一種精神轉變使得魯賓遜陷入了反價值的信仰悖論中，他的宗教信仰之路徹底地否定了他追求商品和金錢的價值，這實際上等於是世俗的價值被否定了，精神的價值在魯賓遜的世界觀中得到了張揚。這種矛盾世界觀實際上

是笛福思想中清教精神在作品中的體現，伊恩・P・瓦特也說：「笛福小說中所顯露的許多觀點都具有典型的清教思想。」[20]而清教則以其典型的道德自律原則著稱於世的，清教徒雖然不否定追求財富，但他們追求財富的目的是為了榮耀上帝，而不是為了世俗的享受。魯賓遜的這種信仰悖論，是他思想的內在矛盾的真實展現，正是通過這種反價值的精神轉型，實現了他人生價值的神性提升。

　　因此，《魯賓遜漂流記》不僅僅是一部頌揚追求財富和歌頌自我奮鬥的作品，在更深一層的意義上，這部作品體現了魯賓遜由世俗的金錢崇拜到神聖的宗教信仰的生成過程，丁・保爾亨特就認為：「《魯賓遜漂流記》在一個非常深刻的層面上體現了清教對人類的看法：通過某一個體的生活歷程來描述人類的反叛、受罰、懺悔和得救的過程。」[21]魯賓遜雖然最終也獲得了財富和榮譽，但這並非是財富本身的力量，而是他在追求財富的過程中領悟到財富的無價值，最終在信仰宗教的道路上獲得上帝的救贖，在神界得到肯定的結果。

---

20 〔英〕伊恩・P・瓦特著，高原等譯：《小說的興起》（北京市：生活・讀書・新知三聯書店，1992年），頁79。

21 *Daniel Defoe's Robinson Crusoe*, edited by Harold Bloom, (Chelsea House Publishers, 1988), p. 88.

第六章
浪漫主義時期的心靈的宗教與文學

　　在十八世紀末、十九世紀初，歐洲社會存在著一種復興基督教精神的普遍傾向，這種傾向的產生主要源於對法國大革命的精神逆動。法國大革命對封建貴族和基督教會進行了嚴厲的打擊，他們將貴族送上斷頭臺，將大批教士驅逐出教會或流放異地，從而使法國封建社會的整個上層建築都遭到毀滅性的打擊。但是，這種打擊雖然在摧毀舊的教會和政治體制上顯示了一定的進步性，但對基督教的打擊卻使得人們普遍喪失信仰和精神寄託，於是，人們開始發出疑問：難道革命的目的就是對宗教的專制？就是人與人之間的相互殘殺？在法國革命一步步走向恐怖和專制的背景下，人們普遍產生了復興傳統宗教的精神衝動，這一思潮從法國開始，迅速瀰漫整個歐洲。在法國，以羅伯斯庇爾為首的革命家面對擯棄宗教後的社會動盪也不得不宣布建立最高主宰節——理性節，並承認最高實體和靈魂不滅。在德國，雖然那些處於四分五裂和專制壓迫下的知識分子對法國大革命的爆發充滿熱情，但革命的挫折和拿破崙的野心卻使本來精神軟弱的他們喪失了勇氣，於是他們便轉向了唯靈主義和神秘主義哲學，企求從中獲得一種內在的宗教安慰。海涅說：「在這種情況下，人們即便認識到基督教是迷妄，也一定還會把它保存下去，他們必將披上僧服赤著腳，走遍歐洲，宣講一切地上的財富和虛妄，宣講棄絕一切，把撫慰人心的十字架放在被鞭打和被侮辱的人們面前，並許給他們死後的全部七層天堂。」[1]在英國，工業革命對大自然和宗法社會秩序的破壞已令人們

1　〔德〕海涅著：〈論德國宗教和哲學的歷史〉，《海涅選集》（北京市：人民文學出版社，1983年），頁142。

極度失望和厭惡，加上法國大革命的恐怖後果更使那些曾經激進的知識分子恐懼和痛苦，於是他們力求從大自然中淨化自己的靈魂，並獲得一種宗教的慰藉。歐洲各國雖然復興傳統宗教的形式有所不同，但都是在法國大革命的恐怖政治中獲得的心靈回聲，是人們對道德淪喪時代的共同心理反應。

　　這種宗教復興的思潮也逐漸演變成為十九世紀初的歐洲浪漫主義文學的主要傾向。它深深地滲透到這一時期的浪漫主義文學理論和創作實踐中。海涅說：「德國的浪漫派究竟是什麼東西呢？它不是別的，就是中世紀文藝的復活，這種文藝表現在中世紀的短歌、繪畫和建築物裡，表現在生活和藝術中。這種文藝來自基督教，它是一朵從基督的鮮血裡萌生出來的苦難之花。……在這點上，這朵花正是基督教最合適的象徵，基督教最可怕的魅力正好是在痛苦的極樂中。」[2]史萊格爾兄弟也明確提出浪漫主義文學應從中世紀文藝中尋找源泉和靈感；蒂克則明確宣稱藝術家不能服從實際生活的要求，而應當服務於宗教；諾瓦利斯則強調真正的詩人永遠是教士；法國的夏多布里昂也認為「歐洲的文明，一部分最好的法律，差不多所有的科學和藝術都來自基督教。」[3]他還從政治角度公開為基督教的存在辯護。這些都表明浪漫主義與基督教存在著千絲萬縷的聯繫。但是，就具體的創作而言，浪漫主義詩人們並不是宗教思想的單純傳聲筒，他們始終是從審美的角度而不是從思想的角度去闡釋內在的宗教精神的，因此，歐洲浪漫主義的宗教復興並不是對傳統宗教的簡單繼承，而是宗教精神在新的社會歷史條件下的一次再生。

2　〔德〕海涅著：〈論德國宗教和哲學的歷史〉，《海涅選集》（北京市：人民文學出版社，1983年），頁10。

3　《歐美古典作家論現實主義和浪漫主義》（二）（北京市：中國社會科學出版社，1980年），頁67。

第一節　西方浪漫主義時期的宗教文化

　　十九世紀初期西方宗教文化占主導地位的神學派別就是所謂的自由派神學。自由派神學並非是通常人們認為的那樣是以否定傳統宗教為目的，而是通過重新詮釋和在新的現代文化脈絡中重新建構傳統，使基督教信仰能夠符合新時代的要求。由於自由派神學的理論主張堅持信仰的內在性和個體性，因而它與浪漫主義精神有驚人相似的地方，從某種程度上甚至可以說是自由派神學成為浪漫主義運動的思想精髓。

　　歐洲現代自由派神學奠基人就是德國著名神學家施萊爾馬赫（Friedrich Schleirmacher, 1768-1834），他是繼馬丁‧路德之後對德國宗教思想具有革命性意義的又一代表人物。他的貢獻被人稱為是在神學上進行了一場「哥白尼式的革命」。他出生在德國普通的一個牧師家庭，早年受父親影響很深，對宗教的內在性抱有真誠的興趣。但是，在一七八七年，施萊爾馬赫不顧父親的反對，進入了具有濃厚新思想著稱的哈羅學校，在那裡，他閱讀了康德和斯賓諾莎的著作。一七八九年他來到柏林並很快參加了一個由德國浪漫主義領袖人物弗里德里希‧施萊格爾創辦的新文學社團，著名文學理論家赫爾茨看出了他的才華，並鼓勵他進行寫作。一七九九年，三十一歲的施萊爾馬赫就發表了論宗教的處女作《論宗教：對有文化的蔑視宗教者的講演》，並為他獲得了很高的聲譽。這本書的成功導致了他的《獨白》在第二年發表。一八〇四年，他由於感情問題離開了柏林，在哈雷大學當上了一名神學教授，一八〇九年他又被召回柏林，並得到了柏林大學神學教授的職位，此時他開始顯示他作為一個神學家的創造力和組織能力，期間施萊爾馬赫完成了他一生中最輝煌的神學著作《基督教信仰》。他對現代神學的貢獻也主要體現在他的《論宗教：對有文化的蔑視宗教者的講演》和《基督教信仰》這兩部著作中。

　　《論宗教：對有文化的蔑視宗教者的講演》主要從啟蒙思想家所抨擊和摒棄的宗教開始展開論述的。他認為，這些有教養的思想家們所蔑視和摒棄的宗教根本就不是宗教，這種宗教以教會的名義和具體的教義來控制人們的思想和感情，它們只不過是掩蓋宗教真諦的外部的東西，而只有深入到內部，「使整個靈魂都消融在對無限者和永恆者的直接感受之中」，才能真正體會到宗教的存在。而這種宗教感，不是派生出來的，也不是邏輯推理的產物，而是一種對於「在無限者中並依靠無限者」的自我直觀，在自我直觀中，意識到自我的有限性與上帝的無限性存在著內在聯繫，因而產生出一種對上帝的絕對依賴，只有具備真正虔敬的人才有這種真切感受，因此，真正的宗教並非是依靠《聖經》教義來傳授的，而是與每個人的內心感受的方式有關。要獲得真正的宗教，必須「隱入到自身之中」進行不受干擾的沉思，收視返聽，才能培養出真正的宗教感，施萊爾馬赫說：「一個有宗教氣質的人必然是個沉思的人，他的感覺必然不斷地在思索著自身。由於他整個的心身充滿了最深奧最深沉的思想，他同時也放棄了一切外部事物，不論是有形的東西還是理智上的東西……」（《論宗教》，頁132）

　　但是，真正的宗教雖然來源於個人體驗，但它本質上又是社會性的，每一個個人在內心深處體驗到的情感，都企望得到與他人分享。因此，施萊爾馬赫又主張，宗教的培養應該建立在與他人的心靈聯繫之中，但這種聯繫不宜過大，而應該在「較為熟悉的友誼之交往或愛心之交流中」，在這種團體中，他把自己受上帝激發的心靈獻給別人，感染別人，與他們的心靈發生共鳴，並引導他們進入那自在的宗教境界。在這樣的宗教團體中，教士和俗人之間的通常界限消失了，因為每個人都能夠表達對那種宗教感受的某種豐富的體驗，這些體驗具有無窮無盡的獨特性。但由於每個人心靈的指向性是一致的，因而這種獨特性每個人都能夠相互理解與溝通。

　　這與傳統宗教中靠教會和教義傳播的宗教有天壤之別。並且，傳統教會還與國家聯合，並且屈從於國家權威，在與國家政權的合作中謀取利益，這樣，國家把自己的特殊利益帶進了這個精神性的團體，從而污染了教會的純潔。施萊爾馬赫提出的理想教會樣式是，在保持教會專屬其精神性或靈性天職的同時，主張教會的存在應該具有多樣性，因為，宗教在總體上就是人類與上帝發生的關聯，至於這種關聯是用什麼方式達成的，則應該鼓勵多樣化。（但就信仰基督教來說，大多數人還是希望從屬一種現存的形式來領會上帝，只有極少數人不滿足於任何形式。）施萊爾馬赫相信，在每一個新的時代裡，都會出現感受上帝存在的新的中介者，因此，基督教不能要求成為世界上唯一的宗教樣式，而是多種宗教樣式的和平共存。

　　《基督教信仰》是施萊爾馬赫的神學代表作，它主要闡釋的是「基督徒的宗教情感」。施萊爾馬赫認為，宗教感區別於人類其他精神感受之處，就是它有一種對上帝的絕對依賴意識，而能夠將對上帝的意識貫穿在自己的整個生命過程中的典範，莫過於既是傳教士又是上帝之子的耶穌。耶穌在基督教中是完美人性的代表，但與其說他是人們道德上的典範，毋寧說他是所有人必須的那種對上帝依賴感的理想。而人類對上帝的絕對依賴，都要通過耶穌的中介力量，傳達上帝在世界中的存在和上帝通過世界的啟示。這種對上帝絕對依賴感的強調雖然導致黑格爾的刻薄批評，但他對基督教信仰所作出的新闡釋仍然在基督教信仰史上具有重要地位。

　　施萊爾馬赫對德國浪漫主義的意義在於，它創造了一種直接訴諸於人的心靈本身的宗教體驗，這種宗教體驗與浪漫主義追求情感和個性在本質上是一致的。可以說，施萊爾馬赫不僅與德國浪漫主義的創始人施萊格爾兄弟來往密切，給以直接的影響，而且為德國浪漫主義提供了神學上的基礎。

　　利奇爾（Albrecht Ritschl, 1822-1889）是繼施萊爾馬赫之後最重要的自由派神學領袖。他出生在德國柏林一個路德宗傳道師家庭，從

小受到深沉、嚴格的路德宗精神氛圍的影響，大學時他就開始獻身神
學研究。此後利奇爾一直在波恩大學、哥廷根大學擔任教職。一八七
〇至一八七四年之間，他出版了三卷本鉅著《基督教關於稱義與和解
的教義》，正是由於這本專著的出版，使利奇爾在德國神學界產生深
遠的影響。除此以外，他出版的著作還有《神學與形而上學》、《虔敬
主義史》。

　　利奇爾的自由派宗教神學觀是在繼承施萊爾馬赫體驗論的基礎上
發展起來的。利奇爾承認基督教神學是基督徒體驗問題，但他不同意
施萊爾馬赫把基督教信仰定義為對上帝的「絕對依賴感」，這樣會導
致宗教的絕對個人的「基督教意識」。在利奇爾看來，神學的對象不
是人的意識，而是由《聖經》給出的福音之歷史實在性，基督教的教
義不是通過個人體驗領悟的，而是應該參照福音的標準來理解。同
時，利奇爾認為，施萊爾馬赫並未恰當地確定宗教體驗的本質，宗教
並非是一種個人內在心靈的神秘體驗，而是一種對於人在社會實踐過
程中獲得的道德自由的體驗。在這個體驗過程中，人意識到自身既是
自然的創造物，又是精神的存在物，因此，人就有自然的侷限性，但
又有自己設定並爭取達到各種精神目標的能力。在實踐過程中，人就
意識到唯有上帝的力量才能保證人具有以精神生命為目標的世界。因
此，上帝既不是憑直覺認識的，也不是靠思辨認識的，而是人在社會
實踐中作為一種道德需要而設立的。正是由於人有這種超乎自然的存
在，它才作為一種精神的引導力量使人擺脫自己孤立無助的地位，從
而使人獲得超越自然之上的自由。他說：「只有當上帝被視為對信徒
保證了一種超越世間限制的世間的地位時，對上帝的認識才能保證是
宗教的認識。除了這種信仰的價值判斷，絕不存在任何配得上這種內
涵的對上帝的認識。」[4]

---

[4] 轉引自〔美〕利文斯頓著，何光滬等譯：《現代基督教思想》（成都市：四川人民出
　　版社，1999年），頁490。

　　正是出於這種對基督教價值判斷的思考，利奇爾堅持要把神學與科學分開，因此他反對科學抑或宗教去證明上帝存在，因為上帝是不需要任何證明就包含「第一原因」和「終極目的」等觀念，事實上，上帝不可能在其自身中被認識，而只有當他作為人類的終極存在向我們啟示出自身時，他才能被認識。「因此，我們不應當追求一種純理論的、『與旨趣無關的』對上帝的認識，以作為信仰認識的不可缺少的預備。確實，人們都說，我們必須認識上帝和基督的性質，然後才能確定他們對我們的價值。可是路德以其洞察力看出了這種觀點的錯誤所在。真相恰恰相反，我們只在上帝和基督對我們的價值中，才認識到他的性質。因為上帝和信仰是彼此不可分離的兩個概念；然而信仰顯然並不存在於抽象的認識或關於純粹歷史事實的認識中……因為，信仰投身於其上的上帝之『善與力量』，在路德看來僅僅啟示在基督一個人的工作中。」[5]上帝只有在啟示和信仰的相互作用中才能被認識，而信仰是認識上帝的首要條件，只有通過信仰，上帝與我們之間才能達成價值的關聯。

　　但是，利奇爾的信仰也不是純粹個人的體驗，而是與具體的歷史事實為基礎的信仰，這個歷史事實就是把耶穌的傳教和受難等歷史事件作為信仰的基礎和價值判斷的依據。他認為，所有的福音傳說都必須在基督的生平所提供的歷史形象上去尋找評判標準，甚至可以延伸到福音書中那些「超自然」的事件，諸如童貞女生子、各種奇蹟以及耶穌復活等，但是，利奇爾並沒有侷限在對基督歷史的簡單考證上，而是強調在尊重耶穌的歷史事實的同時，側重從信仰的角度認識基督的神性，基督教唯有從歷史的耶穌上升到神性的基督，才能使人類對上帝的信仰發生救贖作用，在利奇爾看來，基督就是上帝通過赦免罪過，重建人與神的交往，建立和解的人類團體來進行救贖的工具和媒

5　轉引自〔美〕利文斯頓著，何光滬等譯：《現代基督教思想》（成都市：四川人民出版社，1999年），頁493。

介。這樣，在人類具體的道德實踐中，「歷史上的耶穌」與「信仰中的基督」就在利奇爾的信仰體系中獲得了統一，而這種統一就是他把稱義與和解不可分割地聯繫在一起。根據利奇爾的理論，稱義簡單地說可以理解為耶穌為了代上帝拯救人類而被釘十字架受難，和解就是人類要從耶穌受難的歷史事件中體驗到上帝救贖人類的愛心，而要實現上帝對人類的救贖，唯有通過教會這種宗教團體傳達的福音才能實現，他認為，不是因為個人體驗到了拯救，採取加入教會。事情恰恰相反，正是有與團體的交流，才能獲得對神的體驗，也才能在恩典中成長，因而利奇爾才有「教會之外無拯救」的說法。

那麼，已被上帝救贖的生命的標誌是什麼呢？那就是他被救贖以後可以體驗到自己擺脫自然束縛，享受到自己作為世界主人的感覺。同時，他還可以體驗到一種「基督徒的自由」，這種自由主要表現在對上帝的平靜的信仰：「在這種信仰中，雖然我們不了解未來，也不完全理解過去，但我們在判斷我們與世界的無常的關係時，所根據的是我們對於上帝之愛的認識，是這種認識賦予我們的、對於每一個上帝之子與世界相比之下的價值的把握，世界是受上帝的指引，是符合上帝的最終目的，即我們的獲救的。」[6]在這種信仰中，所有的基督徒都是為了人類的組織化的「上帝之國」而辛勞。總之，利奇爾的宗教信仰具有道德樂觀主義的成分，他的上帝之國不僅可以使信仰者獲得精神的安寧平靜，而且可以推動整個社會獲得福音和進步。

哈那克（Harnack Adolf von, 1851-1930）是利奇爾的大弟子，他通過自己比較通俗的著述把利奇爾的新教自由主義思想進行了詳盡的闡述，成為「利奇爾主義」的有力推動者。哈那克於一八五一年出生在愛沙尼亞多爾帕特的一個路德派教徒家庭。一八七二年進入萊比錫大學，次年獲得該大學教會史博士學位，留校任教，並先後在吉森大

6　轉引自〔美〕利文斯頓著，何光滬等譯：《現代基督教思想》（成都市：四川人民出版社，1999年），頁507。

學、馬堡大學和柏林大學獲得教授職位。哈那克在學術創造之餘，還
進行過許多社會活動，他在一八七六年創辦了《神學文獻報》雜誌，
擔任過柏林大學的院長，皇家圖書館館長、維廉皇帝基金會主席等
職，一九二一年他還被任命為德國駐美國大使，但他謝絕了這項榮
譽。期間他共計著述一千六百種以上的書籍，代表性的著作有《信條
史》、《基督教的傳教與擴張》和《什麼是基督教》。

　　在《信條史》一書中，哈那克指出，早期基督教思想中存在著一
種希臘化傾向，它是「希臘精神在福音土壤裡的產物」。這種希臘化
傾向雖然背離了原始基督教精神，但在基督教的歷史上是必然的。這
種必然性隨著時代的變遷導致基督教希臘化的條件已經改變，因此繼
續保持這種希臘傾向已完全沒有必要。於是哈那克提出「去希臘化」
觀點，他要求從基督教的信條和信仰中除去層層的希臘哲學的影響，
重新發現他說：純真的耶穌基督的福音，「要麼，福音書被……等同
於其最早的形式，在這種情況下，它應時而來，又隨之而去。要麼，
它包含著某種東西，在不同的歷史形式下，這種東西也有著永恆的效
力。後一種觀點是真實的。教會的歷史向我們表明，從最初起，『原
始基督教』就不得不消失掉，以便讓『基督教』可以保留下來。在以
後的年代中，一個又一個的變形也是以不同的形式出現。」[7]哈那克
所謂的具有永恆效力的東西，就是耶穌基督的福音，這種福音不需要
任何確定的歷史形式，隨著歷史傳統的消亡，必然有新的歷史來取代
它。因此，必須通過歷史的批判才能揭示基督教的真相，保存純真的
基督福音。

　　在《什麼是基督教》一書中，哈那克則承擔了努力說明基督福音
的永恆本質的責任。他認為，基督的福音包含三大主題，「第一，上
帝之國及其來臨。第二，聖父上帝與人類靈魂之無限價值。第三，更

7　轉引自〔美〕利文斯頓著，何光滬等譯：《現代基督教思想》(成都市：四川人民出
　　版社，1999年)，頁513-514。

高的正義與愛之誡命。」[8]關於第一個主題，哈那克承認，傳統基督教有關耶穌的上帝之國的來臨的闡述是含糊不清的，因此必須把基督教有關耶穌關於天國的信息揭示出來，他認為，耶穌關於天國傳教的真正「內核」是：「神聖的上帝在個人內心中的統治；它就是擁有力量的上帝自身。從這個觀點來看，在外部感覺中富有戲劇性的每一件東西都消失不見了。而且，對於未來的所有外在希望也都消失了……這不是一個天使與魔鬼，三級天使與天使長的問題，而是一個上帝與靈魂，靈魂及其上帝的問題。」[9]關於第二和第三個主題，哈那克認為，由於人在上帝面前稱為「我的父」，因此，他就擁有了高於世界上一切創造物的價值，但人的價值最主要的是體現在靈魂得救的問題，他說：「如果一個人獲得了整個世界，同時喪失了自己的靈魂，那麼這時他有什麼益處呢？」[10]因此，人的得救不僅僅是個人價值的提升，而更重要的是奉獻更高的愛和正義，使生命價值體現在為大多數人，尤其是為窮人活著的倡以精神聯合為基礎的社會主義，唯有人人投身於信仰，更高的社會正義和「社會福音」上，由此他反對私有財產，提世界和平才能得到實現。

　　饒申布什（Walter Rauschenbusch, 1861-1918）出生在美國紐約州的羅切斯特，父親是一名羅切斯特神學院的教授。他從小就在德國浸禮宗虔敬的環境中長大，曾就讀於德國和美國的中小學，大學在羅切斯特大學和羅切斯特神學院學習，畢業後在該市的一個貧民窟赫爾斯齊岑擔任牧師，在這裡傳教十一年後，他獲得了崇高的聲譽，成為「美國社會基督教的真正創立者」，後來他擔任羅切斯特神學院的教

8　轉引自〔美〕利文斯頓著，何光滬等譯：《現代基督教思想》（成都市：四川人民出版社，1999年），頁515。

9　轉引自〔美〕利文斯頓著，何光滬等譯：《現代基督教思想》（成都市：四川人民出版社，1999年），頁515。

10　轉引自〔美〕利文斯頓著，何光滬等譯：《現代基督教思想》（成都市：四川人民出版社，1999年），頁516。

會史教授，直到去世。

　　饒申布什的主要著作包括《基督教與社會危機》（1907）、《社會秩序基督化》（1912）和《社會福音神學》（1917），在這些著作中，饒申布什重點強調了上帝救贖的社會性，他認為耶穌傳揚的上帝之國不能理解為個人的精神所有物。「耶穌所說的一切，所做的一切，所希望的一切的目的，永遠是地上人類整個生活的社會性救贖……基督教是一種偉大的社會理想出發地。基督教的活的本質，就是希望看到一種神聖的社會秩序在地上建立起來。」[11]他也同哈那克一樣，認為原始基督教的社會理想有一段長時期的「退隱」，而要重新發現基督教的社會性救贖信息，就是要按照現代社會福音的標準來重寫現代神學，因此，他努力建構一種具有社會福音性質的系統神學，而他的《社會福音神學》就是這種努力的結果。在這部書中，饒申布什首先反對一些自由派神學家企圖廢棄原罪的觀點，他不但認為原罪是存在的，而且認為原罪是通過社會傳統的因素流傳下來的，「一代人腐蝕下一代人。成人們長久的罪過與邪惡，並不是通過遺傳來傳遞，而是通過使之社會化來傳遞的。」[12]而罪惡在本質上是個人主義和自私的，與上帝代表的人類共同之善相衝突，因而原罪阻礙了上帝對人類的統治。因此，饒申布什提出一種「使上帝概念民主化」標準，以實現他倡導的「社會福音」，即上帝的拯救不僅僅體現在個人得救，更重要的是體現在拯救的社會性上，他闡釋說：「如果罪是自私，拯救必須是這樣的一種變化，它使一個人從自身轉向上帝和人類。人的罪行就在於一種自私的態度，在這種態度中，他處於宇宙的中心，上帝和他的人類都是為他的快樂服務、參加他的財富，引發他的自我主義

---

11 轉引自〔美〕利文斯頓，何光滬等譯：《現代基督教思想》（成都市：四川人民出版社，1999年），頁522-523。

12 轉引自〔美〕利文斯頓，何光滬等譯：《現代基督教思想》（成都市：四川人民出版社，1999年），頁524。

的工具。因此，完全的拯救就在於一種愛的態度，在這種態度中，他會從順從上帝精神的愛的衝動中，自由地使自己的生活與人類夥伴們的生活相協調⋯⋯拯救，就是靈魂之自願的社會化。」[13]而且饒申布什還把這種拯救的社會化擴大到諸如國家、經濟結構、教育制度等社會體制上，認為只有把社會的拯救與個人的拯救結合起來，才能實現他的「社會秩序基督教化」的理想。饒申布什所代表的自由派新教理論在某種程度上雖然有烏托邦的性質，但他對於罪的概念和「民主化的上帝」還是符合當時的時代條件的，因而促進了基督教與時代精神的融合。

　　通過以上對西方現代自由派神學的梳理，我們可以看到自由派神學經歷了一個從個人主義向「社會化的上帝」的跨越，這種跨越既是對自由派神學思想的深化，同時也是對西方個人主義思潮的深入理解和補充。從施萊爾馬赫的「宗教是純粹的個人情感體驗」。到饒申布什的「社會秩序基督教化」的理想，實際上都是西方個人主義思潮在宗教領域中不同時代的理解和表述，在不同歷史階段中，自由派神學都深深地影響了浪漫主義（包括新浪漫主義即現代主義）思潮，從而使西方浪漫主義與基督教精神產生千絲萬縷的聯繫。

第二節　德國浪漫主義文學與基督教傳統

　　康德之後的西方思想界便是浪漫主義運動。浪漫主義運動雖然常常被看作是一種反啟蒙運動的文化思潮，但實際上，浪漫主義不僅僅是對啟蒙理性的簡單否定，而是企圖擴大啟蒙理性的內涵，使之返回到一種更為寬廣的歐洲傳統。這個傳統就是統治歐洲人精神生活幾千

---

13 轉引自〔美〕利文斯頓，何光滬等譯：《現代基督教思想》（成都市：四川人民出版社，1999年），頁528-529。

年之久的基督教文化傳統，但是，浪漫主義者回歸的基督教文化傳統，也並非是被啟蒙運動批判得體無完膚的基督教教會，也不是千年不變的基督教教條和各種儀式規範，而是基督教文化中蘊含的人類心靈深處的情感、直覺、審美和神秘，而這些通達無限的元素，雖然不能在基督教教會和宗教教條中體現出來，卻可以通過文學和藝術得到完美的體現。浪漫主義運動在某種程度上可以說就是基督教信仰危機時期所出現的一種替代的信仰形式，但浪漫主義者所信仰的上帝並非是基督教教會所信仰的威嚴、神秘和高高在上的上帝，而是通過審美和直覺通達的上帝，這種上帝實際上就是人類的良心，是人類心靈中存在的最高尺度。

一　德國古典哲學與浪漫主義

　　德國是歐洲浪漫主義運動發生最早的國家，其根源可以上溯到哲學家康德。康德既是德國啟蒙運動的總結者，又是德國浪漫主義運動的倡導者。康德的浪漫哲學雖然高揚人的主體性，強調想像和天才，但由於德國神學傳統的深厚影響，使得他不得不要在道德領域去解決人的精神歸宿問題。康德認為，作為一個理性存在物，在有限的生命歷程中達到至善是不可能的，因而在實踐上假定一個上帝的存在，在道德上是必然的，因此，人們信仰上帝既是人們心靈的需求，而且在道德上也是必然的，人們信仰上帝是道德的必然要求。康德力圖證明，宗教的基本信念需要道德理性的支持，只有這樣，宗教信仰的對象（上帝）才具有實在性。康德正是通過這種對上帝存在的道德論證，把認識上帝的途徑引向道德良知。但是，康德哲學的繼承者費希特雖然繼承了康德的主體性思想，但他卻反對康德把道德與信仰聯繫起來的做法，認為宗教信仰純粹是自我內心體驗的結果，而與實踐理性上的道德沒有關係。費希特扭轉了康德道德神學的偏頗，而把信仰

完全確立在個人內在心情體驗之上，因而開創了浪漫主義精神的先
聲。諾瓦利斯（Novalis, 1772-1801）既是一位詩人，又是一位浪漫派
哲學家。他繼承了費希特哲學中的情感內涵，並進一步延伸至詩歌
中，他認為詩歌與宗教是同一的，因為詩歌描寫的無限普遍性與宗教
的神秘性具有內在的一致性；他還認為，真正的詩人永遠是一個教
士，詩人與教士原為一體，他們都是人類開初時期諸神的奴僕。真正
的詩人無所不知，他是宇宙的聲音，是人類天才的代表，因而他就是
現實世界的縮影。謝林（Friedrich Wilhelm Schelling, 1775-1854）則
從調和主體與客體、精神與自然、思維與存在的矛盾出發，強調精神
與自然的內在相通，認為自然是看得見的精神，精神則是看不見的自
然。通過自然現象的有限性可以通達自然本質的無限性，自然在本質
上是另一種形式的天啟。從而使自然與精神，人與神最終獲得調和與
同一。康德及其後繼者開創的德國浪漫派哲學，為浪漫主義追求個體
無限精神自由提供了堅實的哲學根基。歐洲浪漫主義之所以能夠在創
作中超越現實世界，走向自然和宗教，獲得無限精神的體驗，都與德
國浪漫派哲學有千絲萬縷的聯繫。

二　德國浪漫主義代表人物弗・施萊格爾

　　弗・施萊格爾（Friedrich von Schlegel, 1772-1829）出生於德國的
一個牧師家庭，曾在耶拿大學任教，曾與施萊爾馬赫來往密切，兩人
互相促進、互相勉勵，進行深入的思想交流。後來，施萊爾馬赫還參
與了施萊格爾創辦《雅典娜神殿》的計畫，並為這個刊物工作。他們
以這個刊物為中心，系統地宣揚了浪漫主義的理論。而施萊格爾有關
文學與宗教關係的理論，主要集中在他的《希臘詩歌研究》和《文學
史演講》中。他認為詩歌創作是詩人有限個體表達普遍精神的工作，
因此，詩歌在本質上是追求無限的精神境界。詩便與宗教融為一體。

詩於是成了上帝創造的一部分。施萊格爾進一步指出，藝術是上帝王
國在塵世的可見的顯現，詩歌不外乎是上帝內心永恆聖旨的一種純粹
表達，唯有跟無限性和神靈性相通的東西才可能是美的。由於當代社
會是世俗的、諸神隱退的時代，因此這種神性的藝術應在神話中和古
代宗教中尋找，並據此創造出當代的新神話來。在《文學史演講》中，
施萊格爾從題材角度進一步談到藝術與宗教問題。他認為，神性和神
靈的世界是不會直接向我們顯現的，它必然要借某種可見的物質現象
向我們顯現，而這個可見的物質現象就是自然和人類。浪漫主義詩歌
就是通過對人類、自然等世俗事物的描繪來隱約地暗示神聖的屬靈世
界的。也就是說，浪漫主義者描寫世俗事物並不是他們的目的，而是
他們藉以顯現上帝、讚美上帝的題材，對於這樣的題材，詩人不能予
以過分的關注，否則便會沉湎於世俗主題而喪失了對神聖事物的關注，
從而也就喪失了詩的神聖本質。施萊格爾對詩歌宗教性的強調，對德
國浪漫主義詩歌表現神聖性和無限永恆性方面產生了巨大的影響。

三　德國浪漫主義詩人荷爾德林

　　荷爾德林（Friedrich Holderlin, 1770-1843）是德國早期浪漫主義
的傑出詩人，勃蘭兌斯稱他是「當代最優雅的心靈之一」，德國著名
哲學家德格爾海也盛讚他是「貧困時代的詩人的先驅者，因此之故，
這個時代的任何詩人都超不過荷爾德林」。他不僅深深的影響了他那
個時代人們的靈魂，而且對當今「舊的神祗紛紛離去，新的上帝尚未
露面的時代」仍然產生深遠的影響。

　　像其他德國浪漫派詩人一樣，荷爾德林也具有一顆熱情、無私、
充滿愛情的心靈，他渴望戰鬥，渴望為國捐軀，他的早期作品《許配
里翁》就鮮明地表達了他對祖國的神聖感情，他熱愛祖國的山川，為
大自然的美而陶醉，同時他也深深地愛著他的戀人迪奧瑪，這種純真

情感使他的精神獲得了神聖的昇華，這種神聖情感的產生使她與世俗社會格格不入，他對德國社會的迂腐、庸俗和野蠻無知感到傷心，蔑視德國政治上和宗教上的無賴行徑，嘲笑德國人目光短淺的家庭趣味。許配里翁作為荷爾德林青春靈魂的寫照，表達出他對祖國情感的複雜性。但是，殘酷的現實和庸俗的日常生活卻給荷爾德林關注祖國的熱情予以沉重的打擊，他開始逃避現實，但這種逃避並非是他不關心自己的祖國，而是想通過逃避來保持心靈的純真和熱情，以免遭受「冰冷的日常生活的冷卻」。但荷爾德林生命個體的熱情和德國社會的普遍庸俗終於使他的精神徹底地崩潰，他患上精神疾病，但荷爾德林的精神分裂並非是一種簡單的病理現象，而是他對人性與神性分裂的個體反應，荷爾德林的精神分裂表明他無法忍受自己處於一個平庸、膚淺的世界中。荷爾德林雖然承受了精神分裂的痛苦，但從另一個層面來說，他卻從人的世界進入到神的世界中。因此，如果從理性的角度講，他的精神分裂確實是一種病理現象，但如果從詩性的角度講，荷爾德林的精神分裂成就了他精神的再生，通過它，荷爾德林超越了造成他痛苦生命的現實世界，從而踏上了神性的階梯。

荷爾德林面對的是一個貧困的時代，這個貧困是指精神上的嚴重匱乏，它意味著「舊的諸神和上帝逃遁了，而且神性的光輝也在世界歷史中黯然失色」，整個世界從此陷入了世俗的黑暗中。上帝的死亡，更使世界失去了它賴以確立的基礎，而喪失了基礎的世界也失去了尺度，因而被懸置於無底的深淵中。更有甚者，人們深處於這個世界而不自覺，他們忙碌於塵世的喧囂之中，全然不顧生存的價值和意義。荷爾德林憑著他對世界的關愛，開始把神聖者引向詩歌的寶座，正是在詩的王國中，他不僅再現了神聖者的偉大和尊嚴，而且他也在詩歌中獲得了精神的再生。

荷爾德林在他的詩性王國裡是以一個神聖的祭司的姿態去道說神聖的。他在一篇〈麵包和酒〉的詩中，表達了這樣一份神聖使命：

「啊！朋友！我們來得太遲，／神祗生命猶存，這是真的，／可是他們在天上；在另一個世界／在那裡忙碌永生，那麼專心致志，／對我們的生存似乎漠然置之。／一葉危舟豈能承載諸神，／人們僅能領受神聖的豐裕。／生活就是神祗的夢，只有瘋狂／有所裨益，……像沉睡一樣／去造訪萬能的神祗。／在這之前，我常感到，／與其孤身度步，不如安然沉睡。／何苦如此等待，戛然無語，茫然失措。／在這貧困的時代，詩人有什麼用場，／可是，你卻說，詩人是神聖的酒神祭司，／在神聖的黑夜中，他走遍大地。」[14]表面上看，詩人擔當神聖的使命是被動的，但實際上是詩人預感到自己擔當的個人使命與時代命運聯繫在一起時流露出來的既不安又神聖的複雜感情的體現。荷爾德林對自己所從事的事業的神聖性和艱辛都是充分體驗的，但是他還是從神聖者手裡接過祭司的神聖職位，孤獨而虔誠地述說著神聖者，忠實地履行著一個酒神祭司的神聖職責。

　　人之所以要用神性的尺度來測度自身，就是因為人在其延續和發展中不失去人性，使其在世俗的污染中不至於墜入黑暗的深淵中，當代神學家莫爾特曼說：「人類總是在其與上帝的神性關聯中體驗自己的存在的，他們按照終極價值來確立自己的生命取向……因此，神性是人類在其中體驗、發展和塑造自己的情形。」[15]荷爾德林就是通過詩歌創作的方式，把神性降臨到詩的王國中，並通過詩這種人的創造物實現人與神的溝通和關聯，表達出人們終究會以神性測度自身的信念：「人就無不欣喜／以神性測度自身。／神莫測而不可知？／神如蒼天昭然顯明？／我寧願信奉後者。／神本來是人之尺度，／充滿勞績，然而人詩意地棲居在這片大地上。我要說／星光璀璨的夜之陰影，／

14 選自〔德〕海德格爾，孫周興譯：《荷爾德林詩的闡釋》（北京市：商務印書館，2000年），頁124。

15 〔德〕莫爾特曼著：《創造中的上帝》（北京市：生活・讀書・新知三聯書店，2002年），頁326。

也唯與人的純潔相近。」神性對於荷爾德林來說，其本質就是愛，「愛對於他就是宗教，宗教對於他即是對美的愛」（勃蘭兌斯語）。荷爾德林就是懷著對人類、對大地的摯愛之情，在精神貧困的時代裡執守著神性的尺度。他以類似耶穌基督的那種自我犧牲精神，達到最終喚醒人類純真善良的情感，讓「摯愛永在，／大地恆移，／天穹常駐。」（《追憶》）

　　從上述分析中可以看出，德國浪漫主義文學雖然在創作成就上稍顯遜色，但它在理論創新、哲學思辨以及對宗教神秘主義的探尋等方面都取得了傑出的成就，這些成就也成為德國浪漫主義文學顯著的特色。

第三節　英國浪漫主義文學與基督教傳統

　　就英國浪漫主義詩人而言，他們創作中的宗教回歸傾向也是明顯的，幾乎所有的英國詩人都不同程度地表現了某種宗教衝動。早期的浪漫主義詩人布萊克就非常注重宗教玄義和奧秘的思考，他的《彌爾頓》、《耶路撒冷》和《先知書》等都是他沉思宗教世界的驚心動魄之作；華茲華斯的詩歌浸透了自然主義的宗教精神，他從歌吟自然進入到與上帝的溝通，並在自然的美景中獲得淨化情感的神聖力量；科勒律治是英國浪漫主義詩人中的宗教信仰者和闡釋者，他對宗教的熱情還直接促成了英國天主教的復興。後期年輕詩人雪萊、拜倫和濟慈雖然是專制暴政和教會統治的激烈反叛者，但他們仍然呼喚建立自由的宗教信仰。雪萊在《詩辯》中竭力為基督教義中的詩意辯護，認為《聖經》保留下來的詩歌的斷簡零篇充滿著最生動的詩意，愛是雪萊宗教思想的核心；拜倫的《該隱》批判了舊的上帝和世界，渴望創造一個充滿知識與和諧的新伊甸園，作品洋溢著建立新世界、新宗教的熱情。但是，他們在總體上仍然是在文學領域內沉思和闡釋宗教思想

的，因而他們的宗教是一種想像的宗教，審美的宗教，是他們從本身經驗的精神狀態中創造的一種新宗教，是對宗教的一次個性化再創造和再闡釋。對於英國的浪漫主義詩人而言，他們始終是以一個詩人的身分，而不是以一個傳教士的身分來述說宗教的，正如科勒律治所說的那樣，他們進行的是一種「俗人的布道」。當然，這裡的俗人是相對於傳統的傳教士而言的，而相對於普通人而言，詩人仍然是神聖和永恆真理的傳播者，他們只不過是以一種通俗的方式表現宗教中所蘊涵的神聖的奧秘的，也就是通過詩歌的形式來理解宗教所蘊涵的人性奧秘。本節的目的，就是想通過布萊克、華茲華斯和科勒律治三位比較完整地表述其宗教思想的詩人的論述，來揭示他們各自詩中所表現的內心體驗的新宗教。

一　布萊克的革命「聖經」

　　布萊克（William Blake, 1757-1827）是英國浪漫主義的早期詩人，他長期以來被人忽視，常被稱為「瘋子詩人」，在世時也僅有華茲華斯等少數幾個人所賞識，但是，當「雪萊、濟慈、華茲華斯和科勒律治的聲名依然如舊，拜倫的聲名已不如他在世之時，騷塞已被人遺忘；而布萊克的聲名卻與日俱增。」[16]布萊克之所以被人忽視，主要是因為他詩歌中蘊涵的深奧思想不被人理解。布萊克為自己不被人理解進行過辯護，他說：「有些人聽別人說，他的作品只是些不科學的、亂七八糟的荒誕之作，是瘋子的糊塗亂抹。他要求這些人給我以公正的對待，要求他們先弄清事實，而後下結論。」[17]然而，隨著時

16　〔英〕布萊克撰，張熾恆譯：《布萊克詩集》（上海市：上海三聯書店，1999年），頁1。

17　轉引自《外國文學史話‧西方十九世紀前期卷》（長春市：吉林人民出版社，2000年），頁14-15。

間的流逝和人們對他的詩歌認識得越來越深刻，今天，他詩歌中蘊藏的龐大神話體系和深刻的宗教思想越來越被人理解和闡釋，並成為英國早期浪漫主義的寶貴精神財富。

（一）耶路撒冷的召喚

布萊克出身在倫敦一個貧困的雜貨商家庭，他「從小就富於幻想，神經過敏」，相傳他曾在幻覺中見到上帝和天使；他還見到他弟弟臨終時靈魂冉冉升天的幻景；他自己臨終前面帶笑容，吟唱著他在天國見到的景物。無論這些傳聞意味著什麼，但至少說明他是個超凡脫俗的詩人。布萊克在他的早期詩作《詩的素描》和《天真之歌》中，就以其純潔的心靈描述了人與自然的理想境界，那裡幾乎可以和人類始祖居住的伊甸園相媲美。無論春夏秋冬、黑夜黎明，詩人都以虔誠之心頌揚它們神聖的賜予，請看他的〈黎明之詠〉：

> 神聖的處女啊！你披著最潔白的衣裳，／請打開天國金色的大門，走出來，／喚醒沉睡在天上的曙光；讓光明／從東方的寢宮升起；將甘甜的清露／隨蘇醒的白晝一起，帶給人世。／絢麗的黎明啊，快去迎接和問候那／如同待獵的獵人般被喚醒的太陽，／並邁著你穿厚靴的腳出現在山岡。[18]

詩人描寫黎明時是充滿深情的，他不僅把它當成一種純粹的自然現象來描寫，而且還賦予它以神聖之感，使我們在被它的美景所陶醉時，還獲得一種情感的昇華，彷彿被黎明的聖毯托起，飛向那聖靈居住的樂園。在布萊克的理想世界中，他所歌詠的自然景物不僅神聖優美，人物也都心靈純潔、善良敦厚。在〈黑人小孩〉中，詩人描寫了

---

18 〔英〕布萊克，張熾恆撰：《布萊克詩集》（上海市：上海三聯書店，1999年），頁7。

一個出生在南方荒涼地方的孩子，他雖然長得黑，「可是啊！我的靈魂潔白。」儘管膚色不同，但同樣是上帝所造，只要快樂地倚著上帝的膝蓋，同樣能得到他的愛。在〈掃烟囪的孩子〉中，詩人描寫了一個叫湯姆的小孩，這孩子的母親早死，父親把他賣掉，如此幼小卻整日裡打掃烟囪，累了就在烟灰裡睡。但這孩子雖然命苦，內心卻充滿快樂，他對人世無怨無悔、恪守本分，最終也能得到上帝的愛護，永保歡樂。此外，詩人在〈男童之失〉、〈男童之得〉中塑造了純潔、充滿歡樂的兒童形象，他「迷失在孤寂的沼澤裡，」但這時永在的上帝卻出現在他面前，「像父親，穿著白衣，／／他吻了孩子，攬著他的手，／帶領他去媽媽那裡；」在這裡，上帝象徵著人生道路上的燈塔，他照亮人們前進的方向，因而是人類心靈的嚮導。在〈搖籃曲〉中，詩人乾脆就把兒童看成是「神聖者的形象」：

> 甜蜜的寶貝，在你臉上／我能看到神聖的形象。／甜蜜的寶貝，曾經像你／造你者躺著，為我哭訴。／／為我哭泣，為你，為全體，／那時他還是個小小的幼嬰，／你永遠看見他的形象──／超凡的面容微笑吟吟。／／向你微笑，向我，向全體，／他變成過一個小小的幼嬰，／童稚的微笑是他的真容，／將天國和塵世哄慰入靜。[19]

從這裡可以看出，布萊克的上帝已不是那高高在上的威嚴冷漠的上帝，而是就存在於人間的充滿人性的上帝，他通過嬰兒的形象向人們體現，嬰兒雖然弱小無力，但在他那超凡的面容上卻可以清晰地看到人性的光芒，因而成為人類心靈的永恆嚮導。因此，「兒童乃成年人的父親」（華茲華斯詩）是布萊克在現實生活中體驗到的實實在在

---

19 〔英〕布萊克，張熾恆撰：《布萊克詩集》（上海市：上海三聯書店，1999年），頁45-46。

的人間上帝。

　　然而，布萊克並沒有始終沉浸在他那超凡的夢想中，他在早期詩歌中創造的人類伊甸園式的詩意生活只是他對人性美好一面的嚮往和憧憬，在布萊克的精神世界中，他其實對現世是極為關注的。在〈經驗之歌〉中，詩人從充滿詩意的歌咏中清醒過來，他面對真實的世界，然而他滿眼看到的卻是人類的苦難和憂傷。在〈升天節〉中，詩人已看不到嬰兒那聖潔的微笑，於是，他悲憤地喊道：

> 難道這能算是至善，／在富饒多產的土地上──／嬰兒的境遇悲慘，／被冰冷的放債的手撫養？／／那嘶哭能算是歌聲？／能算是歡樂的歌曲？／那麼多孩子不幸啊，／那是塊貧瘠的土地！──[20]

　　甚至有些小孩還變成了小流浪者，他們躲在冰冷的教堂裡取暖，只有牧師送給他們一些食物和衣服，還有那給人安慰的講道。在〈嬰兒的悲傷〉中，弱小的嬰兒在哭泣自己出身的命運，他沒有辦法，只好「在我爸爸的手中掙扎著，／和我的襁褓拼命反抗著，／又被裹著，又累，我只想／在我媽媽的乳房上解氣。」在著名的〈倫敦〉中，詩人看到了一幅幅悲慘的人間景象：

> 我走過每一條特轄大街，／附近特轄的泰晤士河在流淌，／我遇到的每一張臉上的痕跡，／都表露出虛弱，表露出哀傷。／／在每個人的每一聲呼叫之中，／在每個嬰兒害怕的哭聲裡，／在一聲一響，道道禁令中，／我聽到精神之枷鎖的碰擊：／／掃烟囱的孩子的哭叫多麼／使每一個陰森的教堂懼怕，／還有那不幸的士兵的嘆息／化成了鮮血從宮牆上淌下。／／更不

20　〔英〕布萊克，張熾恆撰：《布萊克詩集》（上海市：上海三聯書店，1999年），頁60。

堪的是在半夜大街上／年輕妓女瘟疫般的詛咒，／它吞噬了新
生嬰兒的哭聲，／把結婚喜塌變成了靈柩。[21]

　　詩人看到了現實的種種悲劇，他為此既感到悲哀，又感到憤慨，
於是，他把心靈的觸角伸向了現實中的政治事件。在〈法國大革命〉
中，他熱烈歡迎革命的到來，認為法國大革命是太平盛世的前奏，是
光明和理性新時代的前奏。在〈美國〉中，他激烈地譴責英國對美國
的殖民統治，並熱烈支持美國的獨立戰爭。然而，面對這一切，他作
為一個詩人顯然無力改變這個事實，他只有從外在的現實世界進入自
己的心靈世界中，為現實的不平和墮落繼續進行戰鬥：

　　　　把我那灼亮的金弓帶給我，／把我那願望的箭矢帶給我，／帶
　　　　給我長矛，招展的雲彩呀！／把我那烈火的戰車帶給我！／／
　　　　我不會停止內心的戰鬥，／我的劍也不會在我手中安眠，／直
　　　　到我們建立起耶路撒冷，／在英格蘭青翠而快樂的地面。[22]

　　詩人之所以呼喚在英格蘭建立耶路撒冷，是因為他更為深刻地看
到了英國混亂不堪的社會現象背後的神性的喪失。我們知道，布萊克
常常把嬰孩作為上帝存在的處所，然而現實的英格蘭卻到處是嬰孩悲
哀的哭泣，這在象徵的意義上表明了英格蘭是處於一個嚴重的無神狀
態，它被墮落的道德、邪惡的欲望所主宰，陷入了人性罪惡的泥潭
中，與詩人早期詩歌中歌詠的人性的至善境界形成鮮明的對照。這種
精神上的無神狀態令人窒息，因而他大聲呼喚：

21　〔英〕布萊克撰，張熾恆譯：《布萊克詩集》（上海市：上海三聯書店，1999年），頁
　　72-73。
22　〔英〕布萊克撰，張熾恆譯：《布萊克詩集》（上海市：上海三聯書店，1999年），頁
　　147-148。

英格蘭！醒來！醒來！醒來！／你的姐妹耶路撒冷在呼喚！／
你為何進入死亡的睡眠，／用古老的城牆把她擋開？／／你的
山谷感受過她的纖足／輕輕地移行在她們的胸上，／你的門見
過可愛的錫安山之路；／接著是歡樂和愛的時光。／／現在，
當那些歡樂時光重現，／我們歡騰，看倫敦的塔群／迎接上帝
的羊羔，來居住／在英格蘭青翠而快樂的園亭。[23]

　　因此，布萊克心靈之戰的理想是在英格蘭的土地上建起聖城耶路
撒冷，以此重新企盼上帝的降臨，使每一個英格蘭人的內心都充滿著
仁慈、和平、憐憫和愛，因為上帝就寓於其中。

（二）天國與地獄的「婚姻」

　　布萊克以他啟示錄式的語調呼喚英格蘭建立耶路撒冷聖城，使神
性能居住在他們的心靈裡。然而，布萊克並不是簡單地繼承傳統的宗
教理念，而是以自己創造的獨特的神話方式重新解釋了這一古老的宗
教寓言。在布萊克的神話系統中，他不承認有一個超越一切的上帝存
在，但仍然存在著一個普遍的人性，它作為一個具有神聖形式的普遍
人性，它自身仍維護著崇高的神性。這種狀態被布萊克詩意化地稱為
「天國與地獄的婚姻」，它意味著上帝必須進行自我否定，從他獨立
存在的天國墜落，降凡人世。而幾千年來被壓在地獄深處的魔鬼撒旦
則上升而為正常的人性。這種對立面的和解與融合就是布萊克天國與
地獄的婚姻神話的精神實質所在。

　　正是在這個意義上，布萊克才堅決反對與人性疏離的基督教及其
殘害人性的教會。《永久的福音》是布萊克宗教批判的戰鬥檄文，他
在詩中以激烈而又坦誠的詩句揭露了基督教的虛偽和違反人性。這主

23　〔英〕布萊克撰，張熾恆譯：《布萊克詩集》（上海市：上海三聯書店，1999年），頁
　　148。

要體現在他對耶穌的抨擊上。在一般人看來，耶穌是一個溫文爾雅、
謙卑、純潔的聖人，他一輩子侍奉上帝，像普羅米修斯一樣為人類的
幸福而獻出了生命。但這個大聖人在布萊克看來卻是一個十足的大騙
子，「耶穌很文雅麼，不然／有什麼文雅的表現？／十二歲他就離家
出走，／使他的父母大為驚詫。／悲傷了三日，才將他找到，／他嗓
門高過西奈的號角：我不承認塵世的父母──／為了我的天父的事
務！」[24]「耶穌很謙卑麼，不然／有謙卑的證明可驗？／他謙卑地誇
獎了崇高的事／還是仁慈地給人以石？」他心高氣傲，語中含威，與
其說謙卑，不如說傲慢；耶穌是很純潔的聖女所生？也不盡然，他同
樣是由受到誘惑的肉體而生，只不過他是由教會所神化，由凡人變成
了聖人。然而，詩人還更深入一層，指出這個不承認塵世父母而專事
天父的人的實質，就是「藐視塵世的神祇和父母，／嘲笑這個和那個
的王笏；／他所帶出的七十個門徒／個個反對宗教和政府──／他們
倒在專政之劍下，／都說殘酷的謀殺者就是他。／他丟棄父業出去遊
歷，／漂泊不定，無家可依，／就這樣他高高在上地度日，／靠竊取
他人的勞動果實。」耶穌很高潔麼？如果是這樣，為什麼他在這個被
捉奸的女人面前「呼吸聲怎麼這麼大！」詩人力數耶穌的種種虛偽的
表現，他就像一個洞察一切的神箭手，每一箭都擊中耶穌的要害，從
而把耶穌的虛偽假象揭露得淋漓盡致，入木三分！

　　布萊克之所以如此激憤地揭露耶穌的真實面目，主要是因為他以
詩人的視野審視了基督教世界在本質上的偏頗。在布萊克看來，基督
教已經把神聖性推向了人性的極端，它已經脫離了人性的真實內涵，
變成了一個外在的、冷漠的、孤獨的抽象存在。於是，布萊克用一種
看透本質的語調說：「別寫了，上帝之手啊，停停！／你看到的天國

---

24 〔英〕布萊克撰，張熾恆譯：《布萊克詩集》（上海市：上海三聯書店，1999年），頁
　 224。

並不潔淨。／你是善的，也是孤獨的；」[25]而對於耶穌，詩人則以更為肯定的語氣說：「看著這假救世主，我義憤填膺，／讓各民族都聽聽我的聲音吧。／那些是什麼？／／無論對英國人還是對猶太人／這個耶穌都會毫無用處。」這是布萊克對耶穌最為直接的評價，它表現出布萊克對基督教傳統的極不信任的態度，也是布萊克的聖經具有革命性的具體體現。

在布萊克的思想體系中，他對啟蒙運動中的理性主義也表示了不滿。在他的神話體系中，理性被稱為彌賽亞，由於啟蒙主義者過分強調理性的作用和權威，使它逐漸侵占了人類情感的地盤，成為了壓抑欲望、殘害人性的工具。在〈嘲笑吧，嘲笑吧，伏爾泰、盧梭〉和〈你不信〉等詩中，布萊克就對理性的狹隘性進行了嘲諷，而在〈天國與地獄的婚姻〉中，詩人則堅信理性會被撒旦所戰勝，理性所主宰的世界將被推翻，新的天國就要來臨。

同樣，布萊克的地獄聖經還表現在他對魔鬼和地獄的熱烈歌頌中。布萊克的地獄，不像通常基督教教義所宣揚的那樣可怕，也不是罪人的居所。在布萊克的詩歌神話中，他的地獄是擺脫了上帝的神聖壓迫後的人性的居住地，是自由和生命的象徵。他以彌爾頓來隱喻自己的態度，「彌爾頓以鐐銬來描寫天使和上帝，而以自由來描寫魔鬼和地獄。這是因為他是個真正的詩人，他不自覺地站在了魔鬼的一邊。」[26]在〈天國與地獄的婚姻〉中，他列舉了七十條「地獄的箴言」，請看其中的幾條：「三、超脫之路通往智慧之境。二十三、山羊的淫欲是上帝的慷慨。二十五、女人的裸體是上帝的傑作。五十三、有著美妙的歡樂的靈魂絕不會被玷污。六十四、生機勃勃就是美。

---

25 〔英〕布萊克撰，張熾恆譯：《布萊克詩集》（上海市：上海三聯書店，1999年），頁223。

26 〔英〕布萊克撰，張熾恆譯：《布萊克詩集》（上海市：上海三聯書店，1999年），頁188。

（《布萊克詩集》[27]）」，這些箴言體現了一種世俗的「力之舞」，它追求的是一種世俗的旨趣，與天國的抽象教條形成鮮明的對比。同時，布萊克作為詩人，他也把魔鬼當成讚美的對象。雖然地獄魔王撒旦被上帝判處永恆的刑罰，但撒旦那種敢於反抗絕對權威的英雄氣概卻被人們經久不衰地稱頌。看看魔王的聲音：一、人有兩個真正的生活本原，即：一個肉體和一個靈魂。二、力，叫作惡，僅來自肉體；而理性，叫作善，僅來自靈魂。三、上帝要折磨人，因為人追隨他的力。[28]這些言論充滿著一種反叛的激情和反叛的真理，這種真理被布萊克稱為「地獄的聖經」，它是布萊克辯證思維的結晶。在他的思想中，既然存在著天國的、頌揚上帝的聖經，也同樣存在著地獄的、頌揚撒旦的聖經，而且當上帝越來越脫離人性，變得越來越抽象時，撒旦的價值卻顯現出來了，用布萊克的話說，就是「魔王的價值在於：彌賽亞倒下去了，用他從地獄偷來的東西構造了一個天國。」[29]撒旦雖與上帝代表的至善處於永恆的對立面，但他卻以其自身的存在和力量顯示了他的價值，那就是以來自肉體的力為生命的唯一價值，它是一種永恆的歡樂，這種歡樂是感性的、肉體的快樂，充滿著無窮的生命與活力。而這一切都是那以「赤足裸身三年」、「食糞」和「長時間側身躺著」來攫取人類靈魂的冷漠的上帝所不能給予的。

　　當然，布萊克頌揚撒旦的「力之舞」、「生命的放縱」，並不是要否定上帝存在的價值，相反，布萊克是真正要把上帝的價值顯現出來才把撒旦拿來進行頌揚的。但是，被撒旦融合了的上帝卻不是那高高在上的冷漠無情的上帝，而是飽含著人性光輝的上帝，他深深地植根

27　〔英〕布萊克撰，張熾恆譯：《布萊克詩集》（上海市：上海三聯書店，1999年），頁188-191。

28　〔英〕布萊克撰，張熾恆譯：《布萊克詩集》（上海市：上海三聯書店，1999年），頁186-187。

29　〔英〕布萊克撰，張熾恆譯：《布萊克詩集》（上海市：上海三聯書店，1999年），頁187。

在人的內心情感中。而這時的撒旦也不完全是那沉湎於肉體快樂的至惡之撒旦，而是一個具有神性稟賦的普遍人性的象徵。這種交感和融合正是布萊克所宣揚的「天國與地獄的婚姻」，它們的結合就是產生新天國，在這個新天國中，主宰著這個精神世界的主人既不是傳統意義上的上帝，也不是傳統意義上的撒旦，而「是艾登在統治，是那回到伊甸園的亞當」。這裡特別要強調的是，這裡的亞當不是原來上帝創造的那個亞當，而是從人間重新回到伊甸園的亞當，他是布萊克詩歌神話中的新人類，他既是現實生活中的人，又超越於現實生活之上，因為他自身還維持著神性，正是這種新人類的出現，才標誌著永恆地獄復興後的新歷史的真正開端。

（三）讓亞當來統治世界

　　謝林曾經說過，每一個具有創造性的人都必須為他自己創造神話。對於布萊克來說，他是非常清醒地意識到這一點的，在他豐富複雜的神話系統中，他的神話的基本原型是基督教的《舊約》和《新約》，但他並沒有直接繼承它們中的神話體系，而是以他自己的方式改變著這些神話的具體細節，但是，布萊克對基督教神話的創造性改造並沒有使神話本身發生變異，它與古老的神話還存在著一定的關聯，實質上它就是古老神話的一次延續和一次再生。

　　在布萊克的神話系統中，最值得我們關注就是他對《聖經》中人類始祖亞當故事的改造。在《聖經》中，亞當是上帝創造的第一個人，因而他理所當然成為人類的始祖。值得永恆的天罰使人類承受了幾千年的罪過，使亞當的子孫在綿綿無期的懺悔中度日。值得注意的是，人類始祖亞當本是沒有性別的，自身就是一個完整的整體。但在《聖經》中，當上帝在亞當的身體中取出一根肋骨，為他製造了一個女人夏娃後，亞當的墮落也就開始了。因而在《聖經》的理念中，人類分裂為男女是一種墮落，是一種永恆的原罪，但在布萊克的神話體

系中，他卻創造性地篡改了《聖經》的原意，他認為，亞當的墮落並
不是人類的一次罪過，相反，它是一種人類的福音，「是人類的一種
真正的自我覺醒，是人類趨向完美過程中的一次有價值的衝動，是一
種真正意義上的為了他自己的願望和目的的衝動。」[30]亞當的墮落固
然違反了上帝的意志，被上帝趕出了伊甸園，從而失去了人類原有的
恩寵和幸福，但亞當的行為卻體現了人類自身的意志和願望，他為我
們人類自身的有價值的存在做出了一次勇敢的選擇。正是有了亞當心
靈的欲望和衝動，才能為後世種下「生命與美的果實」，使人能以一
個獨立的個體屹立在塵世的土地上，使人類成為一個自身完整的、有
自主性和創造力的人類。

　　但是，不可否認的是，亞當的墮落同樣也是一次冒險，因為在伊
甸園中，原始狀態的亞當是兩性不分的，他與整個宇宙和諧相處，儘
管他沒有自由意志，承受上帝的絕對統治，但他無憂無慮，生活安寧
而祥和。自從亞當違背上帝意志以後，人類就被趕出了伊甸園，而作
為不完整的部分被分裂成孤獨的個體，從此人類也就變成了一個沒有
根基的無家可歸的人。在布萊克的神話世界中，人類的這種本體上的
分裂被劃分成四種偉大的存在形式，即四天神：尤利森、羅斯、泰然
斯和由索那，它們分別代表理性、感情、感官和心靈，它們貫穿在無
窮無盡的整個歷史循環中，其中每一部分都想要取得支配地位，致使
人類精神世界相互衝突，永無安寧。因此，人類的墮落雖然獲得了自
身欲望的滿足，人生價值的肯定，但是，人類卻由此失去了精神的家
園，陷入無休止的精神衝突中。實際上，如果人類不能得到精神上的
拯救，向著其自身整體的回歸和復活，那人類的生命價值仍然是不完
整的。布萊克也說：「離開對立面就沒有進步。吸引和排斥，理性和

30　M. H. Abrams, *natural supernaturalism,* (New York: Norton, 1971), p.258.

力，愛和恨，對人的生存都是必須的。」[31]只有在人類生命的旅程中
形成對立面，才能推動人自身和社會的進步，但是，這種對立並不是
永恆的矛盾和衝突，而是對立面之間的循環和統一，最終是向原初整
體的復歸。在〈四天神〉（〈The Four Zoas〉）中，詩人寫道：「四天神
存在於每一個人心中，它本身就是一個完美的整體，但是只有在具有
普遍性的亞當身上才能存在。他的光輝照耀地上的每一個人，給予他
們每天每夜的歡樂。羅斯、尤索那等都是天神的名字，這些不朽的星
座，日夜照耀著空曠的宇宙，日夜交替地流布著歡樂⋯⋯它們是亞當
在塵世中具體精神的體現，它們墮落、分裂到塵世之中，但必將復活
為原初的整體。」在布萊克的神話中，他雖然企望著四天神在相互的
鬥爭中向整體回歸，但這種回歸並不是一種既定的「命運之圈」，不
是人類擺脫不掉的命運循環，而是在吸收塵世生命活力的基礎上組成
的新整體。亞當雖然墮落了，但墮落得富有生機和活力，因此，亞當
的墮落是人類的一種進步；同樣，他又要重新回到伊甸園那裡去，這
也不是人類軟弱的表現，要乞求神靈的保護。亞當重新回到伊甸園，
是在新的起點上的一次跨越，是對自己的塵世生活的神聖性的一次莊
嚴肯定。布萊克就是這樣，以詩人的獨特視角和辯證思維對基督教的
神話進行了重新闡釋，但無論他如何篡改了聖經原意，他始終沒有忘
記人是世界的中心這一本質觀念。在他的神話中，他把人闡釋成為一
個有思想，有自我意識的新人類，而「所有的神其實都居住於人的胸
中」。這種既具有自我覺醒意識，又蘊涵神聖性的新人類，就是布萊
克的耶路撒冷聖城中理想的常住居民。亞當則是這個充滿神性和人性
世界的最高統治者。

　　作為布萊克的學術傳記作家的布洛諾夫斯基說：「是什麼東西使
布萊克的神秘主義變得如此珍奇，這是一清二楚的。在這些超凡的思

---

31 〔英〕布萊克撰，張熾恆譯：《布萊克詩集》（上海市：上海三聯書店，1999年），頁
　　186。

想家中，唯有布萊克把它建立在對現實作艱苦理解的基礎上。」[32]因此，布萊克的神秘主義其實並不神秘，他的心理狀態與他的社會觀點是一致的，他像其同時代人一樣，對他的時代現狀表示不滿，但他並沒有用粗俗的方式，而是以一種高尚的、甚至是某種宗教的語言表達了他的思想和願望，成為那個時代特有的世俗布道者。

二　華茲華斯的宗教情感

在英國浪漫主義詩人中，華茲華斯常常被稱為真正的自然詩人，是英國的「詩壇風景畫家」。確實，自然景物是華茲華斯眼中一道永遠具有藝術魅力的風景線，也是詩人情感的源泉。但是，如果深入他詩歌中描寫自然的深層意蘊，就會發現他對自然的歌詠已不僅僅是簡單的對自然的依戀，而是蘊含著對超自然事物的體驗和敬仰，而這種對超自然事物的情感就是一種宗教情感，是華茲華斯詩歌中更為本質的精神內涵。在現代西方的詩人中，就從來沒有一個詩人真正在自然中駐足過，他們對自然的熱愛，只不過是被它所呈現的自然狀態所吸引，而當他們從自然中獲得安慰和心靈的淨化後，他們就會從中超越出來，去認識自然中更為本質的東西。因為對於大多數西方人來說，人只有超越了自然本性，才能成為真正的人。也許黑格爾的一段話更能反映現代西方人的這種思想狀況，他說：「人只是一個有生命的東西，這東西誠然具有成為現實的精神的可能性，但是精神並不是屬於自然的。因此人的自然本性並不是神的精神生活和居住的地方。人並不是由於自然本性就是他應有的那樣。動物由於自然本性便是它應有的那樣；而這正是它的不幸，它不能向前走。因此人從自然本性就是惡的，他不應該是自然的。人所做的一切惡事都是出於他的自然衝

---

32 〔英〕魯賓斯坦著，陳安全等譯：《英國文學的偉大傳統》（上海市：上海譯文出版社，1998年），中冊，頁49。

動。精神首先在於對直接性的否定。……人也由於超出自然的東西才成為精神的，才達到真理。」[33]華茲華斯的思想狀況也是如此。對華茲華斯來說，他對自然的情感只是他的宗教情感引發的契機，唯有宗教情感才是他精神世界中最根深蒂固的東西。但是，華茲華斯的宗教並不是以脫離自然狀態為代價而取得的，也不是那種抽象、教條的傳統宗教，而是在與自然的情感交流中體驗的宗教。因此，華茲華斯的自然世界是一個有上帝蒞臨的世界，而上帝也體現在自然的各種具體事物中。正是華茲華斯在與自然和上帝的相互交感中，完成了他精神世界中由尋找自然奧秘（上帝）到回歸精神家園的神聖之旅。

（一）華茲華斯的宗教情懷

有些批評家認為華茲華斯是一個實際和精神上的隱士，他隱居湖區是對現實的逃避。但是，從華茲華斯的生活和創作實踐來看，這個觀點就顯得過於簡單和偏頗。實際上，他始終關注著現實、關注著國家政治生活的變化。他在年過五十時的一次自我表白中仍然拒絕承認其政治態度的變化，認為他放棄法國大革命的理想是由於法國的統治者們「放棄了爭取自由的鬥爭」。他後來雖然歸隱湖區，但他並不是迴避政治鬥爭，而是想通過這種方式努力進行一場歐洲內心世界的審美革命。華茲華斯在經過法國大革命的痛苦教訓後，他深刻地認識到，創造新世界並不一定要通過政治革命和暴力的方式來實現社會烏托邦計畫，在個人的內心意識中，在人類的精神領域中，還有一個更為廣闊的烏托邦需要人們去奮鬥、去實現。正是出於對這種人類世俗天堂的渴望，使他自覺地承擔起了時代的使命。

在華茲華斯的許多詩歌作品中，他曾流露過承擔這個使命的神聖感覺。在〈家在格拉斯謨〉中，華茲華斯宣稱，他發現自己的命運是

---

33 〔德〕黑格爾著，賀麟等譯：《哲學史講演錄》（北京市：商務印書館，1981年），卷3，頁263-264。

注定要為他的時代做一個「詩人先知」（a poet-prophet），「神聖的事物要我宣揚，／不朽的時代就要來臨。」因此，他要告別早年他作為一個革命戰士的角色，而以一個遠離人世的寧靜、孤獨的隱士身分來宣傳他所發現的真理。在〈序曲〉中，詩人更為直接地表達了他要做一個耶穌式先知的願望：「我是一個被選的兒子，／迄今我已擁有神聖的力量／和才能，無論在工作還是在感覺：／我都在理解所有的感情／無論何時，何地，任何季節，都給我留下／外在宇宙的各種印象，／就像憑著我精神的力量在改變……。」這是華茲華斯想做耶穌式先知的明確表達。然而，與其說他要做一個耶穌式的先知，倒不如說他與彌爾頓的關係更為密切一些，而且華茲華斯就一直以彌爾頓為他的精神導師的。在〈失樂園〉等作品中，彌爾頓表達了人類要復歸樂園的願望和堅強意志，他認為人類雖然違背了上帝的意志而失去了上帝的庇護，但人類卻可以通過自身的智慧和力量重返樂園。華茲華斯在繼承彌爾頓的基本理念的同時，他更為清晰地把樂園從天堂具體設計在綠色的大自然中。華茲華斯既不需要基督教的天堂，也不需要把天堂放在想像的世界中，他所要的是與純真、實在的大自然實現神聖的交流，只要人與自然和諧相處，實現真正的溝通，那麼上帝就一定能降臨人間，天堂一定就是我們的。

　　華茲華斯在他的現實生活中也顯示了濃厚的宗教氣質，詩人在〈序曲〉中，以回溯的方式回憶了自己在青少年時期與自然的親密接觸。那時，「我常離開這沸反盈天的喧囂，／來到偏僻的角落；或獨娛自樂，／悄然旁足，不顧旁人的興致，／去縱步直穿一孤星映姿的湖面，／見它在面前遁去，遁逃時將寒光／灑在如鏡的冰池。」[34]而他對自然的感覺是多麼的細膩：「當（冰層）／向水中塌陷時，它向原野和山丘／發出持續的尖嚎，就像波西尼亞／海邊的野狼，成群結

---

34 〔英〕華茲華斯撰，丁宏為譯：《序曲》（上海市：上海譯文出版社，1999年），頁452-478。

隊地嗥叫。」[35]當他上大學時，他也不習慣那裡的學習氣氛，尤其是那種「在天平上稱量活人」的課程考試。於是，他又「常常離開／夥伴們，離開人群、樓宇和樹林，／沿著田野行走，那一片片平緩的／田野，上面有碧藍的蒼穹，高罩住／我的頭頂。」[36]可以說，華茲華斯在青少年時期與自然的關係是親密無間的，他向自然的親近幾乎變得像中國山水詩人那樣與自然實現完全的合一了。如果不是法國大革命給他心靈予以的強烈震撼，他也許真的會變成一個隱士。法國大革命給他造成的心靈創傷使他經歷了一次煉獄般的洗禮，從而使他的宗教觀進行了一次實質性的大跨越，並且在精神上最終走向成熟。而這時的華茲華斯又一次與自然發生交感，但這次與自然的親密關係和他青少年時期探尋自然的奧秘有實質的不同，如果說他青少年時期是一次向著遙遠的目標探索自然奧秘的話，那麼，成熟時期的他再一次與自然的親密接觸則就是這種精神旅程的回家之路。在〈家在格拉斯謨〉中，詩人清晰地顯示出要回歸的地方是他的精神家園：「這個完美的地方，使他忍不住心搖神蕩。」他感覺到「這裡／就是他的神聖的家，這個山谷就是他的世界。」這樣，華茲華斯關於世俗天堂的想像就有了一個實體，格拉斯謨就是他發現的世俗天堂，這個世俗天堂既可以看作是他現實的家，同時又是他精神上的家園。是詩人在青少年時期探尋自然的奧秘後的一次神聖的歸家之旅。於是，他那神聖的精神旅程終於結束了，人類關於幸福的古老夢想已經從天堂轉向了人間，轉向了對人類的由衷熱愛。

從某種程度上說，在華茲華斯所構想的世俗天堂中，他與其妹妹多蘿西·華茲華斯的關係就是他心靈樂園中的亞當和夏娃。由於父母

---

35 〔英〕華茲華斯撰，丁宏為譯：《序曲》（上海市：上海譯文出版社，1999年），行534-570。

36 〔英〕華茲華斯撰，丁宏為譯：《序曲》（上海市：上海譯文出版社，1999年），行95-100。

早亡，他們被迫寄居在別人家裡，這使得華茲華斯與其妹妹從小就相
依為命，互相愛戀。多蘿西在一封信裡寫道：「整整一個星期我在盼
望我的兄弟的到來，他們放假後一直待在學校裡，因為伯父很壞，不
派車去接人……這是我忍受屈辱的開始，因為我總覺得如果他們有家
可回，別人對他們的態度就會大不一樣，他們會受到無比熱情的接
待。的確，除了我以外，再沒有人表示希望同他們團聚。」不久，她
又寫道：「……昨天早晨，我同最好心、最親密的兄弟們分手，我無
法向你們描述他們離開時我的心情是多麼的難過……」[37]這裡的兄弟
一般是指威廉‧華茲華斯。而華茲華斯對其妹妹的感情也是深厚的，
但這種感情並不僅僅是世俗的兄妹情感，更多的是昇華為一種神聖的
宗教情感。在〈廷騰寺〉中，詩人這樣寫道：

> 有你（多蘿西）陪著我，最親最愛的親人！／哦，親愛的親
> 人，從你的聲音裡，／我又聽到了往日心靈的語言；／從你灼
> 灼的眼神中，我又看到了／往日的樂趣。讓我再看你一會兒，
> ／親愛的妹妹，讓我從你的形影裡／重尋我往日的音容笑貌！
> 這是我／誠摯的祈求，我也誠摯地相信：／自然絕不會虧負愛
> 她的心靈；／她有獨具的權能，總是不倦地／引導我們，在悠
> 悠一生歲月裡，／從歡樂走向歡樂。她能夠激發／我們內在的
> 靈智，讓安恬與美／沁入我們的心脾，用崇高的信念／把我們
> 哺育滋養；……[38]

華茲華斯把他的妹妹當成了神聖的女性，但她同時又是自己真正

---

37 〔英〕魯賓斯坦著，陳安全等譯：《英國文學的偉大傳統》（上海市：上海譯文出版
　社，1998年），中冊，頁52-53。
38 楊德豫譯：《華茲華斯、柯爾律治詩選》（北京市：人民文學出版社，2001年），頁
　132。

的妹妹，她的音容笑貌能喚起詩人早年的美好體驗，這種體驗正是人類被上帝庇護時的伊甸園的和諧生活狀態，他與她妹妹的親密關係在詩人的精神世界中即是他們重回伊甸園的現實體現。通過在現實世界與神聖世界的相互交感，華茲華斯在他的精神之旅中成功地找回了他曾經失去的完整。

（二）在精神與自然的交融中體驗上帝存在

精神與自然的關係問題是西方精神史中的重要問題，任何時代都對這個問題有所反映，但是，不同時代人們對這個問題的看法有著截然不同的答案。在古希臘時期，古希臘人與自然是一體的，他們並沒有把人生與自然完全分開，對自然的反映即是對人自身的反映。例如，赫西俄德的〈神譜〉既歌頌了眾神的誕生，同時也是對自然本身的歌頌，混沌之神開俄斯即是宇宙之神，地母該亞是大地之神，烏拉諾斯是蒼穹之神，這些神靈是人類智慧之初對自然的一種人格化表達。在赫氏的另一著作〈勞動與時間〉中，也體現出人類生活與自然融為一體的基本理念，他強調人類的耕作、航海、生意、婚配等事項都必須合乎時令、合乎自然。因此，古希臘人對待自然的基本觀念是人與自然的合一，自然顯示了人的存在，人也作為自然的一部分成為自然的顯示，這樣，人的行為就成了自然歷史的有機組成部分。

隨著人類對自身智慧的過分自信，人類就越來越與自然相疏遠。在中世紀，唯有上帝是最真實的存在，是他首先存在，才通過他創造了自然萬物，這樣，自然就成了非本質的派生物。由於人們還受到基督教大洪水神話的影響，自然在人們的觀念中還成了人類的「羞恥和病」，是大洪水過後出現的破壞了上帝所安排的對稱、節制與規律的東西。這一觀念對西方人產生如此大的影響，以至一直到西方現代社會初期，人們都把自然看成是醜惡的東西。這是英國詩人喬叟對自然的看法：「永生的上帝，你以自然規律掌治萬物，人們說，你從不白

創造一件東西，但是，上帝，這些猙獰的黑岩，看來似乎在你的全美全智的創造物中，竟是一種醜惡的現象——為什麼你會造出如此不合理的東西來？這些東西並不能產生任何人類和鳥獸……它沒有絲毫用處，徒然令人生厭。你看見嗎？上帝，它是毀滅人類的東西啊！」[39]這種觀念到了十七世紀仍然流行，「那裡的自然只受著污辱，土地如此的畸形，旅行者應該說，這些是自然的羞恥，像疣腫，像瘤，這些山……」[40]莎士比亞在其名著〈哈姆萊特〉中也高唱人是「萬物的主宰，宇宙的靈長！」這種上帝理念的絕對化導致了人在宇宙中地位的急劇膨脹，最終導致了人與自然觀念的嚴重脫離，使西方社會陷入了嚴重的精神危機。

　　盧梭是西方現代社會第一個意識到人與自然關係嚴重脫節的偉大思想家，他強烈地批判了現代社會只注重科學和理性，卻忽視了人類最基本的人性的嚴重錯誤，從而導致了人類德性的墮落。盧梭強調，「隨著科學和藝術的光芒在我們地平線上升起，德性也就消失了。」[41]「人類是邪惡的，假如他們竟然不幸天生還有知識的話，那麼他們就更壞了。」[42]他反對科學、反對智慧，主張回到淳樸自然的社會狀態中去。但是，盧梭對人類自然狀態的真誠嚮往，並不是號召人們放棄文明社會，重新回到自然狀態中去，而是要人們在文明社會裡始終關注並重視人類自然狀態中簡樸、單純、孤獨的生活方式。這一點，德國哲學家康德看得非常清楚，他說：「完全沒有理由把盧梭對那些膽敢放棄自然狀態的人的申斥，看作是一種對返回森林之原始狀態的讚許，他的著作……其實沒有提出人們應該返回自然狀態，而只認為人

39　〔英〕方重譯：《喬叟文集》（上海市：上海譯文出版社，1980年），上卷，頁506。
40　摘自葉維廉：《尋求跨中西文化的共同文學規律》（北京市：北京大學出版社，1987年），頁111。
41　李瑜青編：《盧梭哲理美文集》（合肥市：安徽文藝出版社，1997年），頁164。
42　李瑜青編：《盧梭哲理美文集》（合肥市：安徽文藝出版社，1997年），頁172。

們應該從他們目前所達到的水準去回顧它。」[43]康德進一步指出，盧梭對自然的情感只是他的宗教情感引發的契機，而絕非其來源，宗教情感始終是盧梭精神世界中根深蒂固的東西。正是出於對宗教的虔誠，盧梭從聖潔的大自然中發現了上帝的存在：「這個有思維和能力的存在，這個能自行活動的存在，這個推動宇宙和萬物的存在，不管它是誰，我都稱它為上帝。」[44]上帝無處不在，世界萬物都是由他所創造，他也蘊涵在世界萬物之中。這種萬物有靈論的泛神論觀點是西方上帝觀念的一次質的變化，是盧梭在上帝被推下神壇後為失去信仰的西方人尋找的一塊精神棲息地。

華茲華斯就是在這樣的一種精神背景下去尋求精神與自然的交融的。他可以說是盧梭在英國文壇的真正傳人，但是，華茲華斯在與自然相溝通的深度和廣度上都要比盧梭前進一步。在華茲華斯的詩歌中，他的自然山水並不是單純的物質對象，而是「人與自然的同化」。布雷德斯在談到華茲華斯的詩歌時就指出，他的詩「的興趣中心是內心的，是有關思想、情感、意志的興趣，而不是對景物、事件和行動的興趣。」[45]我國學者王佐良對華茲華斯詩歌的泛神論有較深的感受，他認為，華茲華斯的詩歌已不屬一般的山水詩範圍，「其主旨似乎是，自然界最平凡最卑微的事物都有靈魂，而且它們是同整個宇宙的大靈魂合而為一的。就詩人自己來說，同自然的接觸，不僅能使他從人世的創傷中恢復過來，使他純潔、恬靜，使他逐漸看清事物的內在生命，而且使他成為一個更善良、更富於同情心的人。」[46]王佐良的這一論述使我們清楚的看到，華茲華斯把自然中的一切存在包

---

43 李秋零編：《康德全集》（北京市：中國人民大學出版社，2010年），卷8，頁221。

44 〔法〕盧梭著，李平漚譯：《愛彌兒》（北京市：商務印書館，1999年），下冊，頁394-395。

45 〔英〕布雷德斯：《關於詩歌的牛津演講》（倫敦：1926年），頁183。

46 王佐良：《英國文學論集》（北京市：外國文學出版社，1980年），頁79。

括最平凡、最卑微的事物都看成是有靈魂的，而且它們的靈魂與整個
宇宙的大靈魂融為一體。自然被詩人賦予了神性的光暈而不再是客觀
的自然，詩人通過詩來表達內心對自然的虔敬，描繪他直觀與頓悟到
的神性自然。華茲華斯在其著名詩篇〈廷騰寺〉中，詩人描繪了自己
是如何「聽憑自然來引導」，去追尋那主宰著他全部身心的自然美
景，但是，此時此刻，詩人

> 對自然，／我已學會了如何觀察，不再像／粗心的少年那樣；
> 我也聽慣了／這低沉而又悲愴的人生樂曲，／不粗屬，也不刺
> 耳，卻渾厚深沉，／能淨化、馴化我們的心性。我感到／彷彿
> 有靈物，以崇高肅穆的歡欣／把我驚動；我還莊嚴地感到／彷
> 彿有某種流貫深遠的素質，／寓於落日的光輝，渾圓的碧海，
> ／藍天，大氣，也寓於人類的心靈，／彷彿是一種動力，一種
> 精神，／在宇宙萬物中運行不息，推動著／一切思維的主體、
> 思維的對象／和諧地運轉。」[47]

　　在〈自然景物的影響〉中，詩人將大自然的神性與宇宙大靈魂融
合在一起，並稱他為「宇宙精神」：「無所不在的宇宙精神和智慧，／
你是博大的靈魂、永生的思想！／是你讓千形萬象有了生命，／是你
讓他們生生不息地運轉！」華茲華斯對這種在自然中體現的宇宙精神
是懷著無比虔敬的，他甚至把它與基督教的上帝相提並論。然而，華
茲華斯的上帝畢竟與基督教的上帝有本質的差異，華茲華斯是基於泛
神論的立場來理解上帝的，因而，他的上帝並不是基督教那種遠離人
世的、冷漠、抽象的彼岸世界的上帝，也不需要人去寂滅自我，棄絕

---

47 〔英〕華茲華斯等撰，楊德豫譯：《華茲華斯、科勒律治詩選》（北京市：人民文學
　　出版社，2001年），頁130-131。

生命的歡愉去對他頂禮膜拜。華茲華斯的上帝觀念是個人體驗的產物，他在與自然的情感交流中不由自主地把個人的精神與宇宙精神相互交融在一起，而這種宇宙精神本身在華茲華斯的觀念裡是和傳統的基督教上帝重合在一起的。儘管基督教的上帝被啟蒙運動的理性所摧毀，但華茲華斯卻在自然中重新發現了上帝的存在，他體現在所有的存在物中。華茲華斯的自然體驗使他將超出經驗世界之外的絕對價值引入自然界中，使自然萬物充滿著神性的輝映，自然或卑微之物在上帝的神光普照下而擁有了神聖性。華茲華斯的很多詩歌在描繪了自然景物之後，總是將對象提升到神聖的境界。如〈致杜鵑〉在描繪了杜鵑鳥的聲音及由此勾起詩人對自己童年的回憶後，詩人寫道：「賜福的鳥兒！是你的音樂／使我們這片天下／化為奇幻的仙靈境界／正宜於給你住家。」這仙靈境界既是鳥的神聖居所，同時也是詩人精神的永恆棲息地。另外，在〈我獨自遊蕩，像一朵孤雲〉中，詩人受到突然出現的一大片歡舞的水仙花的感染，從而攪動詩人的心境。而在詩的最後一段，這一景象與天堂聯繫在一起：「這水仙常在我眼前閃現，／把孤寂的我帶進了天堂。」此外，雖然有很多描寫自然景物的詩並未直接描寫「宇宙精神」，也沒有在最後將對象提升至神靈與天國境界，然而，我們同樣能感覺到神性的氛圍。如〈三月〉裡「四十頭牛兒吃草一個樣」，使人感到一種神性的溫馨，因而，在華茲華斯那裡，自然永遠是人類心靈的伊甸園。同樣，在〈廷騰寺〉中，詩人也表現了自己對大自然的神性依戀。在闊別懷河美景五年後，詩人故地重遊，對景抒懷：「多少次，／在精神上我轉向你，／啊，樹影婆娑的懷河！」懷河美景不僅在往日的歲月裡慰藉了詩人的心靈，給了詩人以精神的寄託，甚至在未來的日子裡，詩人也從這美景中吸取「將來歲月的生命和糧食。」

　　華茲華斯之所以把自然看成自己的「生命與糧食」，乃是由於他真正地在思想裡實現了精神與自然的交融。華茲華斯在法國大革命和

英國工業革命的重大社會事件中，清醒地認識到人類與自然的疏離給
人類生存造成的意義危機，它使人類失去信仰和價值依靠。於是，他
背時而動，在人們普遍追求功利和破壞自然的時候，他卻隱居湖區，
企求在大自然中尋找人類生存的意義根基。華茲華斯在一首叫〈顛倒
的常規〉中，號召人們超越認識和書本，而直接用心靈去感受：

> 書本啊！這是沉悶而無窮的爭執，／來吧，聽林間小紅雀歌聲
> 如醉！／我敢以我的生命起誓，／／那裡面有著更多的智慧。
> ／／你聽！畫眉兒唱得多麼歡暢！／他也絕不是一個傳教士；
> ／快來跑進那萬物之光，／讓大自然為你的良師……／／來自
> 春天森林的一點刺激，／比所有聖人能教的更多，／它能教你
> 認識人類／教你認識是非善惡……／／快合上那枯燥的書頁紙
> 張，／科學啦，藝術啦，我們早已受夠；／出來吧，把你的心
> 兒帶上，／它能夠觀察，也能夠感受。

　　他從有限的自然現象中體驗到了大自然的無限本質，即他所說的
「宇宙精神」，但這種體悟完全是華茲華斯個體心靈與上帝的神性交
流，是完全出自他個人的心理體驗。而強調以個人體驗為宗教信仰基
礎的正是浪漫主義的一個獨特的宗教情感。華茲華斯以其深厚的詩性
智慧為現代人創造了一種新型信仰模式，從而使我們能夠在豐富多樣
的大自然中去感受神性的光輝。

（三）與純真人性體驗上帝存在

　　華茲華斯體驗上帝的另一種方式就是關注純真人性，它包括兩個
方面的內容：一是對兒童人格的崇尚；二是對苦難人生的關愛。華茲
華斯對純真人性的關注實際上是他的自然情感的延續和深化，它們同
樣是華茲華斯體驗上帝存在的兩個不可或缺而又相互聯繫的因素。對

人類而言，自然是文明前期人類的童年狀態，對個體而言，童年又是他未受社會侵蝕前的自然純真狀態，因此，在文明社會中保持對自然的虔誠，成年後保留一份純真人性，則都是實現完美人性的必要條件。華茲華斯在自然中體驗上帝的奧秘是他要實現人性完美的一部分內容，除此以外，他還要在社會生活內部發掘純真人性，從而使他對上帝的存在在人性中得到更重要、更真實、更完美的體驗。

　　華茲華斯對純真人性的關注首先表現在他對童心的崇拜與嚮往。然而，在浪漫主義之前的英國社會，他們對接受洗禮之前的孩子一般都看成是處於有罪狀態的，是人類罪孽的結果。而華茲華斯卻懷著一顆純真的童心，不遺餘力地去追尋自己童年的足跡。他的許多詩歌都是描寫自己童年時期的歡樂情景的，如〈致蝴蝶〉通過回憶兒時與妹妹一起追撲蝴蝶的生動景象，把我們帶進童年時代純真的歡樂之中；〈致杜鵑〉則通過尋覓杜鵑鳥的蹤跡，聆聽那神奇的聲音，以喚起對自己金色童年的美好回憶；而在帶有自傳性的長詩〈序曲〉中，詩人一方面衷心感謝大自然對他童年時代的靈魂所起的作用，另一方面他始終把童心與上帝聯繫在一起，認為自己正是受到這種崇高不朽精神的孕育，才使自己的靈魂變得純淨高尚。因此，華茲華斯成了英國浪漫主義詩人中童心的真誠維護者，在他一生的生活和詩歌創作中，他始終懷著一顆無限虔誠的敬仰之心來呼喚童心永駐的。在一首〈無題〉詩中，詩人寫道：

　　　　我一見彩虹高懸天上，／心兒便歡跳不止：／從前小時侯就是這樣；／如今長大了還是這樣；／以後我老了也要這樣，／否則，不如死！／兒童乃是成人的父親；／我可以指望；我一世光陰／自始至終貫穿著天然的孝敬。[48]

---

48 〔英〕華茲華斯等撰，楊德豫譯：《華茲華斯、科勒律治詩選》（北京市：人民文學出版社，2001年），頁4。

在詩中，華茲華斯竟然喊出了「兒童乃成人之父」這一有悖常理的驚人之言，這一驚人之語並非出於他的痴狂，乃是華茲華斯以其詩性慧眼看到了兒童身上蘊藏著偉大而永恆的靈性。在〈我們是七個〉中，詩人描寫了帶著鄉野和山林氣息的八歲小女孩，她那濃密的捲髮和美麗的大眼睛「叫我快活」。於是我問她有幾個兄弟姐妹，她回答「我們是七個，／我們中兩個住在康韋，／兩個當水手，在海上航行，／還有兩個躺進了墳地──／那是我姐姐和我哥哥」，我反覆提醒「既然墳堆裡已睡下了一雙，／那麼還剩五個。」可小女孩就是不理睬，固執地反覆回答：「我們是七個」。她分不清生死界限的那份朦朧，似乎使時間成了永恆，宇宙一片混沌，小女孩自己也融入到綿延無限之中而獲得永恆普遍的力量。在長詩〈永生的信息〉中，詩人直接將不朽的上帝與不朽的童心相提並論：

> 我們的誕生其實是入睡，是忘卻：／與軀體同來的魂魄──生命的星辰，／原先在異域安歇，／此時從遠方來臨；／並未把前緣淡忘無餘，／並非赤條條身無寸縷，／我們披祥雲，來自上帝身邊──／那本是我們的家園；／年幼時，天國的明輝閃耀在眼前；／當兒童漸漸成長，牢籠的陰影／便漸漸向他逼近，／然而那明輝，那流布明輝的光源，／他還能欣然望見；／少年時代，他每日由東向西，／也還能領悟造化的神奇，／幻異的光影依然／是他旅途的同伴；／及至長大成人，明輝便泯滅，／消溶於暗淡流光，平凡日月。[49]

在詩人看來，這外表柔弱的嬰孩剛剛來自幸福的天堂，兒童離天堂也不遠，他們仍然處在那生命之始天賜的幸福中，依舊保有天然的

---

49 〔英〕華茲華斯等撰，楊德豫譯：《華茲華斯、科勒律治詩選》（北京市：人民文學出版社，2001年），頁265-266。

稟賦，能直接領悟上帝那永恆而神聖的奧秘。因而童貞裡有不朽的徵兆，從嬰孩那純真的臉上，可以看到上帝的榮光就蘊涵在其中，而成人只能看到它的一步步消失，「化成了平常日子的暗淡白光」。

華茲華斯對兒童的獨特理解和闡釋，被賦予了神聖的宗教情感。在華茲華斯看來，成年人要找到幸福和價值依託，就必須具有童心，「童年乃成人之父」這一看似有悖常理的命題，實質上表現了詩人對現實生活的神性價值的追求，但這種神性價值並不存在於外在的上帝中，而是就存在於每一個人的內心中，只要人們始終懷有童心，心存本真之心，則上帝就一定會降臨到每一個人的心中，這才是人們獲得永久幸福的根本保證。

華茲華斯對純真人性的體驗還表現在他對鄉村下層人民的憐憫和同情中。他之所以關注鄉村社會和鄉民，目的是要強調接近自然狀態的鄉民與大自然、與周圍人的和諧相處，凸現人與人、人與自然的充滿道德感的氛圍。他在〈《抒情歌謠集》序言〉中指出：

> 我通常都選擇微賤的田園生活作題材，因為在這種生活裡，人們心中主要的熱情找著了更好的土壤，能夠達到成熟境地，少受一些拘束，並且說出一種更純樸和有力的語言；因為在這種生活裡，我們的基本情感共同存在於一種更單純的狀態之下，因此能讓我們更確切地對它們加以思考，更有力地把它們表現出來；因為田園生活的各種習俗是從這些基本情感萌芽的，並且由於田園工作的必要性，這些習俗更容易為人了解，更能持久；最後，因為在這種生活裡，人們的熱情是與自然的美麗永久的形式合而為一的。[50]

---

50 王春元等主編，汪培基等譯：《英國作家論文學》（北京市：生活・讀書・新知三聯書店，1985年），頁15-16。

　　在這裡，華茲華斯非常明確地表達了他關注鄉野是由於唯有在這裡才有那種淳樸敦厚的民風，這民風雖然古老、單純，但它與大自然融為一體，因而顯得更真實、更持久，它表現出的是人類德性的普遍力量，它雖然略顯卑賤，但卻與神聖的上帝聯繫在一起。因此，這種關注具有勸世和福音傳布式的性質。勃蘭兌斯也精確地指出：「在那種後來順理成章地發展成為純粹的人道主義和對傳統的叛逆的同一種自然主義中，一開始就存在著勸世和福音傳布式的虔誠的。它看中世人認為是簡單、可憐、卑下的人們——因為是福音公式的勸善之作。它選擇漁夫、農民為主人公而擯棄文雅高貴的人物——也是在仿效福音書。」[51]在〈坎特伯蘭的老乞丐〉中，那在等級社會中顯得卑賤的老乞丐因與周圍環境與人和睦相處，不僅沒有遭人蔑視，反而以極為平等的身分成為人類大家庭中的一員。人們對他非常的善意相待，騎馬消閒的人讓錢幣「穩穩當當地落在老漢的帽子裡」，婦女「放下手中的活，拉開門閂讓他經過」，驛車從他身邊繞行，給他讓道。當他坐在石階上獨自吃他的食糧時，他與荒山野嶺、石礫、拐棍、山雀等一起構成一幅寧靜的天人合一圖畫。大自然不僅給他家，同時還賦予他靈光和力量。他不只是一個乞丐，「他成了遊蕩於湖區共同的安居社會之上的一種自然力量。」[52]而在另一首詩〈痴童〉中，詩人則表現了鄉村社會那種充滿道德精神的神聖之愛。長詩敘述鄉村婦女貝蒂及其痴兒章尼與鄰居蘇珊老婦互相幫助、互相愛護的美好關係。蘇珊夜裡突然犯病，貝蒂只好將章尼獨自派進城去請醫生，自己留下照顧病人，結果久等章尼不歸，貝蒂急壞了，蘇珊老婦也一個勁地嘮叨「千萬別出事」，「他腦子不好使」，最後貝蒂到城裡找到了醫生卻不見章尼，情急之下竟將請醫生的事忘了。貝蒂四處尋找，終於在一片

51 〔丹〕勃蘭兌斯著，侍桁譯：《十九世紀文學主流》（北京市：人民文學出版社，1984年），第四分冊，頁76。

52 John Beer, *Wordsworth and the Human Heart*, (The Macmillan press, 1978),p.15.

樹林子裡發現了章尼，他正安靜地騎在馬上在春夜月色下觀看瀑布。回家的路上，他們碰到來接他們的老婦蘇珊。老太太一著急，痛也忘了，病也好了，便「走了出去，上坡下坡，／樹林邊，望見他們兩個，／她連忙喊叫，他們也招呼／這真是一次歡樂的合唱——／基督教世界常有的歡樂。」

　　然而，華茲華斯不僅從鄉村社會中看到了人生歡樂的一面，他還看到了苦難的一面，表現出詩人對鄉民所遭受的苦難的悲憫。在〈西蒙・李〉中，詩人描寫了一個曾經神氣活現、快活能幹的老獵人的悲慘生活。「他病病歪歪，乾枯消瘦，／身軀萎縮了，骨架傾斜，／腳腕子腫得又粗又厚，／腿桿子又細又瘦。」他無依無靠，只與老伴相依為命。由於年老，他「使出了混身的力氣」都無法挖出那截已經朽爛的樹墩，而「我挖了一下，只一下，便把／纏結的樹根挖出；／而這可憐的老漢挖它，／枉費了半天辛苦。」在〈堅毅與自立〉中，詩人也描寫了一位以捕捉螞蝗為業的老人，「他又老又窮，所以／才來到水鄉，以捕捉螞蝗為業；／這可是艱險而又累人的活計！／說不盡千辛萬苦，長年累月，／走遍一口口池塘，一片片荒野；住處麼，靠上帝恩典，找到或碰上；就這樣，他老實本分，掙得一份報償。」這些處於社會底層的人們生活在苦難、辛勞和病痛的折磨中。他們雖然無力改變自己的命運，但是他們卻並沒有為此而沉淪，而是憑著自己的堅毅和對生活的執著，愉快地接受上帝給予他們的恩惠，哪怕是只有一點點恩惠，也都心存感激之心，讚美之情。詩人聯想到世俗社會中「無情無義，／以冷漠回報善心」的道德關係，他禁不住「淚水湧上兩眼」。因此，詩人對下層人民的悲憫絕不是一種居高臨下的同情，而是對他們在艱難生活中體現出的偉大人性的崇敬。他們的生活雖然卑微，但卻蘊藏著人性的豪邁與偉大，蘊藏著巨大的道德力量。華茲華斯真誠地呼喚這些被現代社會所泯滅的純真人性重新成為社會關係的主導力量，成為人類精神價值的最終歸屬。這是華茲華斯創造

性地體驗和闡釋宗教真理的最後心得，也是他作為一個世俗布道者的最真誠的意願。

三　科勒律治：作為俗人的布道者

科勒律治是英國浪漫主義中最具有宗教氣質的詩人，在他一生中，他兼具詩人和基督徒的雙重身分。作為詩人，他與華茲華斯兄妹的交往，使他逐漸從自然中獲得靈性和神秘的宗教體驗；而作為基督徒，他又把自己投身於在世俗的哲學系統內拯救日益衰落的基督教信念的工作。由於他的努力，才使得布萊克、華茲華斯等人的宗教體驗得到延續和昇華，形成具有時代特徵的宗教理念，並直接影響了英國社會天主教的復興。

（一）科勒律治宗教理念形成的三種因素

科勒律治出生於英國德文郡一個名叫奧特立·聖瑪麗的小農莊，父親是當地教區的一位牧師。科勒律治是父母十個孩子中的老小，他受到父親的特別寵愛，父親經常給他講述各種自然現象和宇宙的奧秘，同他作「漫長的談話」，立志要把他塑造成像自己一樣的鄉村牧師。然而，好景不長，父親在他九歲時就離開了人世，這使科勒律治感覺到「太快就被移植，我的靈魂尚未固著於／它早年的家庭之愛，」就匆匆成了一個精神的流浪兒。這種深沉的無家之感，無疑是他後來尋求自身價值、追求永恆的精神家園的基本因素。

然而，真正影響科勒律治宗教理念形成的主要因素，是他成年以後的幾次重要事件，具體體現在三個方面：

首先是法國大革命對他的心靈震撼。科勒律治在劍橋大學的耶穌學院接受牧師的職業訓練，但在此期間寧靜的校園傳來了法國大革命的消息，它不僅燃起他嚮往革命的熱情，而且還喚起他計畫在亞美利

加建立一個叫「大同世界」的烏托邦社會。雖然他的這一烏托邦計畫
很快地宣告破產，但他並沒有放棄心靈的熱情和理想。他一方面強烈
地關注著法國大革命後英國社會的各種變化，對英國社會的腐敗墮
落、喪失人性給予猛烈的批判，對在法國大革命影響下形成的英國激
進分子的無神論進行堅決回擊，維護福音書中耶穌的歷史真理。另一
方面，他又從現實中退返到心靈內部，反思後革命時期英國社會的思
想狀況。像許多英國的知識分子一樣，科勒律治對法國大革命起初是
寄以厚望的，認為它代表了人類前進的曙光。但大革命的恐怖行為和
它導致的道德混亂，使他深刻地認識到革命並非是改造社會的唯一途
徑，社會進步並非一定要革命不可。據於上述觀念，他拋棄了戈德溫
的知識革命，並堅持認為社會革命必須始於心靈，在〈一七九五年演
講〉裡，他認為：

> 民眾的啟發應該先於革命，此為明顯之真理，正如容器要裝新
> 酒以前，應該先予洗淨。但是，關於普及啟蒙的模式，則並非
> 人人有同等的能力去發現。……有一篇政治公理（正義）論文
> 的作者認為私人社會（private society）是一個具有真實功用的
> 領域，認為（每個私人啟發在他之下的人）真理能夠逐階下降
> 而終於通達最低層。然而此說只是近似真理而已，既不公道，
> 也不切實。以目前的構成來看，眼下這個社會並不像一條環環
> 接續而上的鏈子……在客廳與廚房之間、酒吧與咖啡室之
> 間──有一道無法相通的鴻溝。如果有人結合了方法上的熱誠
> 與哲學家的看法，親身到貧窮者之中，把他們的義務教給他
> 們，使他們感悟他們的權利，我會認為他採取的是最好、最慈
> 善的普及真理的模式。[53]

---

53 轉引自理查德・赫勒姆斯撰，彭淮棟譯：《柯立芝》（臺灣）（臺北市：聯經出版事業
　公司，1983年），頁75。

　　在〈詠法蘭西〉中，科勒律治詳細地描述了他覺悟的經過，在這個普遍追求自由和解放的時代裡，詩人對自由也是無限敬仰的，但是，無論是英國還是法國，它們都未能真正維護自由，堅持自由的方向，反而一個個蛻變成為自由的敵人。詩人最後認為，在人類社會中追求自由是虛妄的，真正的自由不在人類社會中間，而在大自然的神聖奧秘中，「當我悄立著，凝望著，兩鬢臨風，／把神魂投向大地、海水和天空，／用無比濃烈的愛心去擁抱萬物，／自由神啊！我感到：你真身就在其中。」這是詩人對法國大革命做出的直接反應，同時也可以說是整整一代人的體驗。在〈孤獨中的憂思〉中，科勒律治則從後革命時期的國內形勢中進行了深刻的反省。他面對外敵入侵的形勢，表現了強烈的愛國熱情。但他同時對國內的腐敗風氣和對外窮兵黷武、肆意侵略他國的罪惡行徑進行了無情的揭露，他指出，由於野蠻的入侵，屠殺和恐怖，使「我們犯下了罪孽，祖國同胞們！／是啊！令人痛心地，我們犯下了／極其殘暴的罪孽。從東方到西方，／控告我們的呼聲衝破了天宇！」統治者不憐惜人民，把他們趕上注定一死的戰場，使英國的家庭遭受苦難。但詩人認為，英國所犯下的罪孽不能僅僅歸咎於統治者，而在於國民的劣根性所致。而所有這一切，都是國民缺乏心靈教育。詩人仍然把人類靈魂教育的方式放在自然的陶養中，「在自然界的千形萬態裡體味出神聖的內涵」，以使靈魂不至於在各種罪惡橫行時期遭到「謀殺」。

　　影響科勒律治宗教理念形成的第二個因素是他與華茲華斯兄妹的交往。科勒律治在他的〈文學生涯〉中詳細地敘述了他與華茲華斯兄妹的交往過程，這種交往雖然也帶有世俗人情的成分，但更多的是精神的、甚至是詩性的交往。他們漫步在英國西部湖區的山間小路上，盡情地放飛自己的心靈，讓心靈去感受自然的奧秘。他們相互用明靜的心靈交流，互相激發對方的靈感，使雙方都產生強烈的共鳴。正是由於這種神交帶來的精神上的愉悅，使科勒律治「永遠不會忘記」。

他記述了華茲華斯第一次向他背誦詩稿時給他心靈的震撼，使他的感覺產生不同尋常的印象：他的詩中「沒有搜索枯腸的痕跡，沒有牽強附會的詞彙、沒有成群洶湧的意象；正像詩人自己在他的「重遊懷所作」一詩裡所描寫的：「男子氣概的回憶與合乎人情的聯想，不僅產生了多樣化，而且還加上了對自然事物的興趣，在他看來，這些東西對於初戀的激情與愛護者來說，都是既不必要也不允許的。」[54]而對他的判斷力同樣也產生了不同尋常的印象的：「是那一種深刻的感覺與深奧的思想的結合；是在觀察中所見到的真實，與想像力的可以修改被觀察事物的那種才能，這兩者之間的很好的平衡；尤其是那種具有獨創性的才能……」[55]然而，科勒律治並沒有被華茲華斯的神光罩住，他的敏銳的感覺和他深刻的思維能力使他不由自主地把華茲華斯的詩性智慧進行理論上的深化和系統化。他首先區別了想像與幻想，認為「彌爾頓有高度的想像力，而考利只會幻想」。而「想像是一切人類知覺的活力與原動力，是無限的『我存在』中的永恆的創造活動在有限的心靈中的重演。」[56]相反，幻想只是與固定的和有限的東西打交道。科勒律治區分想像與幻想的目的，就是要提升想像的地位，因為想像能通達無限的領域，與神聖的上帝直接溝通。因此，科勒律治在具體的詩歌創作中，主要的努力方向是寫超自然的題材，在自然中直接體驗上帝的神秘。因為「對一個有宗教信仰的觀察者來說，自然本身就是上帝的藝術」。[57]因此，雖然科勒律治的自然理念是在華茲華斯自然理念的啟發下形成的，但他卻比後者更深沉、更神秘，簡直可以說就是一種宗教理念。但是這種宗教理念在科勒律治的心靈中用詩歌的形式來表達是不夠的，他還想尋求一種更加理論化、更加抽象的形式來表達。

---

54 劉諾端編：《十九世紀英國詩人論詩》（北京市：人民文學出版社，1984年），頁59。
55 劉諾端編：《十九世紀英國詩人論詩》（北京市：人民文學出版社，1984年），頁60。
56 劉諾端編：《十九世紀英國詩人論詩》（北京市：人民文學出版社，1984年），頁61。
57 劉諾端編：《十九世紀英國詩人論詩》（北京市：人民文學出版社，1984年），頁97。

　　這就是影響科勒律治宗教理念形成的第三個因素：主動尋求德國哲學的幫助，以更加系統化的方式闡述他的宗教理念。科勒律治的德國之行是與華茲華斯兄妹一道去的，但是，正如他們之間的天性差別一樣，華茲華斯兄妹去了德國的鄉村，而科勒律治則去學習了德語，到大學聽哲學講座，並購買了一大批德國哲學的著作帶回英國。在很大程度上，正是通過科勒律治，德國浪漫主義和唯心主義哲學才被介紹到英國的精神生活中來。

　　德國浪漫主義和唯心主義哲學對科勒律治宗教理念的作用並不是啟發性和起源性的，而是證實性的。因為在此之前，科勒律治已經在和華茲華斯的精神交往中發現了想像力的重要作用，因為想像是通達無限、通達上帝的基本條件。這種觀念在他閱讀德國的康德哲學時得到了證實。康德認為，人類的知識只能認識現象界的各種事物，而對於現象背後的所謂「物自體」，人類的認識卻不能達到此境界，「最高的真理是超越經驗的界限的。」它只有通過信念，亦即神聖的想像才能達到。同樣，科勒律治也指出，像上帝、自由、道德良知以及靈魂不朽之類的形而上命題是人類道德信念的結果，而不是知識範圍內的事實。此外，在德國浪漫主義的批評理論中還表達了浪漫主義與宗教的密切聯繫，認為浪漫主義在本質上就是一種退化了的宗教，「真正的詩人永遠是一個教士」（諾瓦利斯語）。這些觀念無疑對科勒律治的宗教理念的形成和理論化、系統化起了積極的作用。

　　科勒律治宗教理念的形成與上述幾個方面的因素是密切相關的，並且，由於這些因素的交互作用，使他不自覺地從一個詩人過渡到一個宗教思想家的行列上來。但是，無論他是作為詩人，還是作為宗教思想家，他都不是傳統宗教的衛士，他的宗教是從現實社會中總結出來的活生生的宗教，是他自己的親身經歷所體驗的宗教。

（二）科勒律治詩歌中的宗教理念

在科勒律治的思想長河中，詩歌無疑是他最為閃光的亮點，這不僅因為在詩歌中飽含著他青春時期的激情和夢想，而且還凝聚著他作為一個詩人對宗教的凝神沉思。科勒律治像其他湖畔詩人一樣，對自然懷有深厚的感情，但自然對科勒律治來說並非單純是無理性的物質，自然就其本質上說就是上帝的傑作，是上帝的神聖創造。然而，在很長一段時期裡，特別是在理性主義統治西方精神世界的時期，人們疏遠了上帝，也就疏遠了自然，造成了不可拯救的主、客分裂。而浪漫主義詩歌的真正價值就在於使自然人性化，並幫助人們重新擁有已疏遠了的自然。科勒律治說：「詩歌是人與自然的中介者和和解者，因此，它也是使自然人性化的力量，是把人們的思想和情感灌輸給他所沉思對象的一種力量。」[58]但是，自然的智慧與人的智慧畢竟是不同的，自然的智慧「就在於其計畫與執行、思想與產品的同一、同時發生。但是其中沒有反省活動，因此也就沒有道德責任。而人則有反省、自由和選擇，因此他是人眼所能看見的生物的首領。在自然界的事物中，就好像在一面鏡子中一樣，顯示著一切可能的因素、步驟和先於意識的智力過程，因而是在智力活動的充分發展之前；而人的心靈是那些分散在自然界的各種形象中的智力光線的焦點。」[59]而詩歌的力量就在於能使這兩種智慧實現有機的結合，「使外部的變成內部的、內部的變成外部的，使自然變成思想，思想變成自然，——這一切就是天才的美術家的秘密所在。」[60]

科勒律治還進一步指出：為了實現自然與人的靈魂之間的完美結合，「藝術家必須首先使自身離開自然，為的是以充分的力量歸返自

58　M. H. Abrams, *Natural Supernaturalism*, (New York: Norton, 1971), p.269.
59　劉若端編：《十九世紀英國詩人論詩》（北京市：人民文學出版社，1984年），頁100。
60　劉若端編：《十九世紀英國詩人論詩》（北京市：人民文學出版社，1984年），頁100。

然。」這是因為：

> 如果他從純粹的苦心臨摹開始，他只能做出假面具來，而不會
> 做出有生氣的形象來。他必須依照智力的嚴格的規律從自己心
> 中創造出形象來，為了在他心中產生那種自由與規律的和諧關
> 係，那種在命令中包含著服從、在順從的衝動中包含著命令的
> 關係，而這就使他同化於自然，並且使他能夠了解自然。[61]

　　這種從自然中超越出來、又返回自然的論述，很像我國古代詩歌
中人與自然關係的三境界，即看山是山，看山不是山和看山還是山的
境界。但是，我國古代詩歌中的人與自然關係的最高境界是實現了人
與自然的完全融合，人的主體性完全消融在自然萬象之中。從這個標
準來看，科勒律治的理論只達到了看山不是山的第二境界，因為科勒
律治所說的人與自然的調和並沒有喪失人的主體性，相反，他離開自
然又返回自然的目的是要把人的主體性體現在自然中，「使自然人性
化」，這樣，上帝就體現在自然中，自然也就成了上帝存在的證明了。

　　科勒律治在他的詩歌創作中充分體現了這種自然理念。在〈風
瑟〉、〈午夜寒霜〉、〈孤獨中的憂思〉、〈致自然〉等篇中，都表達了一
種「上帝與自然合一」的觀點。在〈風瑟〉中，詩人熱情地讚美生意
盎然的自然界，認為它就是有生命的風瑟，它「顫動著／吐露心思，
得力於颯然而來的／心智之風——慈和而廣遠，既是／各自的靈魂，
又是共同的上帝？」在詩人眼裡，自然萬象都是有生命的，有靈魂的
存在，但這些存在又統統歸屬於上帝，自然不僅是上帝的造物，它本
身就是上帝存在的證明，是上帝留下的「神聖碎片」。因此，科勒律
治的自然理念和一般的所謂「泛神論」是不一樣的，泛神論強調的是

---

61 劉若端編：《十九世紀英國詩人論詩》（北京市：人民文學出版社，1984年），頁100-
　　101。

萬物有靈，而科勒律治在強調萬物有靈的同時，仍然堅信萬物背後的
創造者的存在，因此，他對自然的態度完全是一個基督徒對待上帝的
態度，「只要說到他（上帝），神奇莫測的他啊！／我總是覺得有
罪——除非我懷著／虔誠的畏敬，懷著深摯的信仰」。但這個上帝並
非是那冷漠、抽象的上帝，而是詩人在大自然中體驗的上帝，他儘管
神秘、威嚴，但這是詩人內心萌發出來的一種對大自然的敬畏。正是
由於這種敬畏感的存在，使詩人體味不到自然本身蘊藏的無限豐富的
美，而這種美同樣是上帝存在的證明。而在〈孤獨中的憂思〉等篇
中，對自然的敬畏感消失了，他開始想要「從上帝創造的宇宙萬物中
吸取／深沉的、內在的、緊貼心底的歡愉」。自然呈現的豐富美景，
使詩人的身心都感到無比愉悅，因此這時詩人所體驗的上帝雖然也神
聖，但卻更為貼近人的心靈。在〈日出之前的贊歌〉中，詩人被日出
之前的沙莫尼山谷的美景所陶醉，那靜默的松林之海，那森嚴靜穆的
崇峰，「像怡情悅性的清音妙曲，多美啊！／我們竟沒有意識到自己
在傾聽——／這期間，你宛然融入了我的思想，／我的生命，和我神
秘的歡樂；／直到靈魂陶醉了，充盈了，膨脹了，／蔚為宏偉的奇
觀——彷彿這靈魂／以它的本相，擴展著，磅礡於天宇！」[62]然而，
就在這無限美景的陶醉中，直穿詩人心底的仍然是那無形的上帝，他
是主宰詩人自然理念的至高形象。

　　〈老水手行〉是代表科勒律治在自然中體驗宗教理念的代表作
品。這是一首以神話手法描寫超自然事物的完美詩篇，它以基督教最
高快樂的婚禮慶典場面為背景，描寫了老水手自述的一次驚心動魄的
航海經歷。在航海途中，有一隻海上常見的信天翁經常伴隨著他們航
行，但老水手卻惡意地把這隻信天翁殺死，結果遭到了大難，船上的
「兩百個水手，一個不留，／（竟沒有一聲哼叫）／撲通撲通，一疊

62　〔英〕華茲華斯等撰，楊德豫譯：《華茲華斯、科勒律治詩選》（北京市：人民文學
　　出版社，2001年），頁414。

連聲，／木頭般一一栽倒。」後經老水手誠心禱告，真心懺悔，祈求
上帝的寬恕，結果致使大海恢復生機，船員們也一個個死而復生，並
且在一位隱士的幫助下贖清罪惡，最後回到了充滿歡樂的家園。

　　我們既可以把老水手這次神奇的海上旅行看作是一次真實的航海
旅行，但它也可以看作是一次神聖的精神之旅。在詩中，信天翁代表
著一種神聖的自然之愛，牠緊跟著他們，表達出一種自然與人的和睦
相處。但老水手卻不懂得自然的這種神聖奧秘，把信天翁殘酷地殺
害。人類對自然的無知和蔑視理所當然地遭到了神聖自然的懲罰，雖
然船員的一個個死亡是給予他們的最大懲罰，但這種懲罰的真正受難
者還是老水手，他不僅承受著太陽烈炎的燒烤、孤獨的煎熬，而且還
承受著同伴靈魂的哭訴。然而，正是在苦難的煎熬中，老水手終於醒
悟了，他從受難中獲得了智慧，他認識到自然本身是愛人類的，但人
類卻違背自然的意願，自然要遭到懲罰，於是，老水手真誠地懺悔，
「愛的泉水湧出我心頭，／我不禁為他們祝福；／準是慈悲的天神可
憐我，／我動了真情禱祝。」[63]老水手的真情懺悔使自然的精靈感到
寬慰，「此人雖行凶，卻已知悔罪，／他還會懺悔不休」，而懺悔則是
人類接受神聖自然寬恕的開始。如果人類知道懺悔，自然還是屬人類
的。因此，只有敬畏上帝，熱愛自然，才能保證人類的永久幸福。

　　老水手的神奇旅行也是一次從家鄉出海到回歸家園的循環之旅，
他從自己的家鄉出發，最後還是回到自己的家，但在這循環的旅程
中，他從一個無知的水手變成了一個懂得敬畏自然，熱愛自然的智
者，但老水手的智慧並不是輕易獲得的，而是經歷了苦難和磨練，在
虔誠的懺悔中省悟到的真理。在詩中，家是人類最高幸福的體現，因
為那裡有歡樂的婚禮場面，有人生的極樂境界，但詩人暗示，人類的
幸福是建立在與自然的和諧相處的基礎上的，任何違背自然規律的行

---

63 〔英〕華茲華斯等撰，楊德豫譯：《華茲華斯、科勒律治詩選》（北京市：人民文學
　　出版社，2001年），頁305。

為都將遭到自然的無情懲罰。

　　從上面的分析中可以看出，科勒律治的宗教理念是他從對自然的情感中體現出來的，然而，每當他從自然中獲得美感享受或精神愉悅時，總是有一個神聖的上帝在主宰著他的心靈活動，這表明科勒律治的道德感是占主導地位的，美感在任何時候都要讓位給他心中神聖的道德律令。甚至可以說，科勒律治詩才的喪失也與他強烈的道德意識有密切關係。科勒律治儘管其詩才日漸枯竭了，但他並沒有停止現代宗教問題的繼續探索，相反，在思想領域中，他更為系統地總結了他在詩歌領域中領悟到的宗教真理，從而使他在思想領域中又一次放射出天才的光芒。

（三）科勒律治宗教理念的理論闡述

　　華茲華斯曾經說過，科勒律治的思想像「一條大河，其聲間歇可聞，其形間歇可見；它有時被森林遮擋，有時消失在沙底；然後又噴湧而出，寬闊而赫然在目；甚至當它拐彎讓你看不見時，你仍然時刻感知它的各部分之間是相互聯繫著的，它仍然是同一條河。」[64]的確，科勒律治的前期詩歌和後期散文有很大的不同，但後期散文並不是對前期詩歌主題的否定，而是在於深化和明晰詩歌中表達的宗教體驗。科勒律治作為一個世俗的布道者，他在後期散文中力求從自身對自然、對人性的體驗出發，把宗教信仰和宗教生活建立在新的基礎，即個人經驗的深厚基礎之上，從而完成了舊宗教的改造和新的浪漫主義神學的理論闡釋。

　　科勒律治的新神學是建立在批判舊的基督教教條基礎上的。根據正統的基督教理論，神學教條是真實的，它本身就是顛撲不破的真理，這種真理不涉及任何主觀判斷，人們沒有必要去接近和理解它，

---

64 〔英〕魯賓斯坦著，陳安全等譯：《英國文學的偉大傳統》（上海市：上海譯文出版社，1998年），中冊，頁104。

因為它早已在《聖經》權威中被證實了，這樣，宗教就成了某種凌駕於人性之上的外在權威，它源於人性，但卻反過來成了壓抑人性的工具。這種缺乏生命的神學教條受到科勒律治的強烈批判。在他看來，對精神真理的領悟必須使靈魂擺脫宗教教條的束縛，擺脫靈魂受奴役的地位。他對當時流行的事事以《聖經》教條為權威的價值標準感到不滿，他說：「我為現在流行的對自然神學、物理學——神學、從自然證明上帝、基督教的證據，以及諸如此類的著作的趣味感到擔憂。基督教的證據！我已厭倦了這個詞。」（《思考的助手》，頁363）按照科勒律治的觀點，基督教並不是一套抽象的教條，而是一種生活方式，因而對某種神學是否具有真理，並不是看它在《聖經》上這麼說，而是要他直接來「試一試」，即任何真理都只有通過實踐來證明、來檢驗，才具有永久的生命力。

他還提出一連串富有挑戰性的問題來搖撼人們的心靈：「你可曾提升你的心靈去考慮存在的本身？你可曾充滿思想地對自己說：這是『有』——無論當時在你眼前的是人，或花，或沙粒？……『什麼也沒有』，或者，有時候，『什麼也沒有』的話是自相矛盾的。你如果的確到過這個境地，你就會感到一種神秘……我們內在有一道完足而當下即出的光在排斥這個命題，好像它是以它的永恆作為反駁這個事實的證據……因此，『沒有』是不可能的，『有』又是無法了解的。如果把握到絕對存在的直覺，你也就會領悟，使過去的高貴心靈、使人間的精英分子充滿一種神聖恐怖的，正是這股直覺。這股直覺使他們覺得他們內裡有個什麼比自己的個體本質更偉大而無法言喻。」（《朋友》，卷1，頁514）這段話表達的是科勒律治在尋找神秘經驗之來源的過程中心靈的掙扎與痛苦，儘管如此，它卻顯現出一種奇特的人性溫暖。正是在這裡，科勒律治背離了正統的宗教理念，從而使他把浪漫主義的神學深深地奠基在新的基礎即人類經驗之上，這樣，浪漫主義神學就擺脫了傳統神學那種冷冰冰的抽象體系，而使宗教教義具有

了一種生命力的經驗的真理。他說:「我想,下面的說法可以視為宗教研究中的一條可靠而有用的規則。其起源與本質都在道德生物之中的那些觀念,我們僅僅憑著實踐上的興趣才決定承認其客觀真實(即符合人心之外的實在)的那些觀念,不能像對理論觀點那樣,打破沙鍋問到底,一直推出它們的邏輯結論。在這種情況下必須抉擇的是良心的法則,而不是推理論證的原則。至少,後者並不具有單是前者的否絕不足以消除的有效性。在此,最虔誠善良的結論,也就是最正確合理的結論。」[65]

科勒律治在他死後出版的《一個探索靈魂之自白》一書中還系統地闡述了他對《聖經》的解釋。《自白》主要由七封信組成,論述的是這樣一個主題:「堅持把相信正典聖經的所有部分和每一部分都有神聖的起源與神聖的權威,作為基督教信仰的條件或第一原則,這是否必要,是否得當?」[66]

科勒律治認為,如果聖經包含著精神真理,那它就「將為自身作證,證明它乃出自一種神聖精神。」聖經的權威並不在於聖經教條的正確無誤,而是在於「它適合於我們的天性,適合於我們的需要。」正如饑餓者需要食物,乾渴者需要泉水,虛弱者需要拐杖一樣。它是個人的內在信仰與聖經所反映的客觀事實的統一,唯有懷著信仰去閱讀聖經,聖經才能成為「活生生的上帝之道」;也唯有聖經反映了客觀真理,人們才去信仰它。因此,科勒律治說:「我把我的全部信念概括和總結為這樣一句話。在最高深的沉思之中,啟示宗教是主觀與客觀的統一、同一或內在本質的合一。它本身既是內心的生命與真理,又是外在的事實與光明……我敢說,沒有一個人能在這些著作

---

65 〔美〕利文斯頓,何光滬等譯:《現代基督教思想》(成都市:四川人民出版社,1989年),頁178。

66 〔美〕利文斯頓,何光滬等譯:《現代基督教思想》(成都市:四川人民出版社,1989年),頁181。

（指聖經）中看出自己的內心體驗而不同時發現一種客觀性……另一
方面，當聖經向信徒的主觀體驗傳達信息時，這些體驗賦予聖經詞句
的現存生命及活躍有效的意義，確實同實在性和客觀真理是一樣
多。」[67]這樣，科勒律治就把他對聖經的解釋完全建立在經驗的基礎
之上，只有主觀體驗到的精神真理，才是我們最終去信仰的東西。

　　因此，在科勒律治的浪漫主義的宗教神學中，信仰既不是對上帝
的頂禮膜拜，也不是存在於對《聖經》文字的絕對無誤的理解中，而
是來自人的內在力量與神聖事物的心靈感應，來自個人真實的內心體
驗，它完全憑靠個人的良知來領悟，「一顆正直的心，就是上帝的真正
殿堂」（盧梭語）。而人類的信仰也不是一種盲目的崇信，而是一種有
良知的行動，由於這一行動，「我們承擔了一種忠誠，並因此承擔了效
忠的義務。」（科勒律治語）這樣，科勒律治的信仰從個人良知開始，
通過自己的內心體驗，最終實現與神聖上帝的相互交流。科勒律治的
這一浪漫主義神學理念不僅影響著具有浪漫情感的普通人，而且還深
刻地影響了英國正統的傳教士，並直接推動了英國基督教神學的改造
和復興，為基督教在現代社會中的生存找到了一條真正的康莊大道。

第四節　法國浪漫主義文學與基督教傳統

　　法國浪漫主義是在法國大革命和對啟蒙理性思想的反抗中產生
的。由於人們對法國大革命的恐怖，啟蒙運動播下的理性主義、懷疑
主義和個人主義的種子引發了人們對傳統宗教和思想的回歸。在法
國，拿破崙雖然用軍事力量橫掃了整個歐洲的封建勢力，但隨著拿破
崙帝國的覆滅以及人們對啟蒙運動思想家提倡的「理性王國」和理性
宗教的幻滅，在宗教領域內卻開始了天主教的復興。而這種宗教領域

67　〔美〕利文斯頓，何光滬等譯：《現代基督教思想》（成都市：四川人民出版社，1989
　　年），頁188。

裡的回歸傾向既與法國大革命對人性的殘害有緊密的聯繫，又與浪漫
主義思潮密切相關，甚至在某種程度上可以說，浪漫主義就是催生法
國天主教復興的主要催化劑。

一　斯達爾夫人、夏多布里昂的宗教與文學

（一）斯達爾夫人

　　斯達爾夫人（Madame de Stael, 1766-1817）是法國浪漫主義運動
初期的著名文化活動家、文論家和小說家。她出生於瑞士的貴族之
家，其父親曾經是法國國王路易十六的財政大臣，其丈夫也出生名
門，曾出人瑞士駐法公使。她早年接受啟蒙思想教育，同情法國大革
命，但雅各賓黨人的恐怖統治使她對法國大革命產生厭倦；拿破侖統
治期間，她又對拿破侖的獨裁統治感到不滿，結果被驅逐出境，她曾
一度想與拿破侖和解，甚至接受了天主教的信仰，但第一帝國的跨臺
使她的這一想法落空。她後來在復辟王朝的第三年去世。

　　斯達爾夫人最著名的論宗教與文學的作品是她的《論文學》，其
全稱是《從文學和社會建制的關係論文學》，作者的宗旨是「在於考
察宗教、風俗和法律對文學的影響以及文學對宗教、風俗和法律的影
響。」[68]作者認為，基督教有利於人性或人格的培養，甚至在某種程
度上起著決定性的作用。「福音書的倫理道德和哲學都一致宣揚人
性；人們學會了深切的珍視人生的價值」；「這部書的總精神就是對不
幸的人們的仁愛」；「基督教把婚姻看成是一種神聖的制度，從而加強
了夫婦之愛，加強了由此而生的一切情感。」[69]基督教深入北方民族

68　〔法〕斯達爾夫人撰，徐繼曾譯：《論文學》（北京市：人民文學出版社，1986年），
　　頁12。
69　〔法〕斯達爾夫人撰，徐繼曾譯：《論文學》（北京市：人民文學出版社，1986年），
　　頁19。

的心，成為塑造堅毅人格的元動力。在基督教興起之前，拉丁文化的
法國詩歌主要模仿古希臘羅馬文化，其想像力和思想深度都較為單
純。自從基督教興起之後，日爾曼民族中的詩歌特質是靈感的，而不
是模仿的，其想像和思想都非常深刻、複雜，在頌揚上帝時，人物性
格表現得更為強烈，如莎士比亞和彌爾頓作品中的宗教思考。因此，
她希望通過信仰基督教來表達文學、希望和理想，並且認為，文學中
的憂鬱氣質是一切藝術創作中的獨特而不可或缺的條件，憂鬱是作家
的才氣和靈感之源，誰不能感受它，誰就無法期望獲得偉大作家的榮
耀。斯達爾夫人還主張文學作品要描繪自然之美、死亡觀念、毀滅的
恐怖等題材，她的這些閃光的思想，對夏多布里昂的《基督教真諦》
起了重要的啟發作用。

（二）夏多布里昂

　　夏多布里昂（Francois-Rene de Chateaubriand, 1768-1848）是十九
世紀初期法國浪漫主義的重要人物。他出生於沒落世家，從小受到耶
穌會教士的薰陶。法國大革命期間，他為了躲避革命者的打擊，於一
七九一年到北美流亡探險，一七九二年與兄長一起參加反動貴族的武
裝叛亂，負傷後逃往英國，一八○○年又返回法國。當時，拿破侖政
權正在與教皇簽訂盟約，他正好寫作《基督教真諦》迎合了這一形
勢，因此一度受到重用，曾任貴族院議員、內政大臣、駐柏林和倫敦
大使、外交大臣等職。復辟王朝再次跨臺後逃往倫敦，後寫作而終。

　　夏多布里昂的代表作《基督教真諦》的主要意圖是想打破啟蒙運
動時期的思想家們對基督教的理性認識和論證，而是轉向用美學感受
的方法去深入體會基督教的美和真理。這本書還有一個副標題「宗教
的美」即體現了作者的真實想法。他在作品中不遺餘力的為已經沒落
了的基督教進行辯護，並以自然和宇宙的完美來證明上帝的存在和人
類信仰的必然。這種闡述與其說是神學上的論證，不如說是美學上的

闡釋。由此理論出發，作者把基督教看成是人類藝術創作的真正源
泉，他說：「基督教是最富有詩意的，最人道的，最有利於自由和文
藝的」，「歐洲的文明，一部分最好的法律，差不多所有的科學和文藝
都來源於宗教。」[70]他還認為，文學的任務在於表現人類的心靈，創
造「理想的精神美」，不過在他看來，多神教和異神教都創造不出這
種精神美，但基督教卻可以，福音書所宣揚的道德可以使人越來越接
近上帝與完美，所以宗教最適合表現人的內心世界。所謂「基督教的
詩意」就在於用基督教教義去描繪人的心靈和理想性格，文藝創作成
功與否完全取決於它，因為只有它才能「促進天才，使趣味純淨，發
展了美好的情感，使思想充滿活力，給以作家以崇高的形式，給以藝
術家以完美的楷模。」[71]夏多布里昂認為，歷史上的傑作無不體現了
基督教精神，因此它應該成為衡量一切文學的唯一尺度。

　　同時，《基督教真諦》在美學上還極力宣揚一種美學境界是神秘
的、神秘才是美的觀點。他斷言：「除了神秘的事物以外，再沒有什
麼美麗、動人、偉大的東西了」，「天真不過是無邪的愚昧，它難道不
正是神秘事物最不可言傳的嗎？童年之所以如此幸福，正是因為他什
麼都不知道，老年人之所以如此不幸，正因為他什麼都知道；幸而對
老年人來說，生命的神秘行將結束，而死亡的神秘正在開始。」[72]至
於宗教的神秘，則使我們思考現世與永恆，從而產生憂鬱之情，憂
鬱是對神秘天國心嚮往之的表現。在夏多布里昂看來，憂鬱乃是文學
表現的第一要素，只有描繪出憂鬱空虛情懷的作品才是美的和高貴
的。夏多布里昂就是以這種浪漫主義的體驗方式，把普世基督教看成
是一切人類理想的普遍象徵。這無疑更加深了作者對基督教完美主義
的崇尚。

---

70 柳鳴久主編：《法國文學史》（北京市：人民文學出版社，1981年），中冊，頁98。
71 柳鳴久主編：《法國文學史》（北京市：人民文學出版社，1981年），中冊，頁98。
72 伍蠡甫主編：《歐洲文論簡史》（北京市：人民文學出版社，2004年），頁227。

　　夏多布里昂在一八○○年發表的一篇中篇小說《阿達拉》是集中體現他的基督教觀念的文學作品。小說的故事發生在十八世紀初的北美印第安部落，小說採用回憶的手法，由一個印第安人沙克達斯敘述往事。沙克達斯年輕時參加了同世仇部落的一次戰爭，他的部落被打敗。他落荒而逃，來到聖奧古斯丁城，被一個西班牙人羅佩茲收留，羅佩茲待他行同父子，但他一心仍想回到北美荒原。在歸途中不幸被世仇部落俘虜。按照印第安人的習俗，他應被燒死，但酋長的女兒阿達拉愛上了他，偷偷地把他放走，沙克達斯卻因愛她而不願離去。阿達拉的母親臨死前曾立下誓言，要她信仰基督教並獻身天主，她眼見自己不能與信奉異教的沙克達斯結合，內心十分痛苦；看到沙克達斯因為愛自己而甘願赴死，又十分感動。在執行火刑的前一晚，她賄賂了巫師，灌醉了看守，與沙克達斯一起逃走。他們來到原始森林，在那裡躲避雷雨，阿達拉告訴沙克達斯，他的父親是一個白人，叫羅佩茲。這時傳來了悠揚的歌聲，接著出現了傳教士奧布里神甫，他把他們領導一個新開闢的居民點。阿達拉因忠於自己的宗教信念而沒有與沙克達斯結合，服毒自殺了。若干年以後，沙克達斯靠一隻受過感化的母鹿的指點，在亂草叢中找到了阿達拉和奧布里神甫的墓穴。

　　作品主要宣揚的思想就是：基督教才是文明人類的最終歸屬。作者把阿達拉塑造成一個為宗教信念而獻身的人物，製造了所謂的「愛情和宗教信仰」的矛盾。阿達拉的母親是一個虔誠的基督教徒，她雖然是個印第安人，生活在印第安人的部落中，但已經完全接受歐洲「文明人」的影響。阿達拉忠於母親的誓言，寧死也不願意背叛天主，她對沙克達斯說：「我信仰的宗教使我永遠同你分開，如果你是愛我的，那你就信仰基督教，將來同我會合。」阿達拉最終克制了自己的愛情，用生命來維護自己的宗教信念。在夏多布里昂筆下，她是一個崇高的殉教者形象，她的行動也啟迪了沙克達斯，他終於也改信了基督教。宗教最終戰勝了愛情，雖然付出了沉重的代價，卻使得野

蠻人改變了信仰。夏多布里昂正是用這種獨特的文學形式來歌頌基督教的偉大和神聖，讚美為天主而獻身的崇高精神。

作品還塑造了另一個讚美基督教聖潔的人物形象奧布里神甫。他來到北美傳教已經三十年，僅在山洞裡就住了二十二年，每逢颶風下雨，他總要外出救人，同時，他幫助印第安人轉變宗教信仰，開始他因傳教被印第安人切掉了手指，但經過他的長期努力，印第安人的風俗「逐漸純化」了，人們見到他便馬上放下手裡的活計，跑到他跟前，吻他的長袍，有的還扶著他走路。作者說，這是基督教對野蠻生活的勝利。作者就是以這樣的完美主義情懷展現了印第安人在宗教感召下文明起來的生動畫面。

二　雨果作品中的宗教感化與救世情懷

維克多-雨果（Victor Hugo, 1802-1882）於一八〇二年生於法國貝尚松，幼年時跟隨父親到過義大利、西班牙，並在西班牙接受小學教育。中學時代，雨果就開始寫詩，受到夏多布里昂的影響。由於其家庭背景和母親的影響，雨果初期的創作態度具有保守傾向，在政治上他反對革命，擁護波旁王朝，歌頌天主教。在當時革命形勢和自由主義思潮的影響下，雨果的政治態度發生轉變，在創作上反封建和反教會思想較為突出。隨著他被當選為法蘭西院士，他開始與當時的政權進行妥協。一八五一年路易-波拿巴反對反革命政變，雨果又發表宣言進行反抗，遭到失敗後被迫流亡國外達十九年之久。拿破崙三世跨台後，他結束了長期的流亡生活，回到巴黎，受到巴黎人民的熱烈歡迎。從上述簡單的生平介紹中可以看出，雨果一生經歷了豐富曲折的政治歷程，其政治態度和立場也經常出現矛盾和反覆，但雨果卻始終能夠從人道主義的立場出發，揭露社會黑暗，維護被壓迫人民的自由和尊嚴，在一定程度上對無產階級的暴動和起義表示了肯定；雨果在

強烈諷刺資產階級法律的虛偽性後，他把穩定社會的精神力量寄託在宗教感化上，企圖通過每個人的道德修養和宗教仁愛精神的提升實現社會的最終和平安寧。

雨果的代表作《悲慘世界》所揭示的就是如何通過個人的道德修養和整個社會的宗教力量來實現世界和平和社會安寧的主題。作品通過對十九世紀初期法國社會現實中悲慘處境的描繪，揭露了資本主義社會法律制度的虛偽性，認為凝聚社會的根本力量不是靠法律，而是靠道德和宗教力量。作品中的主要人物冉-阿讓因貧窮偷了幾塊麵包就被關進了監獄，他不堪忍受裡面的非人待遇曾幾次越獄，被累積徒刑達十九年之久。出獄後來到狄涅城，偷了米里埃主教家的一對銀柱臺，後被米里埃主教感化，從此立志從善。他改名馬德蘭，來到另一個小城蒙特濰城，當上了企業家，又為該城興辦福利事業，促進了小城的繁榮。被推選為市長，因自己的身分暴露又被關入獄，他再次出逃，在逃亡的路上他還救了一個紡織女工芳汀的女兒科賽特，但不斷受到警察沙威的追捕，沙威是法國資產階級國家的鷹犬，他的人生信條只有「尊敬官府，仇視反叛」和迫害「違法者」的狂熱，但在追捕冉阿讓的過程中，他卻慢慢發現冉-阿讓並不是壞人，當他在一次追捕中完全有機會把冉-阿讓抓獲時，他不僅沒有去抓，反而自己縱身跳入塞納河。作者以此形象刻畫所要揭示的是，資產階級法律是冷酷和虛偽的，只有仁慈慷慨，富有自我犧牲精神才是拯救社會危機的良方。

在《悲慘世界》中，作者把米里埃主教和冉-阿讓塑造成為道德和仁愛感化力量的化身，米里埃主教是一個把自己的生命都獻身宗教事業的傳教士，他不僅具備善良、仁慈的品德，而且能夠用自己的精神力量去關心和拯救那些陷入困境中的人們。冉-阿讓出獄後對社會懷有不滿，米里埃主教不僅沒有輕視這個剛出獄且對社會不滿的人，反而盡自己的力量去關心和幫助他，臨走時他還順手拿了米里埃主教家的銀柱臺，當警察把冉-阿讓抓回來要米里埃指證時，他沒有把冉-阿

讓供出來。這件事對冉-阿讓產生了深刻的震撼，從此他決心改變自己的一切，立志從善，用一生的行動捍衛了自己的信念。冉-阿讓一生中雖然也有過錯，但他的精神主流卻是立功立德，為社會和需要救助的人做了許多好事，成為雨果道德感化力量的見證。

　　雨果是一個具有深刻思考能力和思想深度的作家，他親身經歷過法國大革命前後的風風雨雨，對法國大革命的性質和後果具有與常人更深切的體會。殘酷的現實告訴他，單純靠仁愛感化和道德完善去改造社會是遠遠不夠的，當法國人民的革命鬥爭形勢的高潮來臨時，雨果把法國人民的革命鬥爭看成是解決社會矛盾、是正義進步事業的基礎和爭取和平安寧生活的有力手段，因此他用極大的熱情描寫了一八三二年的人民起義和街壘戰中的英雄們，把他們看成是「真理的發怒」。但從作者的整體思想傾向來看，他還是把仁愛感化力量看成是壓倒一切的人道主義思想武器，革命和武裝鬥爭的目的還是為了人道主義的徹底實現。從總的來看，雨果的仁愛感化並非要重新把人們召回到天主教教堂裡，要人們對上帝頂禮膜拜，而僅僅是在現實關係上希望人們能夠注重個體道德修養和宗教信仰，從而使人們在社會生活中具備仁愛之心，如果每一個人都有宗教感，都具備一顆仁愛之心，那整個社會的和平安寧就能夠得到實現。這是雨果在經過革命和宗教探索後得到的最終救世良方，這個救世良方雖然有理想主義的色彩，但在那個特定歷史時期能夠提出這種社會解救辦法仍然是具有進步意義的。

第七章
十九世紀中後期的西方宗教文化與現實主義文學

　　十九世紀中後期，西方文壇占主流地位的文學潮流就是現實主義。現實主義文藝思潮雖然在當時被許多人所詬病，但它所體現出來的共同傾向使之與十九世紀初期的浪漫主義文藝思潮有本質的差異。浪漫主義是在反對理性主義和自由主義宗教思想的共同作用下產生的，其標誌是強調想像力和人的主觀情感的神聖性，崇尚自然，因而它實際上是西方人對內在精神自由的一種追求。而十九世紀中後期的現實主義文藝思潮，則把創作的意向轉向飛速發展的科學技術和嚴峻的現實生活。十九世紀對於西方世界來說是個發生劇烈社會轉型的世紀，在這個世紀中，科學技術取得了飛躍的發展，各種創造發明層出不窮，大大促進了各學科領域的向前推進。資本主義社會制度在這個時期已基本建立，而自由資本主義經濟形式又激發了人們的原始欲望，刺激了他們對金錢的狂熱追逐；更為重要的是，這種社會轉型使得西方的思想界也發生了根本的改變，而這種改變的顯著標誌就是人們的信仰發生了根本的改變，過去雖然經過宗教改革，人們對基督教的信仰態度有所變化，但並沒有失去對基督教上帝的信仰和基督教道德的持守，而此時的西方社會則表現出對上帝毅然決然的拒絕，在這個「上帝死了」的普遍信仰危機中，個人主義思想急劇膨脹，人們為了滿足個人欲望而不惜損人利己，無節制的競爭、貪婪、自私、強取豪奪成為人們社會生活中的常態。現實主義作家正是直面這種社會道德的危機，在上帝退隱的時代毅然擔當起道德說教者和宗教家的職

能，為這個道德墮落的時代呼喚傳統宗教的回歸，希望人性重新回善良、仁慈、博愛的傳統道路中去。十九世紀現實主義作家的這一共同創作意向成為我們準確理解這時期文學特質的切入點。

在深入分析十九世紀現實主義文學與基督教文化的關係之前，我們先較詳盡地探討它們發生關係的原因。

十九世紀現實主義文學回歸基督教傳統的主要原因表現在：

一、科學世界觀衝擊了人們的信仰領域。十九世紀的西方世界在科學領域取得了重大成就，新的科學成果和發明創造使得人們在認識世界和改造世界的能力得到極大地提高，日本科學史家湯淺光朝為我們描述了十九世紀人類科學和理性的壯美圖畫：「十九世紀的最初二十五年，此時以工業革命為轉機，人類社會已經天光大亮了。這個時代，資本主義高度發展，與成熟的資本主義社會相伴隨的經濟危機，開始周期襲來。在打破了過去僵化的世界觀之後，科學研究也開闢了新的研究領域。新的發明和新的發現接連不斷地湧現出來，十九世紀建設科學文明的篇章就由此展開……從而出現了科學的黃金時代，非歐幾里德幾何學的誕生，能量守恆定律的確立，電報通訊技術的飛速發展。……以鐵為原料，以煤為動力的大工業取得了巨大發展。達爾文的《物種起源》像一發巨型炮彈炸開，把進化思想帶進了哲學、藝術、政治、宗教、社會以及其他一切領域，十九世紀下半葉，近代歐洲的政治發生了非常大的變化，八十年代，自由資本主義開始進入壟斷資本主義時代，這是近代史上一個轉折時期，卡特爾和托拉斯全面發展。革命性的動力——電能的出現和應用，電動力開始代替蒸汽動力，這是生產中的革命變革。與此同時，十九世紀的風格是，科學家——工程師——商人，而不是十七、十八世紀的科學家——數學家——哲學家的風格了」[1]十九世紀是個科學主導一切的世紀，科學

1　〔日〕湯淺光朝撰，張利華譯：《解說科學文化史年表》（北京市：科學普及出版社，1984年），頁70-99。

不僅給人類創造了巨大的物質財富，而且更為重要的是，科學導致人
們樹立新的世界觀，人生觀和歷史觀，科學在認識世界和改造世界中
所起的巨大作用使人們在心理上自然產生一種優越感，認為以前上帝
所做的事人類現在都可以做，於是人們開始把科學當作上帝一樣來崇
拜，科學成為現代社會中的新上帝，而科學的成果又是人創造發明
的，因而當人們把科學當成上帝來崇拜時，實際上也就把人自身放到
了上帝的位置上。上帝被人趕走，上帝隱退了，而上帝的隱退意味著
人在占有上帝的位置，與上帝具有同等的創造力時，也意味著人拋棄
了上帝給人類制定的道德規範，而失去道德規範約束的西方人就可以
為所欲為了。因此，科學的進步其實是把雙刃劍，它在推動人類認識
世界、改造世界的能力在不斷提高的同時，也嚴重地衝擊了人類傳統
的道德底線，造成人類社會生活的動盪。

　　二、理性王國的夢想造成西方世界拜物主義和崇拜金錢。自啟蒙
運動以來，西方資產階級就企圖建立自己的理性王國，這種理性王國
被西方啟蒙思想家們賦予了人類對自身未來的美好嚮往，自由、平
等、博愛、仁慈等理念深入人心。但現實的情況卻是，隨著西方資本
主義制度在歐美的基本確立，這種制度在解放人類自身和創造出豐富
的物質財富顯示其優越性的同時，其腐朽和墮落的一面也徹底地暴露
出來。馬克思和恩格斯指出：「資產階級在它已經取得了統治的地方
把一切封建的、宗教的和田園詩般的關係都破壞了。它無情地斬斷了
把人們束縛於天然酋長的形形色色的封建羈絆，它使人和人之間除了
赤裸裸的利害關係，除了冷酷無情的『現金交易』，就再也沒有任何
別的聯繫了。它把宗教的虔誠、騎士的熱情、小市民的傷感這些情感
的聖神激發，淹沒在利己主義打算的冰水之中。它把人的尊嚴變成了
交換價值，用一種沒有良心的貿易自由代替了無數特許的和自立掙得
的自由。……資產階級抹去了一切向來受人尊崇的和令人敬畏的職業
的靈光，它把醫生、律師、詩人和學者變成了它出錢招雇的雇傭勞動

者。資產階級撕下了罩在家庭關係上的溫情脈脈的面紗，把這種關係變成了純粹的金錢關係。」[2]馬克思主義者對資本主義制度的批判矛頭直接指向物質主義和金錢崇拜，金錢由貨幣交換職能轉變成為具有神秘魔力的精神統治力量，成為人們心目中的世俗上帝。而人們對金錢的崇拜逐漸侵蝕到社會道德層面，使人們的生活時時刻刻都被金錢所操縱，金錢的崇拜最終的結果是導致人們失去真正的宗教信仰，人們的生活變得平淡無味。

三、個人主義思想泛濫成災。由於西方社會拒絕了對上帝的信仰，上帝的退隱導致原來的宗教和道德體系的普遍瓦解；同時，剛剛建立的資本主義制度又極大地激發了人們內在的原始欲望，從而使個人主義思想泛濫成災。與啟蒙思想中尊重個人權利和自由的「理性動物」不同的是，十九世紀中後期出現的個人主義傾向帶有原欲主義的色彩，他們以滿足個人欲望為核心，表現出極端貪婪、自私和利己主義的心理，因而帶有「人性趨惡論」的思想特點。人們對這種普遍存在的惡德敗俗已經感到厭惡，並企圖努力克服這種現代社會的流行病。馬爾薩斯就指出：「惡之存在於世，並不是為了引起絕望，而是要增強活力。我們不應該逆來順受地屈從於惡，而應該極力避免惡。全力使自己以及自己影響所及的人們脫離邪惡。」[3]而要擺脫邪惡的唯一辦法就是回歸傳統的基督教道德觀，使人們重新尊重基本的人性、道德和情感。只有這樣才能克服資本主義制度所造成的人欲橫流和道德墮落的局面。

2　《馬克思恩格斯選集》（北京市：人民出版社，1972年），卷1，頁253-254。
3　轉引自〔美〕莫蒂默等編：《西方思想寶庫》，編委會譯：《西方思想寶庫》（長春市：吉林人民出版社，1988年），頁560。

第一節　十九世紀中後期的西方宗教文化

　　十九世紀中後期西方宗教文化一方面繼續沿著自由派神學的方向發展，另一方面表現出一種與自由派神學截然不同的發展趨向，這種趨向就是繼承啟蒙運動時期思想家們對基督教的批判精神，繼續對基督教的腐敗墮落進行更加徹底的理性清算。這種清算不是從基督教的表層含義上，而是從哲學層面上對基督教的本質進行理性分析和價值批判，這種哲學批判從根本上瓦解了基督教神秘主義的面紗，使基督教在其幾千年的歷史中建構起來的精神大廈土崩瓦解。以下就這幾位清算基督教文化的大思想家們的主要思想進行梳理，以期對這個時期的批判宗教有一個清晰的認識。

一　黑格爾的絕對精神與基督教

　　黑格爾（Georg Wilhelm Friedrich Hegel, 1770-1831）是十九世紀德國最偉大的唯心主義哲學家。他出生在德國符騰堡公國的斯圖加特城，一七八八年中學畢業後進入圖賓根神學院，學習神學、哲學和自然科學。畢業後曾在伯爾尼和法蘭克福做過家庭教師，耶拿大學編外講師和紐倫堡大學預科主任等職，一八一六年任海德爾堡大學哲學教授，兩年後任柏林大學哲學教授，一八二九年被任命為柏林大學校長。一八三一年獲普魯士三級紅鷹勳章，同年十一月十四日去世。在黑格爾的一生中，經歷了啟蒙運動和浪漫主義兩個重要的文化運動，他把這兩場運動的文化精髓有機地融合在他的哲學思想裡，形成了他哲學中既具有理性內涵又具備豐富想像的理論特徵。

　　黑格爾對基督教的批判應該始於對施萊爾馬赫論宗教本質的批評。施萊爾馬赫認為宗教的本質就在於信徒對上帝具有一種絕對依賴的感受，黑格爾回應道，就忠誠而言，狗應該是最好的基督徒了。因

此，黑格爾的神學批判一開始就確立了一種認識上帝而不是絕對依賴
上帝的哲學批判精神。在黑格爾的早期神學著作中，他就對基督教的
教會、抽象的教義等內容展開了激烈的批判，認為基督教受到教會組
織的控制，不但使教會越來越脫離社會，也使基督教教義越來越脫離
人性，變得「異化」了。要使基督教重新恢復生機，就必須拋棄教會
把持精神機構和抽象教義的原則，而應該把它放在神人結合的歷史和
絕對精神實現的歷史中，讓上帝在歷史中揭示自身、完成自身，黑格
爾說：「在基督教中，上帝啟示了自身，就是說，他讓人們理解了他
是什麼，這樣他就不再隱蔽，不再是一個秘密。這種認識上帝的可能
性，把去認識他主要一項責任加諸我們。從這個基礎出發，從聖神啟
示的存在出發的思維著的『精神』的發展，最終必然要開始在思想中
掌握那起初在感受與表象中顯示給精神的東西。」[4]宗教在黑格爾那
裡成了理性認識的對象，它不再是啟示的、神秘的事物，而是與我們
的思想，我們的世界歷史息息相關的事件。

　　黑格爾從思辨角度出發，對基督教的一些基本概念進行了富有意
義的創新，從某種程度上顛覆了傳統基督教的基本觀念，具體表現在：

（一）黑格爾對人類始祖的墮落問題的看法

　　黑格爾認為，亞當和夏娃的「墮落」是從無知狀態向自我意識狀
態的必然運動，墮落會導致異化，導致人類追求知識，並與上帝平起
平坐，這從上帝角度來說當然是罪惡，但從人類的角度來說，正是這
種墮落，它超越了自己天真無知的狀態，而進入到了歷史中的人類社
會，人類從此可以憑靠自己智慧的認識能力去分辨是非罪惡，而無須
上帝來指導。因此，人類始祖的墮落對上帝來說是罪惡，應該「受到
譴責」，但對於人類來說它卻是一次歷史性的進步，唯有通過這種進

4　轉引自〔美〕利文斯頓撰，何光滬譯：《現代基督教思想》（成都市：四川人民出版
　　社，1992年），頁299。

步，人才能意識到自身獨立的存在，才能真正地確立並使用自己的自由意志。

（二）黑格爾對基督教的「道成肉身」說的闡釋

黑格爾認為，絕對精神要求以感性的形式來表現，因此上帝作為絕對精神的最高實體也必然要求以其感性形式即人的形式出現，基督就是上帝的「道成肉身」，上帝在基督身上化成人，同樣，作為人的基督其本身也是人的上帝，「道成肉身」以其辨證思維彰顯了神人合一的歷史事實，上帝開始從抽象的觀念進入歷史中的個體，這個歷史中的個體就是耶穌基督，而耶穌基督的歷史卻充滿著受難與死亡。黑格爾認為，正是耶穌的受難和死亡，才能實現上帝與人之間的價值溝通，他是這樣說的：「我們已經說過，只有在基督死後，聖靈才能降臨到他的夥伴們身上。只有那時他們才能形成真正的關於上帝的觀念，即在基督當中，人獲得了救贖與和解；因為在他當中，可以認識到永恆真理的觀念，認識到人的本質就是精神，並宣告了這樣一個事實：只有靠著使自己擺脫侷限性，獻身於純粹的自我意識，才能達到真理。作為人的基督，神人合一出現在他身上的基督，在自己的死亡中，在自己的歷史中，親自地一般地表現了精神的永恆歷史——這是每個人為了精神而生存，或者為了成為上帝之子，成為上帝國的公民，都必須在自身中完成的歷史。」[5]神人的和解統一不僅發生在基督身上，每個人都享受了神人合一後的恩惠，憑靠這種恩惠人類創造並完成了自身的歷史。

（三）絕對精神與基督教

黑格爾認為，人類的歷史從根本上說就是精神史，而絕對精神作

5　轉引自〔美〕利文斯頓撰，何光滬譯：《現代基督教思想》（成都市：四川人民出版社，1992年），頁309-310。

為人類歷史的最高價值，它實際上與基督教的上帝是完全相通的，上帝就是絕對精神，神聖三位一體就是絕對精神的辨證過程的感性表現形式。但是，基督教的上帝是一種有神論的上帝，這種上帝觀念隔開了與真實歷史的內在聯繫，成為一種抽象的、超驗的存在物。因而黑格爾要求拋棄傳統的有神論觀點，讓上帝返回人間，成為世間的上帝，而成為世間的上帝也就成為了絕對精神。人認識上帝也就是認識人自己的精神。黑格爾正是通過這種對基督教的積極揚棄，在消除了它的神秘主義因素後，在哲學思辨中找到了它存在的合理性。從黑格爾一生的哲學思想來看，他雖然對基督教有諸多批判，但他沒有簡單的否定基督教存在的合理性，而是把它轉化成為哲學思考的課題，在哲學王國的領域為基督教尋找到它的安身之所，這種帶有強烈思辨色彩的基督教正是黑格爾宗教哲學的特點。

二　費爾巴哈的基督教人類學

費爾巴哈（Ludwig Andreas Feuerbasch, 1804-1872）出生在德國巴伐利亞的一個律師家庭。年輕時在海德爾堡大學學習神學，但很快被黑格爾所吸引，並在他的指點下獻身哲學。一八二八年費爾巴哈曾任厄爾蘭根大學的編外講師，由於他發表了一篇《關於死亡與不朽的思考》引起論戰，他被迫放棄了學術界的生涯，變成一為私人學者，長期住在巴伐利亞的一個小村子裡。這期間他完成了一生中最重要的著作，包括《基督教的本質》、《未來哲學》和《宗教的本質》。一八七二年在紐倫堡去世。

費爾巴哈是在學習黑格爾的哲學起步的，但他似乎在一開始就完全背離了黑格爾的唯心主義傳統，而是從感覺主義和唯物主義辨證法的高度展開對黑格爾哲學的批判。在費爾巴哈看來，黑格爾的唯心主義哲學只不過是一種新形式的新柏拉圖主義，他企圖從哲學王國中為

基督教尋找避難所也僅僅是基督教護教論者的繼承而已。因此他堅決
地摒棄黑格爾的思辨神學以及他設計出來的上帝的替代品——絕對精
神，而是把哲學奠基在實在的感覺經驗上，這樣就可以戳穿黑格爾形
而上學玄奧的外部形式，進而去發現其中蘊涵的深刻的心理學和人類
學真理。因此，要理解黑格爾哲學中的真理，就必須對黑格爾進行
「改造性的批判」，把他的思辨神學「顛倒過來」，使黑格爾的上帝通
過人認識自身變成為人通過對上帝的認識進而認識人自身，上帝的本
質就是人失去了的自我，同時也是外化和客觀化了的自我。

　　正是在批判黑格爾思辨神學的基礎上，費爾巴哈建構起了自己具
有唯物主義性質的宗教人類學大廈。但他宣稱，他的人類學宗教並非
是「無神論」，而是建立在人的需要、人的恐懼以及人最珍視的希望
基礎上。他說：「宗教，是人類心靈的夢」，但「即使在夢中，我們也
發現自己並不處於虛空之中或者天堂之中，而是在大地之上，在實在
的王國之中；我們正是看見處於想像和隨想的令人出神的光輝之中的
東西。」[6]因此，宗教實際上是對人類自身無限性的意識，而上帝就
是人類自身無限的自我意識的投射，對上帝的意識就是自我意識，對
上帝的認識就是自我認識，而人類之所以會把自己理想化的人投射為
上帝這樣一種神聖的存在物，乃是人類無意識的自我異化的結果。因
為在宗教中，人類把自身看成是一種分裂的自我，把上帝看成是自己
的對立物，上帝是無限者，人是有限的存在物；上帝是完美的，人是
不完美的；上帝是永恆的，人是無常的；上帝是全能的，人是軟弱
的；上帝是神聖的，人是有罪的。上帝與人處於人性中的兩極，因此
人在宗教中是自我貶低的，但這種貶低並非是否定自我，而是把自己
的希望和理想自我投射在上帝之中；同時，這種異化還導致了人的意
識進入黑格爾所稱的「懺悔意識」，這種懺悔意識來源於上帝的完美

6　〔德〕費爾巴哈撰，榮震華譯：《基督教的本質》（北京市：商務印書館，1997年），
　　頁68。

與人的不完美之間的巨大反差，因而使人產生出一種自我貶低和痛苦狀態。如果這種分裂實際上不存在，人類的懺悔意識和由此產生的痛苦也就自然消失。

因此，費爾巴哈認為基督教就是一種異化的宗教，而要使基督教回到正常的宗教軌道上來，就是要使基督教成為一種人化的宗教，基督教信仰成為一種客觀化的信仰。這種人化宗教的核心即是對實實在在的鄰人的愛，他認為，真正的宗教只能在人類的和平共處中找到，「只有在共處中，在人與人的結合中，在一種奠立在『我』與『你』的區別的現實之上的結合中，才能獲得人的存在……為己的人，是普通意義上的人；與人共處的人，即『我』與『你』的結合，是上帝。」[7]費爾巴哈的這種愛是大愛，是真正在全人類實現和平共處或形成大同社會的愛，如果每個人心中有這種大愛，則他本身就已經有了一種宗教，他的每一個世俗行為也都具有聖神的宗教意義。總之，費爾巴哈就在他對黑格爾的思辨哲學批判中完成了他心理學的和人本主義的宗教哲學，這種人本主義的宗教哲學還對黑格爾和馬克思之間起到了溝通橋樑的作用。

三　卡爾・馬克思對社會學、經濟學的宗教批判

卡爾・馬克思（Karl Marx, 1818-1883）出生在德國威斯特伐尼亞的一個律師家庭，父親赦爾舍爾・馬克思是猶太人後裔，受理性主義思想影響較深，但還是受洗為新教基督徒。幼年卡爾也接受基督教洗禮，上大學後受到激進思想的薰陶，逐漸與基督教疏遠。在耶拿大學獲得博士學位後馬克思開始了記者生涯，先後擔任過《萊茵報》主編，和朋友一起出版過《德法年鑒》，期間他寫有最早批判宗教思想

7　轉引自〔美〕利文斯頓撰，何光滬譯：《現代基督教思想》（成都市：四川人民出版
　　社，1992年），頁373。

的文章《黑格爾法哲學批判導言》，後與其親密朋友恩格斯相遇，並
合作寫出《德意志意識形態》。一八四七年馬克思加入國際共產主義
者同盟，同恩格斯一起起草《共產黨宣言》；一八六四年，馬克思創
立了國際工人協會，即第一國際，一八六七年作為「工人階級的聖
經」的《資本論》第一卷正式出），頁二卷和第三卷在馬克思世逝後
由恩格斯出版。

　　馬克思對宗教的批判受到費爾巴哈哲學思想的深刻影響，但他不
同意費爾巴哈的宗教自我異化論。在馬克思看來，費爾巴哈把自我異
化的原因歸結為個人心理是有缺陷的。異化的真正根源是人的社會生
活，宗教情感本質上是社會的產物，因為人是一切社會關係的總和。
於是，在〈黑格爾法哲學批判導言〉中，馬克思以激烈的口吻批判了
宗教的虛幻性，並對宗教給人民造成的精神苦難進行了精闢的分析，
他說：「宗教裡的苦難既是現實的苦難的表現，又是對這種現實的苦
難的抗議。宗教是被壓迫生靈的嘆息，是無情世界的感情，正像它是
沒有精神的制度的精神一樣。宗教是人民的鴉片。」[8]在廢除了幻想
的幸福的宗教以後，馬克思指出了當時德國哲學的歷史任務，「在彼
岸世界的真理消逝以後，歷史的任務就是確立此岸世界的真理。人的
自我異化的神聖形象被揭穿之後，揭露非神聖形象中的自我異化，就
成了為歷史服務的哲學的迫切任務。於是對天國的批判就變成對塵世
的批判，對宗教的批判就變成對法的批判，對神學的批判就變成對政
治的批判。」[9]

　　馬克思從基督教角度對現實世界的批判是從資本主義社會制度開
始的。他認為，基督教與資本主義一直是攜手並行的，並為資本主義
進行過辯護。基督教支撐著一個虛幻的彼岸世界，而資本主義同樣孕
育了一個虛幻的金錢世界，資本主義在其歷史進程中造成的自我異化

8　《馬克思恩格斯選集》（北京市：人民出版社，1972年），卷1，頁2。
9　《馬克思恩格斯選集》（北京市：人民出版社，1972年），卷1，頁2。

就體現為對金錢的崇拜。在馬克思看來，人們對金錢的崇拜與人們對
上帝的崇拜具有相通之處，「猶太人在此世崇拜什麼呢？叫賣兜售。
他在此世的神明是誰呢？金錢……金錢是以色列人好嫉妒的、唯一的
上帝，除他以外，任何別的上帝都站不住腳。金錢把人們所有的神靈
都趕下了寶座，把他們變為商品。金錢是一切事物普遍的、獨立構成
的價值。因此，它剝奪了整個世界，人和自然的世界自身的價值。金
錢是人的工作和人的存在異化了的本質。這種異化了的存在物統治著
人，而人則對它頂禮膜拜。」[10]馬克思對金錢異化為資本主義社會中
人的本質的現象進行了深入的剖析和批判，他進而從商品和資本入手
對資本主義社會必然滅亡的命運作出了科學的、有預見性的分析，認
為只有私有財產被廢除，資本主義制度滅亡，人類才能從根本上消除
金錢崇拜的異化狀態，而在這種異化條件不存在的地方，對宗教假設
的需要也不復存在。共產主義則是人類面臨革命性社會變革後的新的
社會狀態，這種社會狀態不僅克服了資本主義金錢崇拜的異化狀態，
宗教也在這個人與人之間矛盾的最終解決後被超越。

　　可以說，馬克思對宗教本質的批判和對現代資本主義金錢崇拜的
批判是非常深刻的，正是由於馬克思對宗教的批判與資本主義制度聯
繫在一起，使得基督教在現代世界中遭到毀滅性的打擊。但他認為宗
教信仰會隨著人類社會經濟狀況的變革而消亡的觀點卻缺乏歷史和經
驗依據。不過，馬克思在資本主義社會異化狀態下為受盡苦難的工人
階級創造出一種新的信仰形式，使他自然成為工業化時代裡的一位先
知式的偉大人物。

---

10 轉引自利文斯頓撰，何光滬譯：《現代基督教思想》（成都市：四川人民出版社，
　 1999年），頁384。

四　尼采對基督教的道德批判

　　尼采（Friedrich Nietzsche, 1844-1900）出生於德國瑙姆貝格一個路德宗教區牧師家庭，少年時代受到基督教影響，被同伴們稱為「小牧師」。在早年的學習時代尼采對古希臘文化產生敬仰，逐漸疏遠了基督教。一八六九年，尼采受到神學家利奇爾的推薦，在尚未完成博士學業時就被任命為巴塞爾大學的語言教職，後來因身體不好辭去教職。在以後的十年中，尼采在瑞士和德國各地四處求醫，過著一種漫遊式生活。在此期間他寫成了《人性的，太人性的》，《黎明》、《快樂的智慧》，開始了他對基督教的系統攻擊。此後，尼采出版了他一生中最著名的作品《查拉圖士特拉如是說》、《善惡的彼岸》、《道德的譜系》、《尼采反對瓦格納》、《偶像的黃昏》、《反基督》、《看哪，這人！》。這位批判大師後來逐漸處於精神錯亂狀態，之後一直沒有恢復正常，於一九〇〇年八月二十五日在魏瑪去世。

　　尼采對基督教的批判首先是對基督教上帝觀念的懷疑和猛烈批判。尼采之所以對上帝產生本質上的不信任，就是因為一向被人們尊為上帝的東西，「是一種反對生命的罪惡」，尼采在其《反基督》中明確表達了他對基督教的上帝概念的否棄：「基督教的上帝概念──作為病人之神的上帝，作為蜘蛛的上帝，作為精神的上帝──乃是世界上所達到過的最墮落的神的概念之一；它也許是神的類型衰退過程中的最低點，神蛻化為生命的對立面，不復是對生命的神化和肯定了！在上帝中表達了對生命、自然、生命意志的敵視！……」[11]上帝作為一種虛無和頹廢的概念卻一直在歐洲人的精神世界中統治了兩千多年之久，人們卻因為長期受到基督教價值觀的薰陶和教會的影響，沉浸於其中而不能自覺，雖然歐洲思想界自文藝復興以來有過多次的宗教改革和反基督教浪潮，如德國馬丁‧路德的宗教改革，但他們更多的

11　轉引自周國平編選：《尼采讀本》（北京市：新世界出版社，2007年），頁243。

是批判基督教的教會組織和個別教義，而對於基督教最本質的概念上帝卻無人敢提出批判。啟蒙運動時期的思想家伏爾泰曾激烈地批判了基督教教會的腐敗和教義的不合理，也明知上帝是不存在的，但他還是認為有一個上帝要比沒有一個上帝好。可以說，尼采是西方思想界宣告上帝死亡的第一人，尼採用富有詩意的「瘋子」寓言宣告了上帝之死：「『上帝到哪裡去了？』他叫道：『讓我來告訴你們。我們已經把他殺死了──是你和我，把他殺死了。我們大家都是謀殺他的人。』」[12]但對於尼采來說，「上帝之死」並非是哲學探尋的邏輯結果，而是一個歐洲文化上的真實事件，這個事實只不過沒有被現代歐洲人充分地意識到罷了，一旦現代歐洲人醒悟到上帝已死的事實，那就必然使他們一直持守幾千年的基督教價值觀念的基礎和支柱崩潰，人們將陷入虛無主義的可怕境地而不能自拔，但是如果在這種情況下還要相信上帝的存在，那就是還要讓人們生活在一個虛構的世界中。對於這個隱藏著巨大虛偽的基督教上帝觀念，尼采以其偉大的思想家的勇氣和激情，揭開了基督教上帝的虛偽面具，還原了上帝概念的真實面貌，從而使人們看清了上帝表面威嚴其實虛偽的真正本質。

其次，尼采對基督教的批判表現為他對基督教道德觀念的無情批判。雖然基督教表面上以虔誠的信仰和道德持守把人們引導到上帝和彼岸世界的極樂中，但事實上這種信仰是基督教信徒怨恨心理的不自覺的產物，是軟弱的群眾對他們的貴族上層怨恨心理的表現。在羅馬帝國時代，猶太人就開始了道德上的奴隸造反，因而派生了一套所謂的奴隸道德，尼采說：「正是猶太人，他們以一種令人生畏的固執，敢於顛倒貴族的價值等式：好的──高貴的──有力的──美的──幸福的──神佑的，並且懷著無權無力者的強烈仇恨，堅持認為只有貧窮的人、無力的人、才是好人；只有受苦的人、病弱的醜陋的人、才是真正得到神佑的人。而你們這些在世上高貴而有力量的人，將永

12　〔德〕尼采：《快樂的科學》，《尼采全集》（慕尼黑，1977年），卷3，頁127。

遠永遠是邪惡的、殘酷的、貪婪的、不信神的，因此是該詛咒的、該死的。」[13]而猶太人自己的憐憫、仁慈和自我克制的奴隸道德觀，使他們組織起了一群彼此相親相愛的信徒，他們團結在一起，組成了由怨恨心理所構成的巨大精神力量，他們應用這種怨恨的心理力量還成功地為自己的奴隸地位報了仇，成為羅馬人精神上的統治者。羅馬帝國滅亡後，成為統治階級的基督教要實現對強悍的羅馬人的有效統治，還是應用這種奴隸道德在精神上和肉體上無情地摧殘他們，通過形形色色的精神折磨來讓他們生病，讓他們的心靈發生扭曲、變形，進而讓他們衰弱下去，「基督教想要統治猛獸，其手段就是使他們生病，——衰弱是基督教求馴服、求『文明』的藥方。」[14]從尼采對基督教道德的深刻分析中我們可以清晰地看到，表面上仁慈、虔誠而內心卻充滿怨恨的基督教是如何通過他們的奴隸道德來實現對強悍的歐洲人進行精神統治的。這只有真正是哲學家和鬥士的尼采才能看出其中的本質。

　　同時，基督教的怨恨心理還表現在對生命價值的歧視上。尼采說：「唯有基督教，懷著根本反對生命的怨恨，把性視為某種不潔之物：它把污穢潑在源頭上，潑在我們生命的前提上……」[15]而真正的生命即是通過生殖、通過性的神秘來延續的，因此它是崇高和莊嚴的，它應該得到肯定和張揚。基督教卻以倡導禁欲主義來表達他們對生命的怨恨，以使所有的人都不能享受現實生活的快樂和人間幸福。基督教之所以要漠視生命價值和現實生活的幸福，其目的是要否定人的生命價值，基督教以製造原罪而使人們深陷永恆苦難的方式，把人們的生命價值牢牢地捆綁在與上帝的精神關聯中，人們在現實世界中只有全身心地信仰上帝，才能獲得彼岸世界的價值肯定。因此，基督

13　〔德〕尼采，謝地坤等譯：《道德的譜系》（桂林市：灕江出版社，2000年），頁160。
14　轉引自周國平編選：《尼采讀本》（北京市：新世界出版社，2007年），頁242。
15　轉引自周國平編選：《尼采讀本》（北京市：新世界出版社，2007年），頁246。

教從根本上說就是一種否定生命的宗教。

第三、尼采雖然對基督教的批判是從其存在的根基上進行批判的，但他並沒有完全拋棄基督教有價值的層面。在尼采看來，基督教最有價值的概念不是上帝而是耶穌。無論是作為歷史上的耶穌和作為上帝的兒子的耶穌，尼采在論述耶穌的過程中始終是懷有深刻敬意的，他認為基督教世界中只有耶穌才是真正的基督徒，但是「他（耶穌）已死於十字架上。『福音』在十字架上死了。從那個時刻以來，被稱為『福音』的東西，實際上是他（指耶穌）所曾實踐的東西的反面；是『惡音』，是壞天使」，耶穌吸引尼采的東西並不是他傳播的福音，也不是基督教所傳播的教義，而是耶穌在傳播福音的過程中所表現出來的高貴和誠實的精神品德。作為「福音的傳送者」，耶穌並不是為了拯救世人，而是以自己的言行表明人應該怎樣生活。因此，耶穌在巡捕面前，在控告者面前，在種種誹謗和嘲笑面前，在十字架面前，他不抵抗、不發怒，他不要別人來承擔責任，這些都是耶穌具有高貴和誠實的精神品質的見證，這種品質並不是英雄或者是天才的品質，尼采是反對把耶穌當成英雄來看待的，他更喜歡把耶穌當成「白痴」般的孩童看待，尼采認為唯有這些品質才是基督教應該宣揚的福音；可惜的是，基督教教會卻完全歪曲了耶穌的福音，而是把它改造成為信仰基督的教義，這些教義在尼采看來就是「惡音」、就是「壞天使」。

總之，十九世紀中後期西方宗教文化雖然表現出思想家們各自的宗教領悟和思辨精神，但卻顯示出共同的宗教批判力量和勇氣。他們的批判精神是對啟蒙運動思想的繼承和發展，通過他們的批判，作為一種哲學形而上學的基督教已經完全不存在了，上帝之死不僅是指宗教上帝的死亡，更多的是指形而上學上帝的消亡。而且通過他們的徹底批判，西方精神界開始進入到了虛無主義時代，而虛無主義的標誌就是不知道「上下左右」，沒有中心，沒有意義，也沒有價值標準可

以依持。在這種情況下十九世紀中後期的西方文學開始站出來為傳統基督教的存在進行辯護，從而開創了文學言說宗教的新時代。

第二節　十九世紀中後期的西方文學與基督教傳統

　　十九世紀的西方文學既完整、深刻地反映了上述思想內容的變化情況，但也有自己的獨特表達方式。其標誌就在於這個時期的西方文學不是簡單地再現西方思想家們的思想內涵和批判精神，而是以文學形象的形式表達出不同作家對西方現實世界的狀況的認識和他們的豐富多彩的宗教沉思，這種沉思雖然有某種程度的道德意識，但其本質上是文學精神的體現，因而這些作家不是以道德家的名義去創作，而完全是以作家的面目來面對當時社會宗教缺失的困境。下面就以幾個歐洲主要資本主義國家的現實主義文學為例，具體分析和探討現實主義文學創作中蘊涵的宗教文化觀念。

一　法國文學與司湯達、巴爾扎克作品中「欲念的宗教」

　　一八三○年代，法國發生了資產階級的「七月革命」，推翻了捲土重來的波旁王朝，建立了以大金融家為主體的資產階級政權。但是，資產階級政權的建立並沒有使法國社會進入穩定和諧的發展道路，反而使得社會矛盾更加激化，一方面是雖然王朝被推翻，但王朝勢力尤其是宗教勢力仍然影響著社會的各個領域，嚴重阻礙了資產階級的發展和壯大；另一方面，法國資產階級建立的經濟制度是一種被亞當‧斯密稱為「自由放任」式的經濟模式，這種經濟模式雖然以自由競爭為幌子，但實質上是對人的物質欲望的無限釋放，物欲膨脹滋生出拜金主義，追逐金錢成為人們普遍的人生目的，金錢成為上帝退隱之後的新信仰。但是，這種新信仰不僅沒有使社會變得安寧和諧，

反而更加刺激了人的感官欲望，使人心和社會都動盪不安。法國現實主義作家正視這種殘酷的現實，他們以社會良心的角色主動承擔起拯救社會道德的責任，在作品中他們無情地展示金錢社會裡人們的各種醜陋行徑，揭示金錢給人們造成的罪惡和各種道德墮落，表現他們心目中種種「欲念的宗教」，同時他們還對法國社會在缺乏宗教信仰的精神氛圍下，希望回歸傳統宗教倫理和道德的精神意向。

（一）司湯達

　　司湯達（Stendhal, 1783-1842）原名亨利‧貝爾（Marie-Henri Beyle）。是法國現實主義文學的奠基人。司湯達自幼受到啟蒙思想的影響，以追求個人自由和社會平等為人生目標。曾追隨拿破侖實現自己的理想，但拿破侖的失敗和波旁王朝的復辟使得司湯達不得不離開法國前往其母親的故鄉義大利的米蘭，在那裡他一方面陶醉於義大利的田園風光，另一方面又暗中與義大利燒碳黨人的活動，最終被警方通緝而不得不回到法國。回國後的司湯達靠為英國的一家報紙寫稿為生，由於人生的失意，自由在現實生活中的難以實現，他開始逐漸把年輕時期追求的人生理想融匯到自己的小說創作中。他在小說中創作的許多主人公都有與司湯達相似的地位、理想和人生追求，都有為實現理想的堅強意志。如他的著名小說《紅與黑》中的于連就是一個具有強烈權力欲望和為實現這一願望的堅強意志的「英雄人物」，在《紅與黑》中，作者多次稱于連為「英雄」、「我們的英雄」。于連是個頭腦敏銳、意志堅強、高傲自尊的青年。他出身平民，崇拜拿破侖。因為在拿破侖的時代，堅強的個性可以不憑門第和財產而發揮自己的才能。于連說：「在那個時代，像我這樣的人，或者已經被殺死，或者在三十六歲時就當上了將軍。」他滿懷英雄氣概，充滿英雄幻想，他為了擺脫自己卑微的處境，他實現自己往上爬的欲望，可以背誦拉丁文的《聖經》，為了等待時機，他可以在貝尚松神學院忍受

各種禁欲和孤寂之苦，為了得到權力和財富，他可以愛他不愛的女人，總之，于連在「欲望的宗教」的驅使下，他的所有行動都是為了實現自己的權力和財富的欲望，因而司湯達是把這種「欲望的宗教」當成正面的價值進行讚美的。此外，司湯達在《巴馬修道院》中，作者認為法布利斯也具有「英雄氣概」。法布利斯出身貴族，不需要像于連那樣去謀取社會地位，但他像于連一樣，熱情大膽，渴望幹一番轟轟烈烈的事業，他和于連一樣非常崇拜拿破侖。並有幸投奔拿破侖，趕上了滑鐵盧戰役的尾聲，表現出大無畏的英雄氣概。然而，拿破侖的失敗，使法布利斯的英雄幻想破滅，他在專制君主的社會，不能施展自己的才幹，為自己的理想和義大利的自由而奮鬥。在他的身上，同樣體現了力的熱情。《紅與白》則繼承了《紅與黑》的主題。呂西安生活在七月王朝時期，他正直善良，因同情共和黨人被學校開除。他興致勃勃地從軍，興奮地期待著英雄主義傳統的復活，懷著英雄的幻想。然而現實打破了他的英雄夢，他被派去鎮壓紡織工人罷工。最後，他厭惡了政治，逃離了法國。這些人物在與周圍環境的衝突中，表現出力的熱情，要麼以死反抗，要麼拋棄名利，顯示了高尚的情感和堅強的心靈。

　　然而司湯達的這些「欲望英雄」沒有看清代表金錢勢力的資產者已經開始成為法國社會的主人，他們反而錯誤地把希望寄託在沒落的貴族階級和宗教僧侶身上，最終造成「欲望的合理要求與這種要求在貴族身上不可能實現」的悲劇結局。在司湯達的「英雄」人物中，他們對貴族是沒有絲毫敬意的，他們與這些人的交往，進入他們的世界，為他們服務，實際上是為了滿足自己的欲望、權力和自尊心，因為正是這些人的地位才反襯出于連這樣的平民子弟的地位卑微，于連與德瑞娜夫人和德拉木爾小姐的來往，本質上都不是出於愛情，而是對貴族階級的報復和滿足自己自尊心的需要。不過，他們對宗教和宗教僧侶卻懷有一種內心的敬意，如于連在被父親打罵後，都要到維立

葉爾教堂去，希望從中獲得心靈的慰藉。在教堂裡，他與為人正直、心地善良、富有人道精神的西朗神甫相識，並深深地受到他的影響，致使于連雖然成為「欲望英雄」卻不失去善良本性。雖然于連在神學院時期親眼目睹宗教人士的目的鬥爭和教會內部的腐敗墮落，最後也是被那個欺騙市長夫人寫匿名信的年輕教士所陷害，但他仍然對宗教本身充滿虔誠，就在于連臨死前，他還思考了現實中的宗教與他心目中的宗教：「如果有一個真正的教士……那時候，溫柔的靈魂在世界上就會有一個交匯點……我們就不會孤獨了……這個好教士會和我們談到天主。但是怎樣的天主呢？不是《聖經》裡的天主，那個殘忍的、渴望報復的小暴君……而是伏爾泰的天主，公正、善良無私……」在他臨死前的心理活動中，我們仍然可以看到于連內心中的宗教感。司湯達的主人公之所以被賦予正面的英雄形象，是因為他們身上有著一種善良的宗教心，使其主人公的「欲望的宗教」沒有滑向罪惡的深淵，反而使得他們的奮鬥具有了一種正義感。「欲望」在司湯達的主人公身上還是合理的東西，正是反動的貴族和天主教教士壓制了這種「欲望」，因此，他們在追求「欲望」的過程中遭受的悲劇命運還深深地受到人們的同情。

（二）巴爾扎克

巴爾扎克（Honore de Balzac, 1799-1850）作品中的主人公，卻已經完全擺脫了宗教的束縛，沉浸在欲望的漩渦中而不能自拔。第一，我們看到，巴爾扎克自己就是個沉湎於欲望滿足而被情欲所驅使的作家。巴爾扎克於一七九九年五月二十日生於法國西部工商業名城都爾的一個中產階級家庭。父親出身農民，拿破侖帝國時代的暴發戶，後躋身於資產階級。老巴爾扎克愛慕虛榮，於一八二〇年在自己的平民姓氏上加上「德」（De）字，以示貴族身分。他五十歲時與十八歲的銀行家的女兒結婚。他們有很大的差異，但共同嚮往貴族社會，相信

個人奮鬥。巴爾扎克從父母那裡繼承了一種頑強奮鬥的精神。巴爾扎克一生渴望光榮，當他二十歲從索爾本學院法學系畢業之後，他沒有去做律師，卻選擇了當作家的自由職業，發誓要作「文壇的國王」。他說：「拿破侖用劍所未能完成的事業，我要用筆來完成」。他聽了生物學家居維葉的報告後想：「當今的世界上，將會有四個偉人：第一個是拿破侖，第二個是居維葉，第三個是奧康瑙爾，第四個是我。拿破侖與長槍大炮為伍，居維葉娶下了整個地球，奧康瑙爾與他的人民溶為一體，而我，要把整個社會裝進我的腦袋。」[16]

　　由於沒有遵照父命，父親斷絕了對他的經濟供應。為了不依賴家庭，巴爾扎克冒險做了投機商人，最初做出版人，印出的書只賣出幾十本。接著開辦印刷廠和鉛字鑄造廠，他沒能發財，卻背上了近六萬法郎的債務，陷入極度貧困之中。這六萬債務中，有四萬是欠他母親的。這筆錢遲遲未還，他母親也從未勾銷。巴爾扎克對金錢又是愛又是恨，顯然他從母親那裡獲得了某種遺傳基因。一八三七年巴爾扎克辦的《巴黎紀事》報倒閉，使他的債務高達十萬法郎，到他逝世前三年，已經欠下二十一萬法郎的債務。他債臺高築，終身受著債主們的追逐。為了還債，他開始了《人間喜劇》的寫作。巴爾扎克每天工作十六至十八小時，從半夜到中午寫作，從中午到下午四點校對校樣，五點鐘用餐，五點半睡覺，到半夜又起來工作。他每天必須寫出十六頁的書，修改和校對時間除外，三天用掉一瓶墨水，更換十個筆尖。寫作時他穿著教士的袍子，點上七支蠟燭，桌邊是一杯提神的黑咖啡。有人說，「巴爾扎克活在五萬杯咖啡上，也死在五萬杯咖啡上。」（《法國的浪漫派》）他經常不停地一連工作兩三個月，不露一面，連知己朋友都不知道他的去向。但過不多久，他像從地下鑽出來一樣，拿著他的書稿，十分天真地為自己喝采，把稿件交給出版商，他拿了

16 李清安：《巴爾扎克》（北京市：北京師範大學出版社，1983年），頁12。

稿費飛也似地跑出去還給債主，這些債主往往就在報館院子裡等候著。有時候，他工作一個長夜就跑到朋友家，吃了就睡，要朋友在他工作了一小時後叫醒他。他一覺醒來，發現超出了一小時，就跳起來破口大罵朋友是小偷、凶手、混蛋，害他損失了一萬法郎，因為要是早些醒來，就會構思好一部新小說的內容，這一覺耽誤了他和銀行家、出版商、公爵夫人的約會，害他不能如期還清債務，還使他遭受上百萬損失。從中可以看出，巴爾扎克自己就是一個沉浸在欲望漩渦中的人物。但是他並沒有像他小說中的主人公一樣沉湎於其中而不能自拔，是因為他具有足夠的理性去關注這種誘惑，並且把這種欲望的誘惑轉化為創作的動力，他把現實中的買賣轉化成了史詩，他描述了生意場上的各種投機活動、各種冒險、各種盈利和虧損，像荷馬描述戰爭一樣描述人在金錢漩渦中的各種戰鬥。他把自己對財富的渴望轉化成了他小說中人物活動的內容，在詩化的小說世界中他獲得了幻想的財富增長的滿足，同時也為千千萬萬個沉浸於金錢世界中不能自拔的人們也獲得精神的滿足。泰納說：「由於面子，由於需要，由於想像和期望，他成了金錢的獵獲物，金錢的奴隸，金錢凌駕著他、虐待著他，使他伏在案頭，拉不起身。金錢把他牢牢地綁在工作上，激發著他的靈感，進入了他的思想和夢魂，指導著他的目光，牽引著他的手掌，鑄造著他的思想，金錢使他的書中人物活躍起來，在他的全部作品中投上了一層金色閃光。」[17]因此，從這個角度上說，巴爾扎克《人間喜劇》的創作就是他自己「欲望的宗教」的藝術體現，他在現實生活中的買賣、債務、盈利和虧損等痛苦體驗成就了他的《人間喜劇》的輝煌。

　　第二，在塑造人物形象上，巴爾扎克也從動物學中獲得創作上的

17　〔法〕泰納撰，鮑文蔚譯：《巴爾扎克論》，載《文藝理論譯叢》（北京市：人民出版　　社，1957年），第2期。

啟發的。他在〈《人間喜劇》前言〉中，直接談到了他的人物塑造的
類型化和模式化。他說，《人間喜劇》「這個意念是從比較人類和獸類
得來的」。「社會和自然相似，社會不是按照人展開活動的環境，使人
類成為無數不同的人，如同動物之有千殊萬類麼？士兵、工人、律政
人員、律師、有閒者、科學家、政治家、商人、水手、詩人、窮人、
教士之間的差異，雖然比較難於辨認，卻和把狼、獅子、驢、烏鴉、
鯊魚、海豹、綿羊區別開來的差異，都是同樣巨大的。因此，古往今
來，如同有動物類別一樣，也有過社會類別，而且將來還有。」[18]

　　他還認為，「自然界是一個密不可分的整體，一切都服從這一法
則。每一生物都在自身再生小型的準確的形象，植物液體，人類的血
液，星球的運行都是這樣」，「自然界是統一體中存在著多樣性」，「大
自然中沒有任何孤立的東西，一切相連，一切精神現象相連，一切物
質現象相連」。[19]有人說巴爾扎克是個自然主義作家，就是因為他把自
己創作的人物看成是自然界中的生物的一部分，冷靜、客觀地描述了
他們在欲望的驅使下表現出來的各種動物性特徵，他們的貪婪、他們
相互之間的爭鬥和傾軋，完全是動物之間的表現，而不是人的行為。
作者把這些受欲望驅使的人當成是一般動物的行為，表明作者對他們
的墮落是何等的厭惡。

　　第三，巴爾扎克把人物塑造模式側重於表現人類的種種情欲，表
現這種情欲的宗教與社會正常倫理道德的衝突，以及由此造成的人間
悲劇。他說：「我要寫的作品必須從三方面著筆：男人、女人和事
物，也就是個人和他們思想的物質表現：總之，就是人與生活，因為
生活是我們的衣服。」「編製惡習和德行的清冊，搜集情欲的主要事

---

18 巴爾扎克撰，陳占元譯，伍蠡甫等編：〈《人間喜劇》前言〉，《西方文論選》（上海
　　市：上海譯文出版社，1979年），下卷，頁165。
19 巴爾扎克撰，陳占元譯，伍蠡甫等編：〈《人間喜劇》前言〉，《西方文論選》（上海
　　市：上海譯文出版社，1979年），下卷，頁166。

實、刻畫性格、選擇社會的主要事件、結合幾個本質相同的人的特點揉成典型人物，這樣我也許能寫出許多歷史家沒有想起寫的那種歷史，即風俗史」[20]。

巴爾扎克正是據於這樣的創作理念，在作品中盡情地描寫了被金錢力量支配下人們被各種欲念所驅使的人間醜態。巴爾扎克把這些貪婪者的情欲推向到了極致，如高布賽克（《高利貸者》）、葛朗台、查理（《歐也妮‧葛朗台》）和紐沁根（《紐沁根銀行》），巴爾扎克刻畫了他們不知滿足，貪婪成性的嗜財特性。高布賽克是個精明狡猾的高利貸者，不願露財。他是分配海地賠款委員會委員，像一條「貪得無饜的巨蟒」，利用職務之便占盡便宜。他和另外九個資產者控制了復辟王朝的金融界，成了人們「命運的主宰」。他的嗜好是堆積商品。他死後，人們發現他的貯藏室堆滿棉花、糖、咖啡、烟草、甜酒，各種抵押品，從家具、銀器到書籍、古董，甚至還有腐爛的餡餅、發黴的食物。他是個帶著濃厚原始積累色彩的老式金融資本家，「用積累商品的辦法來貯藏貨幣」。

銀行家紐沁根也是極其貪婪之徒，但他和高布賽克與葛朗台不同的是，他是屬擴大資本生產的金融貴族，在資本流通周轉的過程中積累財富，追逐金錢。他的信念是：「錢越多，權力就越大」，「他已經有了五百萬，可他想的是一千萬。他有了一千萬，就得撈他個三千萬。」他夥同拉斯蒂涅一起搞假倒閉，致使千家萬戶的存款一夜之間就變成了他們的財富，卻造成了老百姓的破產和生活的貧困，他得到的每一枚銅板都沾滿了千家萬戶的眼淚。因此，銀行家紐沁根掠奪財富的方式要比老式資本家更加殘酷無情。

葛朗台老頭出身箍桶匠，在大革命時代發了財。他除了放高利貸外，還經營葡萄園和釀酒生意，買賣公債。他通過控制市場，哄抬物

---

20 巴爾扎克撰，陳占元譯，伍蠡甫等編：〈《人間喜劇》前言〉，《西方文論選》（上海市：上海譯文出版社，1979年），下卷，頁166。

價，利用市長的職權吞並財產，組織自己產品的運銷。他的嗜好是貯藏黃金，生活中的惟一興趣就是欣賞金子。作者描寫道：「看到金子，占有金子，成了他的嗜癖」，就是到了他快要死的時候，他念念不忘的還是金子，要女兒「到那邊向我交帳」。

葛朗台是這組貪婪者的代表，在貪婪的本性中，作者著重刻畫了他的吝嗇。他什麼都節約，連動作在內。他親自發放女兒和女僕用的蠟燭，女兒過生日那天，他表示要「大放光明」，卻不過點了一支蠟燭。每年十一月初才點上壁爐，而三月三十一日就熄火，不管春寒和早秋的涼意。妻子生病，他想到的是請醫生要花錢。女兒的定情物他也要搶奪，剝下首飾匣上面的嵌金塊。「葛朗台老頭」成了全世界通用的吝嗇鬼的代名詞。

巴爾扎克刻畫這些人物都有一種近似偏執狂式的絕對欲念，他們為了自己的某種嗜好、某種情感、某種欲望，不惜犧牲自己的性命，執著地為了自己的欲念而喪生，有一種失去理性的瘋狂。絕對情欲模式中的人物，活著是為了自己的情欲，死了也是因這種欲望的受挫和不可滿足而喪生。如葛朗台老頭因吝嗇貪婪而死，貝姨因嫉妒而死，于洛太太因賢德而死，邦斯舅舅因貪饞而死，腓利普因野心而死，等等。他們都是絕對情欲的奴隸。從這，我們也可以看出巴爾扎克是按一個絕對情欲模式來塑造人物的。而這些人物之所以被絕對欲望驅使，就是因為他們把金錢當成上帝來崇拜，為金錢所點燃的情欲驅動著人們去瘋狂、忘我地去攫取財富，情欲之火還烤乾了人與人之間溫情脈脈的情感關係，一切都變成了情欲的犧牲品，泰納評論巴爾扎克的世界觀時也說：「世界是什麼？什麼是它的動力？在自然主義者巴爾扎克眼裡，情欲和利己主義是世界的動力。它們往往以優雅的姿態出現，偽善把它們的真實面目隱蔽起來，淺薄借用動聽的名詞將它們裝潢起來，但是歸根到底，十個行動有九個是發自於利己觀念。對此，一點兒也不值得奇怪，因為，在這個極為混亂的世界裡，每個人

相信的是他自己，這個世界裡的『動物』不斷想的就是如何保護自己，如何使自己生存下去。這些『動物』維持著這個人類，……這就是為什麼巴爾扎克把社會看做是利己主義競技場的原因。」[21]泰納的評論把巴爾扎克作品中人物的本質揭示出來了，他們就是一批被金錢所驅使，被情欲所操縱的利己主義者，作者雖然滿懷激情地描繪了這些利己主義者的各種眾生相，但是這種並沒有讚揚他們的意圖，而是對之予以諷刺和貶損。這表明巴爾扎克對他的作品中的人物是有清晰的認識的。他之所以盡情地表現他們的各種醜態，就是要把這種「金錢拜物教」的醜惡現象暴露出來，把資本主義社會初期的真實面目展示出來。啟蒙思想家所倡導的資本主義基本理念是追求自由、平等、博愛等價值觀，它是在超越封建制度的基礎上建立起來的全新的社會制度，但實際上，資本主義初期這種制度卻是在鼓勵人的野心，褒揚激情，崇拜金錢和極端利己主義，而這種極端自私的社會心理一旦成為社會的主流思潮，那它必然會造成社會基本道德和倫理秩序的大破壞，也必然造成社會各方面矛盾的大爆發。

　　巴爾扎克把解決情欲所引起的各種社會矛盾的方案寄託在「天主教和王權」上，然而「王權」已日落西山，難以成為穩定人心和抑制情欲的統治工具，而宗教的力量卻是永恆的。他認為國家被掌握在「唯金錢是視」的大資產階級手裡，致使國家失去了抑制個人主義和唯我主義的道德力量。而用宗教的力量來維護社會生活的正常秩序則是最好的工具。在巴爾扎克看來，基督教是抑制人類邪惡欲望的一套完整制度，是唯一能夠制馭精神的叛逆、野心的算計和形形色色的貪婪的最好工具。所以他希望通過宗教來使每個人都能克制自己的情欲，他說：「宗教的目的是壓制壞傾向，發揚好傾向。宗教就是全部

21　〔法〕泰納著，鮑文蔚譯：《巴爾扎克論》，《文藝理論譯叢》（北京市：人民出版社，1957年），第2期。

社會。它也許不是神的設施，而是人的需要。」[22]巴爾扎克還在《路易朗拜爾》中把宗教的作用提高到無以復加的程度：「宗教界實施的教學，更確切地說：教育，是民族最偉大的生存原則，是一切社會裡把惡的數量減少，把善的數量增加的唯一手段……唯一可能存在的宗教是基督教。」(《路易朗拜爾》)巴爾扎克之所以把宗教的作用抬高的這種高度，並非是他認識不到宗教的本質，他很清楚地看到天主教教義是「一套自欺欺人的謊言」，但他認識到宗教是能夠抑制這個時代情欲泛濫的唯一手段，是穩定社會秩序的最大因素。在《鄉村醫生》中，他通過鄉村醫生培納西之口說：「基督教教育窮人容忍富人，教育富人減輕窮人的苦難；這兩句話，對我來說，正是天上人間一切法律的精髓。」[23]這就是巴爾扎克在他的作品中構建起來的宗教烏托邦，在這個烏托邦裡，巴爾扎克嚮往的是人性純樸、人們樂善好施、積善行德、社會各階層都充滿愛心的和諧世界。不過，從巴爾扎克作品的總體傾向上來看，他的宗教烏托邦與他傾力創作的「欲望的宗教」相比起來則是顯得相當的脆弱，他的宗教烏托邦儘管具有道德上的說教意義，但實際上已經無力阻止金錢驅使下的西方資本主義世界情欲泛濫了。

二　十九世紀英國文學與狄更斯作品中的「聖誕精神」

狄更斯（Charles Dickens, 1812-1870）是十九世紀英國現實主義文學中的代表作家，他生於英國南部樸茨茅斯市外的海港波特西鎮，他的父親是海軍軍需處的一個小職員。狄更斯十歲時，由於父親調任，全家遷往倫敦，狄更斯十二歲時，父親因無力還債而被捕，關入債務人監獄。狄更斯不得不到一家生產鞋油的作坊去當童工，給黑鞋

---

22 李鍵吾譯：《巴爾扎克論文選》(上海市：新文藝出版社，1958年)，頁58。

23 〔法〕巴爾扎克：《人間喜劇》(北京市：人民文學出版社，1984年)，卷18，頁533。

油瓶子蓋封口，貼商標。他每天在潮濕、污穢的地下室工作，環境十分惡劣。由於他工作熟練，老闆把他在沿街的玻璃櫥窗裡做活廣告，為過往行人做表演。附近的孩子們紛紛跑來，一邊吃著果醬麵包，一邊把他們的鼻子緊貼在玻璃上，看狄更斯幹活。家庭破產，父親入獄，他做童工，使他感到屈辱，認為是他不應遭受的有失體面的沉重打擊，是他一生中的奇恥大辱。狄更斯到晚年還對自己做童工耿耿於懷，偶爾對人談起此事時，仍充滿五內俱焚的痛苦。他說：「我的整個身心所忍受的悲痛和屈辱是如此巨大，即使到了現在，我已經出了名，受到別人的愛撫，生活愉快，在睡夢中我還常常忘掉我自己有著愛妻和孩子，甚至忘掉自己已經長大成人，好像又孤苦伶仃地回到了那一段歲月裡去了。」

　　狄更斯對兒童的崇尚除了受到自己童年時代的創傷性體驗影響外，還受到十九世紀英國浪漫主義詩人的影響。批評家奧倫・格蘭特就認為狄更斯關於兒童的觀念，是「從英國浪漫主義詩歌中繼承來的，這種觀念表達了成年人的憂慮。」[24]英國浪漫主義詩人布萊克在其《天真與經驗之歌》等作品中把兒童作為人的自然的、自由的和天然的生命力來歌頌，在他們稚嫩的生命中蘊涵著純潔、神聖的力量；華滋華斯也有「兒童乃成人之父」的著名詩句，他認為兒童是剛從上帝那兒來的美麗精靈，身上蘊藏著的純真無邪的童心具有上帝的神聖本質，成年人雖然在理性和知識上具有比兒童更高超的能力，但在精神素質上卻因為沉湎於世俗事務而變得越來越缺乏靈性，因此成年人應該對兒童充滿虔敬之心。狄更斯繼承了英國浪漫主義詩人對兒童的觀念，他同樣把兒童看成是純真人性的象徵，認為童心與神性想通，成年人如果能夠保持兒童的天真與善良，就能減少社會的各種紛爭和傾軋，仁愛精神就能倡行天下。

24　Allen Gelant, *On Charles Dickens* (Columbia University Press,1984), p. 95.

　　正是出於狄更斯對自己童年生活的深刻體驗和對兒童心靈的崇尚，使他在小說中創作了許多性格豐富的可教化的孤兒群像。可教化的孤兒是指狄更斯小說中的一系列迷惘又有進取心的兒童形象，他們孤苦無靠，或是私生子，或是從小失去父母，在黑暗的社會中受盡苦難，或是寄人籬下被人欺壓，或是被壞人勾引，陷入罪惡中。因而這些孤兒形象總是與犯罪相連。然而，他們雖然陷入泥淖，但善良的天性未滅，一旦被善人相助，總是被道德感化，成為惹人喜愛的赤子和受人尊敬的青年。如大衛‧科波菲爾（《大衛‧科波菲爾》）在還沒有出生前就失去了父親，母親在他十歲時就被繼父虐待而死，大衛成了父母雙亡的孤兒。他被繼父送到倫敦一家出口公司當童工，整天過著半饑半飽的生活。後來他不堪忍受孤寂的生活，逃了出來去找自己的姨婆。一路上吃盡苦頭，終被姨婆收留，送他進了學校。經過刻苦努力，勤奮寫作，他成了一名著名作家。在自己出名後還把幫助過自己的姨婆和好心的女僕辟果提接到自己家一起生活，使兩位老人有一個愉快而幸福的晚年生活。

　　奧利弗（《奧利弗‧退斯特》）是個私生子，出生在貧民濟貧院，母親在生下他後便死去。奧利弗從小生活在地獄般的濟貧院，以後他被逐出習藝所，掉進了賊窩，成了一個小竊賊。後來他得到一個好心腸的有產者勃朗羅的幫助，脫離了賊窩，繼承了一筆遺產，與心愛的羅絲小姐喜結良緣，找到了自己的人生幸福。

　　匹普（《遠大前程》）也是個孤兒，他由凶狠無情的姐姐和善良的鐵匠姐夫喬撫養長大。匹普在小時候，救了一個囚犯，後來這個囚犯用自己的財產使匹普成為了一個年輕紳士。匹普來到倫敦，掉入了郝薇香小姐報復男人的騙局，成了參與者。儘管他迷戀豪華的生活方式，但是他仍有慷慨助人的美德，暗中幫助朋友赫伯爾特經商，並羞愧自己瞧不起粗俗而無文化的姐夫喬。重病中在喬的護理下，他終於放棄了自己不切實際的野心和夢幻，腳踏實地地工作，成了一位實幹家。

　　可教化的孤兒群像其實承載著作者對純真的人性內涵和基督的博愛精神的信念。他們的成長經歷既表現出資本主義的罪惡制度對兒童的腐蝕和侵害，同時又體現出作者對這些身陷逆境中的兒童只要保持心靈的純真和善良、博愛精神，即使社會醜惡也能獲得幸福人生的。

　　二是塑造了許多善良的怪人形象。狄更斯塑造的善良的怪人形象是對浪漫主義文學塑造貧窮的下層人物的繼承和發展，華滋華斯非常注重對貧困的下層人民的描繪，他認為下層人民不但純樸敦厚，而且他們與自然融為一體；雖然略顯低賤，但卻與神聖的上帝聯繫在一起，因而身雖卑賤，心靈卻蘊藏著巨大的道德和宗教力量。狄更斯筆下的善良的怪人與華滋華斯的窮人有所不同，他們中有的是窮人，但有的也是富人，他們是卡爾登、普洛斯（《雙城記》）、貝西、密考伯（《大衛·科波菲爾》）、博芬恩（《我們共同的朋友》）、卡托爾（《董貝父子》）、狄克（《老古玩店》）等。狄更斯刻畫他們的共同特徵是心地善良、行為古怪，但在古怪的性情中卻包藏著真正的人性，總是樂於助人，給男女主人公以幫助。

　　密考伯（《大衛·科波菲爾》）是個負債累累的小職員。然而他具有「彈性很大」的樂天性格，滿腦子的發財致富計畫，卻總是失敗。作者用滑稽的喜劇方式來描寫他。他在小說中的每次出場描寫，都採用的是程式化的幽默描寫。他總是穿緊身褲，硬領襯衫，拎著手杖，戴著眼鏡，「帶著一種上流人物和青年人的神氣」。他的怪癖就從他的小人物地位和講求上流人氣派的反差中表現出來。他想做上流人物和權威人士，因而在說話時總是「盡可能的咬文嚼字」，故意顯得嚴肅，在穿著上講究排場，喜歡像大人物一樣給人以「忠告」，表現出上流人物的神氣，但是這個「怪人」卻心地善良，

　　貝西（《大衛·科波菲爾》）是大衛的姨婆，她也是個性格古怪的人物。她的古怪表現在外表對人的嚴厲和一些令人不解的舉動，然而卻心地善良，給人幫助。比如她一心希望她的外甥媳生個女孩，一

看，生下來的是一個男孩，她就非常失望地撇下大衛母子走掉了。當
孤苦無告的大衛去投奔貝西時，她痛罵了大衛的繼父，收留了大衛，
並送他到倫敦的好學校去讀書。在大衛謀職時，拿出自己的積蓄為他
在律師事務所謀了個見習生的位置。她為了促成大衛和艾妮斯的婚
事，假意說艾妮斯要和別人結婚了，促使大衛向艾妮斯表明了自己的
感情。然而貝西卻失口否認她的好意，顯出她的怪癖。

　　在狄更斯的「怪人」群像中承載的是普通人身上保持的善良天性
和慷慨相助的品質，他們雖然被生活的重擔所擠壓，導致他們的性格
有所扭曲，但並沒有喪失他們內心中的善良本性，他們在別人需要幫
助時慷慨出手相助，顯示出普通人身上蘊涵著可貴的精神品質。

　　三是在作品中塑造具有仁愛精神的人物形象，表現作者所倡導的
「聖誕節精神」。狄更斯主張用基督仁愛和自我犧牲精神來改變人與
人之間的關係。在狄更斯看來，人類的愛比恨更偉大，通過愛和善可
以調和階級矛盾，代替暴力革命，這是他的人道主義理想。而最能體
現狄更斯「聖誕節精神」的是他的《雙城記》。作品以法國大革命為
背景，充分展現了法國大革命的暴力恐怖及其產生原因，認為法國大
革命是由於法國貴族階級腐朽殘忍，飛揚跋扈，殘酷壓迫群眾的結
果，從而肯定了法國大革命的正義性質。但是，作者對法國大革命製
造的血腥暴力，尤其是以得伐石太太為代表的革命者因仇恨引起的瘋
狂報復進行了批判，他認為革命造成的暴力恐怖無助於解決社會矛
盾，反而會加劇人與人之間的仇恨。因而狄更斯系統提出了以仁慈、
寬恕、和解為內容的「聖誕節精神」來代替暴力鬥爭，解決社會問題
的救世方法。作品中的馬奈特醫生出於正義卻被貴族埃弗里蒙侯爵陷
害，被關進巴士底獄十八年之久，後被朋友救出。當得知自己的女兒
露西小姐要與埃弗里蒙侯爵的侄兒代爾那結婚時，他拋棄舊怨，同意
了這門婚事。當法國革命群眾法庭判處代爾那死刑時，馬奈特醫生還
千方百計營救代爾那。代爾那其實也不像他的父輩那樣貪婪和冷酷無

情，在法國大革命爆發後，他同情農民的不幸遭遇，還主動放棄了貴
族稱號和財產。他還為了讓管家出獄，自己被關進禁閉死囚的監獄。
其實最能體現狄更斯基督教仁愛精神的還是英國律師卡爾登。他生活
頹廢，酗酒成性。他不關心世界上的任何人，卻熱戀著露西小姐。當
代爾那要被送上絞刑架時，他為了露西的幸福，毅然偽裝成代爾那，
替代爾那上了斷頭臺。臨刑前他還吟誦《聖經》中的句子：「主說：
復活在我，生命在我；相信我的人，雖然死了，也必須復活；凡活著
信我的人，必永遠不死」，他死時的神態如先知般安詳寧靜。卡爾登
雖然死了，但靈魂卻得到了昇華，就像耶穌替世人受難得到永生一
樣。這種用愛來消滅恨，用仁慈、寬恕、和解來代替階級鬥爭，化解
社會矛盾，就是狄更斯在許多作品中極力宣揚的「聖誕節精神」。狄
更斯站在人性的高度，以博愛的道德立場去反對法國大革命的暴力恐
怖，以生動的人物形象警示現實中的英國人。而英國社會最終沒有被
法國大革命所波及造成動亂，跟英國社會強大的道德和宗教力量的阻
隔是很有關係的。

三　十九世紀的俄羅斯文學與宗教

十九世紀的俄羅斯是一個充滿動盪不安的社會轉型時代，新舊價
值觀處於尖銳衝突中。這個時期各種社會矛盾層出不窮，貴族革命和
農民起義此起彼伏。許多貴族革命家不惜犧牲生命為俄國社會尋找出
路，優秀的俄國知識分子也在痛苦和迷茫中思考著「俄國啊，你將奔
向何方」、「向何處去？」、「誰之罪？」、「怎麼辦？」等問題。但是，
俄羅斯人最終還是把對這些社會問題的思考歸結到他們內心深處最值
得信賴的宗教信仰中去尋找答案。對於俄羅斯的宗教品格，有一句古
諺語，說英國人或者美國人遲早會談體育運動；法國人談女人；而俄
國人，特別是老百姓則會談宗教和上帝的奧秘。「在俄國，社會關係

主要受自覺的憐憫感支配。格雷厄姆稱它為『俄羅斯理念』。俄羅斯
人喜歡痛苦和受苦的人；他們的基督始終是受苦的基督，他們不承認
其他任何救世主。悔悟的盜賊在十字架上財流露出他深深的同情感。
實際上主是喜歡不幸的人、犯罪和流浪漢的。老百姓沒有稱呼罪犯的
字眼，只是簡單地稱他們為『不幸的人』俄國偉大的小說家，像陀斯
妥耶夫斯基、托爾斯泰、高爾基、柯羅連科等人都曾描寫罪犯，卻沒
有譴責他們，而是為他們辯護。」[25]俄羅斯老百姓和作家這種對宗教
的特殊情感使得他們沒有從革命和暴力鬥爭的角度，而更多的是從宗
教的自我拯救和懺悔的角度思考社會救贖的辦法，這樣就必然造成十
九世紀的俄羅斯文學瀰漫著一股濃重的宗教氣氛。這種宗教氣氛可以
概括成兩個方面，一是對小人物命運的描寫和關注，這種關注不是一
般的表現小人物的悲慘處境，而是把他們與宗教救贖意識緊密相連；
一是貴族懺悔和自我救贖。這兩條線索貫穿著整個十九世紀的俄羅斯
文學中，形成了十九世紀俄羅斯文學關注宗教問題的基本走向。下面
主要以陀斯妥耶夫斯基和托爾斯泰為代表作家，來描述十九世紀俄羅
斯文學中的小人物描寫和貴族描寫與基督教文化的關係。

（一）陀斯妥耶夫斯基作品中的受難意識

　　從十九世紀俄羅斯文學傳統來看，陀斯妥耶夫斯基（Fyodor
Dostoevsky, 1821-1881）的小人物描寫直接繼承了普希金開創的寫小
人物的傳統，普希金是俄羅斯文學中第一個關注小人物命運的作家，
在《驛站長》等小說中，作者對俄國下層社會「小人物」的悲慘遭遇
給以了關注，對他們的命運給予深切的同情，體現出上層貴族對下層
人物的一種仁慈和博愛。與普希金的小人物所不同的是，陀斯妥耶夫
斯基更加突出了小人物自虐、病態的特點，並且大量描寫被欺凌的婦

---

25 〔美〕赫克著，高驊等譯：《俄國革命前後的宗教》（上海市：學林出版社，1999
　　年），頁7。

女與兒童形象，宣揚寬恕和解、忍耐順從的宗教理想，主張用基督的愛來拯救社會。「陀斯妥耶夫斯基堅信，沒有上帝，俄國人是生活不下去的，推理、罪孽、犯罪都不能夠撲滅他們的宗教情感。他在小說中宣稱，信仰無神論的人始終是不幸的人，結局或者是自殺，或者是發瘋。或者向上帝懺悔並返回上帝。」[26]

　　陀氏描寫的人物幾乎都是病態，與所表現的內容具有一致性。他的人物多是酒鬼、賭徒、虐待狂、殺人犯、淫棍、強姦幼女犯、誨淫者、妓女、放蕩的女人、苦役犯、精神病患者等，這些人物都是些精神變態的人物，具有某種病態的激情。根據不同的病態激情，我們可以把陀氏病態人物分為三類。第一類是自虐性、被凌辱的小人物：城市底層小人物，處於被侮辱與被欺凌的社會地位，處境艱辛，命運悲慘，作者對他們寄予了滿腔的同情的同時，還賦予他們高尚的心靈。

　　這類人物有瓦爾瓦娜、傑符什金（《窮人》），索尼婭、杜尼婭（《罪與罰》），娜斯塔西婭（《白痴》），卡傑琳娜、格魯申卡、斯涅基列夫父子（《卡拉馬佐夫兄弟》），娜塔莎、尼麗、彼得羅維奇（《被侮辱與被損害的》），「地下人」（《地下室手記》）等。《窮人》中的傑符什金是個政府小公務員，三十年過去了，別人個個得到升遷，而自己仍然是個抄寫員，生活也及其貧困。但是他卻有這一顆善良又富有尊嚴感的心，他不僅關心、愛護孤女瓦爾瓦娜，為維護女兒的尊嚴甘冒被人打得頭破血流的危險，而且當他看到別的窮人有困難，他把自己僅有的二十戈比也全部送給窮人。他在幫助別人的過程中體驗到自身的價值，也體現了這樣一個觀念，即處於社會底層的「小人物」們，不僅自身具有高尚的情操，而且也是社會道德力量的承載者和傳播者；再如《罪與罰》中的索尼婭雖然被艱難的生活所迫做了妓女，但她心靈純潔，把命運給以她承受的痛苦當作耶穌受難一樣來接受，當

26　〔美〕赫克著，高驊等譯：《俄國革命前後的宗教》（上海市：學林出版社，1999年），頁148。

拉斯柯爾尼科夫領悟到這一點時，他立刻跪倒在索尼婭身旁，對她說：「我不是在向你膜拜，而是在向一切痛苦膜拜。」在《白痴》中，娜斯塔西婭不僅外貌美麗，心靈也非常純潔。但在殘酷的世界裡，他卻被當成男人們用金錢進行交易和凌辱的對象，雖然她也有反抗，最後還是被商人和惡棍羅果靜殺死。作者在真實再現她悲慘命運的時候，卻賦予了她一顆高尚的靈魂。作者對這些受苦者始終是懷著同情、甚至喜歡的筆調去寫的，因為這些受苦者地位卑賤，但其靈魂卻保持著俄羅斯人的那種對苦難的崇尚，對命運的順從和樂觀態度。這正是俄羅斯人自羅斯受洗以來的宗教影響下所形成的特有的「俄羅斯理念」。

這類小人物的共同特徵，第一類是熱愛苦難，自我犧牲，既謙卑又高傲，表現出一種病態的順從，殘酷地折磨自己，在自虐中得到一種辛酸的滿足和痛苦的享受。雖然他們的命運悲慘，但他們自己並沒有被命運所摧垮，反而在忍受、順從命運的過程中體現出一種高尚、堅貞的人格力量。

第二類是具有雙重人格的偏執性人物：這類人物有拉斯柯爾尼科夫（《罪與罰》）、德米特里（《卡拉馬佐夫兄弟》）、韋爾西洛夫（《少年》）、斯塔夫羅金、彼得‧韋爾霍文斯基、沙托夫、基里洛夫（《群魔》）。

拉斯柯爾尼科夫是雙重人格的偏執性人物代表。他的姓——拉斯柯爾尼科夫原意就是「分裂」的意思。他是一個具有雙重人格的大學生。他原本正直善良，不願妹妹為自己的求學犧牲個人的幸福，同情下層人民所遭受的苦難和不幸。同時他又受西方個人主義價值觀的影響，不願做逆來順受的普通人，希望改變自己，超越自己的善良，做一個拿破崙式的英雄和世界天才。拉斯柯爾尼科夫提出了「平凡的人」和「不平凡的人」的理論，一心要做為所欲為的強者、超人。根據自己的理論，他殺死了放高利貸的老太婆，企圖用她的錢來救濟妹

妹和窮人。然而在殺人後，他的良心受到譴責，精神幾乎崩潰，後來在妓女索尼婭的精神感悟下，認識到受難的崇高和神聖含義，後主動去自首，在貝法庭判處流放西伯利亞後，他也甘心情願去流放，並皈依宗教。以此洗滌自己的罪孽，獲得心靈的寧靜。德米特里是老卡拉馬佐夫的大兒子，他繼承了父親性情暴躁、生活放蕩的性格，他曾抓住上司挪用公款的軟肋，逼迫上司之女卡捷琳娜就範。後又鍾情於妓女格魯申卡，而父親也同樣愛上了這個女人，於是父子倆為了財產和女人開始了激烈的衝突，並揚言要殺掉父親。老卡拉馬佐夫的私生子斯麥爾佳科夫也是個冷酷無情、工於心計的惡人，當他預見德米特里與父親衝突後，便殘忍地把父親殺死，並嫁禍於德米特里。雖然德米特里一再聲明不是凶手，伊凡也為他作證，但法庭還是判決他流放西伯利亞服苦役二十年。德米特里在經歷家庭的巨大變故和苦難後，他不再為自己申辯，內心湧現出要為大家做些事以減輕人們痛苦的願望，因而在精神上得到了「復活」：「啊，是的，我們得戴鐐銬，沒有自由；但是在那兒，在苦難中，我們將重新復活，享受歡樂，沒有歡樂就沒有人能活下去。上帝一定在，因為他賜給歡樂，這是他至高無上的權利……沒有上帝，我怎能躺到地下去呢？……要是上帝被趕出大地，我們就去地底下去見他。西伯利亞囚犯離開了上帝沒法活，比不是囚犯的人更沒辦法。我們是來自大地內部，生活在地底下的人，我們要唱一支悲慘的聖歌提供歡樂的上帝。上帝和他的歡樂萬歲！我愛上帝。」[27]

這些雙重人格的人物起初都是沉湎於性格的偏執中，在情欲的驅動下他們走向苦難的深淵。但從另一方面來看，這些人也惟有在苦難中才能領悟到生命的真諦，只有當他們受苦以後，才能對上帝產生信仰和崇敬，因此，正是苦難的來臨才成就了他們的人生意義。

---

27 〔俄〕陀斯妥耶夫斯基撰，耿濟之譯：《卡拉馬佐夫兄弟》（北京市：人民文學出版社，1981年），頁392。

　　第三類是高尚的幻想家。他們是作家正面歌頌的美好人物，他們胸懷磊落，大公無私，沒有貪欲。熱愛人類的苦難，同情一切孤苦伶仃的人，以情感和心靈為生活的指南，擯棄物質享受，抑制肉欲，號召寬恕，順從和忍耐，認為受苦受難是人生的最高品德。他們充滿幻想，幻想拯救人類，然而又無能為力，救不了生活在黑暗中的任何人，並且自己的理想也在現實生活面前幻滅。

　　這組人物是梅什金（《白痴》）、阿遼沙（《卡拉馬佐夫兄弟》）、恩納波羅齊勃（《白夜》）、奧爾登諾夫（《女房東》）、阿爾卡季（《脆弱的心》）等。梅什金有著作家一樣的敏感而憂鬱的性格，也同作家一樣有癲癇症，他為了拯救少女娜斯塔西婭，儘管自己並不愛她，卻提出跟她結婚，結果不僅沒有把少女娜斯塔西婭拯救出來，反而傷害了另一位真誠愛他的少女阿格拉雅。但作者此舉不在於表明道德拯救的無效，而在於梅什金在道德拯救過程中激起人們對道德力量的崇敬。此外，《卡拉馬佐夫兄弟》中的阿遼沙是一個純潔善良的青年，他在家庭成員的急劇變故中擺脫出來，為了心中所謂的「愛的理想」而當了修士，因為「惟有這條路才能打動他的心，向他提供了一個使他的心靈能從世俗仇恨的黑暗裡超升到愛的光明中去的最高理想。」[28] 雖然他在勸慰由於情欲而處於瘋狂狀態的父親和哥哥時最終未能成功，但他依然相信人世間的一切善惡鬥爭，只有愛能戰勝一切。當他的家庭徹底破滅後，他仍然堅信這種信仰，宣傳愛的力量和上帝的慈愛。這些高尚的幻想家共同特徵就是具有博愛精神和堂吉訶德式的性格特徵。一心想拯救人類出苦難，生活在幻想中，最終的努力都是徒勞的。他們勇於自我犧牲，但作出的努力沒有價值。他們貧窮而病態，因理想破滅而精神分裂。但他們的道德追求和人格力量卻始終在影響著人們的心靈。

---

28 〔俄〕陀斯妥耶夫斯基撰，耿濟之譯：《卡拉馬佐夫兄弟》（北京市：人民文學出版社，1981年），頁19-20。

　　陀斯妥耶夫斯基之所以把那些性格偏執、病態、始終近乎瘋狂的「小人物」作為自己創作的主人公，在於他對俄羅斯社會有著特殊的體驗。在他看來，俄羅斯社會由於資本主義生產和生活方式的大規模湧入，已經完全破壞了俄羅斯傳統的宗教理念和道德規範，導致他們喪失了道德和宗教的約束，社會的動盪必然導致他們道德敗壞，因而情欲泛濫、犯罪、瘋狂和病態自然就成為這個沒有道德和宗教社會的人的主要特徵。但是，作者並沒有把這些人看成是腐敗社會的象徵，而是對他們的苦難和不幸命運採取同情的態度。更為重要的是，陀斯妥耶夫斯基把這些人物身上所遭受的苦難當成一種宗教體驗和通往上帝的橋樑，正是在對苦難的深刻意識中認識到生存的困境，進而領悟到上帝的存在。因此，作者塑造「小人物」的目的，不僅僅是對他們悲慘命運的關注和同情，而是要通過小人物的受難找到一條通往上帝信仰的道路，這也是作者為陷入動盪中的俄羅斯社會「向何處去」尋找的解決問題的方案。

　　陀斯妥耶夫斯基描寫這種近乎瘋狂的偏執型「小人物」也跟自己的人生經歷密切相關。陀斯妥耶夫斯基就曾經長期患有癲癇症，這種病的不定期發作使他飽受痛苦和折磨。此外，陀斯妥耶夫斯基年輕時曾參加過反沙皇的地下組織「彼得拉舍夫斯基小組」，在一次集會時他和這個小組的其他成員集體被捕，後被判死刑。但是在即將行刑的時刻，他的死刑被赦免，改判到西伯利亞服苦役四年。回來後他開始專心以寫作為業。雖然他的這些苦難的人生經歷摧殘著他、折磨著他，但同時也給他的寫作帶來了豐富的養料，使他能夠從自身的苦難中意識到整個俄羅斯社會的苦難。在他看來，暴力革命是不可行的，它只能是製造更多的罪惡，造成俄羅斯人民更多的痛苦和不幸。作者自身苦難的人生經歷告訴他，惟有從苦難本身中尋找拯救的道路，才能使心靈獲得平靜，使人們富有道德感和慈悲心，如果俄羅斯人民都具有這種道德和宗教意識，那麼，個人的犯罪、瘋狂，社會的動盪都

能得以化解。而要是俄羅斯人民獲得道德和宗教意識的唯一途徑，就是把被革命破壞的俄羅斯宗教信仰重新建立起來，重新恢復俄羅斯傳統的宗法社會。

（二）列夫・托爾斯泰的宗教情懷

1 托爾斯泰人生旅程中的懺悔情結

　　托爾斯泰（Count Leo Tolstoy, 1828-1910）是個內心生活十分複雜的作家，一生都在不斷地分析自己，批判自己和改變自己，處在終身懺悔的情結之中。托爾斯泰出身貴族，一歲多母親去世，九歲死了父親，在姑媽撫育下長大，形成多疑、熱情、易衝動而又自由發展的性格。他有一顆不安寧的靈魂，總是在苦苦尋求著什麼。在喀山大學讀書時，受尤施柯娃姑媽的影響，迷戀上了上流社會的生活，一心想做體面人。他經常參加各種舞會和晚會，學習成績不太好。這引起了他對生活的嚴肅思考，他從尤施柯娃姑媽家搬了出來，另租房間單獨過活，他閉門思過，決心改掉自己身上的貴公子習氣，過廉潔的生活。

　　直到二十歲，他還沒有確定自己的生活道路，又被上流社會的放蕩生活吸引進去，他經常去莫斯科玩樂賭博，但玩樂過後又陷入懺悔之中。他在日記中寫：「我生活得完全像頭畜牲，雖然並不完全放蕩，但自己的工作全拋棄了，精神極度沮喪。」他悔恨自己的放蕩生活，嚮往道德上的純潔。這時期托爾斯泰閱讀了《馬太福音》中的〈登山訓眾〉和盧梭的《懺悔錄》，深受其懺悔精神的影響。為了改變自己的生活方式，他到高加索參加了軍隊，希望通過軍隊裡嚴格的軍紀來改掉惡習。軍務之餘，他開始了小說創作，並獲得了成功。托爾斯泰對自己從軍也進行了反省。他在一八五三年的日記中寫道：「搞了一次渾帳檢閱。所有的人都在狂飲，特別是哥哥……戰爭是一

種不正義和愚蠢的事，那些正在打仗的人力圖壓下自己良心的呼聲。我正在做的事好嗎？」他在克裡米亞戰爭失敗後離開了軍隊。

托爾斯泰在轉變自己思想時，發生了一場深刻的精神危機。危機起於一八六九年的「阿爾札瑪斯的恐怖」。阿爾札瑪斯是俄國的一個城鎮，一八六九年八月，托爾斯泰路過這裡住宿了一晚，晚上他躺在沙發上睡著了，突然醒來，屋裡一片漆黑，他問自己：「我為什麼要到這裡來？我要到什麼地方去？我在逃避什麼東西？並且到哪裡去？」「我擔心著什麼？我害怕什麼？」響起了死的聲音：「我，我在這兒！」托氏恐怖地跟死亡的幻影掙扎，心中充滿寂滅的思想以及他所愛的人和物完全消失的思想。他很恐懼，叫醒僕人，離開了那座房子。從此，死的恐懼沒有離開他，他身邊帶了張紙條，在上面寫著，關於生活的意義、關於善惡的意義、關於信仰和上帝的問題。

從死的恐懼，他開始反思人生意義。他覺得除了死之外，什麼都沒有意義。那麼在死亡前應該怎樣活著呢？對生死的思考把他引向對人本體，人的信仰的思索，從而找到走出危機的道路。生死、信仰問題折磨著托爾斯泰，他產生了自殺念頭，不敢見到繩子，不敢去打獵，害怕環境氣氛引起自己自殺。

托爾斯泰為了擺脫死亡的恐懼，同時也是為了尋求更有意義的人生，他開始認真地思考宗教問題，並帶著深深的懷疑去不斷挖掘現存的宗教，希望從教會體制之外尋找更富有現世精神的宗教，他在一八五五年三月的日記中寫道：「昨天，一次關於上帝與信仰的談話，使我產生了一個我終生為之奮鬥的偉大輝煌的念頭；要建立適合當代人類發展的新宗教，消除掉教條和神秘主義，但仍然是基督的宗教——一種現實的宗教，不許諾來世極樂而提倡現世幸福」[29]他對現實的宗教教會是批判的，認為這種宗教是把人引向罪惡的東西，為此他的著

---

29 《列夫·托爾斯泰日記·1855年》，載《托爾斯泰文集》（北京市：人民文學出版社，1991年），卷17，頁198。

作遭到官方和宗教機構的查禁,甚至被聖宗教院開除出教。但教會的這種態度並沒有阻止托爾斯泰尋求真正宗教的努力,他精心研讀《福音書》原文,用自己的生活體驗和對宗教的理解來重新闡釋其中的含義,「他發現他的第一項任務,就是闡明《福音書》的真正意義,向他人傳播『一種新的人生觀,而不是神秘學說』的基督教」[30]這種新的人生觀就是他後來總結的「愛他人」、「勿以暴力抗惡」、「道德的自我完善」等所謂「托爾斯泰主義」,從中可以看出,托爾斯泰的新宗教是一種靈魂深處的革命,這種靈魂革命的目的是要消除人心中的惡和社會生活中的惡,通過道德的自我完善實現個人心靈的和諧和社會和諧。

　　托氏長期思考人生的意義和宗教拯救問題,表現出對宗教和道德問題的關心,他不斷考慮自己的貴族生活是否有罪的問題,從而產生了懺悔的情緒。為此,托爾斯泰寫作了《懺悔錄》,內中談道:「我否定了我們這個圈子的生活,我認清了,這並不是生活,這不過是類似生活而已……為了理解生活,我應當去理解的……不是我們這般寄生蟲的生活,而是這些創造生活的、平常的勞動人民的生活,以及他們賦予生活的意義。」他認為最重要的問題是「拯救靈魂」,反省自己的罪惡。而這種罪惡並非是法律意義上的罪,而是人性中本有的弱點,即他所說的「肉體的自我」,這種「肉體的自我」會引發人的自私、情欲、虛榮、偽善等惡的因素。托爾斯泰從年輕時期起就對這種「肉體的自我」開始進行反思,並經常處於「肉體的自我」與「靈魂的自我」的激烈衝突中,他在日記中寫道:「看到生活的無聊、罪惡的一面,我不能理解,它怎麼會吸引我。當我誠心誠意地祈求上帝接納我的時候,我感覺不到肉體的存在,我只是一個靈魂。可是肉體——生活的無聊一面又占了上風,還不到一小時,我幾乎有意識地

---

30 陳燊編選:《歐美作家論列夫·托爾斯泰》(北京市:中國社會科學院出版社,1983年),頁459。

聽到了罪惡、虛榮、生活中無聊一面的呼聲。我知道這呼聲來自何處，知道它會葬送我的幸福，我掙扎，但還是依從了它⋯⋯」[31]

「無論怎樣研究自己我都覺得，在我身上占上風的是三種壞的欲望，即好賭、好色、好虛榮。我早已確信，德行，甚至最高的德行，都在於沒有壞的癖好。因此，只要我真的把在我身上占上風的這些癖好除去，哪怕一點點，我都可以勇敢地說，我變好了⋯⋯」[32]

「我真心誠意想成為一個好人，但我年輕，我有多種欲望，當我追求美好的東西時，我煢煢一身十分孤單。每當我企圖表現出構成我最真誠的希望的那一切，即我要成為一個道德高尚的人，我得到的是輕蔑和嘲笑；而當我只要迷戀於卑劣的情欲，別人便來稱讚我，鼓勵我。虛榮、權欲、自私、淫欲、驕傲、憤怒、報復——所有這一切，都被尊敬⋯⋯」[33]托爾斯泰正是在自己的內心中進行著無數次的肉體與靈魂的搏鬥，才使他在世俗面前勇敢地克服了各種肉體的誘惑，而導致他面臨各種肉體誘惑的關鍵因素，是自己的貴族地位和貴族階層的生活方式。

同時，托爾斯泰在進行著自己內心世界的矛盾鬥爭時，他也沒有忘記他的思考實際上與俄羅斯社會矛盾已經緊密地結合在一起，當他看到俄羅斯貧苦農民起來反抗封建領主，他並沒有譴責他們，而是把暴力革命的原因歸咎於統治階級的道德墮落。但是，面對統治階級造成的罪惡，他雖然同情貧苦農民的命運，但還是清醒地認識到不能依靠暴力革命來獲取生存的權利，而是必須在共同的宗教背景下實現道德的自我完善，正是出於這種思考，托爾斯泰把個人靈魂的轉變必須

---

31 《列夫·托爾斯泰日記·1855年》，載《托爾斯泰文集》（北京市：人民文學出版社，1991年），卷17，頁18。

32 《列夫·托爾斯泰日記·1855年》，載《托爾斯泰文集》（北京市：人民文學出版社，1991年），卷17，頁26。

33 〔俄〕托爾斯泰：《懺悔錄》，載《外國文學教學參考資料》（五）（福州市：福建人民出版社，1982年）。

和俄羅斯社會的轉變相融合，這種融合首先是托爾斯泰站在宗法制農民的立場上認同了農民，他經常參觀監獄，到法庭去聽審訊，去新兵收容站，訪問貧窮人民等。他做這些事簡直成了一種癖好，社會上很多人，包括他的妻子兒女都不理解他。人們都說「托爾斯泰快要瘋了，可能已經完全瘋了」。同時，托爾斯泰還認同了俄羅斯宗法制農民的宗教信仰。在托爾斯泰看來，俄羅斯下層人民都篤信宗教，因而養成了他們謙卑、容忍、仁慈的精神品格，而這種精神品格正是托爾斯泰主義所依賴的人群基礎，托爾斯泰正是通過發現並認同俄羅斯下層人民的宗教信仰，才使他提出的「新宗教」具有堅實的思想基礎和階級基礎。

　　其次，托爾斯泰還堅定地放棄了自己的貴族生活方式，開始真正過著自食其力的平民化的生活，從而完成了他的人生觀的轉變。他戒掉了菸酒，開始吃素食，放棄了自己喜愛的打獵，他盡量幹體力活，不要僕人侍侯，自己生爐子、劈柴、收拾屋子，去井邊汲水，還學幹木匠活和鞋匠活。直到晚年，托爾斯泰還下地幹活，著名畫家列賓特地為他作畫：〈托爾斯泰在耕田〉。畫家列賓在回憶錄裡，也生動的描述了托爾斯泰從事農業勞動的情景：「一八九一年八月，我在雅斯納雅‧波良納看見列夫‧托爾斯泰已經平民化了。這表現在他的服裝上，自製的黑色短衫，沒有什麼樣式的黑褲子，戴得相當破舊的白色便帽。……整整六個小時，他不停息地用犁翻耕黑土，一會兒走向高崗，一會兒沿著傾斜的坡地走到溝裡。」[34]直到今天，托氏故居還陳列著他做木工活用的鋸子，幹農活用的鐮刀。

　　托爾斯泰不僅自己過平民化生活，也為家裡人訂下了改變生活方式的計畫：「生活、食物、衣著——所有這些都是最簡單的事。所有

---

34 倪蕊琴編：《俄國作家批評家論列夫‧托爾斯泰》（北京市：中國社會科學院出版社，1982年），頁368。

其他多餘的東西：鋼琴、家具、馬車——賣掉、分掉。科學和藝術，只有在能同別人分享的時候才搞這些東西。對待一切人的態度，從省長到乞丐都一樣。目的只有一個，這就是自己和家庭的幸福——懂得幸福在於生活上要求少和為別人做好事。」

懺悔的托爾斯泰堅持「為別人做好事」，關心農民的苦難、同情人民的疾苦。他把大量的錢分給窮人，把土地分給農民。村裡發生火災，他親自參加救火，火災後又積極組織救濟。他放棄一八八一年以後所寫作品的版權，把這些錢用在社會慈善事業。至今，托氏故居門口還有一株被稱為「窮人樹」的老榆樹，托氏常在樹蔭下接待貧苦的農民。「千百萬人成了他的兄弟」，在他的藏書室裡，還有一個放著鋼筆和墨水瓶的文具盒，那是莊園裡的一個農民送給他的，上面刻著俄國諺語：「用筆寫下來的東西，就是利斧也砍不掉」。

晚年，托的思想激變和平民化生活不為妻子理解，這使他很痛苦，他與妻子的關係日益惡化。他幾次想離家出走，終因捨不下兒女沒有成行。一九一〇年十月二十七日晚，他發現妻子總在翻他的遺囑，於是寫了給索菲亞的最後一封信：「我在家中所處的地位已是忍無可忍，除了其他別人的人，我不能再在這種奢華的環境中生活……我的出走，給你造成了一個新的環境，我奉勸你與這種新的環境妥協吧！不要反對我的無情吧。」今天後，托爾斯泰在一個火車站上去世。托爾斯泰是農民思想的代表，農民的代言人。為他送葬的農民舉著橫幅，上面寫著：「列夫‧尼古拉耶維奇，您的好處將永遠銘記在我們成為孤兒的農民心裡。」

2 托爾斯泰文學作品中的貴族懺悔意識

托爾斯泰個人思想矛盾和懺悔意識也在他的小說中得到充分的反映。這是作為思想家的托爾斯泰希望通過文學形象來表達他內心深處的罪感和對罪感的懺悔。我們知道，這種罪感在托爾斯泰的個人情感

中是由自己身上的各種卑劣情欲引起的，而在文學作品中，作者把這種罪感的原因歸咎於帶有社會普遍性的貧富差距。在他早期創作的《幼年》中，當卡堅卡憂愁地對尼考連卡說：「我們不可能永遠在一起」、「我們總有一天會離別的──你們有彼得洛夫斯科耶莊園，可我們窮，媽媽一無所有。」時，作為貴族出身的尼考連卡受到強烈的震動，並為自己家裡有錢而羞愧。而尼考連卡的這種對有錢的追問把托爾斯泰折磨了一輩子，隨著年齡的增長，這種追問演變成了更加沉重的精神懺悔。《一個地主的早晨》中的涅赫留朵夫是作者第一個塑造的懺悔貴族形象，涅赫留朵夫同情農民的悲慘生活，希望通過改革來改善農民的處境，但最終以失敗告終。作者認為涅赫留朵夫的失敗並非他缺乏善良之心，而是由於貧富差距造成了兩個階級之間的不信任，因此，貴族要協調與農民的關係，不但要真誠地向農民階級懺悔自己的過錯，而且要放棄貴族階級的奢華生活方式，過著與農民相同的簡單樸素的生活，在生活條件和精神信仰上都要與農民階級保持一致。

　　中年後的托爾斯泰以更加廣博的胸懷創作了《戰爭與和平》、《安娜·卡列尼娜》、《復活》等世界名著，然而在這些著作中，托爾斯泰依然關注著幼年時期纏繞著他的「為什麼一些人有錢，一些人沒錢」這個問題，因而塑造了一系列懺悔貴族形象，如《戰爭與和平》中他塑造了安德烈、彼埃爾等懺悔貴族的形象。安德烈出身於名門貴族，又才華出眾，善於解剖自己，探求生命的意義。和平時期他厭惡貴族生活，患上了當時俄國貴族普遍流行的「憂鬱症」，一八一二年的俄國衛國戰爭爆發，安德烈帶著強烈的榮譽感和「英雄夢」毅然走上戰場。在奧斯特里茨戰役中，在部隊亂作一團的情況下，安德烈就在庫圖佐夫面前手舉旗幟，帶領一隊人馬衝上去攻擊，但是他受傷了，一切浮名虛利都成為泡影。他獨自一人躺在戰場上，低聲地、孩子般地呻吟。這時他仰望天空，它在他的心中引起了真摯而深刻的驚異。作者寫道：「我以前怎麼會沒看到這崇高的天空？現在我終於認識了

它，又是多麼的幸福。是啊！一切都是虛空，一切都是欺騙，只是除了這無邊無際的天空。」戰場上的感悟使安德烈開始譴責自己以前的虛榮心和「肉體的欲望」，最後走上了為他人、為人民而活著的更高境界。在臨死之前，他通過《福音書》找到了幸福的源泉，那就是愛一切人，追求靈魂的幸福！

彼埃爾是俄羅斯著名貴族官僚的私生子，父親死後他成了俄國最大的財主。庫拉金出於貪財的目的把女兒嫁給了他，但這個放蕩的女人並沒有給他帶來幸福，反而導致他與她的情人決鬥。在貴族的社交圈裡他也沒有感到愉快，反而在女販子的刺耳叫賣聲中感受到窮苦人的命運。於是他開始解放農民和展開大規模幫助農民的計畫，並得到農民的好感。這件事使他體驗到了為他人活著的幸福。後來，共濟會的博愛教父又使他的靈魂得到了洗滌。衛國戰爭爆發後，彼埃爾煥發出強烈的愛國主義情感，他開始和普通士兵接近，與一個叫普拉東的農民士兵交上朋友，從他身上體驗到下層人民的崇高情感。在他的影響下，彼埃爾皈依了上帝。在與全體俄羅斯人民一起忍受祖國的痛苦之後，彼埃爾在精神上也獲得了再生。

《安娜·卡列尼娜》是托爾斯泰處於精神轉折時期創作的力作，在這個階段裡，面對俄國社會的急劇變革和文化斷裂，托爾斯泰開始全面否定貴族階級的腐朽墮落，批判上流社會的法律、道德、習俗和生活方式。肯定鄉村貴族自然樸實的生活方式，宣揚宗法式家庭理想。作者從兩個層面來表達這種主題，一是以安娜和卡列寧的婚姻破裂及其與貴族公子渥倫斯基為主線，表達的是作者對「肉體的自我」的新理解。作品中的安娜在小說最初的構思中是一個墮落的女人，但托爾斯泰在經過深刻的挖掘後發現，安娜其實是一個真誠、善良的人她富有激情，生命力旺盛，而她的丈夫卡列寧卻虛偽、自私內心僵化而缺乏活力，他們的結合本身就是個錯誤，安娜與渥倫斯基的出軌實屬必然，因此，托爾斯泰是帶著同情和肯定的筆調描寫安娜對情欲和

個人幸福的追求，但是，托爾斯泰清醒地意識到，安娜的行為違背了
家庭生活的基本準則，如果每一個女人在有家庭有子女的情況下面臨
婚姻上的不滿意就越軌，尋找第三者來滿足個人情慾，那俄羅斯社會
的基本家庭倫理就會遭到徹底的破壞，因此，儘管托爾斯泰同情安娜
的遭遇和不幸，但他不能讓安娜與渥倫斯基結合，過上幸福的生活，
他的唯一選擇就是讓安娜在這個世界上消失，這樣才能由她攪亂的社
會倫理恢復平靜。

　　在作品中，作者塑造的另一個人物列文是個具有作家自傳性探索
人物。在他身上作者賦予了他懺悔貴族的精神品質。他具有像托爾斯
泰一樣的安靜、平和、堅定的性格，在幾經周折與吉提結婚後，他們
回到農莊過著典型的俄羅斯貴族地主的生活。但在這個社會變更的時
代，列文開始關注農奴制改革後的俄國社會狀況，努力探索俄國農村
社會經濟結構問題，他斷定俄國不適合搞資本主義經濟，因為俄國農
民普遍信教，缺乏反抗性，俄國農村經濟只能是宗法制的農村經濟，
因此要解決俄國農村問題的基本出路還是要從農民和地主的關係入
手。列文認為，俄國農村經濟之所以不能繁榮的原因是因為農民對地
主存在著仇恨和蔑視，農民為地主勞動存在著厭惡情緒，要解決農村
經濟問題，就是要把土地分給農民，只收取「單一稅」；同時，地主
還要在生活和思想上努力與農民保持一致，過著簡單、樸實的生活，
信仰上認同農民的宗教信仰。這樣才能讓他們感受到為自己勞動的快
樂，農民也能夠在這種快樂中與地主保持和諧的關係。

　　托爾斯泰在這部作品中完成精神轉變後，認同宗法制農民的生活
方式，全面回歸俄國文化傳統中的東方文化因素。托氏回歸東方文化
的最突出表現是讚美肯定俄國村社的順從，宣揚聽天由命。認為順從
是所有東方民族的美德，也是俄國民族和俄國人的第一美德。他提出
了「勿以暴力抗惡」的學說，這是對順從意識的理論概括。順從是在
東方專制制度下，廣大人民的一種求生意識和求生手段。在專制統治

下，如果過於剛烈，必遭毀滅、鎮壓，順從是一種柔情緩衝，無條件地服從家長、國君以求生存。它積澱在東方人的心理深處，成為東方民族文化心態的第一要素。俄國人長期受到外族侵略，古老宗法制的約束和專制農奴制的壓制，順從意識特別突出，托爾斯泰把自己的思想探索回歸到這一東方文化，表現了他的宗法制農民立場。

　　《復活》是托爾斯泰後期創作的代表作品，集中體現了作者的宗法制農民思想，是托爾斯泰思想發展的總結。在作品中，作者塑造了主人公聶赫留朵夫的形象，他也是一個具有作家自傳性探索的人物。聶赫留朵夫年輕時誘姦了少女瑪絲洛娃，導致其懷孕後把她趕出莊園，後淪為妓女。在一次謀殺案中瑪絲洛娃被誣告犯謀殺罪，法庭審判時聶赫留朵夫認出了她，他深深為自己年輕時的過錯懺悔。並決心贖罪。於是，他為了瑪絲洛娃的案子四處奔走，企圖通過關係赦免她的罪行，但最終還是沒有成功。聶赫留朵夫提出和她結婚，又被她拒絕。瑪絲洛娃被判處到西伯利亞服苦役，聶赫留朵夫懷著贖罪之心跟她到西伯利亞，他們在《福音書》的感召下，終於雙雙獲得「復活」，作者這樣寫道：「從這天晚上起，聶赫留朵夫過一種全新的生活，……至於他生活中這個階段最後將怎樣結束，那只有時間才會證明了。」實際上，作者所要揭示的聶赫留朵夫的新生活是一種在《福音書》中揭示的生命意義，這就是要永遠地愛人和寬恕人，在上帝面前永遠承認自己有罪，人類生活的意義在於按照《福音書》中規定的原則行事：不殺人，不動怒，不奸淫，不起誓，有人打你的左臉，你把右臉也讓給他打。這種超越人類日常生活的感情就是所謂的「人類愛」，它來自基督教教義的博愛精神。人類愛的內容是愛自己、愛別人、愛仇敵、愛一切人。這種愛是一種真誠、無私、崇高博大的愛，在這種愛的力量的感召下，仇恨、狡詐、自私、醜惡都化為烏有。只要所有的人相親相愛，一個道德完善，沒有暴力的大同世界就會出現。

　　托爾斯泰在其創作中體現的宗教思想集中表現為「托爾斯泰主

義」。托爾斯泰主義的內容可概括為他著名的兩個命題：「勿以暴力抗惡」「道德自我完善」。托爾斯泰主義是立足於基督教的禁欲主義基礎上的。「勿以暴力抗惡」、「道德自我完善」都源於基督教教義。他要人們博愛、不抗惡、道德完善、放棄財產，用最大限度壓制自己正常欲望的辦法來消除不幸，求得靈魂的安寧和幸福。在他的創作中，都貫穿了托爾斯泰主義。他從「勿以暴力抗惡」出發，反對反動暴力，指責國家制度的殘忍粗暴，同時又反對革命暴力，表現了宗法制農民的觀點和情緒。他反對官辦教會，主張「清洗過的新宗教」，亦即他的「人類愛」的新宗教。他企圖通過「道德自我完善」來尋求解決社會矛盾的出路，為人們開出了宗教道德的救世良方。從中可以看出，托爾斯泰的這種思想是一種禁欲主義的宗教思想，要人們過苦行僧式的生活，在貧困狀態中求得人與人之間的平等。因此他反對資本主義，推崇宗法制農民生活。他否定私有財產，也否定了人類物質財富和精神文明。他是一個天真、愚昧的農民，又是一個學識淵博真誠執著的大哲人。

梅列日可夫斯基評價托爾斯泰：「他的作品，從第一篇到最後一篇，不是別的東西，正是一部巨大的、五十年的日記，一篇無限詳細的『懺悔』。在一切時代和一切民族中，大概沒有另外一位作家像托爾斯泰這樣揭示自己生活之最細小的、個人性的，有時是令人頭痛的方面，而且揭示得如此大度，如此坦率，毫無顧忌。」我覺得這樣的評價是恰如其分的。托爾斯泰不僅在自己的懺悔歷程中，不僅在創作上通過人物形象對自己和自己所屬的階級進行了深刻的懺悔，而且在自己的日常生活中也嚴格履行著對農民和被壓迫階級的懺悔，從而使他的生命都充滿著懺悔意識，雖然在這種懺悔中我們看到的是一個謙卑、樸實的托爾斯泰的形象，但在其背後，卻支撐起托爾斯泰人格精神的偉大力量，通過懺悔，托爾斯泰把自己的有限生命與俄羅斯民族的重生有機地聯繫在一起，從而使他無可置疑地成為俄羅斯民族的靈魂。

第八章
二十世紀的西方宗教文化與文學

　　二十世紀的西方社會是一個大轉折、大動盪的時代，隨著資本主義世界在歐洲社會的確立，資本主義國家之間的競爭也日益加劇，它們在世界範圍內爭奪世界市場的鬥爭日益尖銳，當這種矛盾發展到一九一四年終於爆發了第一次世界大戰，幾十年以後，第二次世界大戰又爆發。兩次世界大戰不僅給世界人民造成了深厚的災難，更重要的是造成了人們意識觀內的變革，人們開始反思資本主義的理性世界是否代表這文明的方向。於是在批判形而上學傳統和資本主義文明的同時，傳統的基督教文化又開始在二十世紀處於深重災難的人們心靈裡萌發，回歸傳統的精神脈動開始在歐美社會蔓延開來。與此同時，反映社會變革要求的現代主義和後現代主義運動也成為這個時代的重要思想潮流，這種潮流體現的是處於虛無主義處境的人們的精神狀況，是人們失去傳統價值依持後精神失落、無所寄託的表現。這種既相互對立又相互關聯的精神脈動成為二十世紀西方社會的重要精神現象。

第一節　二十世紀宗教領域內的反現代主義運動

　　隨著西方神學自由主義思潮的深入發展，在西方的社會文化領域逐漸醞釀起一股聲勢浩大的現代主義思潮，這股思潮不僅在文學文化領域掀起，也逐漸滲透到了這個時期的宗教領域，從而引起了持守正統信仰的人士的強烈回應。荷蘭神學家凱柏爾就說：「毋庸置疑……基督教正遭受極大的危害。兩種生命看法彼此纏鬥，作殊死戰。現代主義用自然界的人所得的信息自成一個天地，並且以自然為依據建構

人的價值；另有一群人，屈膝於基督前尊崇、敬拜他為神，為永活神的兒子，則致力於挽救『基督教傳統』。這是在歐洲的爭戰；這是在美國的爭戰；這也是在我家的爭戰，我自己窮盡四十年精力為了保守信仰的傳統。」[1]他們所謂的正統主要是指新教改革時期的信仰傳統，而十九世紀的自由主義和現代主義神學在自然神學的旗幟下走上了一條拋棄馬丁・路德為主體的新教神學思想的道路，這樣的信仰之路之所以引起正統思想家們的反對，就是由於他們的神學思想越來越遠離聖經本身，在正統派看來這種思想無異於離經叛道，因此，他們在共同的思想訴求下逐漸形成了相對統一的宗教流派，即被稱之為「基要主義」（fundamentalism）的新教神學，但這個名稱仍然不能完全包括二十世紀這股回歸宗教傳統的思潮，另一些成員既與自由主義和現代主義神學有本質的差異，又不同於保守的「基要主義」神學流派，這些人被稱為是「新正統派」宗教神學。此外，隨著世界政治經濟形勢的變化，二十世紀後半期西方神學朝向多元化和個體性方向發展，這就使得神學派別之間的相互爭鬥大大地得到緩解，神學與當代社會生活的緊密聯繫也得到極大的增強。下面就對這幾種神學流派作簡要概述。

一　「基要主義」新教神學

「基要主義」新教神學是在十九世紀西方自由派和現代主義神學泛濫的背景下誕生的一股以維護聖經教義的正統性信仰的神學派別。其背景源自瑞士神學家涂爾廷的三冊《神學要義》，當代神學家評論它是「處理教義最全備、最有系統的作品」、「是闡釋新教正統神學的典型代表」。而涂爾廷之所以受到當代神學家們的關注，就是因為他

1　轉引自〔美〕奧爾森著：《基督教神學思想史》（北京市：北京大學出版社，2003年），頁600。

在作品裡極力主張聖經教義是通過逐字默示出來的。這一對待聖經的基本觀念後來成為普林斯頓神學院進行神學研究和培訓牧師的基礎，並培養出了以長老會保守派父子檔神學家查爾斯‧賀智和亞歷山大‧賀智和他們的繼任者華菲德為代表的基要主義先驅。其中查爾斯‧賀智（Charles Hodge, 1797-1878）的神學理論對基要主義運動影響最大。賀智出生在新英格蘭一個及其保守的長老會家庭，嚴格接受威斯敏斯特信綱和小教理問答的宗教訓練，在普林斯頓神學院學習期間，又系統學習了涂爾廷的神學理論；同時他還在歐洲的不同學府深造，最終以理德的大眾實用主義為哲學基礎形成了他的《系統神學》。他在這本著作裡以字句默示、無誤的聖經觀為基礎，建立了一套條理清晰的保守派改革宗神學體系。其內涵是強調聖經默示和聖經的天啟，貶低人的角色。雖然他也承認聖經裡有些自相矛盾之處，但它不能構成否定聖經的條件。毫無疑問，賀智提出了基督教神學歷史上最獨斷的聖經為唯一權威的觀點。這種觀點對自由派神學重視經驗而無視聖經的做法也進行了有力的批駁。這種批判主要集中在施萊爾馬赫身上，賀智認為施萊爾馬赫的神學不僅破壞了基督教思想的基本教義，而且他的主觀經驗神學還掏空了基督教教義的內容，使基督教變成為一個簡單的直覺而已的宗教。他批評說：「基督教向來是一套有系統的教義。相信這些教義的是基督徒，反對的人要受到教會的審判，因為他們是旁門左道，不忠於信仰。如果我們的信心流於形式和揣測，我們的基督教信仰也會如此；如果我們的信心有靈性、有生命，我們的宗教信仰也會如此。然而，最嚴重的錯誤莫過於將宗教從真理中抽離出來，使基督教淪為一種與聖經展示的信仰內容，也就是我們的教義大不相同的生命與形態。」[2]在有關神的教義方面，賀智強調了神的超越一切的尊榮和主權。神在任何時代和任何條件下都絕不會改

2　Charlse Hodge, *Systematic Theology,* 3 vols, Grand Rapids (Mich: Eerdmans,1973), 1:179.

變，並且全權掌管著自然界和人類社會的歷史。在闡述上帝的揀選時，賀智擁護加爾文派的「墮落後論」，並譴責十七世紀的阿明尼烏主義，認為阿明尼烏主義是導致自由派神學的前兆。總之，賀智的神學不但維護了新教正統神學，而且由於他的武斷還成功地避免了新的神學思想的產生和實驗。

一九一○年，基要主義團體出版一系列題為《基要真理》的文集，並免費發送給全美國的牧師、宗派領袖、教授和青年會的各地負責人。從此開始了真正的一九一九年，基要主義運動。有位名叫萊理的牧師成立了「世界基督教基要真理協會」，明確在聖經無誤、三位一體、基督為童貞女所生、人類墮落在罪中、基督為救贖人類而獻身、肉身復活升天等基要教義外，還把基督以肉身可見形體再來，在地上掌管一千年，和最後的復活和審判等基督教末世觀也提升到基要信仰的地位。這種做法遭到一些溫和派基要主義者的不滿。一九二○年，基要主義保守派的一份重要雜誌《守望檢驗者》的編輯羅斯發起成立了「基要主義團契」（Fundamentalist Fellowship），在某種程度上羅斯要比萊理較為溫和，視為「溫和派」，但在這段時期，不管是保守派還是溫和派，他們都要面對自由派神學的攻擊，於是他們團結在一起，使得基要主義運動得到蓬勃發展，湧現出像梅欽這樣的重要神學家。梅欽在普林斯頓神學院受教於華菲德，從一九○六至一九二九年教授希臘文，一九二一年華菲德去世後，他擔任了普林斯頓神學院的領導職務，並作為基要派的學術代言人投身於與自由派神學的理論論戰，一九二三年他出版了《基督教與自由主義》一書，在書中他大力維護正統神學、聖經無誤的正統基要觀點，但他對基要派中出現的反進化論和前千禧年觀卻表示了不同的態度，因而遭到了基要主義領袖們的排斥。

一九二九年，隨著梅欽離開長老會和普林斯頓，基要主義運動發生了一些變化，其地位和影響力也逐漸下降，期間出現的領袖人物萊

斯、瓊斯和麥金泰爾彼此之間不僅在教義問題上，而且在生活細節、
教會政策等問題上興師問罪，互相韃伐。四十年代初，這個陣營也發
生分化，住在新澤西州的麥金泰爾自行組織了「美國基督徒教會協
會」（American Council of Christian Churches），他們標榜自己是純正
的基要派教會組織。與此同時，波士頓的保守派牧師歐肯葛與其他福
音派信徒一起，成立了「全國福音派協會」（National Association of
Evangelicals），兩派基本觀點有不少雷同之處，但在基督徒與天主教
徒的關係上，麥金泰爾的基要派反對與天主教有任何往來，而福音派
則樂意與他們對話，甚至在一些社會活動上與他們合作。麥金泰爾的
基要派面對世界的起源與終結（即創世紀與啟示錄）時，堅持以完全
字義的方法解釋聖經，福音派則容許更寬廣的解釋空間。由於福音派
在對待教義問題和其他宗教派別問題上的靈活性，使它能夠在後來的
鬥爭中生存下去，而麥金泰爾的基要派則由於過分的保守和僵化則逐
漸沉寂下去。

　　總之，基要主義是一場以反對自由派和現代主義神學為主要內
容，堅持純正信仰的基督教回歸運動，它以一九二五年為界，可分為
溫和派和極端派，溫和派以梅欽及其《基督教與自由主義》和《基要
真理》裡的文章為代表，主要在於闡釋正統派神學理論。極端派沒有
產生傑出的神學家，主要精力集中於正統神學的次要議題如反對進化
論、共產主義和普世教會，堅持聖經分離主義。隨著極端派陣營的勢
力越來越減弱，溫和派基要主義信仰的影響力正逐步擴大，他們與福
音派神學一起，成為維護純正基督教信仰、抵禦自由派神學、教導嚴
格的聖經無誤的主要宗教力量。

二　新正統主義神學

　　新正統主義神學是二十世紀西方宗教文化中出現的一個既反對自

由派神學遷就現代思想，又與基要派主張聖經無誤有本質區別的宗教派別。它堅持十六世紀新教神學的基本理念，主張神的全能性和超越性，重視神啟，反對聖經無誤論。雖然新正統主義神學同時遭到兩派的猛烈批評，但由於新正統主義神學以其自身的理論素養和對自由派神學的有效批判，不僅使得不少自由派神學家轉而投入新正統主義陣營，而且還讓一些極端基要主義者也在新正統神學裡找到了安身立命之所，從而形成了新正統主義神學欣欣向榮的局面。

新正統主義神學之所以能夠面對自由派神學和基要主義的雙面圍攻下取得突破，其原因在於新正統主義神學一開始就企圖避開自由派神學和基要主義神學過分依賴哲學思想或原理去闡釋神學觀念的做法，而是尋求以純正的神話語去闡釋、理解神學理論，以此盡量擺脫哲學在宗教領域中的影響。而達成回歸純神話語的神學的新正統主義神學的先驅者就是丹麥業餘神學家索倫‧克爾凱郭爾（Soren Kierkegaard, 1813-1855），他出生於丹麥的哥本哈根，一生孤獨隱遁。早年因父親與使女安娜所犯的道德罪導致克爾凱郭爾深陷於精神危機中。一八三〇年，克爾凱郭爾進入哥本哈根大學學習神學，並獲得碩士學位，在這期間他與瑞吉尼‧奧爾森相愛，訂婚，但是當他感到自己內心中某種「神聖的抗議」時，他又立即解除了婚約，專心投入去追求宗教探索的神聖事業。從此以後，克爾凱郭爾開始了表達自己內心深處思想的寫作生涯，先後出版了《恐懼與戰栗》、《哲思片段》、《哲思片段之非科學附言》、《或此或彼》、《討伐基督教王國》等。他在這些著作中表達的生命觀被稱為「存在主義」，但實際上他的思想與正統基督教是一致的。

克爾凱郭爾的宗教思想首先是從他批判黑格爾的宗教哲學中開始的，黑格爾的宗教哲學把宗教與人類文化歷史聯繫在一起，認為人類在其社會歷史實踐中既有神的自我體認，也有人類的自我實現，因而當他的「絕對精神」（即神）在現實的基督教國家（指普魯士公國）

完美地融合在一起時，他們也就到了「歷史的終點」，屆時神的國也
就降臨了。黑格爾用歷史理性主義闡釋的宗教哲學雖然在歐洲產生了
巨大的影響，但克爾凱郭爾卻極其厭惡他的思想，並對他發出持續的
攻擊。在他看來，文化精英們（如黑格爾）用理性來關注基督教及其
信仰，不僅無助於基督教的傳播，反而有摧毀基督教的危險。在克爾
凱郭爾的宗教思想中，基督教不是一種哲學，存在不是通過理性來理
解的，真理也不是思想與實體之間的理性、客觀對應，因為神與人之
間有「質的無限差異」，人類不僅在理智和認識能力上是有限的，而
且人類在宗教層面上是有罪的，聖潔的神從上面發言，人類由於其自
身的罪惡不可能預期和理解神的奧秘，神不在人之中，而是從外邊向
人接近，神並不需要人來完成他自己，因此，人類唯有靠信仰才能認
識神和擁抱真理。

　　克爾凱郭爾雖然不否認有獨立的真理存在，但宗教真理的認識不
是靠科學和理性，而是靠人自身中對神的無限激情，他說：「信仰不
能簡單地從一種科學的探究中產生，它根本不會直接到來。相反，在
這種客觀性裡，人容易喪失那處於激情之中的無限的切身關注，而那
正是信仰的條件。」[3]在克爾凱郭爾看來，信仰就是接受那從理性上
看是荒謬的、從歷史上看僅僅是或然的東西，它需要人內在激情的獻
身，而這種內在的激情雖然是主觀的，但這種主觀性才有決定性，因
而主體性即真理，真理處於人的激情的決定中；人懷著對無限者的激
情選擇一種客觀上的不確定性，因此，就信仰本身來說它總是包含著
冒險的，「信仰正是個人內在的無限激情與客觀的不確定性之間的矛
盾。如果我們能夠客觀上把握上帝，我就不信仰了，但是恰恰因為我

3　〔丹麥〕克爾凱郭爾：〈附言〉，載利文斯頓著，何光滬譯：《現代基督教思想》（成
　　都市：四川人民出版社，1999年），頁635。

不能夠在客觀上把握上帝，所以我必須信仰。」[4]克爾凱郭爾稱此為「信仰的跳躍」。不過，克爾凱郭爾也並沒有排斥理性在信仰生活中的重要角色，他認為理性的任務就是消除看似悖論的任何東西，擺脫那並非荒謬的東西，他的這一認識使他的思想中的極端非理性主義色彩得到緩解。但從總體上說，克爾凱郭爾的宗教思想是一套反哲學思辨和反歷史理性的神學系統，基督教的福音超越一切人為的宗教、文化和思想體系，他強調的神與人之間的質的差異、信仰的客觀不確定性和「客觀的啟示」等重要觀念，都對後來的新正統神學家尤其是巴特的神學產生了深刻的影響。

　　卡爾・巴特（Karl Barth, 1886-1968）出生於瑞士的巴特爾，父親是伯爾尼大學的教會史與新約教授，青年時期巴特就受到父親的神學指導，並立志成為神學家。巴特還先後在歐洲的幾所大學的著名神學家門下接受教育，如柏林大學的哈那克，馬堡大學的赫爾曼等。畢業後他成為瑞士改革宗的牧師，在他神學思想的形成時期，巴特越來越感到自由派神學與現實的距離，於是他開始重新調整自己整個的宗教立場，在潛心研究《羅馬人書》並以一九一九年正式出版《論羅馬人書》，巴特在書中不僅發現了「聖經裡面奇妙的新世界」，「聖經的內容不是人對神正確的思想，而是神對人正確的思想」，而且奠定了辯證神學的新正統路線。第一次世界大戰以後，巴特受邀到德國教授神學，先是在哥廷根大學，後在明斯特大學，然後轉到波恩大學，在波恩大學期間，巴特著手他的鉅著《教會教義學》的寫作，此書一直到一九六八年他去世之前出版了十三鉅冊。此書的出版不僅充分展示出巴特系統神學的全貌，而且奠定了他在二十世紀西方神學界的崇高地位和深遠影響。一九三四年，由於巴特支持德國境內的反納粹運動，他被撤銷了在波恩大學的教授職位，並被驅逐出德國。但巴塞爾市議

4　〔丹麥〕克爾凱郭爾：〈附言〉，載利文斯頓著，何光滬譯：《現代基督教思想》（成都市：四川人民出版社，1999年），頁639。

會選舉他為神學教授，於是他又返回巴塞爾從事教學一直到一九六二年作為「終身教授」退休。

　　巴特辨證神學是從克爾凱郭爾的宗教神學中發展過來的，但巴特的神學思想有自己鮮明的時代特點，即他是面對西方世界動盪和災難性世界大戰的特殊時代提出的神學思想，因此，巴特的神學不僅在於其危機論，更重要的還是救恩論，在於他想通過宗教來拯救西方世界的墮落和罪惡。故此，巴特神學首先提出新的啟示觀，其基本的啟示原則就是，上帝的啟示就是上帝以言詞向人類闡述他自己，如果不是上帝通過聖靈使自己在耶穌基督中體現出來，為人所知，人是不可能認識上帝的。這樣就需要通過啟示來領悟上帝的言詞。巴特把啟示分為三中類型，第一是耶穌基督，在巴特看來，耶穌不僅僅是歷史人物，更為重要的是他就是上帝的啟示，他化身為耶穌基督的肉身，以罪性的形態向人們展示上帝的謙卑、慈愛和威嚴，他成為上帝在人間行動、溝通的實體見證；第二是聖經，聖經雖然也和耶穌基督一樣是上帝的見證，但聖經啟示與耶穌基督啟示的最大區別在於，耶穌就是上帝本身的自我展示，而聖經則是上帝話語的一種形式，它是人類諸多記述者的成果，因而其中也必然包含著錯誤，但那並不重要。巴特強烈反對基要派的聖經無誤的立場，但他卻極力推崇聖經，因為聖經雖然在敘述中可能有錯誤，但它卻是上帝在耶穌基督裡自我啟示的歷史敘事，也是人類認識耶穌基督的唯一來源，在這個層面上，巴特也堅持唯獨聖經的觀點。一九六〇年，當巴特應邀在美國芝加哥大學舉行演講時，他還用一句他母親小時候教的一首歌「耶穌愛我萬不錯，因有聖經告訴我」來回答一位學生的提問，從中可以看出聖經啟示對巴特一生的影響。第三就是教會的宣講，巴特認為，教會在神學歷史中也應該有它獨特的作用，這個作用就是教會持久的講道和教導也會啟發人們的心智，讓上帝的話語得以彰顯。因此，教會是上帝與人相會的處所，耶穌基督在教會被宣揚，聖經在教會中被解釋。

　　其次，巴特的神學思想中還包含著對上帝本質的解釋。他並不認為在耶穌基督背後還有一個隱藏的上帝存在，他說，如果上帝在耶穌基督裡顯現為有慈愛、恩典、憐憫的神，上帝就是慈愛、恩典、憐憫的神，上帝的話就是他自己。但是，巴特的神論是辨證式的，必須以悖論的方式來談論上帝的本質。因而上帝雖然有絕對的慈愛、恩典和憐憫，同時也有絕對的自由，上帝在時間和永恆裡啟示自己就是「自由而愛的神」，上帝在與其受造物的關係上具有絕對的自由同樣，雖然具有絕對的自由，但因為他與其受造物之間的愛，他也會時時約束自己。上帝愛他所創造的世界，同時也受到世界的影響。上帝之存在的本質就在於聖父、聖子、聖靈的三位一體及其所體現的愛，人類雖然無法認知上帝之三位一體的本質，但卻可以通過耶穌基督對於認知上帝之愛，恩典與憐憫。耶穌雖然在世界中是以其謙卑和受難的形象出現的，而上帝依然是它的主人，而且在與世界的關係中，它是完美的和自由的。

　　第三，巴特的神學思想中還包含他的救恩論。巴特的救恩論師承加爾文與茨溫利的傳統，他也肯定揀選出於上帝的全能，他相信上帝的揀選與棄絕的天命先於創造和容許其墮落的天命。上帝創造的目的就在於為了拯救，而揀選就是靠恩典得救的見證，巴特把他的這個揀選與救贖理論稱為「濾淨過的墮落前論」，即上帝的揀選雖然容許邪惡存在，但借著耶穌基督的受難卻可以消除邪惡，從而使上帝的救贖行為成為他的恩典和愛的體現。但是在這個救贖過程中，上帝卻把他的兒子耶穌基督否棄，讓他在人間受到罪人的折磨，而人卻能夠在耶穌的受難中獲得上帝的拯救，從而使人感受到上帝的慈愛，恩典和憐憫。當有信仰的人受到上帝的揀選時，並不顯得驕傲自大，得意洋洋。他承受上帝的恩典，這只不過使他意識到，他被召喚而且被揀選進入基督之中，是要過真理而非虛妄的生活，是對上帝的恩賜進行的一種感恩。這種感恩的過程也是充滿喜悅的和快樂的感謝之情，這種因上帝

的恩典引起的感謝之情就是巴特《教會教義學》的核心主題，巴特神學一直被稱為「恩典之凱旋」，就是指他神學中上帝恩惠的福音。

綜上所說，新正統主義神學是企圖超越自由主義神學和基要派神學的狹隘性所創新的一種「矯正」神學，它矯正的是自由主義神學中脫離不重視聖經和上帝恩典在神學中的地位和作用；它也矯正了基要主義神學聖經唯一和過分誇大恩典的企圖，它企圖復歸的是新教改革時期的古典基督教主題，因而它嚴格區分近現代社會發展起來的科學真理與宗教真理，認為宗教真理所包含的是象徵性和神話式、寓言化的真理，這種宗教真理蘊涵在創世故事，亞當墮落的故事，基督降生和復活的故事中，上帝也就蘊涵在這些故事所構築的歷史中，不過這種歷史也不是事實構成的歷史，而是一種「神聖的歷史」。因此，新正統神學本質上是在新的歷史條件下對基督教傳統的一種回歸，是對受到兩次世界大戰的西方人心靈創傷的一種靈魂撫慰，其影響是不可低估的。

三　二十世紀後半期西方神學思潮的多元化和個體化

二次世界大戰以後，西方世界由於受到納粹德國國家犯罪和其他集團犯罪的深刻教訓，基督教神學家們開始放棄普世教會和信仰合一的理想，轉而去追求基督教世界下的多元化和個體化的宗教理解，他們希望新時代的基督教信仰不再是一群小孩跟著哨音齊步走的幼稚方式，而是像一個交響樂團一樣，每個樂手和樂器都能奏出多彩的樂章。在這種形勢下，神學家們根據各自對基督教的理解創建了豐富多彩、五花八門的神學流派，這些流派有的能夠把教會的悠久傳統與當代文化進行很好的交融，有的流派則顯得比較激進，但真正能夠經受時間考驗和對社會有貢獻的宗教流派還是不多，現主要介紹五種神學流派。

　　第一種是被稱為福音派的神學流派。「福音派」這個詞曾經在十八世紀的新教徒中出現過，用於指稱支持懷特菲爾德和愛德華茲帶領的復興運動的成員；同時也用於指稱十九世紀九十年代新英格蘭的福音派自由主義。但我們在這裡介紹的，主要是指在二十世紀五十和六十年代形成的多元化福音主義，有的福音派成員傾向於新教神學，有的傾向於敬虔主義的復興運動，有的還企圖發揚前普林斯頓的正統神學，甚至福音派之間還形成對峙進行激烈爭論，但實際上他們仍然存在著一些共同點，比如他們都持有歷史性的基督教世界觀；都反對自由派神學和基要主義的某些觀點，等等。在激烈的爭論和福音派思潮的此起彼伏中，福音派湧現出像卡爾‧亨利和布洛爾奇等知名神學家，在福音派神學運動中產生了重要作用。

　　第二種是羅馬天主教神學。羅馬天主教一直信守托馬斯‧阿奎那斯的傳統神學，是基督教世界中保守、反動的宗教派別。一九六一年，年邁的羅馬教皇若望二十三世召開梵蒂岡會議，史稱「梵二會議」，該會議雖然沒有公布新的教條，但卻打開了天主教教會的窗戶，使得天主教不再自絕於現代科學、哲學和新教。在傳教方式上，羅馬天主教也作了較大改革，他們容許使用本土語言做彌撒；平信徒可以對教會的運作表達自己的權利；取消禁書名單等。在基督教教義方面，梵二會議確立了聖經至高無上的地位，開放了羅馬天主教教會與學術研究，有些新教徒受邀參加會議，並向草擬諭令的主教和神學家提出意見。會議以後，羅馬天主教與福音派等神學派別繼續進行學術交流，達成了許多共識，從而改變了天主教神學刻板、僵化、保守的形象。這個時期的羅馬天主教出現的著名神學家是拉納（1904-1984），他的主要著作是他的全集《神學考察》，晚年還出版《信仰基礎》。他的這些著作對現代天主教神學思想產生了巨大影響。拉納神學的主要特色在於援用大量的哲學術語來闡述他的神學思想，在他看來，基督教的啟示其實是可以用知識來加以說明的，為此拉納發展出

一套神學人類學，在這裡他主要想以學術的方法探討人性與存在，指出人生來就「向上帝敞開」，但人只有依靠耶穌基督為絕對救主，才能與上帝建立關係，才能最終使人得到滿足。總之，拉納的神學思想不僅深刻地影響了天主教神學思想的方向，也使得天主教神學與新教神學和其他現代神學的關係變得更有靈活性，從而開創了天主教神學的新局面。

　　第三種是過程神學。過程神學是二十世紀後半期持自由派神學神學的神學家企圖把哲學家懷特海的過程哲學與基督教神學進行融合的神學思想體系，因此也可以說是新時代的自由派神學思想。二十世紀七十年代，美國衛理公會的克萊蒙神學研究院成立了「過程神學研究中心」，還創辦有《過程研究》雜誌，這派神學還出現了著名的神學家科布（John Cobb, 1925-）出版的主要著作有《基督教自然神學》、《上帝與世界》和《多元時代的基督》，其主要觀點是，否認古典基督教有神論和超越性，而強調上帝的臨在性和個體性，上帝之愛應優先於上帝之權柄與能力；反對「神恩獨作說」，認為上帝只是提供完美的世界圖景，而是否要回應以及如何回應則是由人類自由決定。傳統神學說：「人提出，上帝處理」，而過程神學卻說：「上帝提出，人處理」。最後，過程神學也不贊同上帝的力量是超自然的方式界入自然的觀念，他們認為上帝只是引導人類往理想的境界發展，而沒有干擾自然界的秩序和人的自由意志。過程神學對二十世紀西方世界的苦難作出了自己的神學解釋，他們理論道，如果上帝能夠制止大批男女老幼被殺，他就應該這麼做。因此，他一定是無從制止，才會發生這樣的悲劇，因此，上帝這個時候實際上也是在與人共同受苦、感同身受。

　　第四種是解放神學。解放神學是二十世紀七十年代在美洲國家在經濟、政治和社會上受壓迫的基督教群體出現的神學思潮。主要包括黑人要求擺脫種族偏見和歧視的解放神學，擺脫經濟壓迫和政治寡頭的解放神學和反對性別歧視、主張男女平等的女性主義神學。這些團

體由於所處的社會地位和歷史環境不同，因而他們都主張每一種受壓迫的群體都有反思聖經、反思當下處境的自由，對聖經的解釋也因處境的不同可以作出自己獨特的理解。對於所有解放神學家來說，神學解釋要與具體的解放行動相結合，為人們受壓迫的境況尋求平等與公義，而神學家的任務就是幫助人們與神的話語連接，為解放而努力。因此，他們的神學已經不再糾纏於神學理論和觀念的爭論，而是要讓神學直接為促進改造世界服務。解放神學還認為，受壓迫者或窮人處於社會的下層，持有社會的道德、良心和公義，因而受壓迫者與窮人和上帝之間存在著特別的優惠關係，在救恩上上帝更優先地與他們站在一起。每當有群體被另一群體壓迫時，上帝總是會與受壓迫者站在同一陣線上，是解放者的心靈嚮導和精神動力。同時，作為上帝之道的傳播者教會也要在心靈上認同受壓迫者，積極參與解放受壓迫者的行動，而不要與富豪和社會權貴為伍，認為如果教會與少數特權階級或群體站在同一陣線，那就是引發社會的不公義。

在美洲的解放神學運動中，他們還產生了一些傑出的神學領袖，如黑人神學領袖科恩，他的主要著作是《黑人神學與黑人權力》、《黑人解放神學》；女性主義神學的領袖人物是蕾亞，其著作《性別歧視與上帝的論述》是婦女解放運動的經典；而拉丁美洲解放神學之父是古蒂爾雷斯，其著作《解放神學》也是解放神學的基本教科書。這些解放神學家站在各種關注的問題上，把抽象的神學理論與具體的解放運動緊密結合起來，把神學理論用於具體的解放行動，從而為神學的現代發展開拓了一個廣闊的空間。不過由於解放神學家們都把受壓迫者，女性和窮人置於被解放的地位，因而實際上人為地製造了男女、貧富、黑白的矛盾和分裂，這對社會穩定是不利的。但解放神學家們並沒有被外界的批評所左右，他們堅持自己的主張，為神學在現代社會的解放而努力。

第五種是末世神學。末世神學是二戰後德國兩位神學家莫爾特曼

和潘能伯格創建，對整個西方世界產生深遠影響的神學派別。莫爾特
曼曾經在英國的戰俘營待過，在那裡他歸信了基督教，後來他加入改
革宗，在德國著名學府圖賓根大學執教多年，其主要著作有《希望神
學》、《被釘十字架的上帝》和《三一神與國度》；潘能伯格是在讀大
學時期歸信基督教的，後來他加入的是路德宗，在慕尼黑大學執教，
其主要著作是《耶穌——神與人》、《神學與神的國》、《神與人的自
由》。他們的神學思想是在繼承早期教會和宗教改革時期的傳統基礎
上發展過來的，但不像基要主義那樣極端保守，而是在傳統神學中融
入了時代和作者個人的氣息。他們共同的社會性觀念可以概括為：把
上帝之國的降臨和耶穌復活都闡釋為末世性事件，上帝是作為「未來
的力量」進入歷史和世界的，上帝進入歷史的方式就是派遣耶穌基
督，作為歷史的耶穌他只不過是個猶太傳教士，還作為叛國者被羅馬
統治者判處極刑；但耶穌同時還是上帝派來人間的兒子，上帝以耶穌
受難的方式表達出他自己的謙卑和對人的愛。每一次歷史的循環，實
際上都是上帝與世界的一次進入和示愛的過程，同時也是上帝消抹一
切罪惡，讓世界充滿神聖的過程。

　　總之，二十世紀後期神學思潮雖然是從前期傳統基督教中繼承過
來的，但它們仍然呈現出這個時期基督教神學的特有色彩，這就是這
個時期的神學不僅具有多元化的傾向，同時還存在著個性化的特徵，
它們從各種所關注的問題出發，把時代的印記與個人的體驗有機的融
合在他們的神學思想中，從而創造出豐富多彩而不失莊嚴的思想體
系，為基督教神學的現代化進行了一次有意義的嘗試。

第二節　二十世紀西方文學與多元主義的宗教言說

　　二十世紀西方神學思潮中的爭論和流派更迭的狀況反映的是西方
宗教學說領域中的繁榮和發展，它的繁榮並不表明這個時期西方社會

宗教氛圍的濃厚。實際上，二十世紀西方文化面臨著自宗教改革時期發展起來的資產階級意識形態逐漸與維繫歐洲幾千年傳統的宗教思想產生分裂，西方世界賴以存在的精神根基給瓦解了，「宗教學說在我們思維中的解體，導致了一個虛幻的、超感覺世界的摧毀，不論是作為最高價值、創造世界的上帝、絕對的本質，還是作為理念、絕對精神、意義或交往的關聯系統，或者在現代自然科學中作為認識一切、改造一切的主體，都不過是人的精神創造出來的、用以自我安慰、自我欺騙的東西而已。用批判的目光審視一切，人們便會發現歐洲思維中的上帝和超感覺世界中的一切，尤其是超驗的價值和意義都是虛無。」[5]本來，西方資產階級意識形態也是在西方宗教文化的孕育下誕生的，正如馬克斯‧韋伯所闡明的那樣，西方資產階級的價值基礎實際上是與新教倫理密切相關，而如今這種價值基礎被自身所摧毀，於是西方資產階級面臨著發展過程中最為尷尬的局面，一方面，西方資產階級追求以理性、科學技術和欲望滿足為進步的標誌，造成了西方物質世界的高度發達和人們心靈世界中的物欲膨脹；但另一方面，這種進步卻又在一步步地摧毀著西方世界賴以生存的宗教和倫理價值，形成了丹尼爾‧貝爾所說的「資產階級白天正人君子，晚上放浪形骸」的尷尬局面。這樣，西方資本主義的經濟社會發展和精神無限膨脹的擴張不可避免地昭示著一個可怕的時代——虛無主義時代的來臨。尼采就是西方虛無主義時代最敏銳的發現者和揭密者，他以其近乎瘋狂的行為和幾乎瘋狂的語言揭示了虛無時代的降臨，「『上帝到哪裡去了？』他對人們大喊，『我要告訴你們，我們把他殺死了，你們和我，我們』都是謀殺他的凶手！然而，我們是怎樣把他殺死的呢？我們怎麼會把大海喝乾的？是誰給了我們一塊大海綿，讓我們抹去整

5　〔德〕曼‧佛蘭克撰：《正在到來的上帝》，錢善行主編：《後現代主義》（北京市：社會科學文獻出版社，1999），頁31-32。

個的地平線？當我們把地球從太陽的鉸鏈裡卸下來的時候，我們幹了什麼？我們的地球正在飄向何方？我們正在向何方墜落？對於我們，難道還有上下左右嗎？難道我們不是在無窮無盡的虛無中摸索？籠罩著我們的難道不是永恆的空虛？沒有盡頭的黑夜來臨了，天越來越冷了，難道不該的大白天點上燈籠？難道我們沒有聽見掘墓人在墓葬上帝？難道沒有嗅到上帝的屍體正在腐爛？上帝不是不朽的。上帝死了，永遠地死了！我們把他殺死了！』」[6]尼采如是說，但尼采的話絕不僅僅意味著基督教世界的消亡，而是意味著整個西方形而上學的終結。在這個虛無主義的世界中，尼采大白天高舉著燈籠在大街上四處瘋狂地尋找上帝，雖然他的行為有些古怪，但卻是喪失根基的西方現代人精神狀況的普遍象徵。對於上帝之死的哲學思考也困擾著其他一些西方思想家。其實，這些思想家的學術大多數都是在尼采思想的影子下進行思考的，如奧克塔維奧・帕斯就說：「如果有人說『上帝死了』，他是在宣告一個不可重複的事實：上帝永遠地死了。在一個線性不可逆進程的時間概念中，上帝之死是無法想像的，因為上帝之死敞開了偶然性和無理性的大門。對此有雙重回答：反諷、幽默、理智悖論；還有詩學悖論，形象。……儘管沒有一種態度都是宗教性的，但這是一種奇怪而矛盾的宗教，因為它包含了宗教乃虛空的意識。」[7]這種思考表達的是人在沒有上帝後的不適應感和空虛感，正因為上帝之死，造成了任答案都是悖論性的。

　　德國哲學家哈貝馬斯對現代性之後的上帝之死也有自己的觀點：「上帝死了，但在他死後他的位置仍在。人類想像中上帝和諸神的所在，在這些假想消退之後，仍是一個闕如的空間。無神論最終的確理

---

6 〔德〕尼采：《快樂的科學》，《尼采全集》（慕尼黑，1977年），卷3，頁127。

7 〔美〕馬泰・卡林內斯庫撰，顧愛彬等譯：《現代性的五副面孔》（北京市：商務印書館，2002年），頁69。

解到，對一個空間的深層測度勾勒了一個未來自由王國的藍圖。」[8]
哈貝馬斯所勾勒的未來顯然就是尼采預見的虛無主義時代，但他對這
個時代的來臨不是以悲觀主義的態度去面對，而是以一種客觀、冷靜
的烏托邦式的態度去思考和觀察，後現代思想家們的這種勾劃成為當
代世界特有的精神景觀。

　　西方現代作家的思維路徑也大多沿襲思想家們開拓的方向，他們
一方面在玩味虛無主義時代給人們帶來的精神空虛和價值真空，另一
方面也在以各自特有的方式尋找自己內心所嚮往和珍視的上帝。由於
十九世紀末、二十世紀初西方現代社會面臨的就是宗教土崩瓦解的時
代，宗教已失去了昔日的輝煌，也喪失了過去維繫西方精神世界統一
性的職能。宗教大廈的傾覆、社會的極度動盪，使得維繫西方精神世
界統一的神聖職責自然而然地降臨到同樣關注人類精神和命運的作家
身上。如果說十九世紀的西方作家是主動承擔文學的宗教功能，以宗
教家和道德家的姿態去言說的話，那麼，二十世紀的西方作家則是被
動的承受這種職責，因此他們向宗教的回歸，並非是他們「侵犯宗教
領地」（丹尼爾·貝爾語）實質上乃是一種歷史的必然，因為在宗教
大廈傾覆之後，宗教權威不復存在了，但是宗教中能體現人性內容的
思想（宗教人文主義）並不隨之消失，它必然以另一種形式重現出
來，文學在這種轉換中承擔了歷史賦予它的特殊責職，使文學從此與
宗教內質緊緊地聯繫在一起，神學家 M·瓦爾澤也說：「文學是一種
退化了的宗教，文學就是作為宗教的注解而出現的」。[9]

　　然而，二十世紀西方作家在向宗教精神回歸的過程中，他們自始
至終就是以一個作家而不是以一個神學家的面目出現的，因此，與其

8　〔美〕馬泰·卡林內斯庫撰，顧愛彬等譯：《現代性的五副面孔》（北京市：商務印
　　書館，2002年），頁73。

9　〔德〕漢斯·昆著，徐菲等譯：《神學與當代文藝思潮》（上海市：上海三聯書店，
　　1997年），頁205-206。

說是二十世紀西方作家在承擔宗教責任，倒不如說他們在努力打通宗教的絕對、超驗的神性與文學的現實的、普遍的人性通道，使宗教關注的內容塵世化、人性化。正是由於二十世紀西方作家的調適，使宗教中的人性內涵（宗教人文主義）進入文學的視域，具體體現在二十世紀西方作家的作品中，就是作品不再側重於關注人與人之間的現實關係及其命運，而是致力於尋找和追求無限永恆的精神境界，這種精神境界正是宗教人文主義的核心內容。近代著名哲學家科利說：「宗教是我們內心無限企望同外界更大的無限相接觸，相交通的一種不朽的追求。」[10]另一位哲學家也說：「宗教是使人感奮的一種信仰，是能輔助個人發展到他的最高點。」[11]這些都說明宗教追求無限永恆的精神境界是人的本質屬性，它並不隨宗教的衰微而消亡，二十世紀西方作家就是通過對宗教中人性內涵的繼承和深入挖掘，使歷史賦予他們的宗教職責轉換成作家自覺追求的文學境域。

一　失去上帝後的孤獨自我

　　二十世紀西方現代作家首先面對的問題是，現代人生存的價值根基給摧毀了，不論是西方資產階級的形而上學傳統，還是傳承幾千年的基督教文化傳統，都在科學技術的革命浪潮和物欲崇拜中土崩瓦解，並由此產生出對科學的信仰。科學在認識世界的奧秘、解釋世界的各種複雜現象和幫助人們滿足物質欲望的過程中確實起到非常大的作用，但科學思維和科學世界觀在人類精神世界的蔓延卻使得精神被解剖成了零落的碎片，猶如剝洋蔥一樣，最後只剩下了孤零零的自我。這種情況就必然導致人們雖然生活在高科技和物質財富極度豐富的世界中，但人的精神世界卻極度昏暗的局面。同時人類由於自身的

10 轉引自陳惇等著：《比較文學》（北京市：高等教育出版社，1997年），頁304。
11 轉引自陳惇等著：《比較文學》（北京市：高等教育出版社，1997年），頁304。

理智和物欲的膨脹導致上帝在人類精神世界中的消失，從而使西方人的精神陷入到沒有上帝眷顧的思維真空中，於是，人們進入到一個沒有「上下左右」（尼采語）、沒有精神根基的虛無世界中，只有顧影自戀，在尋找自我和玩味自我的孤獨旅程中消磨時光，回歸自我、惟有自我可以信賴成為現代西方人的主要精神特徵。

但是，自我作為十九世紀以來科學技術對人類進行剝洋葱式的解剖所取得的思想成果，它並沒有對人的本質的認識更加清晰，反而由於科學思維的滲透致使自我變得更加支離破碎，因而在現代人的精神世界中，已經沒有了任何崇高、偉大和值得信任的東西，只能在時代的大潮中隨波逐流，這種生存狀況正是尼采所揭示的虛無主義時代的真實表現，這種精神現實既是反資本主義世界的強大力量，但同時它自身又自然成為了資本主義世界精神內涵的組成部分。下面就從作家作品中對失去上帝信仰的現代人進行簡要的分析。

（一）詹姆斯‧喬伊斯《尤利西斯》中麻木、猥瑣的現代人

詹姆斯‧喬伊斯（James Joyce, 1882-1941）是意識流小說大師，他出身於愛爾蘭都柏林的一個中產階級家庭，中學和大學進的都是天主教學校。一九〇四年僑居義大利、瑞士和法國，當過銀行職員，在這過程中利用業餘時間從事文學創作。當時的愛爾蘭社會由於自由運動癱瘓，民族運動四分五裂，經濟蕭條，一片悲觀氣氛，人們的情緒極其低沉，天主教勢力猖狂，喬伊斯雖然僑居歐洲大陸，但他精神上始終生活在他的故鄉。他的作品都以都柏林人為背景，取材於愛爾蘭的生活。他的主要成就在小說方面，一九一四年出版的短篇小說集《都柏林人》包括十五個短篇，主要描寫都柏林的生活畫面等風土人情。喬伊斯的第一部長篇小說《一個青年藝術家的畫像》，寫都柏林一個未來的青年藝術家斯蒂芬‧迪達勒斯從童年到青年時期的思想旅程。作者寫這部小說時，世界觀已發生了劇烈的變化，同原有的宗教

信仰決裂了，這反映在主人公的思想變化過程中，斯蒂芬童年時期盲目接受宗教教育，但以地獄景象來嚇唬人的神父卻使他感到厭惡，各種荒謬的清規戒律也使他十分反感。雖然他的母親一心希望他接受神職，學校也因為他成績出眾向他提供機會，但他卻決心走自我流亡的道路，宣稱「流亡」是他的美學，毅然背棄宗教去追求文學藝術。在斯蒂芬身上我們可以看到喬伊斯影子，這個人物後來在《尤利西斯》中再度出現。

《尤利西斯》是喬伊斯最重要的作品。這部小說不具有一般稱為小說的特點，實際上沒有故事，沒有情節，幾乎沒有行動，幾乎沒有通常意義上的性格刻畫。這部小說只涉及兩個人的思想、經驗，最重要的是兩個人的相遇，地點是都柏林，時間是一九〇四年六月十六日，這一天沒有什麼特殊的意義，甚至對主人公也沒有明顯的個人意義，但作者就在這平凡的一天中，去展示三個主要人物的複雜的精神歷程。

作品中三個主要人物是青年藝術家斯蒂芬、以報紙招攬廣告維生的布盧姆和他的妻子、歌手莫莉。小說前三章以斯蒂芬為中心，四至十五章以布魯姆為中心，到第十四章時斯蒂芬才和布魯姆相遇。布盧姆多年前失去了兒子，這是他心靈無法彌補的痛苦，他性機能衰退，妻子對他不忠，人們都嘲笑他，他自己雖羞愧難當，但也不得不承認這種事實。斯蒂芬最初出現在《一個青年藝術家的畫像》中，當他反抗舊傳統出走巴黎後，因母親病重回國，母親臨終時要他在病榻前跪下為她祈禱，他出於對宗教的反叛，沒有從命，母親去逝後他為此抱恨終日。他還曾經對自己的母親有過性欲，因此深感對不起父親，他內心懷著罪惡感，希望在精神上重新得到一位父親。六月十六日這天晚上十點，布盧姆去產科醫院看望一位產婦，遇上斯蒂芬在和一群醫學院學生飲酒聊天，布盧姆認識他父親，看到他的醉意，決心跟隨他，斯蒂芬果然喝得大醉，在妓院鬧市，布盧姆耐心照料他，這使他

們突然在對方身上找到了自己心靈上最需要的東西；斯蒂芬找到了
「父親」，布盧姆找到了「兒子」。布盧姆把斯蒂芬帶回家，並告訴妻
子莫莉，斯蒂芬將加入他們的家庭生活。這時充滿了肉欲的莫莉剛剛
告別了情人，因為斯蒂芬的出現而朦朧地體驗到一種母性的滿足，同
時又產生了對一個青年男子的情欲的衝動。她在快要入睡的瞬間又迷
迷糊糊地回憶起她當初和布盧姆戀愛的時光，和其他各種各樣的事
情，小說敘事就到此結束。

　　作品題目《尤利西斯》，是荷馬史詩《奧德修紀》中奧德修斯的
羅馬名字，喬伊斯套用《奧德修紀》的結構，把「現代人」布盧姆在
都柏林十八小時的遊蕩與古代英雄奧德修斯在海上漂流十年加以比
照。作者原計畫每章都有名稱，一至十八章的名稱依次是忒勒馬科
斯、涅斯托爾、普羅蒂尤斯、卡呂普索、食蓮人、哈德斯、埃俄羅
斯、萊斯托利高尼人，西勒和卡律布狄斯、游動山岩、塞壬、塞克洛
普斯、瑙西卡、太陽神的牛、瑟西、歐邁俄斯、伊塔卡、珀涅羅珀，
並給每一章都寫了說明，各章都和《奧德修記》中的有關部分相對
應，如第十七章「伊塔卡」，在《奧德修記》中，伊塔卡是奧德修斯
的故國。他在海上經歷了千難萬險，喬裝回到自己的宮廷後，與那些
覬覦著他的王位和妻子的「求婚者」一一比箭，把他們射死，和兒子
一起洗雪了仇恨。但在《尤利西斯》這一章裡，布盧姆帶上他的「兒
子」斯蒂芬回到他的「伊塔卡」後，儘管看到莫莉的情人來過的跡
象，但他沒有任何英勇雪恥的行動，反而委屈求全，泰然自若，他只
能卑微地把偷情者從心上排遣出去。等斯蒂芬告辭後，他上樓與妻子
交談幾句，就酣然入睡。古代英雄史詩中的英雄業績，與「現代人」
的生活、感情形成了鮮明的對照，它使我們看到在現代社會這個無價
值、無信仰、道德淪喪的時代的黑暗和醜惡，更使人看到「現代人」
的那種沒有理想，沒有進取心，沒有意志，情感冷漠，充滿肉欲的物
質享受的卑微、庸俗的形象。

　　「現代人」布盧姆是現代商業社會中的俗物、庸人，他不比別人更壞，也沒有比別人更好，他只是這樣一個人——性格中和、地位中常，人到中年，階級中產，趣味中庸，血統中歐，性欲中等。但是布盧姆能力低下，一事無成，靠為一家報社招攬廣告生意過日子，但他連這個差事也幹不好，他處處討好人，說假話，膽小怕事。他明明知道自己的妻子在和別人幽會，不但不敢前往問罪，反而躲在一家酒館裡幻想他們尋歡的場面。雖然人們嘲弄他，但他因為有難言之隱，安之若素，甚至還買色情小說去討好他的不貞的妻子。他自己的抽屜裡偷偷地藏著黃色照片，偷看女人的內衣，還在沙灘上手淫。在奧德修斯身上，我們看到的是意志和行動能力高度一致的英雄形象，是百折不繞的信念，崇高的道德和義務感，能應付一切危難的行動能力，前後一貫，穩定完整的性格。但在布盧姆身上，我們看到的是置身在現代西方商業社會的大潮之中，被物的力量所擠壓，異化的性格。他雖然也想擺脫精神創傷，找到一塊立足之地好讓自己的心靈不致崩潰，但他卻沒有英雄主義的追求和果敢的行動。他在精神上支離破碎，卑微、怯懦、猥瑣、混亂；在古代英雄光彩奪目的背景上，他的形象顯得多麼卑微、渺小！奧德修斯在經歷了無數的苦難，戰勝了難以言傳的考驗之後，終於回到了故鄉，占有了自己的地位、妻子和家園，而布盧姆在外遊蕩、奔波一天之後，等待他的卻並非屬於他的家園。

　　莫莉也和史詩中忠誠、貞潔的泊涅羅珀形成對比。她在小說中直接出場的次數很少，僅只通過布盧姆的思想活動和別人的議論，即通過第三者的意識流才感到她的存在，但小說最後一章卻呈現了她長達四十來頁的意識流。意識流的內容主要包括她自己的一生中與一些男人的關係，她是一個性欲旺盛，但情感冷漠的人。正像《荒原》中的現代婦女一樣，完全喪失了道德感，完全被性欲所支配，在作品中，她就是情欲的象徵。

　　斯蒂芬在《一個青年藝術家的畫像》中是一個敢於反抗基督教的

鬥士，但在這裡，他卻由一個鬥士而變為一個憤世嫉俗的人，他精神極度空虛，這與幫助父親除去惡人的忒勒馬科斯形成鮮明的對比。

喬伊斯利用古希臘神話來結構作品，是西方現代主義作家、詩人的一個普遍現象。但《尤利西斯》之不同之處在於，它不是通過古代神話來另創一個現代神話，而僅僅是利用了它，並且在整體上完全拋棄了它，因此在《尤利西斯》中我們不僅僅體驗到一種神話色彩，更為重要的還體驗到現代人喪失宗教信念後人格分裂，他們由於缺乏信仰，不僅內心感到孤獨、麻木，而且缺乏有意義的人生追求，甚至連行動本身的意義也沒有，只有在漫無目的遊蕩中過著乏味無聊的生活。

(二) 普魯斯特《追憶逝水年華》中主人公在空虛、無聊的現代人

法國作家普魯斯特（Marcel Proust, 1871-1922）也是意識流小說的先驅，他的最重要的作品是長篇小說《追憶逝水年華》，生前發表過四卷（《在斯旺家那邊》、《在花枝招展的姑娘身旁》、《在蓋芒特那邊》、《所多瑪和蛾摩拉》），後三卷（《被禁閉的巨人》、《逃跑的人》《找回的時光》）在他死後五年才發表，全書約三百萬字。

《追憶逝水年華》以十九世紀末，二十世紀初的法國為背景，以第一人稱「我」為敘述者來追求往事。「我」出生在一個殷實的家庭，但精神極度空虛。有一天，當他把一塊圓形小蛋糕浸到一杯茶裡時，他想起了小時候在康布雷鎮他姑媽萊昂尼家度暑假的情景。那時姑媽送給他一塊蛋糕，這個細節使他浮想聯翩，整個暑假的生活情景重現在他的腦海中。他想起了美好的童年，他的祖母和女廚子弗朗索瓦斯。有一天傍晚，鄰居斯旺來訪，打斷了母親對他的親吻；在梅塞格利斯和蓋爾芒特府邸那邊的散步；他對吉伯特的傾慕，到巴爾貝克海灘的遊玩。然後，他慢慢發現了世界和社會，結識了上流社會的一些人物；和阿貝爾蒂娜的戀愛及愛情的波折，由嫉妒而來的痛苦，種

種樂趣的消失，他的幸福完全是空幻的，無法滿足自己追求絕對幸福的欲望，產生了無以補救的苦惱。他想寫作，可是不知如何樹立起明確的目標。但斯旺的人生經驗預示著他的未來。斯旺是一個風流倜儻、聰穎多智的上流社會人物，愛好藝術，可他從未有作品問世，他愛著一個半拉子的上流社會女人，但愛情只給他帶來了痛苦，他的幻想很快就幻滅了。音樂家凡特伊演奏了一支小夜曲，使他回想起幸福的往事，不禁潸然淚下，痛感年華的流逝。敘述者覺得斯旺的榜樣將在他以後的人生征途上起著作用。

小說的寫法與傳統的現實主義有很大不同，小說中沒有完整的故事情節，一切都隨著「我」的內心感受和回憶而展開，而且這種回憶和傳統的回憶有很大的不同，它不總是有意識的回憶，更多地是無意識的回憶，它通常是通過現在的感覺和似乎已被忘卻的過去之間的巧合喚醒，是跳躍式的，隨意性很大，沒有嚴密邏輯，一些情節沒有前因後果，許多部門之間互不連貫。

同時，這部作品中的時間是主宰作品的「精神人物」，它才是作品的真正「主人公」。作者筆下的時間在一點點吞噬人的生命，敘述者覺得自己的生存慢慢地失卻了魅力，可是人卻在另一方面戰勝了時間，因為人的文學智慧和想像把自己的回憶放大、延長和充實，使作品中的時間比現實中的時間包容著更多的生活內涵和人生體驗，敘述者在一天之內發現了自己生命的全部意義，他借助文學的手段把失去了的時間凝結住，通過富有情意的敘述去追索逝去的生命，再現過去存在，從而獲得精神上的快慰和幸福。作品中的「現在」豐富了生命中的「現在」，造成了「現在」的時間長河，這樣，在虛無的過去和虛無的未來之間，人的智慧就築成了「現在」的勝利提壩。小說的最後一部《找回的時光》把過去漫長的生活都壓縮在一天之內，無疑地，作者認為自己在「追憶往昔」的過程中已經戰勝了時間，成為時間的主宰。

事實果真像敘述者所說的那樣嗎？作品中的「我」其實就是現代人孤獨自我的典型代表，他生活優越，無需為生存而操心，但他卻感到生命的無意義，這種無意義感就是在精神上無所持、無價值感的象徵，於是，「我」就想超越這種極度虛無的精神狀態，「我」通過回憶進入到時間之流中，發現「我」雖然「現在」的生存極度的無意義，但「我」能夠把過去的生活內容注入「現在」中，從而使「現在」膨脹、充實，在人生體驗中就由此獲得了一種滿足感。實際上，這種滿足是一種虛幻的心理感覺，它只是暫時掩飾了其生命本質的無意義，卻沒有從根本上改變這種無意義的生命狀態，因而充其量只不過是進入時間之流的精神漫遊而已，它同樣是失去上帝後的現代人生命存在的極好見證。

（三）卡夫卡作品中孤獨、渺小、恐懼的現代人

卡夫卡（Franz Kafka, 1883-1924）是奧地利表現主義的代表作家，他是表現主義作家中最有成就的探險者，是歐洲文壇的「怪才」。卡夫卡出生在布拉格的一個猶太人家庭，其父原來是鄉下屠夫的兒子，後來成為服飾品商人，以後又當上了小工廠的老闆。他為人自信而偏執，一心想讓卡夫卡成為其財產的繼承人，但卡夫卡本人卻不願意受此束縛。他從小喜歡讀書，常常徹夜不眠。上大學時又迷上了尼采，他還愛讀斯賓諾莎、達爾文、克爾凱郭爾、霍普特曼、易卜生等名人的作品。後來認識了馬克斯·布羅德，並在他的鼓勵下開始創作，此後寫作就成為卡夫卡生命中最重要的部分，沒有寫作，他的生活就會變得毫無意義。卡夫卡說：「在我身上最容易看得出一種朝向寫作的集中。當我的肌體中清楚地顯示出寫作是本質中最有效的方向時，一切都朝它湧去，撇下了獲得性生活、吃、喝、哲學思考、尤其是音樂的快樂的一切能力」、「外界沒有任何東西能干擾我的寫作（這當然不是自誇，而是自慰）。」「我身上的一切都是用於寫作的，絲毫沒有多

餘的東西，即使就其褒意而言也沒有絲毫多餘的東西。」[12]卡夫卡最終為寫作而放棄了友誼、愛情、婚姻和家庭，選擇了寫作這一孤獨的職業。從中可以看出，卡夫卡選擇的雖然是一個孤獨的職業，但他是想從文學創作中戰勝孤獨，獲得自我存在的價值認同。其人生選擇是如此，其創作的作品內容也是如此。

　　《美國》主要描寫十六歲的少年卡爾‧羅斯曼受到中年女僕的引誘後，被父親放逐到美國的生活經歷。當他一來到這個完全陌生的國度，就發現雨傘丟了，迷路了，箱子也可能丟了。當雅格布參議員把他認作外甥時，他感到驚訝不已。然後他被舅舅領進了那幢高樓大廈，身處紐約的繁華鬧市之中，他就像一隻迷途的羔羊。在鄉村別墅，他備受折磨，一直處在擔心和恐懼之中。由於他違背了舅舅的意願，再次被打發走。在去拉姆斯的路上，卡爾將兩個流浪漢當作朋友，而他們除了將他身上有用的東西都搜刮乾淨外，還總想傷害他，並且還偷走了他一張珍貴的他父母親的照片。在西方飯店，由於他留下了喝醉了酒的魯賓遜，被當作賊似的打發走，沒有人相信他是清白的。逃出飯店後，又被警察抓捕，德拉馬歇救了他，但他又被迫給他們當僕人。最後踏上了遠去的火車……顯然，小說中的美國並不是指那個歷史上、地理上的具體的美國，它只是個語意漂浮的象徵符號，批評家和讀者都可以根據自己的理解停留在任何一個穩定而清晰的意義上。卡爾其實也不是單純的迷途少年，而是作者心中那無比孤獨和渺小的自我外化。他被父親放逐到美國，在美國他雖然被雅格布認作外甥，但因為不合他的意願，又被打發走，只得四處漂泊流浪……。顯然，卡爾表面上是一個沒有受到前輩眷顧，被逼流浪他鄉的青年形象，但他實際上表現了西方人喪失上帝之後人們在精神上無所歸宿的狀態，他遭到父親的放逐正是失去上帝眷顧的具體體現。

───────────────

12 〔奧〕卡夫卡撰，葉挺芳等譯：《卡夫卡書信日記選》（天津市：百花文藝出版社，1991年），頁28、150、189。

　　《審判》寫的是一家大銀行的高級職員約瑟必夫・K 一天早上醒來忽然無緣無故地被某法庭逮捕了。這個法庭並非國家的正式法庭，但卻有比國家法庭更大的權力，所有的人都在它的監督之中。在對約瑟必夫・K 宣布的逮捕令後並不限制他的行動自由，他可以像往常一樣過日子，但只要開始審判，就必定認定有罪，不能得到赦免。在這個法庭中，根本不承認有罪和無罪的區別，區別只是已經找上你和暫時沒有找上你。K 回想不起自己犯過什麼過失，可能有誰控告他，他於是設法反抗法庭，他四處求人，甚至到法庭上申辯，他力陳自己無罪，甚至控訴整個法律機構的罪行，但奇怪的是，他本可以逃避迫害，他卻偏偏不，結果他連自己犯了什麼罪也不明白，就在一個晚上「像一條狗似的」被處死了。

　　瑟必夫・K 身處於現實複雜的社會關係中卻有無法感知它的力量，「法庭」象徵著現實中無所不在的迫害人的罪惡力量，在這個力量面前，K 是無辜的受害者。但從另一方面看，K 又是那個和他敵對的罪惡世界的一部分。他是個高級職員，有地位的人，在銀行中他習慣了用高傲的、粗暴的、毫無同情心的態度去對待地位比他低的和那些渴望會見他的人。所以，當他受法庭的迫害，在法庭面前深感自己有罪，因此他四處求援，大聲抗辯，卻又從不想逃避審判，他被處死，他感到自己無辜，但他卻沒有想到要反抗一下。當奉命殺死他的人亮出刀子的時候，在那一剎那間，他竟感到「應該把刀子拿過來，插進自己的胸口」，好像他自己選擇了死亡。K 既是卡夫卡同情的對象，又是他批判的對象。卡夫卡一面批判和「人」敵對的、官僚化的、冷酷無情的現存制度，另一方面批判帶上這個制度印記的人。而 K 的表現卻清晰的說明他在這個龐大而神秘的世界中自我力量的渺小，他無法認知這個既熟悉又陌生的世界，最後只好被這個世界所吞沒。

　　《城堡》是卡夫卡最後一篇長篇小說，小說主要講的是：主人公 K 一天晚上踏著雪到了一個城堡所管轄的村子，準備第二天進入城

堡。他的目的是請求城堡當局批准他在村子裡安家落戶。他冒充城堡
雇傭的土地測量員，奇怪的是，城堡當局恰好在這時給他派來了兩個
助手。不久，一個叫巴納巴斯的信使又給他送來封信，肯定已聘請他
為伯爵工作，並告訴他，他的頂頭上司是村民。於是他要巴納巴斯領
他去城堡、城堡就在前面不遠的小山丘上，但他怎麼也走不到，走了
很久，到達的卻不是城堡，而是巴納巴斯的家。K 想見城堡的統治者
伯爵，伯爵是人人皆知的人物，但奇怪的是誰也沒看見過他，K 又想
去找城堡的大臣克拉姆，但找不到和大臣聯繫的途徑。為此，他在一
家客店勾引了大臣的情婦弗麗達，想通過她和大臣取得聯繫，但事與
願違，反而造成他與大臣更大的障礙。他苦惱萬分，卻又收到大臣找
人帶來的信，信中對他的土地測量工作大加讚揚。K 被弄得莫名其
妙，因為他根本沒有進行過什麼土地測量工作，後來這封信是從城堡
當局的檔案櫃裡翻出來的多少年前的事。以後，K 繼續想盡種種辦法
和城堡當局聯繫，但連他的請求送到城堡沒有，送到了哪一級，他都
無法知道，他從別人那裡聽到許多關於城堡的事，越來越覺得城堡充
滿了神秘色彩，後來 K 和城堡之間的一切聯繫中斷了。小說沒有完
成，卡夫卡計畫的結局是：K 在臨死前終於得到城堡的通知，他可以
住在村子裡，但不行進城堡。

　　在卡夫卡的《審判》、《城堡》及其他一些看似荒誕不經的作品
裡，卻鮮明地表現出他對於被西方資產階級文明所異化的人們的嚴重
處境，這些人被資本主義的關係網所籠罩，不但自己的處境難於掌
握，而且在對待社會，在世界觀念上，他們也產生出嚴重的離心傾
向，使人們對自己的存在，價值等產生深刻的懷疑和失望，卡夫卡
說：「我們使勁追求的價值根本不是真正的價值，結果毀掉的東西卻
正是我們作為人的整體存在所必須依賴的」。「人類失卻了自己的
家」，「他們上哪兒去？從哪兒來？誰也不知道……他們陷入一片空虛

之中。」[13]在卡夫卡看來，現代資本主義社會的發展，對人類來說並不是社會發展的主要方向，相反地，那些被現代社會所批判，壓迫的傳統價值觀念倒更符合人類對社會存在的需要，因為在傳統社會中人的安全感是絕對的，人們在上帝的光輝照耀下無須思考自身的處境，人與自然，人與社會的關係總是和諧的。而在現代社會裡，人與外在世界的一切關係都是對立的、衝突的，人與人的關係也被物欲膨脹所擠壓，從而形成了人類情感的冷漠。卡夫卡認為，現代社會的這種發展是社會的悲劇，也是人類的悲劇。他筆下的那些人物，如《審判》、《城堡》中的 K，連自己的名字都是不確定的，不用說他們的處境了。《審判》中的 K 無緣無故被逮捕、被處死，《城堡》中的 K 尋找城堡中的統治者的種種遭遇，《變形記》中的格列高裡，《地洞》中的戰戰兢兢生活的小人物，《饑餓藝術家》中的那位靠饑餓爭取生存的藝術家，這一系列的人物形象都被那種存在著實則神秘莫測的力量所壓迫，人們在這種無形力量的支配下，無法掌握自己的命運，人們所珍視的自我價值只不過是可憐的存在物而已，他們在強大而神秘的社會力量面前只有被摧毀的命運。而在卡夫卡看來，人類的這一生存狀態不僅僅是資本主義的，而是人類社會發展所致的人類普遍的處境，這是他對社會的歷史悲觀主義的認識。我們說，卡夫卡對社會中的「惡」的力量的認識是非常深刻的，它幫助了我們認識醜惡，但在他的作品中卻沒有幫助我們去清除惡。我們從他的作品中看到的只是一系列被社會力量折磨下的孤獨個體，他們沒有能力認識世界，更談不上改造這個世界，只能在這個異化的社會中過著靈魂被扭曲的生活。而這種被扭曲的靈魂是不可能擁有上帝的。

---

13 轉引自龔翰熊著：《西方現代文藝思潮》（成都市：四川大學出版社，1987年），頁
　154。

（四）「垮掉的一代」以及艾倫・金斯堡中「嚎叫」的
　　現代人

　　「垮掉的一代」是第二次世界大戰後在西方主要資本主義國家出現的一部分青年的總稱。這些青年對西方資本主義社會現實表示強烈的不滿，逐漸形成了一個強大的社會運動，「垮掉的一代」在不同的國家有不同的叫法：在英國，它被叫作「憤怒的青年」；在德國它被叫作「重返家園的一代」，在法國，「垮掉」運動包含在受哲學支配下的社會運動之內，在日本，人們把「垮掉」派稱為「太陽族」青年。「垮掉」運動在美國發展得最為充分。

　　「垮掉的一代」在思想上追求個人的絕對自由，反對一切傳統，仇視一切壓抑個性的事物。同時，由於他們受到歐洲存在主義哲學和佛洛伊德心理學的影響，把「自由選擇」、「性本能」、「潛意識」等奉為金玉之言，但是，由於他們缺少鑒別力和批判力，使他們的行動帶有很大的煽動性，「垮掉派」青年反對一切傳統，連人類起碼的道德原則和規範都反了，他們許多人放浪形骸，玩世不恭，並以此來表示他們對資本主義社會倫理道德的徹底否定。約翰・金斯堡在向聽眾朗誦他的詩作時，他居然當眾脫光衣服。其他有些垮掉派青年男女都裸體在野外遊樂，甚至裸體出現在紐約的時代廣場上，行人驚訝得目瞪口呆，而他們卻旁若無人。

　　「垮掉派」青年中還有許多人表現出精神和肉體的頹廢。喬治・曼德爾指出，當時「整個國家的人民都以各自的方式暫時失去了知覺：在教堂裡，在電影院裡，在電視機前，在酒吧間裡，在書本裡⋯⋯不管他們是一步一步騎道德爬上搖搖欲墜的塔頂，向某個天堂的幻影前進，還是一點一滴地、從一場無聊的電影到一針海洛因，贏得一條可能的逃避圖徑——全世界都陷進了圈套」。他們盲目接受各種新觀念，相信人的精神活動的非理性，用虛無主義思想對抗生存的

危機；同時，他們用感官主義把握世界，用強烈的刺激麻醉自己，以達到逃避世俗的目的，他們盲目追求新奇的東西，放縱情欲，吸毒、嗜愛節奏瘋狂的音樂、舞蹈，男女亂交，這些都是「垮掉的一代」的突出表現，他們本想以此來逃避資本主義現實，結果卻成了資本主義現實的直接表現。

但是，「垮掉的一代」雖然從精神到肉體都徹底「垮掉」，但並沒有沉淪下去，從他們豪不掩飾地袒露自己的最隱密的生活中和絕望情緒中，可以清晰地看到他們絕望中的反抗精神，這說明他們是不甘於寂寞和墮落，「他們同帝國主義的大老闆和市儈們的鬥爭方法，使我們想到日本的一個古老風俗。這個風俗是，要想幹掉自己的仇人，就在仇敵家的門檻上用自殺來結束自己的生命。我們的詩人也像這樣，為了對自己的仇敵進行鞭撻，就以憤怒地鞭撻自己來代替」。他們的這種反抗和鬥爭方式，除了令人震驚和深思外，更顯得蒼涼悲壯。「垮掉的一代」作為當代極端思潮孕育下的生存群體，他們的命運雖然值得同情，但實際上他們是一群失去信仰後的孤獨群體，因為他們心中沒有上帝，當面對社會的極端事件時，他們沒有能力去與之對抗，也沒有精神基礎可以依靠，最後只能用這種「自虐」的方式來表達他們的生存狀況。

艾倫・金斯堡（Allen Ginsberg, 1926-1997）是「垮掉的一代」的領袖人物，他與寫小說的凱魯阿克可以稱作是「垮掉的一代」的雙子星座。金斯堡出生於一個書香之家，一九四八年畢業於哥倫比亞大學，曾幹過搬運工，演員等多種工作。五十年代中期，他本是個默默無聞的「垮掉」派詩人，和許多當時還未出名的「垮掉」詩人、小說家一起在低級小酒館裡，煙霧瀰漫的地下室裡，廢棄的樓廳裡聚會、爭論、抨擊現實，朗誦自己的詩作，或在臨時搭起講臺上演講，由於他的詩作強烈地表現了對美國政府的憤懣以及他詩歌中洶湧澎湃的氣勢，使他很快成為「垮掉派」的領袖人物。

　　〈嚎叫〉是金斯堡的成名作和代表作。全詩共分三個部分，全詩的主旨在於強烈地控訴麥卡錫主義統治時期美國社會對青年個性精神的壓迫和束縛，抒發了美國青年一代對資本主義社會的幻滅感，表現了他們的敏感、急躁、憂鬱苦悶和彷徨。第一部分主要寫一代優秀青年即詩中寫的「一代精英」，當時所過可怕的生活，這種可怕不只是物質的匱乏，而主要是精神的痛苦。他們看不到前途，沒有前進的動力，只有以自我放縱，自我輕薄的方式來混日子，詩人對當時美國青年的精神和生活作了真實的記錄，令人震驚。這一部分詩歌也反映了「垮掉」青年的思想和願望，詩人擔心這一代精英會被歷史埋沒，所以立志為他們立傳。下面是〈嚎叫〉第一部分中的部分內容：「我看見這一代精英被瘋狂摧殘殆盡，餓著肚/子歇斯底里赤裸著身體，/黎明中踉蹌地走過黑人街四下尋覓想給自己狠/狠地打上一針海洛因，//他們窮困潦倒衣衫襤褸眼窩深陷醉醺醺地坐在/沒有熱水裝置的黑暗的公寓裡抽菸噴出煙霧/飄過城市上空冥想著爵士樂//……//他們被逐出學府因為癲狂又因為在校董事會的/窗戶上塗抹猥褻的詩，/他們穿著內衣縮在簡陋的宿舍裡，在廢紙簍中/焚燒鈔票傾聽著牆外傳來的死亡之音，/他們被警察拘留一絲不掛經過拉雷多返回紐約/還狂抽了一頓大麻/他們在想像的旅館裡吞吃火焰在天堂胡同裡飲/服松節油，要麼死去，要麼夜復一夜淨煉自己/的軀幹，做著夢，吸著毒，伴著蘇醒的恐怖，/乙醇，同性戀愛和跳不完的舞會。」

　　詩歌第二部分主要寫金斯堡吸毒後處於麻醉狀態時得到的靈感。在幻覺中，希臘神話中的凶神莫洛克來到他的面前，怒容滿面的盯著他。幾個星期以後，當他再次吸毒時，莫洛克的形象又出現了，金斯堡激動得整夜在街上徘徊，喃喃自語道：「莫洛克，莫洛克」，最後他在一家旅館的快餐廳裡寫完了這一部分。這部分以莫洛克為固定的開端，莫洛克意味著美國社會，他是孤獨的、污穢的、醜陋的。詩中這

樣寫道:「噩夢般的莫洛克！沒有愛的莫洛克！精神病般的莫洛克！」詩人對純粹是機器腦袋、血管裡流著金錢的莫洛克進行了辛辣的諷刺。這部分思想性較強，詩人在這裡試圖探討資產主義的本質，探討造成一代青年災難的根源，把美國社會看成是一個「人肉筵席」，這是非常深刻的。第三部分以「在哪裡」和「我與你一道在羅蘭」為固定開端，描寫詩人同卡爾‧所羅門談話。當時所羅門被關在精神感化所裡不得自由，詩人與所羅門同命運，他哀傷地叫道:「多年後禿光了頭／只剩下一幅血污的假髮、幾滴眼淚、幾根手指／回到東部瘋人院病房裡瘋子們明擺著的末日。」但詩人同時還給他打氣，也給所有不得志、不得意的一代精英打氣、鼓勵。

「垮掉的一代」是美國及歐洲社會被扭曲的一代年輕人，他們在強大的社會力量面前找不到意義，又處於沒有任何信仰的狀態，只能從毒品和各種麻醉中消磨自己的精神和意志，他們雖然不甘心沉淪，但他們自己無法自我拯救，只有通過「嚎叫」發出對社會現實的不滿和憤懣，面對如此強大而恐怖的世界，他們被壓抑的情緒只能通過「嚎叫」來表達，「嚎叫」成為了這一代年輕人反抗現實的獨特表徵，也是這一代人喪失上帝信仰後的精神狀態的典型表徵。

（五）存在主義作品中「噁心」、「荒誕」的現代人

存在主義者薩特（Sartre, J. P., 1905-1980）是當代偉大哲學家，同時也是有傑出成就的文學家，薩特的小說本質上說就是哲理小說，是薩特為其深奧玄妙的存在主義思想的文學詮釋，在薩特的小說裡，存在主義思想獲得了形象、鮮明的表達。

《噁心》是薩特創作的第一部文學作品，這是一部思辨的日記體小說，沒有完整的故事情節，人物和環境都是虛構的。小說主人公洛根丁是一個漂泊無根的知識分子，他住在布維勒的一家旅店裡，正在寫一個叫羅萊邦的侯爵的傳記，但他並不知道為何要寫他。他和一個

並不愛的咖啡館老闆娘睡覺，他整個星期都是在憂鬱和孤獨中度過的，這使他感到厭煩，而面對周圍的其他人，洛根丁感到和他們很疏遠，「我覺得我自己屬另一類人。他們下班之後離開辦公室，以滿意的神情望著房舍、公園。他們想：這是他們的城市，一座漂亮的城市。他們無恐怖之感，好像在自己家裡一樣……這些蠢貨們，一想到我要再看到這些傢伙的厚臉皮和自信的面孔，便感到厭煩。」當他在博物館凝視布維勒的老資產階級的畫像時，「這些肖像的傲慢神態和一成不變的尊貴使人惱火」。洛根丁感到自己與周圍的一切都那麼格格不入，「別了，美麗的百合花，別了，我們的驕傲和我們存在的理由，別了，混蛋們。」由此，洛根丁發現存在是沒有理由的，他不再相信布維勒人對塵世的幻想，不再相信雄才大略，甚至不相信文化，那他相信什麼呢？什麼都沒有，凝視著這虛無，他感到噁心。

噁心，是對一切反感，不僅對人，而且對物。為什麼有這塊鵝卵石，為什麼有這樹根，為什麼有這些樹木？它們在那裡存在著，但為什麼在那裡存在？「存在是必要的，存在就是在那兒，這是顯而易見的。存在的東西出現著，彼此相逐相逢，但人們永遠不能解釋他們……這公園，這城市，以及我本身，一切都是無謂的，當意識到這些時，心裡翻騰，一切都在你面前浮動起來，於是你就想嘔吐，這就是噁心，這就是那些混蛋企圖用他們的法權思想掩蓋的東西，這是多麼可憐的謊言啊；任何人也沒有這個權利的，混蛋們像其他人樣，完全是無謂的。」

洛根丁在這種強烈的噁心感的驅使下，一切東西都變得滑稽可笑，稀奇古怪。洛根丁像所有那些為人類命運進行思考的人一樣，被焦慮侵襲著，一般人看到的世界是那樣充實、那樣有意義，而洛根丁則看到虛妄，於是這種感覺的出現，使人們世代建構起來的倫理道德和行為準則築起的虛假的牆完全遭到破壞。因此，在普通人看來，洛根丁是一個敏感的、病態的人物，但洛根丁的那種特有的「噁心」能

力，使他能洞察時代的本質，成為這個時代特有的「精英人物」。然而，面對時代的暴力，像洛根丁這樣的懦弱者必然對傳統的價值完全喪失信念。

這部小說是表達人在沒有信念的情況下的特殊感覺，它顯示出客觀世界在現代人的主觀意識的觀照下人們思維的混亂。這個世界在洛根丁的意識裡儼然是由一系列偶然、瑣碎的東西湊成了一個無規律、無法則、無必然性的現實生活，這個充滿偶然性的世界昭示著人類現存境遇的荒誕。這種荒誕感是由一個否定性的命題來表現的，這就是「噁心」，「噁心」的含義不僅是其物理形態的對某事物的反感，而更本質地體現出洛根丁對存在的深刻體驗，從洛根丁對世界的「噁心感」中可以看出他與世界的對立關係，而當人意識到他與世界的關係變得緊張時，其原因只能是要麼世界出了毛病，要麼自己出了毛病。

加繆（Albert Camus, 1913-1959）是法國另一位重要的存在主義哲學家和作家，但他本人並不承認自己是個存在主義者。事實上，加繆的存在主義和薩特基本是一致的。只不過是加繆的存在主義更側重於對人類處境的荒誕性描述。加繆自己曾經說過，他要表現的是「面對荒誕的赤裸裸的人」，但是，加繆的存在哲學並不僅僅侷限於荒誕，而是力圖從荒誕中獲取生命的意義，也就是說，意識到荒誕只是人類存在的一種前提，更重要的是在人意識到荒誕之後的反抗，因此，加繆哲學本質上還是存在主義的，只不過它更多地體現出一種反抗哲學的特性。如他的哲學著作《西西佛斯的神話》。

加繆的小說主要是指《局外人》和《鼠疫》，前者側重於描述人類的荒誕處境和處於荒誕中的人，後者側重於描述人面臨荒誕時的反抗。加繆說：「荒誕本質上是一種分裂，它不存於人，也不存在於物，而是存在於兩者的共存」[14]在《局外人》中，加繆對作品主人公

14　〔法〕加繆撰，杜小真譯：《西西弗斯的神話》（桂林市：廣西師範大學出版社，2002年），頁20。

莫爾索的荒誕體驗作了真實的描述。

　　莫爾索是一家銀行的職員，他在三年前把自己的母親送進了養老院，一天他接到電話說母親病逝，他前往奔喪，但對這巨大的悲痛竟無動於衷。到養老院後他不僅拒絕瞻仰母親的遺容，而且還在靈堂上打瞌睡、喝咖啡、抽菸，看到別人來弔唁，他竟感到可笑。送葬時他毫不悲痛，只覺得炎熱和疲倦，想早些趕到城裡睡覺。別人問他母親到底活了多大年紀，他竟無法回答。第二天是週末，他去海濱游泳。在那裡遇到過他曾經鍾情過的同事瑪麗，游泳後他們一道去看了一部滑稽電影，然後一起睡覺。對愛情他也無所謂，瑪麗問他愛不愛她，他認為她問得毫無意思，大概不愛，她問到他願不願意跟她結婚，他說要結婚就結，分手時瑪麗問他想不想知道她有什麼事，他說他沒有想到要問。莫爾索的鄰居雷蒙正和姘婦鬧得不可開交，雷蒙要求莫爾索寫封信辱罵對方，他寫了，雷蒙非常感謝，表示要和他做好朋友，他覺得是不是好朋友無所謂，但他又受雷蒙之託去警察局為他作證，證明那個女人騙了雷蒙。下一個星期日，莫爾索、雷蒙和瑪麗在海灘上遇到兩個阿拉伯人，他們受雷蒙情婦的弟弟之託來為她復仇，蓄意向雷蒙等挑釁，雙方毆鬥起來，雷蒙受了傷。之後，莫爾索獨自去海邊乘涼，遇到那個刺傷雷蒙的阿拉伯人，當阿拉伯人亮出刀子來的時候，莫爾索連開四槍，打死了阿拉伯人，結果被投入監獄，在獄中他覺得什麼都不在意，檢查官在審判他時，特別重視他從母親去逝以來的全部生活，那種一切無動於衷的態度，斷定他「根本沒有靈魂，沒有一點人性，人類心裡的道德觀念他一絲一毫也沒有」。完全是有意殺人，雖然他絕不是一個壞人，沒有辦過壞事，他還是被判處死刑。莫爾索也留戀生活，害怕死，但他很快就在心理上適應了自己的結局，以平靜的心情等待著死亡。

　　莫爾索的感受正是荒誕的感受，他對人、對己，對世界的一切冷漠的態度，表明他已和世界產生了嚴重的分裂，分裂產生隔閡、產生

距離和陌生化，因而他時刻都被空虛侵襲著。既然莫爾索的心裡一切
都是虛無，那麼他所看到、所聽到，還有他的所作所為，一切都是無
意義，而對一切無意義的感受，正是人對自己內在和外在價值無法確
定的感受，這種感受在莫爾索身上存在，在當時其他許多西方知識分
子身上都存在，因此，作品表現的不是莫爾索本身，而是表現了時代
的疾病。

　　《鼠疫》是加繆表現人類面對荒誕時的反抗的作品。故事發生在
四十年代阿爾及利亞的奧蘭市。該城突然發生了鼠疫，市政當局動用
了各種手段仍無法制止它的蔓延，每天都有成批的人死去。為了避免
殃及別的地區，當局不得不封閉城市，奧蘭市成為了一座「孤島」。
在這場災禍面前，每個人都有各自的選擇，有人盡可能地尋歡作樂，
醉生夢死；有人宣揚這場鼠疫是上帝的懲罰，不可抗拒；有人乘機大
幹走私勾當；有人原想買通衛兵逃生出城去，後來卻認識到只考慮個
人幸福是可能的，留下來和鼠疫作鬥爭，居於小說中心地位的是醫生
里厄。他的妻子正在外地療養，現在和他音訊斷絕，但他把個人的事
放在一邊，用整個身心去和鼠疫作鬥爭，和死神爭奪生命，然而他無
法制服鼠疫，當他的朋友塔魯被鼠疫吞噬了的時候，他內心的痛苦達
到了頂點。之後，鼠疫又不知為什麼悄悄退去了。這時里厄的妻子已
經病逝，接到電報後他外表平靜，內心卻悵然若失。人們歡慶鼠疫的
消失，廣場上滿是跳舞的人，汽車使街道水洩不通，鐘聲齊鳴，到處
是「一張張仰天歡笑的紅紅的臉蛋，晚上天空中出現了越來越多的火
樹銀花，猶如百花齊放，爭奇半豔」。里厄傾聽著城中震天的歡笑
聲，心中卻沉思著：威脅著歡樂的東西始終存在，因為這些興高采烈
的人群所看不到的東西，他卻一目了然。他知道，人們能夠在書中看
到這些話，鼠疫桿菌永遠不會消失，它沉睡在家具和衣服中歷時幾十
年，它能在房間、地窖、皮箱、手帕和廢紙堆上耐心地潛伏守候。也
許有朝一日，人們又遭厄運或是再來上一次教訓，瘟神會再度發動它

的鼠群，驅使它們選中某一座幸福的城市作為它們的葬身之地。

　　《鼠疫》不是一個真實的故事，而是一則哲學寓言，「鼠疫」象徵著「惡」，它不可理喻，具有荒誕的性質。作者看到，「惡」是永恆的，正如善一樣，但作家在清楚地看到「惡」的永恆性時，並不是在「惡」的面前聽天由命，束手待斃，他否定了上帝、否定了宗教、否定了自我麻醉、否定了只為個人利益考試的庸人，高度肯定了里厄面對「惡」時表現出來的意志、勇氣和獻身精神，肯定他的「自由選擇」，肯定他的反抗精神，雖然他無法戰勝「惡」，但是他敢於反抗它，在與「惡」的鬥爭中，里厄的行動體現了做人的尊嚴和價值。

　　通過以上在虛無主義時代背景下西方現代作家對現代人的生存狀況的各種真實描述，可以看出西方現代人精神的墮落和生存價值的喪失，這些所謂的西方現代人由於在本質上缺失宗教信仰和塵世基本的價值追求，因而表現出心靈極度空虛後的無聊、猥瑣、冷漠等精神特質，可以說，他們是生活在一片精神荒漠中的可憐蟲，除了只有身體的機械活動外，心靈中沒有絲毫振奮人心的感動，更缺乏任何有意義的人生追求，這是一個讓人感到窒息的時代，雖然像金斯堡一樣有過「嚎叫」，但嚎叫過後仍然是死一般的寂靜。西方現代主義作家終於認識到，傳統的基督教價值觀是拯救現代人精神荒漠的救世良方，但是，完全回歸已經被批判得體無完膚的基督教似乎不再可能，於是他們開始用自己特有的人生體驗和知識走上了尋找新上帝的精神旅程。

二　尋找新上帝的精神旅程

　　二十世紀的西方現代作家在真實地再現喪失上帝後的自我狀態時，並沒有完全放棄追尋上帝的努力，作為影響西方人幾千年之久的基督教，上帝觀念即使在這個無神時代裡仍然在人們的心目中留下深深的印記。有些現代作家在真實地表現現代人精神生活的匱乏，表現

現代人自我的渺小時，仍不忘把精神觸角伸展到基督教傳統的上帝觀念中，希望從傳統的精神氛圍中重新獲得精神的安慰和力量。但實際上，他們的這種努力並非是完全回歸到基督教傳統，而是盡可能地把現代自我觀念與基督教的上帝觀念進行融合，因而創造出一種既與基督教上帝相關，又具有現代特徵的追尋上帝的新方式和新理念，這種方式就是作家用詩意的個體方式言說上帝，因而他們的上帝是經過自我理解和消化了的上帝，正是這種更為貼身的上帝觀念，撫慰了現代人遭受創傷的心靈。

（一）艾略特詩歌中時間與永恆的言說

艾略特（Thomas. Sterns. Eliot, 1888-1965）二十世紀象徵主義的代表詩人，T. S. 艾略特曾公開聲稱：「政治上，我是個保皇黨，宗教上，我是個天主教徒，文學上，我是個古典主義者。」[15]他認為天主教及其教會應該是社會的政治和文化中心，應該依靠君主政體和教會來控制社會，挽救西方文明，因此，他尖銳地批判了資產階級世界觀，提倡天主教的倫理標準。

他一生以詩歌創作為主，且在他的詩歌創作中總是把時間的思考與對現代社會的意義探求緊緊地聯繫在一起，現代世界的生存意義及其永恆性一直是他詩歌創作追尋的主題。〈普魯弗洛克情歌〉是詩人早期創作的代表性作品，主要表達詩人對失去上帝依持後的幻滅情緒和自我嘲諷。〈普魯弗洛克情歌〉這首詩意為情歌，實際上是一首表現在病態社會中病態形象的象徵主義詩歌，從這首詩裡，我們可以看到一代人的某些精神特徵。詩的開頭一段話摘自但丁的《神曲》：「假如我認為，我是回答／一個能轉回陽世間的人，／那麼這火焰就不會再搖閃。／但既然，如果我聽到的果真，／沒有人能活著離開這深

---

15 〔美〕艾略特：《蘭斯勞特安特羅斯》〈序言〉（上海市：上海三聯書店，1983年）。

淵，／我回答你就不必害怕流言」。這段話的意思是，被打入地獄的吉多，認為跟他講話的但丁也是被打入地獄的，因此，吉多跟但丁講述他以前所犯的罪行就不會害怕被陽世的人知道。詩人以這段話起頭，意為主人公普魯弗洛克也認為世界上所有的人都和他一樣，也是被貶入地獄裡的，也屬於和他一樣的世界。

全詩共一百三十一行，主要講述了以下事情，普魯弗洛克心中有個重大問題，他說不出，也不能說，但他去拉著「你」即普通讀者，和他一首去旅行做客，並要「你」思考他提出的問題。

時間正是黃昏，但本詩的黃昏卻有特殊的意義，它「好似病人麻醉在手術桌上」，因此其意義可理解為手術室的世界，病懨的世界，生與死之間的世界。在通往普魯弗洛克的特殊世界的路上，必須首先經過一段狹窄骯髒的貧民窟，那裡有喋喋人聲，有下等歇夜旅店，有飯館，但主人公不願讓讀者在此作過長的停留，而很快把我們引到他的特殊世界裡去做客。在富麗堂皇的客廳裡，有許多「女士來回地走，談著畫家米開朗基羅」，但女士們談話的瑣碎並不是她們所談論的主題的瑣碎，而是為了突出女士們的庸俗無聊與文藝復興時代的米開朗基羅的鮮明對照。同時，詩人更加強了客廳裡的氣氛，增加煙和霧的氣氛，使客廳更與死亡的境界相近。

在這樣一個世界裡，普魯弗洛克是痛苦的，他必須總是戴著一幅假面具來應付這個世界，在庸庸碌碌的生活中，他總是被時間所纏繞，而心中想要提出的「一個重大問題」卻始終未能提出。這裡有兩方面的原因，一是他覺得有的是時間來決定解決這一末名的「重大問題」；二是他不能提出，因為世人敵視的眼光正在貪婪地敵視自己，他害怕別人的嘲笑；第三，他自己就屬於這個世界，他批評它就甘冒天下之大不韙。同時，作為那個世界的完美產物，又被它的庸碌無能的自卑感所薰染，他憑什麼又提出對它的批判呢？

本詩意為情歌，但一直到第六十二行才開始，普魯弗洛克生活在

胳膊和脂粉香氣的世界中，他自然會被它們所吸引，可是真正的胳膊是什麼呢？可是在燈光下，顯得淡褐色毛茸茸。普魯弗洛克想像中的胳膊與真正的胳膊形成鮮明對比。因此，實際的意思是普魯弗洛克不僅拒絕了胳膊和香氣的誘惑，而且表示了他的厭惡。普魯弗洛克對女人的厭惡就是對生活的厭惡，他向我們揭示出他是一個孤獨的人，一個被社會拋棄的人，這時他回想起那貧民窟中孤獨的男子，他們的孤獨是由於貧困和疾病，而他的孤獨則是由於畏縮和拒絕生活。

　　從七十五行起，普魯弗洛克又把我們帶回到了客廳，這時他驀然產生了體力衰退和死亡之臨近的感覺，不是時間太多而是時間太少，這種對歲月流逝的恐怖，在普魯弗洛克心中引起的痛苦太深了，以致變得麻木不仁，他沒有任何成果，他承認他不是先知，不像洗禮者約翰那樣能宣告新的天道。但同時作品還提示著，普魯弗洛克拒絕了愛情，但並非他熱衷於傳道，他只不過是他的世界的產物，而在他那個世界裡，甚至「死亡」也是一個侍役在拿著他的外衣並暗笑這個有些滑稽的客人。

　　但是在時光迫人的感覺下，普魯弗洛克仍然在想提出這個大問題，為此他要給自己增加勇氣。這裡有兩層內容，一層是「把整個宇宙縮成一個球」，意為普魯弗洛克把個人生活與世界的關係看成是一體的，如果生活本身沒有意義，個人的生存也不可能有意義；第二層是詩人引用《聖經》中拉撒路的故事，指出普魯弗洛克想從無意義的生活中擺脫出來，既然人死後都能還陽，那麼他在無意義的生活中擺脫出來也一定能再生。這兩層意思實際上是普魯弗洛克在為自己「提出這個大問題」打氣。但是，即使他能提出來，也不會被客廳裡的女士所重視，因此，普魯弗洛克仍感到自己的能力不足。詩中引用了哈姆萊特的典故，而實際上，在哈姆萊特身上，他敢於莊嚴而熱情地和疑難作鬥爭，沒有逃避和怯懦，他面對的世界是邪惡而粗暴的，因而人與它鬥爭能顯示出人的英雄氣概和創造意志。但普魯弗洛克的世界

卻沒有英雄和創造氣息可言，它只是個病懨的世界。當普魯弗洛克看出了這一切之後，他默認了他現在所扮演的角色，默認了他不再提這個重大問題，這時，普魯弗洛克感受他已經老了，海灘上的女郎們也不再環顧他了。

在詩的最後幾節，詩人描寫了一個與普魯弗洛克的世界迥然不同的世界，它是普魯弗洛克美和力量的幻景，而普魯弗洛克現在也不是住在客廳裡，而是在大海的宮室，被女人和小姐們所包圍著，這也是幻景，但它的象徵含義是，普魯弗洛克只能在這個黃昏的病懨世界裡生活下去，他沒有被人聲喚醒，一旦喚醒，就會「淹死」，就會成為另一個世界的人。

從上面內容中我們可以看出詩歌表現的主題，就是表現我們生活於其中的病態的現代世界及其意義的匱乏。這個世界物質生活豐富多彩，但人們的精神卻極度的貧乏，詩中描繪的客廳世界正是這個病態世界的縮影。普魯弗洛克是這個客廳世界的產物，他極力想攪動這個世界，提出一個重大問題，但由於他自己都在這樣的一個世界中，他不能從中自拔，因而最終只能在神經質的自我思考中延續自己的生命。詩中雖然是講普魯弗洛克一人的事，但詩中最後一段卻用了「我們」。因此，實際上，普魯弗洛克象徵整個人類的病態，這就是失去信念，失去對生活意義的信心，失去對任何事情的創造力。而詩歌中瀰漫的時間意象更加強了這個世界的無意義感，因為作品中的時間是短促而零碎的時間，缺乏整體感，因而不能把人引向對永恆時間的嚮往。

〈荒原〉是艾略特表現現代世界失去上帝信念，失去理想，沉迷於肉欲生活的代表性作品。詩人首先描繪了作為現代世界象徵的荒原景象，它向人們呈現出的是一個時間凝固的世界，這個世界不僅自然界缺乏生機，時間也被凝結為現在，它沒有過去，也沒有未來。在這個世界上呈現的任何景象都是顯得荒涼和醜惡，完全是崩潰和瓦解的

景象，作品中荒原的乾旱意象進一步加強了這一景象，顯現為缺乏生命力和創造力，一切都是消耗，然後是完結。這樣呈現的世界可以看出現代西方社會完全是無意義的世界。作者還通過它與古代世界的著名典故、莎士比亞等著名作家作品中的典故對比，表現出它與古代那富有意義的世界的嚴重對立，從而加強了現代世界僅僅注重現在，沒有過去和未來的無意義性。然而，詩人表現荒原景象並指出它的無意義僅僅是他在〈荒原〉中要完成的使命的一個方面，他更重要的使命還在於他企圖找到拯救現代世界於荒原中的辦法。在〈荒原〉中，他企圖通過宗教來拯救整個現代世界的無意義。但詩人的宗教觀並非完全回到傳統基督教的教義中去，而是在自己的思考中創造一種新上帝的替代形式，這種新上帝的形式就是時間。時間在詩人的思考中並非是物理時間，而是一種超驗的存在，而宗教其實也是一種超驗的存在，從時間範疇上說，上帝既是時間的原點又是超時間性的未來，因而他是永恆的存在。在艾略特看來，我們已經不能在時間範圍內拯救現代世界於荒原之中，而只能在時間之外去尋找，而宗教正是他要在時間之外尋找的拯救良方。詩人用了很多篇幅來表現人們缺乏宗教信仰的道德墮落狀況，用「請快些，時間到了」的詩句表達他對現代人喪失信仰的否棄態度，他呼籲現代人應該普遍地信仰宗教，以此來克制人世間的情欲之火的泛濫，以恢復現代世界的勃勃生機，最終回歸到人與人之間相互友愛、同情、仁慈的美德中。

　　〈四個四重奏〉是艾略特模仿貝多芬四重奏的藝術形式進行詩歌創作的大膽嘗試，由獨立成篇的四首詩組成，彷彿是音樂中四首內容大致相等的四個四重奏。詩人通過藝術上的大膽創新來繼續他所探尋的時間與永恆（即上帝）的矛盾。但這種矛盾並不表現為時間與永恆的完全對立，雖然永恆也是時間最終指向的一個無時間性存在，但它們並不與有限的時間構成對立，而是具有矛盾的多樣性。在〈四個四重奏〉中，永恆是從時間所指向的最終處所湧現並超越出來的瞬間，

而這種無時間性的瞬間就是永恆，它被詩人界定為許多具體的意象。在〈焚毀的諾頓〉中，永恆性被界定為靜點，它是所有運動和形式的源泉，它在時空之外，但在詩歌中可以表現這種「靜點之舞」，從中獲得永恆即瞬間，瞬間即永恆的生存體驗。在〈東庫克〉中，詩人以「我的開始就是我的結束」開篇，以「我的結束便是我的開始」結束來進一步增強「靜點之舞」的永恆意象。在〈乾枯的塞爾維其斯〉中，詩人又把時間界定為兩種時間意象：河流和海洋，河流體現了詩人對時間運動的永恆性的強調，時間只有在不斷的運動和變化中才能體現其價值，「如果所有的時間都是永恆的現在／所有時間便不可救贖」。而海洋則體現為更為終極性的時間意象，它是終極時間的中心意象。在海洋意象中，時間與永恆性獲得了統一，「如何時間像海洋，經常變換又始終如一／那麼無論歡樂和痛苦都具有永恆性。」而這種時間與永恆性的統一最終在〈小吉丁〉中得到完成。〈小吉丁〉通過對人生意義的探尋，揭示了歷史性不僅僅是人類進步的條件，而且是可以和現在共享的一個無時間性的真理，無論是什麼人，只要他體驗到有限人生的意義，都可以在各種的人生經歷中共享不朽，人們可以通過自身的道德修行和宗教信仰，找到通往永恆的道路。〈小吉丁〉最後召喚這樣一種完美統一的瞬間：肉慾和精神的統一，世俗和永恆的統一。

　　艾略特的時間之思是他為西方現代世界所構想的一個從有限人生通向無限上帝的獨特信仰之路，然而這種信仰本身不是通過讀經和遵從基督教的信仰儀式獲得的，而是在時間這一特定的思維樣式中進行沉思，通過對時間的意識來認識和體驗信仰，實現有限個體向無限上帝的飛升，這種信仰樣式是把傳統的信仰與現代人的思考結合在一起，從而使信仰本身更符合時代的需要。

（二）貝克特的等待「戈多」

塞繆爾‧貝克特（Samuel Beckett, 1906-1989）是長期居住在法國的愛爾蘭猶太小說家、劇作家，父親是建築工程估價員，母親是法國人。貝克特就學於一所法國人開辦的學校，學習英文和法文。一九二七年畢業於都柏林三一學院。一九二八至一九三〇年在巴黎高等師範學院任教。一九三八年定居巴黎。第二次世界大戰爆發後，他曾參加過抵抗運動。大戰結束後，便專門從事翻譯和文學創作。貝克特主要戲劇作品有〈等待戈多〉、〈最後一局〉、〈啊，美好的日子〉、〈喜劇〉、〈來和去〉、〈俄亥俄即興之作〉等。一九六九年，他因「他那具有新奇形式的小說和戲劇作品使現代人從精神貧困中得到振奮」而獲得諾貝爾文學獎。

貝克特的戲劇側重表現的是人的荒誕的生存狀態，這主要體現在他的劇作〈等待戈多〉中，〈等待戈多〉的主題就是等待，但等待什麼卻給人們留下懸念。劇中有兩個主要人物：流浪漢符拉基米爾和愛斯特拉岡，作家描述他們是衣衫襤褸，渾身發臭。啟幕時，時間是黃昏，在一條鄉間小路上，兩個流浪漢在等待著，他們說他們在等待戈多，在等的時候做些無聊的動作消磨時間，奴隸主波佐和他的奴隸幸運兒幾次經過，給他們的等待帶來一些變化。第一幕、第二幕的最後都有一個男孩報告說戈多今天不來了，可能明天會來，愛斯特拉岡問：「那我們怎麼辦」，符拉基米爾說：「等待戈多」。劇就這樣結束。

理解這部作品的意義，我們不能從作品本身中尋找，因為作品給我們講述的就是一個無意義的故事，一個「什麼也沒發生，準也沒有來，誰也沒有去」的悲劇，但是，我們又必須從這個無意義的故事中尋找意義，理解這一矛盾的現象，就已經打開了理解這部作品奧秘的匙。

作品的標題為「等待戈多」，但戈多到底是什麼呢，一九五八

年，美國上演該劇，導演向貝克特詢問戈多意味著什麼，他回答說，
我要是知道，我早在戲裡就說出來了。這句否定的回答，實際上又給
我們理解這部作品提供了一條重要線索，即他指出了人對他生存的世
界，對自己命運的一無所知，而這，也正是作家在作品中所要表現的
人的生態狀態。在作品中，人的這種生存狀態則誇張為荒誕性和尷尬
性，符拉基米爾和愛斯特拉岡實際上是人類的宿影，他們的生存狀
態，實際上就是人類的生存狀態。在這種狀態中，人類的一切活動都
缺乏意義，就像這兩個人物的胡言亂語和各種無聊透頂的動作，而人
類都總是在為自己設計一個未來，一個不可知的未來，但實際上，這
個未來並不是充滿希望的，而正像作品中的戈多一樣，它也許存在，
也許不存在，然而人類不管怎樣，都得等待下去，符拉基米爾和愛斯
特拉岡兩人在等待中想自殺，這說明了人類在這種等待中的艱難，然
而充滿希望，即使這希望是那麼渺茫，但人類仍不能拋棄這幻想中的
希望，因此，作品的意義在於它揭示出人類生存意義的虛幻性，而人
類在這種虛幻的世界中存在，其現實生存狀態則表現為荒誕，尤奈斯
庫說：「荒誕是指缺乏意義……人與自己的宗教的、形而上學的、先
驗的根基隔絕了，不知所措，他的一切行為顯得無意義，荒誕而無
用。」[16]符拉基米爾和愛斯特拉岡在一條路上等待戈多，實則意為他
沒有了任何先驗的、傳統的、形而上學的東西，他們生存的唯一支柱
和意義就是等待，而他們的等待顯得是多麼的荒誕而無用啊！人在為
自己設計騙局而又完全知道這是騙局，人為了生存，卻又沒法掩蓋這
騙局，這是虛假的，但人卻必須把它作為真理來對待它，這就是人在
現實世界中的尷尬處境。貝克特在他的小說《難以名狀者》將人類的
這種荒誕處境表述得更為明白無誤：「什麼也沒有，什麼也不是。走
進世界而又並未出生，住在那裡而又並未活著，毫無死去的希望……

---

16 中國社會科學院外國文學研究所編：《外國劇作家論劇作》（北京市：中國社會科學
　　出版社，1982年），頁302。

我們，所有我們漫長而又徒勞的終生，過去最終總是那種處於生活之
外的人……那種對自己一無所知而又沉默的人，那種對他自己的沉默
一無所知而沉默的人，這種人不可能去嘗試什麼，但又不會放棄嘗
試」。[17]實際上，荒誕感正是虛無主義的表現形式之一，因而它也是在
失去上帝之後渴望回歸傳統價值觀卻又感到迷茫、尷尬的心理表現。
從這個角度上說，「戈多」既是上帝又不是上帝，由於現代人在根本
上缺乏意義，有沒有上帝並不重要，過程對於缺乏生存意義的現代人
來說就是一切。

（三）D. H. 勞倫斯構建的生命宗教

　　大衛・赫伯特・勞倫斯（David Herbert Lawrence, 1885-1930）是
二十世紀英國最傑出的現代主義小說家之一。他出身諾丁漢郡的一個
礦工家庭，但其母系具有濃厚的基督教傳統，勞倫斯的外祖父不僅是
虔誠的基督教教徒，而且還是一為當地有名的牧師。其母親莉蒂婭更
是一個具有強烈宗教信仰的人，勞倫斯的幼年教育就是在他母親的呵
護下在伊斯特伍德公理會教堂裡進行的，這種特殊的宗教體驗給勞倫
斯內心帶來潛移默化的作用。勞倫斯回憶說：「幼年時我就熟知《啟
示錄》裡的語言和形象；這不是因為我花了時間去閱讀《啟示錄》，
而是因為我總是被送入主日學校和教堂，去『希望樂隊』和『基督教
力量』聽讀《聖經》。」[18]幼年時的勞倫斯對《聖經》不可能有多少了
解，但《聖經》中的豐富語言和教堂裡濃厚的宗教氛圍卻深深地浸染
在勞倫斯的意識深處，對他的整個人生觀和文學創作都帶來影響。
　　成年後的勞倫斯雖然還浸染在這種宗教氛圍中，但他心目中的宗

---

17 中國社會科學院外國文學研究所編：《外國劇作家論劇作》（北京市：中國社會科學
　　出版社，1982年），頁648。

18 〔美〕穆爾著，張健等譯：《勞倫斯傳》（長沙市：湖南文藝出版社，1993年），頁
　　19。

教已經悄悄發生了改變。他以自己的親身經歷和對家庭婚姻的切身體
會，使他感受到英國社會雖然在工業革命中帶來技術上的飛躍，也帶
來了思想上的變革，但卻使得英國人缺乏生命的真實氣息，科學理性
雖然是文明進步的標誌，但它卻抑制了人類的情感和靈性，變成了異
化的機器，人們的肉體都被欲望所驅使，陷入精神荒原之中二不能自
拔。勞倫斯在《恰泰萊夫人的情人》中就對此有精彩的描繪，「那
邊，那貪婪的機械化的貪婪世界，閃著燈光，吐著熾熱的金屬，激發
著熙來攘往的喧聲，那是無限罪惡所在的地方，準備著把不能同流合
污的東西一概毀滅。」[19]人們普遍讚美的工業文明的成就時卻敏銳地
看到了它對人類現實樂園的破壞，由此他喊出了「我們的時代已經結
束，黑暗即將來臨」的末世預言。末世論是基督教思想體系的有機組
成部分，它以人類惡行、人間的各種異象和災難來預示當前世界的結
束，同時展望一個新時代的來臨，這種以顛覆現實，展望未來的敘述
策略實際上是宗教烏托邦的敘述模式，這種敘述模式因其對現實存在
的事物的否定而對現實世界產生巨大的破壞作用。勞倫斯就是利用這
種宗教烏托邦的敘述模式來建構自己的關於英國乃至整個西方世界的
理想模式的。勞倫斯否定現代文明的目的就是要在它的廢墟上建立起
來他心目中的理想世界，而勞倫斯的社會理想是建立在人性的原始復
歸上，希望通過兩性關係的調整來深刻思考被科學和機器敗壞了的人
性，因而兩性關係的調整、性愛主題和健康完美的兩性關係的追求，
對理想的婚姻關係的深入探討，就成為勞倫斯小說創作始終不渝的追
求。他在給朋友的信中曾坦率而真誠地認為，只有通過調整男女關
係，使性變得自由健康，英國乃至整個西方文明才能從目前的萎靡不
振中掙脫出來。

　　《白孔雀》是勞倫斯的第一部長篇小說，書中主要描寫的是具有

---

19 〔英〕勞倫斯：《恰泰萊夫人的情人》（長沙市：湖南人民出版社，1993年），頁215。

文化教養、充滿幻想而又任性的萊蒂與教養良好但空虛無聊的萊斯利和充滿原始野性但正直誠實的喬治之間的三角戀愛關係。作者在表達了他理想的婚姻愛情觀的同時，他通過作品人物喬治第一次表達了「性愛文明」的觀點，作品中的喬治‧安納布是獵場的看守人，他有著健美有力的高大身軀，但對現代文明極端仇視，卻忠實於自己的動物本能，把生活打發在自然之中。而女人在任何時代都代表著文明，因而他希望女人也能夠和男人一樣「當好動物」，這樣才能徹底回到人類原始的人性狀態中，使人類的生命恢復生機。成名作《兒子與情人》（1913）代表了勞倫斯早期小說的心理現實主義風格，作品描寫工人生活的苦難及其家庭內外人與人之間的情感糾葛。作品在批判工業文明的罪惡及其給自然和人類生活造成的各種災難的同時，其特色在於創造性地闡發了佛洛伊德理論的「戀母情結」，而這種「戀母情結」實際上是作家個人生活的自傳性表述。當然其豐富內涵，又遠非心理分析概念和個人自傳所能侷限。作品以年輕人的心靈成長為主題，涉及家庭關係的異化。小說的重心是保爾與父母的關係，作品展示了保爾與其父親之間的潛在仇恨心理，批判了其父親情感的冷漠與匱乏，也展示了他與母親之間的複雜而強烈的母子之情以及保爾與戀人的關係，特別是兩次失敗的愛情追求。作家表現保爾與母親靈犀相通、與戀人心心相印的章節，情感描寫深刻動人。作品注重心理感受，遵循情感邏輯，調動擬人化象徵手法，通過自然界的花草昆蟲指代並烘托內心世界的微妙感受，取得了間接含蓄又頗具震撼力的效果。保爾最終在戀人分手、母親死去的痛苦中，走向了萬家燈火的城市，造成了一個面向人生的開放式結局。作品的主旨在揭示人類情感世界的豐富性和複雜性的同時，告訴人們人類情感的豐富聯繫才是具有存在意義的東西。

　　勞倫斯創作中期的主要作品是《虹》（1915）和《戀愛中的女人》（1921），藝術上獨具一格，並稱為勞倫斯的代表作。兩者原本出於

名為《姊妹》的同一小說構思，後來一分為二。《虹》具有史詩般的創作風格，作品通過布萊溫一家三代的心路歷程，表現了當時的英國從農業社會進入工業文明，從鄉村生活轉向城市生活的歷史變遷。而作為一部生命史詩，勞倫斯更希望通過愛的信仰，使世俗追求一步步走向神聖。《戀愛中的女人》在創作過程中即面對輿論的否定性評價，承受著來自文明異化、殘酷的戰爭和日常生活急劇變化的壓力，因而《虹》的結尾那種樂觀、期望和對女性自我的讚賞肯定，已經有了明顯改變。《戀愛中的女人》以兩性關係為焦點，作者把大戰期間人的內心充滿暴力、絕望和孤獨，社會生活分崩離析表現得淋漓盡致，被看作在遠離硝煙的地方描寫第一次世界大戰的偉大小說。

作品集中表現個人與環境的心靈衝突。煤鎮貝爾多福這一工業世界充滿了污染和異化，利潤扼殺人性，機器支配著人的思想感情。倫敦文化圈子裡的藝術世界通行的是放蕩享樂墮落沉淪。理性和意志踐踏著心靈，社會處於崩潰的邊緣。甚至戀人相互之間都在試圖征服和控制對方，無法實現和諧完美的男女婚戀，反而走向衝突、暴力和死亡。小說中的女性古德倫天生倔強，與高大英俊、強悍務實的戀人傑羅德針尖對麥芒，總想把自己的意志強加給對方，由於激烈的個性衝突而彼此傷害，釀成人生悲劇。作品圍繞兩性關係主線，不斷地強調生活中破壞性因素的普遍性和必然性，試圖揭示充斥世界的所有形式的暴力衝突的根源，展示出不和諧的兩性關係對他人和社會造成的傷害。作者認為，人類總是夢想征服自然和他人，然而征服欲勢必導致衝突、暴力和毀滅。小說對常規敘事難以充分傳達的情感直覺，做出了極富暗示、象徵和想像空間的成功表現。作家很少出面解釋或評論人物情感，而是讓讀者與人物形成直接交流，從而大大縮短了讀者和人物內心的距離。這在描寫人物心緒的起伏和強烈激情時，效果特別顯著。小說採用以各自分離的事件為中心的波浪式結構，根據內心剖析的深淺需要安排敘事。作品以有關兩性關係的人物對話開局，不交

代時間地點；又以保留意見不做結論的對話結束小說，為讀者提供了想像和主動參與的空間。

二十年代中期，勞倫斯重新關注英國工業革命時期日趨尖銳的勞資矛盾，著手寫作他最後一部長篇小說《恰泰萊夫人的情人》（1928）。儘管當時他已重病纏身，仍堅持三次重寫。小說描寫女主人公康妮放棄失去活力徒具形式的貴族資本家生活，轉而與守林人梅勒斯共同追求以和諧美好的性愛生活為基礎的人生幸福的故事，表現了勞倫斯跨越階級鴻溝，不畏社會壓力，在藝術上堅持獨立思考和人生探索的頑強意志和巨大勇氣。小說以性愛探索為特點，大膽突入性禁區，直接描寫性行為、性心理和性器官，反對將性愛淫穢化、隱秘化，強行壓抑在潛意識領域或文明之光照射不到的黑暗角落的傳統做法，而是把性愛公開化、文明化和藝術化。作家從生命活力的高度上讚美性愛，表達了通過性愛的力量恢復理性與本能的平衡，進而從虛偽做作中挽救西方文明思想。作家的寫作風格重返現實主義，追求單純明快，放棄了在語言結構和敘述視角技法上的革新實驗。這部作品因性愛描寫驚世駭俗而不得不自費出版，旋即遭禁，直到五十年代末社會風氣日漸開放，才得以公開發行。作品曾引起搶購熱潮和學界關注，後遭女性主義對其第二性傾向的批判。《恰泰萊夫人的情人》未必能夠完全代表勞倫斯的思想，但對作家聲名浮沉確實產生了重要影響。

勞倫斯在自己的創作生涯中逐漸形成了獨具特色的「性的哲學」或性的宗教，他在其作品中主要探討的就是人物內在的性心理，但他不像佛洛伊德那樣簡單的停留在對人的性心理探索，而是把心理探索與對英國現代文明的批判緊密結合起來，對兩性關係作出自己的經驗反思和判斷。在他看來，正是工業文明導致了性愛的凋謝，也進一步造成了英國人的精神空虛、文明枯萎和愛情缺失，而只有當性愛回到自然活潑的正常狀態，英國才有恢復生機的希望，「一個失去性的英格蘭似乎叫我感覺不到任何希望，沒有幾個人對它寄予希望。我堅持說

性可以使之復活。……一個無性的英格蘭！對我來說它沒有什麼希望可言。」進而勞倫斯提出了他的「血性意識」概念，他是這樣闡述的：「我最偉大的宗教就是對血，對肉體的信仰，我認為這些比理智更有智慧。我們的腦子裡的智慧可能是錯誤的……我們所要做的就是響應我們的血的呼喚，直截了當地響應，毫不摻雜頭腦、道德的干擾。」[20]

　　勞倫斯宣揚的所謂「肉體的信仰」，並非要人們放縱情欲，而是要人們努力擺脫工業文明對人們情感領域的滲透，擺脫科學理性的價值觀和機械式審美觀，擺脫人們對金錢和各種數字的依賴甚至崇拜，使人們重新重視生命力本身的美和價值，使生命力恢復其原有的生機活力。而這種活力的根本就是兩性的和諧，只有當人們真切地體會到兩性和諧帶來的生命力的釋放和完滿，其現實生活中的一切勞作才是有意義的。他還在其生命的最後一年裡寫道：「人最熱切地想要的是他完整的人生和和諧的人生，而不是他自己孤獨地拯救他的『靈魂』。人首先想要和最想要的是他肉體上的滿足。因為現在，一次或僅一次，他有了血肉之軀和強大的力量。對於人來說，最大的奇蹟是活著。無論未出生和死者可能了解什麼，但他們不知道以肉體形式生存的美與奇蹟。死者可能尋求來世，但此時此地美好的肉體生活是我們的，而且僅有一次是我們的。我們應該為我們的肉體生存而感到歡欣鼓舞。生存的部分，賦予宇宙以形體。我是太陽的一部分，正如我的眼睛是我的一部分。我是地球的一部分，我的腳清楚地知道這一點。我的血是海洋的一部分。我的靈魂知道我是人類的一部分，我的靈魂是偉大人類靈魂的一個有機組成部分，正如我的精神是我的國家的一部分。」[21]這表明勞倫斯不是簡單地思考性本身的快樂與和諧問

20 〔英〕勞倫斯撰，劉憲之譯：《勞倫斯書信選》（哈爾濱市：北方文藝出版社，1994年），頁240。

21 〔英〕理查德‧奧爾丁頓撰，黃勇民等譯：《勞倫斯傳》（上海市：東方出版中心，1999年），頁413。

題，而是把它與工業革命以來機械文明帶給英國人的傷害緊密結合起來，成為他心目中始終孜孜不倦的追求和信仰。在基督教的性觀念中，性不僅是醜惡的東西，還是有罪的東西，而勞倫斯的性是美與神聖的結合，因此，他宣揚的性的宗教，並非是宣揚性愛，而是讚美性愛，在勞倫斯的筆下，性不僅不是醜惡的，有罪的東西，而是把人們帶向完美、聖潔的生命境界的唯一途徑。這種血性意識和陽物崇拜是勞倫斯對基督教禁慾主義的反叛，是他在現實的敏銳觀察和深刻反思中形成的新宗教。

三　回歸神聖永恆的傳統宗教

　　二十世紀西方現代作家回歸基督教文化的第三種方式就是，否定現代社會的創新思想，也不認同作家們自己體驗的宗教，而是堅持傳統基督教的價值觀念，堅持對上帝權威的絕對尊崇，這種對基督教傳統價值的重新認同，表明一部分西方現代作家仍然希望延續傳統精神，希望用傳統價值觀來重新統帥處於漂流無助中的現代人，雖然他們在表達宗教觀念時仍然是用文學尤其是詩歌的方式進行的，其追求的宗教理念也與基督教傳統中的上帝觀念並非完全一致，但他們的這種努力仍然與二十世紀的基要主義神學思潮具有內在一致性，實際上就是基要主義神學在文學上的具體體現。

（一）葉芝

　　葉芝（William Butler Yeats, 1865-1939）是愛爾蘭詩人、戲劇家和散文作家。但成績突出的主要是詩歌。早期詩作有逃避現實的傾向，如〈茵尼斯弗利島〉是象徵主義歸隱篇的絕唱，表現出詩人在混亂、喧囂的現實世界中尋找寧靜、自然的精神避難所的思想意向。中期詩歌面對現實，表現了詩人對現代世界的獨特感受和理解，如他的

〈基督重臨〉，表現的就是希望回歸基督教傳統的精神意向：「在向外擴張的旋體上旋轉啊旋轉，／獵鷹再也聽不見主人的召喚。／一切都四散了，再也保不住中心／世界上到處瀰漫著一片混亂／血色迷糊的潮流奔騰洶湧／到處把純真的禮儀淹沒其中／優秀的人信心盡失／壞蛋們則充滿了熾熱的狂熱。／／無疑神的啟示就要顯靈，／無疑基督就將重臨，／基督重臨，這幾個字還沒出口，／刺眼的是大記憶來的巨獸：／荒漠中，人首獅身的形體／如太陽漠然而無情地相覷／慢慢挪動腿，它的四周一圈圈／沙漠中憤怒的鳥群陰影飛旋。／黑暗又下降了，如今我明白／二十個世紀的沉沉昏睡／在轉動的搖籃裡做起了惱人的惡夢／何種狂獸，終於等到了時辰／懶洋洋地倒向聖地來投生」？詩歌中「基督重臨」本意即基督被羅馬政權殺害時，上帝宣言基督將再次降入人間，重新分善惡，實際上意指世界末日。詩人認為這混亂喧囂的現代世界即是基督重臨的日子，他要來到世界重新整理世界秩序，恢復被破壞了的精神傳統。從這裡可看出詩人對現代文明的不滿和憎惡，渴望回到傳統基督教價值世界中去的精神意向。

　　後期詩歌的代表作是〈駛向拜占廷〉，作為年逾花甲的老人，他在此詩主要關注的是如何在流逝的世界中獲得生命永恆的問題。詩中充分表達了葉芝遠離塵囂、擺脫世俗現實、進入永恆藝術王國的渴望。拜占庭是東羅馬帝國的首都和東正教的中心。葉芝在《幻象》中說，查士丁尼時代的拜占庭帝國「可能是有史以來唯一將宗教生活、美學生活和實際生活融為一體的時代」。因而詩中的拜占庭是永恆的象徵，是擺脫了人間一切生死哀樂的地上樂園。年輕人無法達到這個境界，因為他們過於沉湎於感官物質的享受。僅僅年老也達不到這個境界，因為老年人在精神上、肉體上都衰頹了，而只有當靈魂擺脫了肉體的束縛，並寄託在富有生命力的藝術品上時才能達到拜占庭。在最後一節裡，詩人寫道：「一旦脫離自然界，我就不再從／任何自然物體取得我的形狀，／而只要希臘的金匠用金釉／和捶打的金子所製

作的式樣，／供給瞌睡的皇帝保持清醒；／或者就鑲在金樹枝上歌唱／一切過去、現在和未來的事情，／給拜占庭的貴族和夫人聽」。

　　詩人用金樹這個意象表明，他的靈魂願意寄託在金銀製成的不朽的拜占庭藝術品之上以獲得永生，它所歌唱的過去、現在、未來三者加起來就是時間的永恆。他將在對藝術的追求中擺脫時間的制約，走向永生，走向上帝居住的處所。

（二）里爾克

　　里爾克（R. M. Rilke, 1875-1926）是奧地利最有影響的象徵主義詩人。在氣質上他也是個具有路德式性格的人物，他的作品有〈祭神〉、〈耶穌降臨節〉、〈祈禱書〉、〈新世紀〉和〈杜伊諾哀歌〉等，其中〈杜伊諾哀歌〉是里爾克的代表作品。在他的這些創作中，體現出里爾克強烈的宗教回歸傾向，但他的宗教回歸並非完全回到基督教立場上，而是體現在他對基督教觀念的深化和改造上。里爾克表現出一種既堅持宗教立場，又企圖逃避或改造它的雙重矛盾態度。里爾克是個具有路德氣質的人物，他雖站在基督教的基本立場上，但他卻更側重於對基督教的批判和改造。在里爾克的宗教思想中，他對基督教的幾個基本觀念是有看法的，首先，他不認為基督是人類行為的最高律法，他的話是永遠有效的預言，隨著時代的發展，基督之愛會被賦予新的使命；其次，他認為基督通過無辜的受難和死亡來達成人與上帝的溝通是毫無根據的，人與上帝之間無絕對的鴻溝，這樣做恰恰會使基督教顯得極度淺薄；第三，里爾克嚴厲譴責基督教的禁欲思想，認為這是禁欲主義者敵視和逃避人世，並且是遷怒於自己的肉體的表現，這樣做的結果是妨礙了人們尋求與上帝溝通的道路；第四，里爾克抨擊了罪的觀念，尤其是認為把罪定在性區是卑鄙的，這樣會使罪膚淺化和個別化。

　　里爾克對基督教的深化和改造首先體現在他對上帝的理解中。在

《祈禱集》裡，里爾克把上帝理解為物質世界和價值世界的根基與深
淵的複合體，「假如上帝只是深淵而非根基，則定型的世界與他毫無
關係，它在絕對的意義上是脫離上帝的。但是，如果上帝通過世界並
在世界中公開自己的身分，是他創造了世界並以他的力量統治世界，
他就是根基。反之，假如上帝只是根基而非深淵，他就會作為這個世
界之中的活動者和存在者，陷入一種同世界的相鄰的緊密關係，乃至
他本身成為世界的一部分，甚至世界本身，於是上帝不再成為上帝，
上帝之所以成為上帝，取決於根基即是深淵。」[22]這樣，里爾克對待
上帝的觀念就是矛盾的。「你乃是矛盾之樹林／我可搖動你如幼嬰／
但你的詛咒正在應驗／可怕地籠罩著萬民。」上帝既是無限微小和柔
弱的，又是無比強大和威懾的。但里爾克的上帝又遠非是傳統基督教
意義上的絕對神聖和神秘的上帝，相反，里爾克的上帝是人的鄰居，
「我們之間只有一堵薄薄的牆／緣於偶然，因為這並非不可能／你的
嘴或我的嘴一聲呼喚──／牆應聲而倒／竟無一點聲響。」如果人們
想和上帝溝通，他就可以和上帝溝通。同時，人不是上帝的造物，而
是人的造物，離開了人上帝的存在就毫無意義。人一旦創造了上帝，
就要忠心地去維護他、崇敬他，雖然在創造和完成上帝的過程中會冒
犯上帝，但絕不能褻瀆上帝，只要人擁有了上帝，人就再也不能失去
他，一個消逝的上帝是極其荒謬的。

　　另一方面，里爾克又不承認超越人性之外的上帝的存在，上帝既
然是人創造的，那他就不是一個超越於人之外的絕對者，「上帝不是
一種渴望，尋求和愛的對象，他就是這種人性本身，作為人性的定
向，他就是人性。」[23]上帝形成於一個過程中，他的完成最終只能是

---

22 〔奧〕里爾克等撰，林克譯：《杜伊諾哀歌與現代基督教思想》（上海市：上海三聯
　　書店，1997年），頁121-122。

23 〔奧〕里爾克等撰，林克譯：《杜伊諾哀歌與現代基督教思想》（上海市：上海三聯
　　書店，1997年），頁170。

一種生命的完成，投向上帝的旅程最終只能投向大地，投向人本身。
這樣，在人與上帝的關係中，就產生了這樣一種關聯：讓上帝降入生
命，讓生命向上帝昇華，這樣的一種精神運動就使得上帝的歷史變成
了人的歷史，變成了人的無限豐富的生命力的完成史。人創造上帝的
過程就是人創造自己歷史的過程。因此，里爾克不承認超越人性之外
的上帝的存在，只不過是他否認絕對神性的上帝，至於人性的上帝，
里爾克不僅承認它的存在，而且還對它非常虔敬，正是由於它的存
在，人類才能激發起自身的無限潛力，在有限的生命中最大限度地完
成自身，使人在追求人性的上帝過程中不斷趨向完美。

　　里爾克對基督教的改造和深化還表現在他對天使觀念的理解中。
天使在基督教思想中一般是溝通上帝與人之間的交往的半神之體，他
向人傳達上帝的音訊，向上帝轉告人的祈禱，後來還逐漸演變成為各
民族、城市和個人的保護者。天使的藝術形象通常是裸身小孩的形
象。里爾克在〈杜伊諾哀歌〉中，強化了天使這一形象及其意義。
〈哀歌〉中的天使被塑造得很高大、威嚴，他們不再是上帝的使者，
而是具有起源內涵的「靈魂之鳥」：「每一位天使都是可怕的。可我多
麼不幸。／我歌詠你們，幾乎置人死命的靈魂之鳥」。天使具有強大
的力量，能使人感到驚懼與敬畏，甚至一觸及到人的內心，就會給他
帶來死亡。但人類只要具備人性的純真，就能承受天使的威力。同
時，〈哀歌〉中作者努力把天使從人的形象中解脫，成為一種超乎實
體的純粹精神，天使是「早期的傑作，造物的寵兒，一切創造的巔
峰，朝霞映紅的山脊。」「正在開放的神性花蕊」。在他身上，能產生
使人戰慄的奧秘感，「這種感覺可能像一種飄忽、寧靜、心醉神迷的
情緒，隨緩緩的湖水漫過心胸……」[24]這種奧秘感並非來源於上帝，
而是依附於天使。里爾克如此神化天使，並不是以天使替代上帝，而

---

24 〔奧〕里爾克等撰，林克譯：《〈杜伊諾哀歌〉與現代基督教思想》（上海市：上海
　　三聯書店，1997年），頁155。

是在於通過天使觀念強化人的存在的神聖性。他企圖通過天使的神化，向人們表明人在脫離神性上帝之懷抱後仍不可放棄自己的神聖本質，而應在日常存在中努力趨向這種本質，使人無論經歷哪一種命運，都能活出自尊，活得神聖。

　　里爾克對上帝和天使作出如此大膽的闡釋，並非想在根本上改變基督教的性質（如黑格爾、費爾巴哈等所做的那樣），而是在於他力圖通過在基督教範圍內的批判和闡釋，去拯救基督教信仰的危機。在里爾克的宗教世界中，他重建了虔信之人的榮耀，使人們對上帝之信仰能緊隨時代的節奏。在傳道士和神學家的聲音變得如此軟弱無力，枯燥無味，不被人理解時，里爾克憑著他那神聖詩人的嘴，重新喚起了蘊藏在基督教傳統中的古老智慧，這是里爾克作為一個詩人神學家對基督教所做的獨特貢獻，也是所有回歸基督教傳統的西方現代主義作家所要追求的最高境界。通過里爾克的闡釋，基督教具備了豐富的人性內涵，但又沒有喪失信仰本身的神聖性。難怪有人如此評價里爾克：「你是如此瀆神，又是如此地虔誠。」

（三）福克納的美國南方傳統主義宗教言說

　　威廉・福克納（William Faulkner, 1897-1962）是美國文學最重要的作家之一，也是美國「南方文學」的主要代表作家。他的作品除《喧嘩與騷動》外，還有《我彌留之際》、《八月之光》、《押沙龍、押沙龍》、《村子》、《小鎮》、《大宅》等，曾獲一九四九年諾貝爾文學獎。他的許多小說都是以他虛構的「約克納帕塌法」縣為背景，因而創造了一個獨特的「約克納帕塌法」世系，形成了巴爾扎克的「人間喜劇」式的宏大結構，反映了美國二百年間的社會變遷。福克納是美國「南方小說」的重要成員，但他廣泛地進行了現代主義實驗，尤其在《喧嘩與騷動》中，他運用意識流手法去發掘人物的內心世界，使意識流小說達到了新的深度。同時，福克納還是一個深受基督教文化

影響的作家，他出生在傳統的基督教家庭，曾祖父在世，「每天早上
大家坐下來吃早飯時，在座的從小孩起直到每一個成年人，都得準備
好一段《聖經》的經文，要背得滾瓜爛熟，馬上就能脫口而出，誰要
是講不出來，就本能吃早飯，可以讓你到外邊去趕緊背一段，好歹背
熟了才能回來。」[25]福克納的父母也是虔誠的基督徒，父親屬於美以
美教會，母親是信浸會教徒。福克納自己從小上的學校也是美以美教
會的主日學校，福克納曾經說過，「基督教的傳說是每一個基督徒」，
特別是像他那樣的「南方鄉下小孩的背景的一部分」，「我在其中長
大，不知不覺就將其消化吸收，它就在我身上。這與我對它相信多少
毫無關係。」這種基督教文化的深刻浸染對他的文學創作產生了強大
的影響，雖然他在作品中所關注的是活生生的人，而不是超越人世之
上的上帝，但他在作品中表現的正統觀念和價值選擇仍然是基督教化
的，因而作品瀰漫著一股強烈的基督教人道主義精神。

　　《喧嘩與騷動》是福克納的代表作，其結構模仿了《聖經》〈新
約〉的「四福音書」。小說的故事發生在傑弗遜鎮上的康普生家。它
曾經是個遠近聞名的南方望族，祖上出過一位將軍、兩位州議員，原
先廣有田地，但現在「衰落」了。小說通過這個家庭各個成員的遭遇
和精神狀態。反映了這個世家的沒落。家長康普生整天喝得醉醺醺
的，只知道回憶過去的美好時光，發些空論，他於一九一二年死去。
康普生太太自私、孤僻，精神憂鬱，成天無病呻吟，他們有四個子
女：昆丁，凱蒂，傑生，班吉。

　　昆丁喜怒無常，生性乖僻，他像他父親一樣，充滿對自己家庭門
第的驕傲感和可笑的騎士精神，他唯一對之有感情的是她的妹妹凱
蒂，但他不僅是把她作為妹妹來愛的，而且作為一個女人來愛。她也
還給他類似的愛，他們這種感情發展到很不正常的地步，昆丁後來被

---

25 李文俊編：《福克納評論集》（北京市：中國社會科學出版社，1980年），頁267-268。

送到哈佛大學。凱蒂的墮落使他脆弱的神經受到致使的打擊,當他知
道凱蒂已經懷孕,必須立即結婚時,他發了狂,他對他父親撒謊說他
和凱蒂有亂倫關係,絕不能允許她和別人結婚。他父親不相信他,仍
按計畫準備結婚,在凱蒂舉行婚禮時,昆丁再也不能自持了,投河
自殺。

　　凱蒂是小說的中心人物,她本是個可愛的姑娘,但她後來完全背
離了「南方淑女」的規範,成了一個名譽掃地的蕩婦。她輕率地委身
於任何一個想她的男人,她唯一的一個正經情人是一個名叫海德的銀
行家,他答應在他們結婚之後,在他的銀行裡為凱蒂的弟弟傑生安排
一個職位,但婚後凱蒂過早地生下了一個女孩,於是她和她的女兒被
海德趕出家門。她的父母和弟弟也不讓她回家,但收下了也取名叫昆
丁的小女孩子。傑生認為小昆丁是他哥哥昆丁和凱蒂生的,但家庭成
員都不相信。事實上,小昆丁的確是凱蒂和另一個遺棄了她的情人生
的孩子。為此,凱蒂離開了這個小鎮,好多年沒回這裡。

　　小昆丁長大後,和她母親一樣放蕩無恥,也是隨便把自己給予鎮
的上任何一個想要她的男子。為了撫養小昆丁,凱蒂每月給她母親寄
錢。最初,康普生夫人把這些來得不乾不淨的錢付之一炬,可後來卻
把它占為己有。

　　老三傑生是個自私自利的實用主義者,殘忍、冷酷。他小時候就
經常故意惹惱班吉,長大以後仍然厭惡他。凱蒂結婚後,班吉依然希
望在放學後到門口去迎接姐姐。一次欄杆沒關好,他把另一個女學生
當成了凱蒂跑了過去。傑生竟認為他是要侮辱女學生,居然把班吉閹
割了。傑生在父親死後成了一家之長,他把自己不能在銀行中得到一
個職位歸罪於小昆丁的出生,由於恨她姐姐,他假造了一些匯票以代
替凱蒂的匯票,用偷換下來的匯票取得現款,在棉花市場上做投機生
意。小昆丁恨她,兩人經常吵架,有一次鎮上來了個劇團,小昆丁和
一個演員勾搭上了,復活節前夕,他偷走了她母親寄來的,但被傑生

據為己有的三千元錢和演員私奔了。傑生從此對一切人都充滿了盲目的憤怒和仇恨，他覺得人人都在嘲笑他，嘲笑他的家庭。

小兒子班吉是個先天白痴。大家都鄙棄他，只有凱蒂和黑女傭迪爾西同情他，姐姐離家出走後，班吉若有所失地整天嘀嘀咕咕，能關心他的只有黑女傭迪爾西，迪爾西是作者基督教人道主義理想的體現者，她不顧忌主人的仇恨和世俗的岐視，以一顆永不枯竭的同情之心保護弱者，她的品德與昆丁、傑生等人的病態、殘暴形成鮮明對照，恰似黑暗王國裡的一線光明，作者把迪爾西作為正面主人公，並作為小說的最後一章安排在復活節，表明在她身上寄託了人性復活的理想。

福克納是一個站在傳統宗教立場上來進行創作的現代主義作家，他對西方現代文明的進程也是深感不安的，作家通過《喧嘩與騷動》中康普生家族的衰亡，告誡人們不跟上時代的步伐就會落後，而站在現代潮流中立不住陣腳也同樣遭致失敗，唯一獲救的辦法是在現代社會中保持宗教傳統，用傳統的宗教道德來抵抗現代思潮中的各種誘惑，凝聚人心。作者通過迪爾西的形象，揭示了她在現代潮流面前臨陣不亂，始終保持著純樸的愛心、榮譽感、憐憫心、同情心和自我犧牲精神等傳統美德。作者意在表明，唯有回歸傳統宗教，培養形成各種傳統美德，不管時代如何變幻，每個人都能夠通過自身的行為尋找並獲得生存意義。

（四）菲茨傑拉德的宗教救贖情結

F. 司各特‧菲茨傑拉德（F. Scott. Fitzgerald, 1896-1940）出生於美國明尼蘇達州的一個小商人家庭，父親愛德華‧菲茨傑拉德具有良好的美國南方古老傳統價值觀和道德觀，給年幼的菲茨傑拉德以深刻的影響。母親也是一為虔誠的天主教徒。高中時他還結識了當時著名的天主教牧師西里爾‧費神父，成為菲茨傑拉德少年時代的忘年交合良師益友。後來菲茨傑拉德自身也成為了一名天主教徒，因而不難理

解基督教思想對他以後創作生涯的深遠影響。

　　美國社會雖然是從歐洲文化中脫胎出來的，但其宗教和文化價值觀仍然秉承著歐洲社會的傳統價值觀念。然而，隨著美國在第一次世界大戰中的勝利以及它在戰爭期間獲得的巨額財富，使得美國社會逐漸興起了消費主義和享樂主義的價值觀，馬克斯‧韋伯所謂的艱苦奮鬥的新教倫理正被享樂主義的生活方式所取代，資產階級那種「白天正人君子，晚上卻放浪形骸」的生活方式導致了傳統基督教道德的土崩瓦解，人們從此淪為追求和滿足物質欲望，喪失價值追求的「單向人」。正是這些物質主義價值觀的膨脹，造成了「美國夢」蘊涵著物質財富增長的同時，也出現了道德淪喪、信仰滑坡的文化困境。而菲茨傑拉德的創作就是在這種文化困境下所思考的一種結果，從菲茨傑拉德的作品中我們可以看到大量的《聖經》故事和隱喻，他塑造的主人公大多是失敗性的，其目的在於反思當時美國社會和文化的危機，並試圖重構美國精神，呼籲回歸美國南方「聖經地帶」中飽含的純真質樸的傳統美國精神，因而他的作品始終貫穿著一種救贖和復歸傳統的宗教思想和嚴峻而深刻的道德批判意識，告誡人們精神缺失的可怕境地，希望通過靈魂的自救和宗教信仰來獲得靈魂的重新平衡。

　　《了不起的蓋茨比》是菲茨傑拉德表現靈魂的自救和宗教信仰的代表性作品，作品中的主人公蓋茨比被塑造成具有耶穌基督式的人物，他的父母都是平庸的莊稼人，但他卻像耶穌一樣，也認為自己是上帝的兒子，他生來是為上帝服務而不是受命於人間的父母。蓋茨比性格具有浪漫的因素，他相信人可以通過愛恢復過去的美好時光，對未來充滿希望，具有崇高的理想和信念，這種精神素質與耶穌性格中的高貴和理想主義非常相似。蓋茨比雖然是標準的現代人，也享受青春和愛情的幸福，但他與黛西的愛情卻帶有明顯的神性啟示色彩，充滿了空靈而憂鬱的夢幻感，雖然黛西身上充滿了金錢氣息，但他仍然對愛情充滿嚮往。蓋茨比的這種善良、純真的傳統美德顯然在物質主

義的社會裡無立錐之地，作者在這裡卻以蓋茨比的死亡來使之「重生」，以保持蓋茨比心靈的聖潔，他的死實際上是一種精神超越，肉體雖然毀滅了，但他的生存價值和救贖價值卻凸顯出來。這樣的一種敘述策略與耶穌的死亡和重生如出一轍。因此，作者對蓋茨比的塑造就是把他跟耶穌緊密地聯繫在一起，蓋茨比即是現代的「美國式」耶穌，其意義在於通過他的死亡喚起沉湎於物質主義泥潭中的美國社會的道德覺醒，使充滿著高度物質文明的美國社會仍然能夠持守著傳統價值觀。

　　《夜色溫柔》中的迪克·戴弗也是一個具有耶穌那種「受難—拯救」式的人物形象，迪克也和蓋茨比一樣具有浪漫主義理想色彩的人物，他曾經天真地認為，可以憑靠自己的勇氣和力量就可以治療這個社會的病態，但結果卻是他不但不能夠解救這個社會，反而被社會所拋棄，最後漂流在一個比一個偏僻的小鎮上。此外，在迪克的愛情問題上，他也是帶著伊甸園式的夢幻愛情與她們真誠相愛的，但無論是羅絲瑪麗還是尼科爾，都是充滿世俗欲望的女人，迪克的純真愛情最終換來卻是自己命運的衰落。而這種命運的困境正是作者所賦予給迪克的精神財富，作者把迪克塑造成一個悲劇人物，讓他在這個充滿病態的社會中受難，正是為了凸顯他精神力量的崇高和強大。即便是在迪克最為艱辛的時刻，他還是在履行著他的神聖職責，比如在他要最終進行自我放逐之前，他還去監獄拯救兩個犯罪的貴婦，而這兩個人曾經奚落和侮辱過他。因此，從這個角度上說，迪克的悲劇命運是作者賦予他的一種耶穌式受難，通過受難、拯救的現實作為，迪克的精神獲得了再生，而在充斥著物質主義和情欲泛濫的美國社會中，這種再生了的精神力量猶如黑暗中的一座燈塔，它在指引著正在走向墮落的美國，以使其免於墜入深淵。

　　綜觀菲茨傑拉德創作的基本傾向，可以看出作者雖然身處美國社會那聲色犬馬的爵士樂時代，但他內心仍然極力想保持著早期美國清

教徒的傳統價值觀，他企圖通過主人公受難或放逐的命運，樹立起他們崇高聖潔的宗教救世精神，從而達到在精神上救贖美國社會墮落的神聖使命。也許作者的崇高使命意識與他所要達到的現實效果差距甚大，但這並不妨礙菲茨傑拉德的作品對美國人心靈的震懾作用，至少它可以作為一面清澈的明鏡，讓沉浸於物質享受而不能自拔的美國人能看清自己的真實面孔。

（五）索爾仁尼琴

　　索爾仁尼琴（A. Solzhenitsgn, 1918-2008）是當代俄羅斯文學最偉大、也最具爭議的作家。他出生於南俄一個殷實、有文化的農民家庭，從小與母親相依為命。母親是虔誠的東正教徒，經常帶索爾仁尼琴去教堂禮拜，培養了他對傳統宗教神聖性的依戀和終身追求。他少年時加入過少先隊員，後來進入羅斯托夫大學和莫斯科哲學與文學學院。一九四一年他應徵入伍，參加蘇聯衛國戰爭，獲得過衛國戰爭二級勳章和紅星勳章。一九四五年由於對革命歷史的思考和疑問被逮捕並判勞教八年，八年中他深受各種折磨和苦難，還患上了癌症，但像俄羅斯的一些聖徒傳一樣，索爾仁尼琴的癌症奇蹟般被治癒。傳統的信仰與親身經歷使他對自己的生命有一種神聖感，致使他在以後的歲月中像完成某種神聖使命一樣創作了一系列小說來宣講他所體驗到的生存意義和善惡等宗教問題。諸如《伊凡‧傑尼索維奇的一天》、《第一圈》、《古拉格群島》、《瑪特遼娜家》等，並於一九七〇年獲得諾貝爾文學獎。後因遭到當局迫害，被迫流放西方國家，直至一九九四年回國。二〇〇八年去世。

　　索爾仁尼琴的創作秉承著俄羅斯文學現實主義的偉大傳統，作者懷著神聖的歷史使命感，對現實社會展開了激烈的政治批判，真實展示小人物的命運，呼籲他們能夠獲得正常人的尊嚴、個性和自由。《伊凡‧傑尼索維奇的一天》以白描手法刻畫了一個普通人在勞改營

度過漫長乏味一天的故事，展現了主人公複雜、豐富的精神世界。作者把人物放在勞改營一天這獨特的「境遇」中，在充分展示伊凡生存的苦難的同時，表現了他在這特殊「境遇」中做人的尊嚴，他雖然遭受不公正的待遇，但他卻不失俄羅斯農民樸實、厚重的品格，即便在勞改營中也對勞動充滿熱愛，在他心理，勞動是神聖的，人的尊嚴、平等和自由精神可以在勞動中體現出來。作者用幾十頁的篇幅描寫了伊萬與隊長比賽砌磚牆的熱烈場面，連很少看小說的赫魯曉夫也為之感動。在這種被強迫的勞動環境中，伊萬及其難友們能夠對勞動表現出如此巨大的熱情，不僅是因為勞動本身是人們獲得精神解脫的重要途徑，更重要的是因為通過勞動還可以淨化人的靈魂。在作者看來，在勞改營是受苦的，但受苦受難可以在道德上使人昇華，使人可以追求更高的價值存在，這種價值存在就是信仰。伊萬正是通過勞動昇華了他對苦難的體驗，使他在苦難中產生信仰，而信仰產生力量，信仰體現出生存的尊嚴。

　　《古拉格群島》是繼《伊凡‧傑尼索維奇的一天》之後索爾仁尼琴探索社會問題的另一部力作。作品應用大量的第一手資料通過對前蘇聯的勞改營「古拉格群島」陰暗、殘酷的真實生活的描繪，揭示了前蘇聯「勞動改造」背後的真相。犯人們不僅喪失自由和尊嚴，也沒有任何平等可言，「麵包不是切成均等的小塊分發給每一個人，而是倒在一堆，由你們去搶！推倒身邊的！從他們手裡奪！……」在這連生存都非常困難的地方，人還顧得上思考痛苦和上帝嗎？看守還可以不經任何人許可毫無理由地向犯人瘋狂掃射，作品還描述了三十一種刑訊逼供的方法，大量的冤獄幾乎都產生於這種刑訊逼供。此外，作品還提到流放、勞動消滅等令人瞠目結舌的內容，使我們看到前蘇聯政治陰暗面的真實狀況。作者並非簡單地為暴露而暴露，而是從這些真相背後反思，勞改營這個本來懲治犯罪的地方為什麼自己卻陷入罪惡之中？作品寫道：「一個人可以不可以沒有自己的是非善惡觀念，

而僅僅以鉛字命令中或首長口頭指示中的善惡是非為標準？誓言！誓言是以顫抖的聲音莊嚴的宣讀過的咒語，它的意義在於保衛人民免遭惡人殘害；但是，它又是多麼容易被利用來為惡人服務而反對人民啊！」作品正是通過對這個是非顛倒、充滿欺騙和邪惡的「勞改營」的大暴露，表現出作者對前蘇聯政治生活中某些陰暗面的強烈批判。

　　如果說《古拉格群島》側重於對現實社會問題的揭露和批判，那麼《瑪特遼娜家》則深入俄羅斯傳統的宗教信仰探索前蘇聯時期人們如何通過宗教信仰拯救心靈於危難之中。作品以俄羅斯農村社會為描寫對象，展示了前蘇聯時期社會主義建設造成的生態危機和人文危機。作品中的「泥碳產品鎮」從前茂密的樹林被砍光，而農莊主席靠砍伐樹林卻獲得了「社會主義勞動英雄」的稱號；鎮上居民點雜亂無章，居民區的上空，工廠煙囪正排放著煙霧，蒸汽機車也噴著濃霧，尖聲嘶叫著；俄羅斯農村本來是「糧倉」，如今卻變得連基本的生計都維持不了。更有甚者，這種違背自然規律的「建設」還使具有純樸宗教傳統的農村變成了精神的荒漠，在「泥碳產品鎮」，醉鬼們在街上遊蕩閒逛，互相揮刀弄拳，大打出手；人與人之間由於物欲薰心而失去了相互的關懷和親情。作品描述的情景完全是一幅聖經裡的末世圖景，但作者並沒有對這幅末世景象感到絕望，而是以其特有的救贖情懷為俄羅斯人民尋找到一條宗教解救之路。

　　這條路就是瑪特遼娜的家，瑪特遼娜的家被作者賦予了聖經中「諾亞方舟」的神話含義，它成為前蘇聯傳統宗教的聖殿，也是前蘇聯人民最後的精神解救之希望。瑪特遼娜作為這個家的主人自然也被賦予了諾亞的角色，瑪特遼娜一生過著貧窮、坎坷的生活，她家徒四壁，屋裡除了跛腳貓、橡皮樹、老鼠、蟑螂外別無他物，平日吃的只有土豆和大麥。她也曾有過甜蜜的愛情，但未婚夫在前線失蹤了，後來她又嫁給了未婚夫的弟弟，但所生孩子一一死去，丈夫也失蹤了。老來過著極度貧困的生活。但瑪特遼娜面對種種命運的打擊，她從未

抱怨過生活，依然善良樸實，襟懷坦蕩，也不自暴自棄。而她之所以在苦難中能夠保持精神的純潔，主要是因為她心中始終持守著對上帝的信仰，與自然保持著一種和諧的關係，這樣，無論她的物質生活如何貧困，命運給予她怎樣的殘酷打擊，她都能夠保持內心世界的平和與寧靜，從而達到精神上的自由境界。作者在這裡把瑪特遼娜塑造成一個虔誠的聖徒形象，意在通過她重新提出按照傳統宗教的道德法規生活的基本理念，按照這個理念生活就可以在充滿罪惡的世界裡進行道德的自我完善，維護人性的尊嚴，最終實現自我救贖的目標。

　　然而，索爾仁尼琴的宗教探索並未就此止步，瑪特遼娜作為作家為世人樹立的道德偶像，並未能夠成為人們尊敬的對象，她連同她的「方舟」一起還是被殘酷的現實所摧毀，惡又一次戰勝了善。作者在以此充分展示主人公生活的悲劇性時，卻以耶穌復活的隱喻再現了瑪特遼娜的精神復活，瑪特遼娜作為道德偶像的意義也正在於其通過精神復活喚起人們內心世界中對主人公命運的憐憫之情，啟示周圍的人對生命價值和意義的重新思考，達到最終淨化人們心靈，昇華世人道德的目的。作者清醒地看到，在這個充滿罪惡的世界裡，現實的方舟連同諾亞都會被腐化墮落的人類所摧毀，但復活後的精神方舟卻可以拯救世界於末世危難之中。這正是作家所思考的解救世界的末世良方。我們不能祈求作者的這一努力是否能夠達到他預期的效果，僅就這種「出污泥而不染」的救世精神本身就足於震撼人們的心靈。

結語

西方宗教與文學：神與人的相互言說

　　拙著《神人共娛──西方宗教文化與西方文學的宗教言說》是一個頗為龐大繁雜的闡釋工程，這裡邊不僅時間跨度長，內容涵蓋面廣，而且還是人神共同言說神聖的場所，也正是這個闡釋工程的神聖性使之變得富有意義。它使我們理解了無論西方的基督教教派是否存在，宗教本身的神聖性和真理性也是毋庸置疑的。正是出於對這種宗教神聖性和意義的堅信，在經過對西方宗教文化和文學的漫長闡述旅程之後，我們試圖從以下幾個方面對其進行簡要的總結。

一　神說，人聽

　　在拙著中，我們把古希臘的宗教和猶太宗教同視為西方宗教的源頭，這兩種宗教雖然有本質上的差異，但它們在為人類制定神聖秩序和為人類設立地上職權方面卻是相似的，它們表現出來的共同特徵是沒有我們所理解的人類與自然相互和諧相處的理念，而是人類如何利用神的力量來支配和掌管自然。在古希臘神話中宙斯神統既是自然秩序的掌管者，同時也是人類社會秩序和人類命運的支配者，他們雖然具有強大的力量，但實際上古希臘人對神靈經常是不尊敬的，因而他們時時感受到命運對他們的捉弄和懲罰，這種命運的無端降臨對愛好自由的古希臘人來說是不公平的，他們為此作出了富有尊嚴的反抗，但最終古希臘人還是屈從於命運的力量，並以俄狄浦斯式的懺悔表達

了古希臘人對神靈的尊崇。這個過程雖然主要是由古希臘文學來完成的，但它同樣表達著古希臘人由反抗神靈到順從神靈的宗教情感，其含義則是神秘莫測和強大的神靈在言說著自然和人類社會的秩序，人類對於神靈的安排表示了屈從，並對於冒犯神靈的行為表示了懺悔。

　　在早期猶太教神話中，這種神說特質表現得尤為明顯。猶太教裡的上帝是一個全能的上帝，他不僅創造天地萬物，也創造人類，把世界也安排得井井有條。但人類的祖先亞當、夏娃也不夠尊敬上帝，因此被上帝懲罰並被趕出了伊甸園。亞當、夏娃離開伊甸園時也是面帶悔恨之情。這種相似性表明人類在其初級階段對於超自然的神靈是充滿畏懼的，但如果畏懼感成為人類與上帝關係的全部內容，則上帝對於人類是冷漠的和缺乏溫暖的。因此，基督教的意義就在於融合古希臘和猶太教的精神內涵，把上帝與人類的關係創造性的轉換成耶穌與人類的關係，從而使猶太教中的父親宗教轉變成了基督教中的兒子宗教。對於這一點，佛洛伊德做出了很好的闡述，他說「猶太教曾經是一種父親的宗教，而基督教則變成了一種兒子的宗教。那位古老的上帝，即父親，落在基督的後面；而基督，即那位兒子，則取代了他的地位，就像在原始時代每一個兒子都希望做的那樣。」[1]基督教的這種宗教信仰對象的轉換不僅出色完成了對東方猶太教的改造，更為重要的是它使猶太教的神秘而不可見的上帝形象變得具有人形，即上帝以基督的形象「道成肉身」。如果說猶太教是一個神秘主義的宗教，那麼基督教則變成可以持續探索和拷問的「有學問的宗教」。

　　基督教的學者們為了使基督教的傳播適應西方思想傳統，就用希臘的哲學思維對基督形象進行了深入的闡釋，這種闡釋雖然屬學者的學術研究範圍，但它仍然是在代神言說，目的是要把原始猶太教的上

1　〔奧〕佛洛伊德撰，王獻華等譯：《論宗教‧摩西與一神教》（北京市：國際文化出版公司，2007年），頁250-251。

帝觀改造成適應西方文明人類進行信仰的上帝言說。在基督教的經典
闡釋中，耶穌基督既是歷史人物，又是超自然的存在，是上帝的「道
成肉身」，它通過耶穌基督的超凡出生、死後復活等超自然現象來體
現他與上帝的神秘聯繫，並且是以一個卑賤的形象來替上帝拯救人類
的。因此在基督教教義中，上帝不僅僅是一個威嚴、神秘，只知道為
宇宙和人類制定秩序的上帝，而且是一個具有人情味的能夠施愛的上
帝形象，它以耶穌基督的受難甚至死亡來啟發人們，讓人類意識到上
帝對人類的獻身和關愛，從而達到人類與上帝之間更為親密的精神
聯繫。

　　這樣，不管是猶太教還是基督教，它們共同為上帝制定了神言說
而人類只有傾聽和服從的精神關係，這樣一種精神關係主宰了西方精
神生活達千年之久，在這個神統治一切的時代裡，基督教雖然在抑制
西方人的物質主義和人欲橫流方面起到了非常大的作用，但他們卻在
崇高而聖潔的精神旗幟下自己陷入到卑微邪惡的人欲之中，在禁欲主
義的偏狹教義和人欲橫流的張力拉扯下，基督教的聖神言說被教會裡
的聖職人員的腐敗墮落衝擊得四分五裂，基督教從此陷入無力自拔的
矛盾狀態和普遍的虛偽之中。海涅曾形象的指出：「天主教乃是上帝
和魔鬼，亦即精神和物質之間的一種妥協，通過這種妥協，在理論上
宣布精神的獨裁統治，同時又讓物質處於這樣的一種地位，它在實踐
中可以行使被剝奪了的一切權利。」[2]這樣矛盾和虛偽的宗教文化狀
態只有當西方人重新發現古希臘文明的人文主義價值之後才發生重大
的轉折。

2　〔德〕海涅撰，海安譯：《論德國宗教和哲學的歷史》（北京市：商務印書館，1974
　　年），頁30。

二　人說，神聽

文藝復興開啟了西方人文主義的宗教的序幕。文藝復興雖然在總體上是繼承古希臘文化中的人本主義精神，但這種人本主義已不再是古希臘人本主義的複製，而是融合了千年基督教文化的影響，成為近代西方社會新的宗教形式。這種新的宗教打出以「人為中心」的旗幟，與中世紀基督教文化中以「神為中心」的宗教相抗衡，從而開創了西方宗教文化「人說，神聽」的新時代。文藝復興提出對人的愛情、友誼等人性中感性成分的崇尚，亦可稱為對感性上帝的崇尚。雖然這種崇尚對抗衡基督教以神為中心的宗教起到喚醒人們心靈的作用，但其表現出來的特質趣味顯示出這個「人說，神聽」時代初始階段的天真和幼稚。因此其倡導的感性宗教就在莎士比亞等思想家們的悲劇思考中遭到質疑，自然被古典主義和啟蒙主義的理性宗教所取代。如果說文藝復興時期的感性宗教是人的個性精神表達的話，那麼理性的宗教則是人的普世意識和國家意識的表達，理性的宗教不但要人負擔起拯救世俗世界的責任，而且對建立符合理性的國家進行了多方面的探索，現代西方國家的基本制度和國家精神大多是來源於這個時期思想家們的成果。更為重要的是，德國哲學家康德以其天才的「三大批判」為人類在世俗世界取代上帝的地位進行了深刻的闡述，他在其「三大批判」中雖然提出人無法認識現象背後的「物自體」，但人卻可以通過自己的理性智慧認識物質世界的奧秘，從而達到改造世界，為人類造福的目的。康德對人類認識能力的肯定和提升從根本上改變了人在上帝前面的地位，它表明人類至少在世俗世界裡是可以成為自己的上帝的。康德及其他啟蒙思想家們一方面把上帝拉下神壇，而把人的地位抬高到上帝之上，另一方面這種對人的理性能力的過分強調也使人本身的屬性大為降低，人即使有再大的理性能力，他在本質上仍然是人，因而啟蒙思想家們對理性的過分強調使西方思想

界又產生了一種回歸人的情感本性的浪漫主義運動，浪漫主義既批判基督教的上帝，也對啟蒙思想家們的理性上帝表達自己的不滿，他們以人類情感為訴求對象，要求宗教回歸人的本性，從心靈的世界而不是外在的世界中尋求真理，尋找上帝，因而創造了浪漫主義所謂的「心靈的宗教」。這種宗教把信仰完全奠基在個人真實的內心體驗中，正如盧梭所說：「一顆正直的心，就是上帝的真正殿堂」，他還說：「一個人應去尋求上帝法度的地方，不是幾頁零散的紙張，而是人的心，在人的心裡，上帝的手屈尊寫道：『人啊，不論你是什麼人，都請你進入你自身之中，學會求教於你的良心和你的自然本能，這樣你將會公正、善良而具有美德，你將在你的主人面前低首，並在永恆的福祉裡分享他的天國。』」[3]盧梭雖然是以極其謙卑的態度來闡述他所體驗到的上帝，但這種「心靈的宗教」實際上已把人對自身的信仰推向了極致，人至少在世俗世界中已經取代了神的地位，於是眾神隱退了，他們被人的光芒所遮蔽，人於是再也見不到神的真面目，尼采甚至乾脆宣告上帝已死。上帝的死亡是「人說、神聽」的宗教膨脹到極致的必然結果，他們過分地崇信自我，把自我放至上帝之上，結果在造成現實世界的人欲橫流的同時，虛無主義時代也伴隨著降臨了。虛無主義是上帝死後人處於世界中的精神狀態，虛無主義意味著人類從此沒有了價值標準，猶如墜入深淵，「沒有了上下左右」（尼采語），尼采因為不信宗教，他只是希望通過超人來「重新估價一切價值」，但由於他的超人也沒有信仰可以依持，因而也不可避免地陷入虛無之中。面對虛無主義時代人類的尷尬處境，西方思想家開始重新思考人類的命運，人類是否高於一切？在科學技術飛速發展的年代，思考上帝的意義意味著什麼？上帝在傾聽高傲的人類嗎？

3　《盧梭通訊全集》卷3，第490封，載利文斯頓撰，何光滬譯：《現代基督教思想》（成都市：四川人民出版社，1992年），上卷，頁89。

三　神與人的相互言說

面對人類的虛無主義處境，十九世紀中後期的西方現實主義作家開始在文學領域裡言說著宗教的神聖性，他們在無信仰的時代裡以一個宗教家和道德說教者的姿態向人們傳播宗教真理和福音，勸導人們能夠重新認識和回歸到傳統宗教的道德境界中，在這方面，西方現實主義文學的主要作家狄更斯、巴爾扎克、托爾斯泰都在忠實地承擔起宗教說教者的角色，他們以自己創作的文學形象現身說法，勸導人們棄惡從善，虔誠懺悔，他們的作品在當時人欲橫流的社會裡確實起到了平衡人心的作用，許多讀者都不自覺的接受這些作家的精神引導。但是，西方現實主義作家的宗教回歸並不是以文學代替宗教，而是企圖在文學領域內表達對傳統宗教理念的崇敬，因此，這些作家的宗教言說並非是「人說，神聽」時代的延伸，而是開啟了人和神共同言說神聖的「神人共娛」的時代先聲。

隨著現實主義作家在文學領域言說神聖性的延伸，二十世紀西方宗教神學領域也開啟了回歸傳統宗教的熱潮，並產生了像基要主義、新正統神學等向傳統宗教回歸的神學流派。這些宗教流派面對「上帝死後」人欲橫流的世道人心，他們以及其保守和堅決武斷的姿態維護傳統宗教的基本教義和儀式，「唯獨《聖經》」是這些宗教流派共同遵守的基本理念，他們以這種對基督教傳統教義的絕對信仰來反對當時流行的自由派和現代主義運動，並企圖重新樹立基督教在現代西方世界中的精神統治者的地位。他們的這種做法雖然在某種程度上有糾正自由派和現代主義思想中激進主義的傾向，但傳統基督教的一些基本理念已與時代脫節，因此這些流派在要求人們完全回歸傳統基督教的信仰已顯得力不從心，也遭到許多有識之士的不滿和反對。這樣，一種既極力保持與傳統宗教的聯繫，又努力與時代精神相結合的多元化言說宗教的時代已經來臨。

　　公共宗教能夠解決內疚、焦慮導致的壓力，能夠使人心和諧寧靜。但西方社會到了二十世紀的基督教已經喪失了公共宗教在人們社會生活中的這種功能，基要主義，新正統神學也難以逆轉宗教功能衰退的趨勢，取而代之的是人們開始返回內心，去尋找各自心中的上帝，佛洛伊德指出，「具有普遍的維繫和凝聚功能的公共宗教之消失，使神經症患者普遍增加，使這些患者大都奉行一種歪曲了的私人宗教。」[4]根據佛洛伊德理論，西方現代作家在很大程度上也是神經症患者，只不過作家清楚地意識到自己行為的目的性。因此，二十世紀西方作家的創作也大多體現出一種私人宗教的傾向，在他們的創作活動中，這些作家從自己內心的精神活動出發，以自己的內心體驗為中心，發出對現實世界的各種感受和印象，並從各自獨特的審美視角表現他們對人生意義的看法和觀念，這種普遍「向內轉」的創作傾向，是由於西方宗教大廈傾覆之後不能發揮公共儀式和象徵作用的情況下，人們所尊奉的一種個人信仰，他們因為無法把握外在世界，所有只有返回自己的內心，只有內心中最本真的自我才是可以依賴的，而這種通過自我所把握到的人生體驗成為二十世紀西方多元主義宗教的主要形式。

　　這種多元主義的宗教表達形式還體現在二十世紀西方宗教的發展進程中。二十世紀的西方宗教雖然失去其統攝社會精神的能力，但人們對它的理論探討和努力實現其與現實的溝通卻一直沒有停止。這個時期出現的福音派神學、羅馬天主教神學、過程神學、解放神學和末世神學等神學流派代表了這個時期神學發展的主要方向，這些神學的主要特徵已經不是在於維護或反對正統教義的合法性與否，而是以自己獨特的方式去闡釋神學內涵，並努力與現實生活和時代潮流緊密聯繫，達到在局部參與世界精神發展進程的目的。

4　〔德〕莫爾特曼撰，阮煒等譯《被釘十字架的上帝》（上海市：上海三聯書店，1997年），頁369。

　　因此，從上述分析中可以看出，西方宗教文化還在延續和發展，但教會的力量和教條主義失去了原有的權威，在提出多元主義言說宗教的背後，是人們對宗教具有了自己的獨特理解和體會，它拋棄的是宗教中的腐敗墮落的東西，保留下來的是宗教的精髓，是通過人人能懂的方式傳遞人人能夠理解的宗教，西方現代文學通過作家和思想家對宗教的獨特理解和闡釋，使宗教的人性內涵得到更為廣泛深入的理解和認同，而這種宗教人性內涵的本質即是愛，愛成為當今社會人人能懂但不一定人人能做的宗教事務，這種宗教事務同時也是每個人的日常生活的組成部分。

參考文獻

《馬克思恩格斯選集》　北京市　人民出版社　1972年　冊1-4

〔美〕威爾肯斯、帕傑特撰　劉平譯　《基督教與西方思想》　北京市　北京大學出版社　2005年

〔美〕施密特撰　汪曉丹等譯　《基督教對文明的影響》　北京市　北京大學出版社　2004年

趙敦華　《基督教哲學1500年》　北京市　人民出版社　1994年

〔美〕利文斯頓　何光滬譯　《現代基督教思想》　成都市　四川人民出版社　1999年　上、下卷

〔英〕麥格拉斯編　蘇欲曉等譯　《基督教文學經典選讀》　北京市　北京大學出版社　2004年　上、下卷

楊慧林、黃晉凱　《歐洲中世紀文學史》　上海市　譯林出版社　2001年

古敏、雲峰　《聖經文學20講》　重慶市　重慶出版社　2005年

徐葆耕　《叩問生命的神性——俄羅斯文學啟示錄》　桂林市　廣西師範大學出版社　2009年

劉建軍　《基督教文化與西方文學傳統》　北京市　北京大學出版社　2005年

趙　林　《西方宗教文化》　武漢市　長江文藝出版社　1997年

蔣承勇　《西方文學「兩希」傳統的文化闡釋》　北京市　中國社會科學出版社　2003年

蔣承勇　《西方文學「人」的母題研究》　北京市　人民出版社　2005年

莫運平　《基督教文化與西方文學》　北京市　中央編譯出版社　2007年

肖四新　《西方文學的精神突圍》　北京市　中央編譯出版社　2003年

〔美〕休斯頓・史密斯撰　劉安雲譯　《人的宗教》　海南市　海南出版社　2006年

〔英〕凱倫・阿姆斯特朗撰　蔡昌雄譯　《神的歷史》　海南出版社　2001年

〔德〕漢斯・昆、瓦爾特・延斯撰　《詩與宗教》　北京市　生活・讀書・新知三聯書店　2005年

〔德〕漢斯・昆撰　包利民譯　《基督教大思想家》　北京市　社會科學文獻出版社　2001年

〔德〕漢斯・昆撰　徐菲等譯　《神學與當代文藝思潮》　上海市　上海三聯書店　1995年

〔美〕帕利坎撰　楊德友譯　《歷代耶穌形象》　上海市　上海三聯書店　1999年

〔奧〕西格蒙德・佛洛伊德撰　王獻華等譯　《論宗教》　北京市　國際文化出版公司　2001年

〔俄〕梅列日科夫斯基撰　楊德友譯　《宗教精神　路德與加爾文》　上海市　學林出版社　1999年

〔美〕赫克撰　《俄國革命前後的宗教》　上海市　學林出版社　1999年

〔美〕約翰・卡洛爾撰　葉安寧譯　《西方文化的衰落——人文主義復探》　新星出版社　2007年

〔英〕帕金森主編　《文藝復興與十七世紀理性主義》　北京市　中國人民大學出版社　2009年

〔法〕保爾・霍爾巴赫撰　單志澄等譯　《袖珍神學》　北京市　商務印書館　1996年

朱維之　《基督教與文學》　上海市　上海三聯書店　1992年

〔美〕海倫・加德納撰　沈弘等譯　《宗教與文學》　成都市　四川
　　　人民出版社　1978年

梁工主編　《基督教文學》　北京市　宗教文化出版社　2001年

梁工主編　《聖經與歐美作家作品》　北京市　宗教文化出版社　2001
　　　年

李正榮　《托爾斯泰的體悟與托爾斯泰的小說》　北京市　北京師範
　　　大學出版社　2000年

易　丹　《斷裂的世紀：論西方現代文學精神》　成都市　四川大學
　　　出版社　1992年

〔德〕莫爾特曼撰　阮煒等譯　《被釘十字架的上帝》　上海市　上
　　　海三聯書店　1997年

〔德〕西美爾撰　曹衛東譯　《現代人與宗教》　北京市　中國人民
　　　大學出版社　2003年

〔德〕布伯撰　陳維綱譯　《我與你》　北京市　生活・讀書・新知
　　　三聯書店　2002年

〔德〕特洛爾奇撰　朱雁冰等譯　《基督教理論與現代》　北京市
　　　華夏出版社　2004年

〔美〕穆爾撰　郭舜平等譯　《基督教簡史》　北京市　商務印書館
　　　2000年

〔美〕麥爾維利・斯圖沃德編　周偉馳等譯　《當代西方宗教哲學》
　　　北京市　北京大學出版社　2001年

〔英〕丹皮爾撰　李珩譯　《科學史及其與哲學與宗教的關係》　桂
　　　林市　廣西師範大學出版社　2001年

〔美〕斯特倫撰　金澤等譯　《人與神——宗教生活的理解》　上海
　　　市　上海人民出版社　1991年

〔英〕阿倫・布洛克撰　董樂山譯　《西方人文主義傳統》　北京市
　　　生活・讀書・新知三聯書店　1997年

〔俄〕弗蘭克撰　徐鳳林譯　《俄國知識人與精神偶像》　上海市
　　學林出版社　1999年

〔德〕馬丁‧開姆尼茨撰　段琦譯　《基督的二性》　上海市　譯林
　　出版社　1996年

〔德〕莫爾特曼撰　蘇賢貴等譯　《創造中的上帝》　北京市　生
　　活‧讀書‧新知三聯書店　2002年

里爾克等撰　林克譯　《〈杜伊諾哀歌〉與現代基督教思想》　上海
　　市　上海三聯書店　1997年

〔美〕小約翰‧科布、大衛‧格裡芬撰　曲躍厚譯　《過程神學》
　　北京市　中央編譯出版社　1999年

〔美〕T.S.艾略特撰　《基督教與文化》　成都市　四川人民出版社
　　1989年

〔德〕黑格爾撰　《精神現象學》　北京市　人民文學出版社　1981
　　年　上、下冊

〔德〕卡爾‧曼海姆撰　黎鳴等譯　《意識形態與烏托邦》　北京市
　　商務印書館　2002年

〔德〕費爾巴哈撰　榮震華譯　《基督教的本質》　北京市　商務印
　　書館　1997年

〔美〕保羅‧尼特撰　王志成譯　《宗教對話模式》　北京市　中國
　　人民大學出版社　2004年

〔美〕麥爾維利‧斯圖沃德編　周偉馳等譯　《當代西方宗教哲學》
　　北京市　北京大學出版社　2001年

〔德〕亨利希‧海涅撰　海安譯　《論德國宗教和哲學的歷史》　北
　　京市　商務印書館　1974年

〔法〕讓-皮埃爾‧韋爾南撰　杜小真譯　《古希臘的神話與宗教》
　　北京市　生活‧讀書‧新知三聯書店　2001年

〔法〕加繆撰　杜小真譯　《西西弗斯的神話》　桂林市　廣西師範
　　大學出版社　2002年

何雲波撰　《陀斯妥耶夫斯基與俄羅斯文化》　長沙市　湖南教育出
　　版社　1997年

劉小楓主編　《基督教文化評論叢書》　貴陽市　貴州人民出版社
　　1-10輯

〔荷〕霍伊卡撰　丘仲輝等譯　《宗教與現代科學的興起》　成都市
　　四川人民出版社　1999年

〔美〕愛德華‧麥克等撰　羅經國等譯　《世界文明史》　北京市
　　商務印書館　1995年　卷1-4

〔英〕約翰‧麥克曼勒斯主編　《牛津基督教史》　貴陽市　貴州人
　　民出版社　1995年

李平曄　《宗教改革與西方近代社會思潮》　北京市　今日中國出版
　　社　1992年

楊慧林　《罪惡與拯救》　北京市　東方出版社　1995年

齊宏偉編　《歐美文學與基督教文化》　瀋陽市　遼寧教育出版社
　　2009年

〔美〕奧爾森撰　吳瑞成等譯　《基督教神學思想史》　北京市　北
　　京大學出版社　2003年

〔美〕馬克斯‧韋伯撰　《新教倫理與資本主義精神》　成都市　四
　　川人民出版社　1986年

劉建軍主編　《《聖經》研究與文學闡釋》　長春市　東北師範大學
　　出版社　2011年

Smalley. B, *The Study of The Bible in the Middle Ages* (Oxford:, 1952).

Taweny. R. H, *Religion and the Rise of Capitalism* (New York:, 1976).

Wallker. W, *A History of the Christian Church* (New York:, 1918).

Christopher Stead, *Phiosophy in Christian Antiquity* (London: Cambridge
　　University Press, 1994).

H. Kraft, *Early Christian Thinkers: An Introduction to Clement of
　　Alexandrin and Origin* (New York: Association Press, 1964).

Justo Gonzalez, *A History of Christian Thought* (Nashville: Abingdon, 1992).

Ted A. Campbell, *The Religion of the Heart: A Study of European Religious Life in Seventeenth and Eighteenth Centuries* (Columbia: University of South Carolina Press, 1991).

Immanuel Kant, *Religion Within the Limits of Reason Alone*, trans. Theodore M. Greene and Hoyt H. Hudson (New York: Humanities Press, 1962).

Abrams, M. H., *Natural Supernaturalism Tradition and Revolution in Romantic Literature* (New York: Norton, 1971).

Gunn, Giles, ed. *Literature and Religion* (New York: Harper, 1971).

Barricelli, J. P and Gibaldi ed. *Interrelations of Literature* (New York: 1982).

Tennyson, G. B. and Edward. E. Ericson, eds. *Religion and Literature: Essays in Theory and Criticism* (Grand Rapids, Mich.: Eerdmans, 1975).

Heiko Oberman, *Luther: Man between God and the Devil*, trans. Eileen Walliser-Scharzbart (New York: Doubleday, 1992).

後記

　　我從一九九八年開始就分別給本科和研究生開設選修課《基督教文化概論》，隨著對基督教文化的深入了解，我越來越感到基督教文化蘊涵著無限的魅力。有哲人曾說，基督教是一種「有學問的宗教」，這種體會只有深入到基督教文化內部才能真切地感受到。同時，我還一直為本科生開設《外國文學史》課程，由於我對基督教文化的關注，我在外國文學的教學和科研過程中也越來越重視裡邊蘊涵的宗教文化因素，於是就萌發了本課題所關注的內容。而之所以把基督教文化與西方文學放在一起，一方面是，如果單從基督教文化角度探討其對西方人精神的影響，就會受到教會體制和教義的制約，基督教真理性的內容就可能受到遮蔽；另一方面是，如果僅從西方文學角度探討基督教文化，也會由於作家對宗教的個性化闡釋產生對基督教理解的偏頗，只有把兩者結合起來才可能對基督教文化和文學都有更加全面和準確的把握。通過本課題的研究，我更加深刻地體會到，基督教既可以通過教會的教義和教規達成信仰，也可以用理性認識去理解教義，達成信仰，還可以通過文學形象，用直接的形象和情感溝通達成信仰，三者殊途同歸，相得益彰。而文學中的宗教信仰的力量還可以深化人們對基督教教義的理解，上帝雖然只有一個，但人們通達上帝的路徑卻可以有無數條，文學從某種程度上說是打開基督教信仰多元化之路的主要形式，而在現代西方社會裡，文學就是一種宗教，是基督教文化在現代社會裡一種新的表現形式和傳播形式。文學的這種信仰多元化之路同時也促使基督教的信仰也走向多元化，基督教神學更加密切地與現實生活聯繫在一起，更加緊密的為人們提供價值支

撐。多元主義的宗教文化景觀將成為基督教在新的世道裡的主要發展模式。

　　我本人在基督教文化的學習和研究過程中受益頗多，在生活陷入困境和迷茫時也曾真切地體驗到上帝的奧秘，體驗到上帝那聖神的「Calling」（神召），但我卻始終沒有成為一名基督徒。理智告訴我，一個基督教文化和文學的研究者還是站在基督教的門檻之外比較好，因為成為基督徒不僅會受到宗教教規的約束，還會陷入信仰的迷狂而不能真正進行理性的分析、批判和闡述，而站在信仰的門檻之外對它的研究才能有獨立的思考和見解。我正是出於這種思考，才產生對基督教文化與文學進行了較為系統的梳理，希望能夠對愛好基督教文化與文學的朋友有所幫助。因時間倉促，其中出現的疏漏也在所難免，敬請各位同仁批評指正。

　　本書的出版得到福建師範大學文學院的大力支持，尤其是鄭家建副校長的熱情鼓勵和幫助。此外，對來師大後一直關心支持我的賴瑞雲教授、孫紹振教授、譚學純教授、李小榮教授和葛桂錄教授，在此表示衷心的感謝。

高偉光

於福州大學城教師公寓

二〇一八年八月二十八日

作者簡介

高偉光

　　一九六六年十二月生，江西省會昌縣人。一九八八年畢業於廈門大學中文系，江西省贛南師範大學文學院工作至二〇〇八年。期間分別在華東師範大學、北京師範大學攻讀文藝學碩士學位和比較文學博士學位。二〇〇六年十一月被評為教授。二〇〇七年六月至二〇〇八年四月在泰國華僑崇聖大學中文系任教。二〇〇九年八月因引進人才到福建師範大學文學院工作至今。現為該校碩士生導師，比較文學與世界文學教研室副主任，福建省比較文學學會副會長。

本書簡介

　　本書以西方文學中的宗教問題為研究對象，具主要內容包括：一、把西方文學中的宗教問題放在西方宗教文化的大背景下進行探討，從中可以看出西方文學中的宗教內涵不僅包括基督教文學，還包括古希臘羅馬文學和基督教改革之後的各種文學；二、西方宗教文化是一個動態的生成過程，它由古希臘文化中的人本主義宗教開始，一直到二十世紀西方宗教文化的多元化走向，形成了西方宗教文化動態性、複雜性多層次的豐富內涵；三、西方文學中的宗教內涵的豐富性，包括：古希臘人本主義宗教，中世紀唯靈主義宗教，文藝復興的感性化宗教，古典主義和啟蒙運動時期的理性宗教，浪漫主義的心靈

宗教，二十世紀現代主義運動對傳統宗教的回歸。通過上述分析，可以看出西方宗教文化與文學不僅存在著相互滲透、相互補充和發展的關係，而且其發展軌跡呈現出螺旋式循環的發展趨向，即西方社會是在不斷向前進步，而其文化卻是在向後回溯的運動軌跡，對於這種精神現象的揭示，既是本書的難點，又是本書的亮點。

福建師範大學文學院百年學術論叢·第五輯　1702E04

神人共娛——西方宗教文化與西方文學的宗教言說

作　　　者	高偉光	
總 策 畫	鄭家建　李建華	
發 行 人	陳滿銘	
總 經 理	梁錦興	
總 編 輯	陳滿銘	
副總編輯	張晏瑞	
編 輯 所	萬卷樓圖書股份有限公司	
排　　　版	林曉敏	
印　　　刷	百通科技股份有限公司	
發　　　行	萬卷樓圖書股份有限公司	

臺北市羅斯福路二段 41 號 6 樓之 3
電話 (02)23216565
傳真 (02)23218698
電郵 SERVICE@WANJUAN.COM.TW
香港經銷　香港聯合書刊物流有限公司
電話 (852)21502100
傳真 (852)23560735

如何購買本書：

1. 劃撥購書，請透過以下郵政劃撥帳號：
　帳號：15624015
　戶名：萬卷樓圖書股份有限公司
2. 轉帳購書，請透過以下帳戶
　合作金庫銀行　古亭分行
　戶名：萬卷樓圖書股份有限公司
　帳號：0877717092596
3. 網路購書，請透過萬卷樓網站
　網址　WWW.WANJUAN.COM.TW

大量購書，請直接聯繫我們，將有專人為
您服務。客服：(02)23216565 分機 610

如有缺頁、破損或裝訂錯誤，請寄回更換
版權所有·翻印必究
Copyright©2019 by WanJuanLou Books CO., Ltd.
All Right Reserved　　　　　　Printed in Taiwan

ISBN 978-986-478-260-4
2019 年 5 月再版
2019 年 1 月初版
定價：新臺幣 500 元

國家圖書館出版品預行編目資料

神人共娛 ： 西方宗教文化與西方文學的宗
教言說 ／ 高偉光著. -- 再版. -- 臺北市 ：
萬卷樓, 2019.05
　面 ；　公分. -- (福建師範大學文學院百
年學術論叢. 第五輯 ；1702E04)
ISBN 978-986-478-260-4(平裝)

1.西洋文學　2.宗教文學　3.文學評論

820.8　　　　　　　　　　108000218